La mujer de su vida

Novela

Xavier Bosch
La mujer de su vida

Traducción de Olga García Arrabal

DESTINO

PEFC Certificado

Este libro procede de bosques gestionados de forma sostenible

PEFC

PEFC/14-38-00305

www.pefc.es

Título original en catalán: *La dona de la seva vida*

Ediciones Destino, un sello editorial de Editorial Planeta, S. A.
Avda. Diagonal, 662-664, 08034 Barcelona (España)
www.edestino.es
www.planetadelibros.com

Adaptación de la cubierta: Booket / Área Editorial Grupo Planeta
Fotografía de la cubierta: © Mari Fouz
Primera edición en Colección Booket: marzo de 2025

Depósito legal: B. 3.661-2025
ISBN: 978-84-233-6704-7
Impresión y encuadernación: QP Print
Printed in Spain - Impreso en España

Biografía

Xavier Bosch (Barcelona, 1967) empezó su carrera literaria escribiendo cuentos. Más tarde daría el salto a la novela con la trilogía compuesta por *Se sabrá todo* (Booket, 2011), que recibió el Premio Sant Jordi 2009, *Hombres de honor* (Destino, 2012) y *Euforia* (Destino, 2017), historias que tienen como protagonista al periodista investigador Dani Santana. En el año 2015 ganó el Premio Ramon Llull con *Alguien como tú* (Planeta), un éxito sin precedentes, con más de 65.000 ejemplares vendidos y traducido a siete idiomas. *Nosotros dos* (Planeta, 2017), *Palabras que tú entenderás* (Destino, 2019) y *La mujer de su vida* (Destino, 2021) fueron número uno en ventas en catalán. Periodista de larga trayectoria, ha sido el creador de exitosos formatos audiovisuales.

@xavierbosch

A Romà

A los que buscan.
A los que buscan y no encuentran.
Y, sobre todo, a los que no buscan porque ni siquiera
saben que tengan que buscar a nadie.

soy yo el secreto peor guardado

Francesc Garriga Barata,
Ragtime

I

La mujer de su vida

Solo se mueren los otros.

MARCEL DUCHAMP

Victòria fue la primera en cantar. De repente se levantó del banco de madera y, como si lo hubiese hecho siempre, se arrancó con un responsorio que sorprendió a todo el mundo. Su reacción se salía de la escaleta negociada antes de comenzar la ceremonia. Al oír las primeras notas, el párroco —un capuchino parco en palabras y gestos— decidió retirarse del altar y dejar que la mujer de la primera fila, de luto de la cabeza a los pies, desfogase su aflicción con una música inesperada. Ni ella misma había previsto que, de pronto, en plenas exequias, tuviese la necesidad de entonar una canción. De todas, quizá fuese la favorita de su madre. La que le había escuchado tantas veces mientras conducía por los alrededores de Vallvidrera, por los hayedos de la Garrotxa o por los viñedos de Alsacia. Los del cuarteto de cuerda —treinta euros por cabeza la función— se miraron por si la podían seguir. Pero era una escena improvisada, los músicos no tenían aquella partitura en su repertorio funerario y, respetuosamente, bajaron los arcos en señal de rendición. A la hija pequeña de Maria Vilalta Campabadal no le hizo falta ningún acompañamiento. Cuando hay sentimiento, la instrumentación sobra.

Joel y Rai no tardaron en ponerse en pie, apuntalando mutuamente su pena. Jamás se les habría ocurrido cantar en público —la vergüenza de los hombres a los cincuenta, la reputación...—, pero no quisieron dejar sola a su hermana. Los siguió la iglesia entera. Poco a poco, los familiares, los amigos y los compromisos que llenaban todos los bancos, de punta a punta, se iban poniendo de pie y canturreaban, como podían, para acompañar a la familia. Los que habían llegado más tarde y se hallaban de pie en los laterales de la nave y los que tenían la espalda apoyada en las columnas de piedra fría de la iglesia del monasterio de Pedralbes también se sumaron a las notas del *«gira, il mondo gira»*. Más o menos. A media voz. Chapurreaban el italiano al tuntún, y cuando llegaban al estribillo, todos se sumaban. Era el único instante que los que habían coincidido en aquella intersección de la vida, entre el espacio y el momento, recordarían de una despedida con muchas flores, ningún parlamento de la familia y un puñado de sentimientos de resignación. Una muerte, cumplidos los ochenta, atempera la rabia. Alivia la sensación de injusticia. Es ley de vida, aseguran los que han esquivado la muerte y se quedan, de momento, un rato más. Solo se mueren los otros, había dicho el párroco al inicio del funeral.

Saül Estrada, con la mirada clavada en los zapatos polvorientos del cura, permaneció sentado. Dentro de su niebla, no escuchaba. Tampoco veía nada. Ni a sus tres hijos de pie, a su lado, ni la caja de madera ecológica que los chicos habían elegido para despedirse de su madre aquella mañana salpicada por la reverberación de un sol de enero. Ni se le ocurrió volverse para contemplar la iglesia repleta a su espalda. A la pobre Maria no se le habría pasado ese detalle. Él, en cambio, no miraba a ninguna parte. Ni siquiera estaba triste. Vacío, solamente. Abatido por el desenlace, por el infinito silencio de los últimos días. El hombre pegado al banco de la iglesia no era él. Se había quedado sin fuerzas. Como si, de repente, hubieran entrado en su casa y le hubiesen robado la colección entera de recuerdos y arrebatado cada una de las alegrías que había acumulado durante toda una vida en pareja. Como si la policía científica, después de analizar las huellas de la caja fuerte, le hubiera comunicado que nunca más —nunca más, todo sonaba así de rotundo— recuperaría ninguno de los cincuenta y cinco años vividos junto a Maria. La mujer de su vida. Era la expresión que Joel había escogido para la esquela en los periódicos del 25 de enero de 2019 y era, precisamente, lo que Saül sentía. Maria. La mujer de su vida.

2

Hay silencios que gritan

Un zapato describe, con discreción, el currículum de una persona. En el fondo de un armario, un par de zapatos son un libro de memorias. Maria Vilalta había dejado docenas, de todos los estilos y de todas las épocas, perfectamente alineados, como si fuese a abrir una tienda. Como si algún día hubiese de volver y pudiese elegir unas botas, unas sandalias o unos salones para la ocasión. Joel, con una rodilla clavada en el suelo y bamboleando el cuerpo hacia dentro del armario zapatero, los sacaba de dos en dos. Raimon los sujetaba con tres dedos, los miraba y los iba metiendo en bolsas de basura. No indultaba ninguno. Le parecía que unos tenían las tapas demasiado gastadas; otros, el tacón deformado de tantas caminatas o, da igual, estaban para tirar, nadie va a aprovechar este par. En todos los zapatos —lo comentó más de una vez— veía la forma del indisimulable juanete de su madre, que, con los años, había ido dando de sí la piel y destiñendo la protuberancia redondeada de cualquier calzado. Los pares metidos en cajas se descartaban con cartón y todo. A la basura.

—Nadie va a aprovechar esto.

—Victòria ha dicho que los tiremos todos a la basura. Sin miramientos.

—Ella solo quiere los abrigos. Que se los pruebe y decida qué hacer. Puede que se quede con alguno.

—Para el frío de Estrasburgo le serán muy útiles.

—Que no se engañe —dijo Rai—, Victòria hará lo que todo el mundo. Se los pondrá alguna vez para recordar a mamá...

—Bien hecho. Que haga lo que quiera...

—Se abrochará un botón o se acariciará la solapa, así, y pensará en ella.

—Muchas películas has visto.

—¿Es que tú nunca has olido una bufanda de alguien a quien echas de menos?

Joel había decidido que no estaba para dramas. Esa tarde no se podían venir abajo.

—Las Adidas de tenis... ¿qué?

—También fuera, ya ves... —Las arrumbó sin ninguna consideración—. Si el último partido con Vito debió de jugarlo hace... ¿cuánto? ¿Veinte años?

—Veinte... Como poco.

Los hermanos mayores de la familia Estrada Vilalta, los dos chicos, lo tuvieron claro. Se lo propusieron a su padre y él, absolutamente abatido, se dejó llevar. Aunque se hubiese negado, no le habrían hecho caso. Los viudos novatos no mandan. Estaba todo decidido. Él pasaría el fin de semana con Victòria en casa de Joel y, el lunes, cuando volviese a su piso y entrase en su habitación, se encontraría con el armario para él solo. De la ropa de su madre no quedaría ni rastro. Le ahorraban el trance más devastador; la travesía de tener que descolgar cada prenda, suspirar con cada vestido y repetir las dos palabras más definitivas. Las únicas que, los primeros días, resuenan dentro de la cabeza. Nunca más. Como un badajo. Nunca más. Con cada abrigo, con cada camisa, con cada lágrima... Dos toques. Nunca más. El peor sonido. Cruel como pocos.

De paso, cuando Saül volviese a casa, se encontraría los estantes vacíos, limpios, con sus cosas ordenadas y todas a la vista, como no las había tenido en ningún momento de la convivencia en el piso de Vallvidrera. Había perdido a su mujer, pero había ganado espacio. «Qué bien, ¿eh, papá?», habían acordado que le dirían cuando se lamentase. «Que no se pierda el humor en casa de los Estrada, papá.» Y estaban convencidos de que él, como respuesta, en señal de aprobación, les guiñaría el ojo del modo en que se lo habían visto hacer toda la vida. Si con Maria difunta todavía tenía los reflejos para guiñarles un ojo, todos darían por hecho que lo superaría.

Su madre acumulaba ropa, pero no sabían que fuese tanta. Ni de tantas décadas pasadas. Joel y Raimon llevaban dos horas largas trajinando en la habitación. Los armarios —el de las perchas, el de los cajones y el del espejo empotrado en la puerta corredera— estaban tan atestados que costaba sacar cualquier cosa. Ni las polillas cabían. A medida que iban haciendo sitio, el proceso se iba volviendo automático. Para sobreponerse, había que pensar poco e ir haciendo pilas. Camisas, blusones, vestidos, jerséis y faldas para Cáritas. Los sujetadores, a Engrunes, que habrá alguien a quien les sean útiles. Las bragas y las medias, para tirar. Los camisones —todos de seda— se los había pedido la señora Lourdes, cuarenta y dos años sin una sola queja, acudiendo de nueve a cinco, con el señor Saül y la señora Maria, queDioslatengaensugloria.

—Me parece que Allan podría haber venido a ayudarnos...

—Tú estás de coña —saltó Rai como una mantis.

—Nos habría venido bien que nos echara una mano —insistió Joel, sin segundas intenciones.

Raimon detuvo la cadena de trabajo para que su hermano notase que no lo decía en broma.

—¿Tú te crees, en serio, que a Allan le apetecería entrar en esta casa?

—Hostia, Rai, ha pasado mucho tiempo...

—Si mamá levantara la cabeza y se lo encontrase aquí...

—¿Qué?

—Que volvería a palmarla.

—Porque... —Se lo pensó, para no meter la pata—. Una cosa... ¿Mamá llegó a saber quién era Allan?

—Yo no se lo dije. ¿Y tú?

Joel levantó la cabeza para subrayar la verdad de las palabras que estaba a punto de pronunciar. A veces la credibilidad depende de un tono.

—Tampoco, tampoco...

—¿Y esto?

Del fondo del armario, cuando ya parecía que nada más podía salir, Joel extrajo dos botes de pelotas de tenis.

—Mejor esto que una caja con los secretos...

—O las cartas de un amante de mamá. —Rai se puso rápidamente en situación—. ¿Te imaginas que en esta familia oasis, donde nunca ha pasado nada, de repente descubriésemos que...? Qué pereza.

—No cuentes con encontrar nada. La nuestra es una familia con mucha historia pero con pocas historias. Ni tesoros ni miserias.

—Una familia como todas, vamos.

—¿Qué estás haciendo? —Joel se sorprendió ante el gesto resuelto de su hermano.

—Tirar las pelotas, coño. Deben de estar gastadísimas.

—Pero son unas Wilson, hombre.

—¿Y?

—Se pueden aprovechar.

—¿Desde cuándo juegas tú a tenis?

—Jamás. Nunca. No tengo ni raqueta... —Joel abrió uno de los botes, sacó una pelota amarilla y la apartó—. Nunca se sabe cuándo puedes necesitarla. ¿No quieres una?

Ni siquiera contestó. Rai agarró los dos botes y los facturó dentro de la bolsa de basura. En un abrir y cerrar de ojos habían llenado seis bolsas azules de cincuenta litros. Las habían ido dejando al lado de las butacas de la habitación. La butaca de su madre. Nunca más, pensaron también sus hijos. Y mira que se había pasado allí horas y horas en las últimas semanas. Los últimos días, cuando ya no le quedaban voz ni fuerzas, su tiempo se reducía a levantarse de la cama con mucho miedo y, agarrada a su marido y a la señora Lourdes, dejarse caer en aquella butaca alta, con orejas, que le iba bien para reclinar la cabeza y encadenar cabezadas breves. Cuantas más mejor, sedada, para no pensar.

En cuanto Maria se quedó sin voz, Saül agarró la otra butaca, gemela, tapizada con cuadros príncipe de Gales, y la encaró hacia la de su mujer. Él se sentaba enfrente. Y se miraban. Sin decirse nada. Saül la contemplaba desde la hora de desayunar hasta que, a media tarde, con otra ardua maniobra, volvían a tumbarla en la cama. Un día tras otro. Uno frente al otro. Con ternura. El juego de la quietud. A metro y medio entre marido y mujer. Con el piano cerrado como única unidad de medida de la distancia entre ambos. Maria no hablaba porque no podía. Tampoco Saül le contaba nada. No se atrevía a debilitarla con un recuerdo. No quería importunarla con una emoción, ni quebrarle la paz de los últimos instantes con un misterio. Nunca se le habría ocurrido decirle que los médicos ya no tenían ningún otro plan, pero tampoco se atrevía a encadenar unas palabras que pareciesen una despedida. Al contrario, no se habría permitido que la última conversación le pudiese parecer a Maria un colofón demasiado intrascendente. Ignoradas las ofensas, quedaba el puro amor. La esencia. Así lo interpretaron sus tres hijos y la señora Lourdes. Cuando el tiempo simplemente se arrastraba, él tan solo buscaba la paz final, perfecta. Se miraban, se entendían y no se decían nada. Hay silencios que gritan, y aquel era uno de ellos.

El último jueves, Maria Vilalta Campabadal, sentada en la butaca, hizo un gesto con la mano para que corriesen las cortinas de la habitación. La claridad, de pronto, le molestaba en los ojos. El sol ilumina pero, en ocasiones, decolora la madera vieja. Desde su ventanal, en la cresta de Collserola, había visto crecer Barcelona a sus pies. Las nuevas agujas de la Sagrada Familia, al norte; la espada del nuevo aeropuerto, al sur. Entremedias, y sin prisa, había ido despuntando una ciudad nueva. El perfil de las torres gemelas del Puerto Olímpico, la vela de un hotel a la orilla del mar y un barrio entero de rascacielos, salido de la nada, al final de una avenida en diagonal que resultó ser mucho más larga de lo que nadie había previsto. Desde que se fueron a vivir a Vallvidrera, antes de que naciese Joel, hasta la hora de la última luz, la ciudad había ganado en azules, en esplendor y en autoestima. Día a día, Maria había tenido el privilegio de verla entera, como un paisaje habitual, desde la atalaya de su habitación. Pero ya tenía bastante. Después de echarse un poco de colonia por la frente y el pelo, blanco y peinado hacia atrás, apuró el plato del último flan. Los que estaban en la habitación repararon en el modo en que le brillaban los ojos. Era la última voluntad de una golosa impenitente. Al menos así lo entendió Victòria, antes de decirle gracias, mamá, en voz muy baja, y deslizar la palma de la mano para cerrarle los párpados.

Viernes, sábado, domingo. Tan solo tres días y cuántas veces, todos juntos, se habían contado unos a otros el instante dulce del último flan.

Rai se acercó a Joel, lo abrazó fuerte por la cintura y apoyó la cabeza sobre su hombro. Hacía tiempo que no trabajaban en equipo, y después de aquel esfuerzo codo a codo de toda una tarde en una habitación en penumbra, vaciando una etapa entera en pocas horas, le apeteció estrechar a un hermano que cada vez veía con menos frecuencia.

—¿Vuelves a Copenhague?

—Tenemos billetes para mañana. No puedo alargarlo más. El trabajo, lo siento. En el museo me han dado dos días de permiso, lo he juntado con el fin de semana y bueno... —Dudó si decirlo—. Peor aún Allan, que ha tenido que usar dos días de vacaciones.

—Está bien que haya querido apoyarte...

—Sí. Sin él todo sería más difícil. Es un sol.

Cada uno, a su aire, dio una vuelta por el piso. Hicieron la ruta sin decirse nada. Su habitación, la que fue de ambos desde que nacieron —primero dos camitas, después literas y, al final, dos colchones grandes hasta que se marcharon de casa—, se había convertido en el cuarto de planchar de la señora Lourdes. La habitación de Victòria, en cambio, permanecía prácticamente igual. Con el mismo somier de barrotes dorados, la mesilla de siempre y todos los volúmenes de medicina ordenados por tamaño encima del escritorio. Los frascos de perfume continuaban en su sitio, en fila india, en el orden en que se los habían regalado. Únicamente habían desaparecido los peluches que, en otro tiempo, colgaban de todas partes. El pasillo, a oscuras, tenía algún ángulo muerto que a Rai siempre le había dado grima atravesar. Incluso ese sábado, con cuarenta y nueve años, sintió un escalofrío al pasar junto a la puerta del lavadero. El despacho de su padre —allí donde se encerraba los sábados y los domingos a repasar los números de sus empresas— olía a sus puros. Durante años, los Montecristo habían ido ahumando estantes, libros y rincones. Ninguno de los dos se entretuvo viendo fotos. Sus ojos pasaban de largo por encima de todos los marcos, por si acaso la nostalgia los arrastraba mar adentro y no sabían volver. Finalizado el paseo por los recuerdos de un hogar muy vivido, Joel se cubrió con la cortina de la ventana del comedor y se quedó pensativo. Se entretenía con la cadencia de los funiculares que tan bien conocía. No bajaba uno hasta que el otro no asomaba. El chirrido de los frenos de los vagones era uno de los sonidos de su infancia. A sus pies, los millones de luces anaranjadas de una Barcelona que empujaba para que volviese a hacerse de día. Rai, cauteloso, lo sorprendió por detrás. Se envolvió en la cortina del mismo modo, como si fuese una capa, y se situó a su lado. Muy cerca.

—Hoy en la iglesia ha pasado algo, ¿verdad?

—Ah, ¿sí?

—A la salida, me ha parecido que te mosqueabas con alguien.

—¿Yo?

—Un tipo con bigote. Un hombre fuerte, pequeño, con bigote... Sabes quién te digo, ¿no? —A Rai se le aflautó la voz—. He oído que le decías que no era bienvenido al funeral.

—No me acuerdo. Hemos visto a tanta gente esta mañana... En días así es más fácil airear una habitación que las ideas.

—Joel, eh, hola. Soy tu hermano. A mí no me engañas. ¿Qué pasa?

—Ah, me parece que ya sé por quién lo dices... Nada. Un asunto de trabajo.

—Joel...

—El periodismo es lo que tiene. Nada que deba preocuparte.

—¿Has echado a un tipo del funeral de mamá pero tengo que fingir que no lo he visto?

—Exacto.

—No te metas donde no te llaman, ¿me oyes?

—Rai, eso me lo decía ella siempre.

—Recuerdo su voz. Perfectamente.

Joel agarró a su hermano por el hombro como quizá nunca antes lo había hecho.

—¿Sabes qué es gracioso, Rai? Que nunca le hice ni puto caso.

3
La catedral de color cobre

Qué faena que no haya ningún vuelo directo a Estrasburgo. Lo dijo Victòria, con dos maletas preparadas, y sus hermanos estuvieron de acuerdo. No se entiende que sea el corazón de la Unión y, para ir desde Barcelona, o pasas por París o tienes que hacer escala en Madrid, no hay tutía. Mucho Parlamento Europeo, mucha bandera azul, mucha mandanga, pero...

—Yo suelo ir y volver en coche. Esta vez...

La había llamado Joel para decirle ven, que mamá se nos va. Victòria, aturdida, dejó un montón de madres con hijos en la sala de espera de la consulta del hospital, pasó por el piso de la plaza Gutenberg, le dio dos besos a la pequeña Lisa y, desde el aeropuerto, llamó a su marido. Gerard, *mon amour*, apañaos vosotros, que yo tengo que irme a Barcelona y no sé cuándo volveré.

El día después del entierro, los tres hermanos quedaron para desayunar. Joel salió a comprar un cucurucho de cruasanes pequeños, con cuernos, y les preparó un termo de café aguado. Tenían un buen rato para ellos, para reencontrar la calma y charlar. Se habían organizado las horas. Antes de almorzar, Allan pasaría a recogerlos para dirigirse a la terminal de salidas internacionales. Victòria regresaba a su casa, junto a la catedral de Estrasburgo. Rai y Allan, vuelo directo a Copenhague.

—Papá no saldrá adelante solo.

—¿Quién lo dice? Papá es un valiente. La gente de posguerra no se arruga.

—Y está la señora Lourdes. No tiene que cocinar, no tiene que comprar, no tiene que hacer mucho más que no hiciese...

—Lo siento, Joel, pero tal y como tenemos la vida organizada...

—Ya lo sé.

—Con Vito en Francia y yo en Dinamarca, el día a día de papá te lo comes tú. *Comérselo* no es el verbo, perdonad...

—Ya te he entendido, Rai... No pasa nada. Se agradecerá el apoyo, pero no os preocupéis por él...

—No. Si estamos preocupados es, básicamente, por ti. —Victòria le hizo una caricia para disimular la ironía—. Es de ti de quien no nos fiamos.

—Ya me lo montaré... Intentaré ir a cenar con él dos o tres días a la semana. Ya me apañaré como sea. A lo mejor me arreglo una habitación y algún día me quedo a dormir allí. No sé. Total, no tengo quien me espere en casa...

—Nos vamos a echar a llorar.

—Que no se entere Daria.

—¿Qué?, ¿perdona? —Joel se hizo el sueco.

—En el funeral estaba muy pendiente de ti...

—Una buena chica, Daria. Pero no es fácil. —Bebió un sorbo del brebaje—. Un divorciado como yo, con adolescente en casa... Encima ahora con un padre viudo a mi cargo porque mis hermanos se lavan las manos...

—Qué huevos tienes, Joel. No te lo crees ni tú...

—A los cincuenta dejé de ser un buen partido.

—Mira, te digo una cosa: si yo fuese Daria —Victòria se puso en su lugar— y te oyese hablar de mí como de una buena chica, te mandaría a la mierda. Vamos, pero ya.

—Si tuviese tus ojos azules, Rai, quizá aún me pondría el mundo por montera.

—Son los ojos de mamá. La mejor herencia.

Rai se emocionó. Vito, sentada en una silla con asiento de mimbre, le puso la mano en la nuca.

—Y mañana todos a trabajar como si nada. —Joel trató de cambiar el rumbo—. No es pereza, pero es raro volver al trabajo después de todo esto...

Y mañana me toca rodaje. ¿A vosotros no se os va a hacer cuesta arriba?

—¿Con qué estás ahora? —preguntó Rai, enjugándose los ojos con las dos palmas a la vez.

Joel detestaba hablar de sus proyectos. Y por eso mismo le preguntaban.

—El tema es... Si nos sale bien, podría traer cola. Es uno de los grandes escándalos que se han tapado en este país.

—Y tampoco nos lo vas a decir, claro...

—La discreción es un valor.

—Que somos tus hermanos, Joel, coño...

—Precisamente. Cuando lo emitamos ya lo veréis. Lo hago para preservar vuestra seguridad.

—Mira... —dijo Victòria, falsamente ofendida—. Hay veces que te pincharía los ojos con chinchetas.

Los pisos altos de Sarrià suelen ser alegres, de sol a sol. La cocina de Joel tenía buena claridad y un aire intencionadamente italiano. Había elegido la madera clara de los armarios, con los marcos de un verde lamido con brocha, y, encima de la campana, había colocado unos tarros de cristal que dejaban la pasta seca a la vista. Sobre la mesa, un mantel de cuadritos blancos y rojos, comprado en un mercadillo, era un pedazo de Amalfi en mitad de Barcelona. Resultaba un conjunto pensado al milímetro, como todo lo que solían hacer los Estrada.

Mientras vaciaban el termo de café, regresaron a un juego de la infancia que, de pronto, perdía toda la inocencia. Debían contar algo de sí mismos que su madre no supiese. Una vivencia. Un chisme. Una travesura. Lo que fuera. Cualquier cosa valía. La única condición era que su madre no lo hubiese sabido nunca. Ahora, ya nunca lo sabría.

Comenzó Vito, que fue quien había rescatado la idea. Un homenaje singular a su madre, ahora que el mundo continuaría girando, sí, pero sin ella. Se dio cuenta de que lo que iba a narrar sería, también, una novedad para sus dos hermanos. Aquella historia —una anécdota curiosa, dijo— era su secreto. Nunca lo había contado. A nadie.

Como bien sabían todos los Estrada, cuando Victòria terminó la carrera de Medicina y se hubo especializado en pediatría, ganó una beca para pasar un año en el Consejo de Europa. Trabajaría seis horas al día en el servicio médico que, dentro del mismo edificio, atendía a los funcionarios de la institución. Se instaló en Estrasburgo, compartió piso con otra becada de Suiza del mismo departamento —Marielle— y todos los días cogían el autobús e iban juntas a la consulta al Palacio de Europa, del Consejo de Europa, en la avenida de Europa. La redundancia era empalagosa. Dado que niños veía pocos —porque los funcionarios no sabían que tenían derecho a que visitasen a sus hijos—, Victòria se ofreció también para hacer prácticas en el hospital público. Quería hacer currículum y adquirir experiencia. Necesitaba ver casos, tocar niños, explorarlos, percibir las diferencias en cada momento mágico del crecimiento. Sanar personitas, vaya, que para eso había querido ser médico.

Una vez al mes llegaba al Palacio de Europa todo el aluvión del Parlamento Europeo. Dejaban Bruselas y, en peregrinación, cientos de políticos y miles de funcionarios de la Unión se desplazaban para celebrar cuatro sesiones plenarias. De lunes a jueves. Por la tarde, en cuanto se levantaba la sesión del hemiciclo, todo el mundo salía en tropel hacia su casa para aprovechar el fin de semana de tres días. Las carreras y los codazos para pillar el primer taxi eran tan habituales que, en alguna ocasión, habían tenido que enyesar a un eurodiputado que se había caído de bruces.

Un jueves como cualquier otro, cuando la nieve de marzo ya se había fundido, un eurodiputado de Girona escuchó a Victòria hablar por teléfono, sentada en la barandilla de la gran escalinata de la puerta del palacio. El hombre sacó un Marlboro del bolsillo interior de la americana y disimuló, calada tras calada, esperando bajo las banderas de los Estados miembros. Nada más cortar la llamada, el político se acercó sin vergüenza.

—No te conozco.

—¿No? —Escuchar de pronto que alguien hablaba su lengua sorprendió a Victòria—. Yo tampoco.

Él le miró la solapa.

—Victòria Estrada. Inglés y francés.

—Y catalán y castellano, también.

—¿Eres intérprete?

—No.

—Ya me lo parecía. Conozco a todas las intérpretes de cabina. Aquí y en Bruselas, y nunca te había visto.

—No trabajo en el Parlamento. Soy médico. En el Consejo de Europa.

—De Barcelona, por el acento...

—Es la primera vez que me lo dicen.

—¿Te vas a casa? Te llevo al aeropuerto...

—Gracias, pero no vivo lejos.

—Entonces nada. Era por si querías que...

—Claro. Es que me quedo aquí. Hasta verano no volveré a viajar a casa.

—¿Te veré entonces el mes que viene?

—¿Y tú? ¿Puedo saber quién eres?

En el mes de abril, el primer lunes de plenario

en Estrasburgo, Nico Nicolau, democristiano, del partido de los liberales, con dos años de experiencia como eurodiputado, se presentó en el servicio médico. Tenía —decía— un dolor de garganta del aire acondicionado y necesitaba la opinión de alguien que hablase su lengua. Cuando Victòria —bata blanca, piel tostada, el pelo recogido en una coleta— le sacó el palito de madera de la boca, él insistió en invitarla a cenar, a un buen sitio. Quedaron para el miércoles, en la Maison Kammerzell.

En la mejor esquina de la ciudad, todo el mundo conocía la *brasserie*. Era un edificio gótico, con habitaciones, en pleno centro. Victòria, con veintiséis años y un salario escaso, jamás habría entrado en aquel restaurante de ornamentación medieval, fachada oscura y platos carísimos. Nico Nicolau, no obstante, sabía hacer las cosas. O creía que sabía hacerlas. Había reservado un saloncito privado, en el primer piso, con vistas a la catedral de color cobre y la había recibido besándole la mano y con una copa de Dom Pérignon. En el segundo plato, mientras compartían un Chateaubriand a la salsa bearnesa, Nico Nicolau se jugó todas las fichas a un solo número.

—Te he invitado a cenar para pedirte que te cases conmigo.

En un primer momento, Victòria pensó que era una broma. No se conocían. No habían intimado.

No se habían enamorado. No se habían besado. Apenas era la tercera vez que se veían. Nunca habían hablado más de dos minutos. Ni siquiera sabía si se gustaban. Seguramente, Nico Nicolau tenía una buena entrada. Un mal nombre, pero una primera impresión más que agradable. El pelo en su sitio, una sonrisa ordenada y las uñas bien cortadas. Se notaba que fumaba. Lo había visto el día que había tenido que mirarle la garganta. Lo advirtió por el olor de la ropa cuando se le acercó en la consulta. Por lo poco que lo había tratado, le parecía un presuntuoso de pies a cabeza. ¿Qué hombre, sin embargo, no gallardea por encima de los estándares deseables en la fase de seducción? Por tanto, todo podía mejorar. Y esa noche, hasta aquel momento, no habría descartado que... Pero, de sopetón, soltó aquella petición de mano, como una bomba. Victòria, serena, no se puso nerviosa. Tan solo pensó que Nico Nicolau, el eurodiputado que tenía cenando enfrente, era un bromista. Antes de responder, se limpió los labios con la servilleta.

—¿Por qué habría de casarme contigo?

—Porque nunca te va a faltar de nada.

—Ah, no... —Consideró otra pregunta mientras Nico Nicolau le sostenía la mirada—. Mejor dicho, ¿por qué quieres casarte conmigo?

—Porque lo necesito.

—Vaya. ¿Tan irresistible soy?

—Más.

—¿Por qué lo necesitas?

—Por mi carrera política. Necesito casarme, tengo edad para ello y desde la central ya me han dicho que, en un partido como el mío, democristiano, no puedo llegar a los cuarenta sin estar casado, sin tener hijos. En otras palabras, que si no hago la vida que esperan que haga, esta será mi última legislatura en el Parlamento Europeo. No te lo dicen así, pero se sobreentiende. No volverán a contar conmigo, y punto.

—Oye, esto sí que es amor. Ahora veo que sí que estás muy enamorado de mí, ha sido un impulso, lo nunca visto.

—Eres muy guapa, creo que podríamos entendernos...

—Por tanto, todo esto es una broma. Lo haces para vacilarme, para tener un tema de conversación.

—No, no...

—Entonces no lo entiendo.

—Es la conversación más seria que he tenido nunca.

—Pero esto es una cena de negocios; por tanto, no es una cena romántica.

—Visto así... Verás, te seré sincero. Corre el rumor de que soy gay. Y no pasa nada, por supuesto que no, pero en mi partido, a los treinta y cinco, si soy soltero, si vivo fuera, si no se sabe nada de mí, si no tengo hijos...

—Y has pensado que yo podría ser tu tapadera...

—Mi mujer.

—Como eufemismo suena mejor, sí.

—Te prometo que nunca te faltará de nada. Solo te pido que tengamos hijos, un par, pronto, y tú podrás hacer lo que quieras.

—¿Y todo eso lo tendré por contrato, con un sueldo?

—Por contrato, con un sueldo, puedes tener la vida sexual que quieras, con quien quieras, discretamente, eso sí... Y en los actos públicos ser mi mujer.

Un camarero entró para servirles más champán. El político lo detuvo con la mano, para dar a entender que no era el momento, que ya se ocupaba él. Antes de llenar las copas, secó la botella para que no goteara el hielo. Victòria se humedeció los labios. Recién servido, agradecía el frescor.

—Ahora, en esta situación en la que nos encontramos, yo podría decir tres cosas, Nico. Una sería decirte que sí. Un sí tan frío como el contrato que me propones, pero un sí al fin y al cabo. Otra sería decirte no, gracias, porque en casa estamos muy bien educados y cuando nos hacen una proposición, como mínimo somos agradecidos. Y la tercera...

—A mí me gusta la primera. —Lo dijo con franqueza, pensando que podría conseguirlo.

—Sí, sí, ya lo he entendido...

—De verdad que nos espera una buena vida. Si dices que sí, puedo llegar a ser presidente. Lo tengo bien planificado. Poseo ambición y tengo contactos y sé cómo se deben manejar las cosas. Yo, presidente; tú, primera dama, nunca nos va a faltar de nada.

—Y la tercera, decía...

—Perdona, sí.

—De hecho es esa la que me pide el corazón. Es levantarme, coger la chaqueta con dignidad, desearte mucha suerte con la putilla que encuentres para que te haga de maniquí o de trampolín para tu carrera política, salir de este restaurante magnífico donde no pienso volver a poner los pies y asegurarte que nunca, por más elecciones a las que te presentes, pienso votar a un cretino como tú.

—Eso no vas a hacerlo. He sido sincero. Sabes que he ido de frente. Yo te he hecho una propuesta... ¿Que no te gusta? Pues segunda opción. No, gracias, y si te he visto no me acuerdo, doctora Estrada.

—¿Quieres un consejo? No te pongas enfermo aquí, en el Palacio de Europa....

—Tampoco tienes que hacerte la ofendida. Mira, soy el primer hombre que te pide matrimonio y, seguramente, seré el único que te contará los verdaderos motivos cuando te lo proponga.

Victòria Estrada Vilalta, pediatra en los inicios de su carrera, maduró de golpe. Apartó las patatas del Chateaubriand, se puso en pie, cogió la chaqueta como si la hubiesen llamado por una emergencia, dejó a aquel mierda sentado a la mesa y salió de la Maison Kammerzell. Sin prisa pero sin pausa, regresó a su casa, con el frío insolente en la cara. Decidió que jamás le contaría a nadie aquella pesadilla.

4
El océano es siempre lo de menos

Daria tenía los ojos ladrones. Te miraba y te lo arrebataba todo: la vida pública, la vida privada y, si no estabas atento, también la vida secreta. Joel se había quedado prendado de aquella mirada de ojos melosos. Desde hacía casi un año eran su refugio. En ningún lugar sentía tanta felicidad como en su casa. Era un piso con poca luz, con el olor a comida colándose por el patio de luces a destiempo y un balcón esmirriado sobre la Monumental, una de las dos plazas de toros en desuso de la ciudad, que habían quedado como rémora de otros tiempos.

Victòria y Raimon debían de estar aún en el control de pasaportes cuando Joel ya se había instalado en casa de Daria, dejándose consolar.

—Te he traído una cosa.

Introdujo la mano en el bolsillo del abrigo y sacó una *pashmina* roja. Dejó que se posase sobre la cama desde muy arriba para que, con el serpenteo, Daria contemplase la caída de la seda.

—¿Es para mí? —Se tapó la boca con las manos.

—Es del viaje a la India... Fueron para celebrar los veinticinco años de casados, creo. Ver todo aquello era la gran ilusión de mi madre.

Frida, curiosa, corrió a olisquearla. No lo detectó, pero olía a Maria Vilalta. Daria sí que lo notó. Y supo apreciar el detalle, el regalazo, la prueba de amor que acababa de entregarle Joel. En aquellas horas delicadas había pensado en ella. Aquel gesto tenía más valor que cualquier joya o unas palabras que, a fuerza de tiempo, se dicen por inercia y se escuchan con desdén. Él, como en tantas ocasiones, tuvo la necesidad de hacer un relato de ello, un titular periodístico. Era el pañuelo que su madre había llevado con más frecuencia los últimos inviernos. Maria pensaba que, a los viejos, un poco de color les alegraba la cara. A ella, con el pelo tan blanco, el contraste del rojo hacía que le resplandecieran las facciones y le daba prestancia, que era una palabra muy suya.

Daria se inventó una sopa de calabaza con jengibre y, mientras preparaba la comida, quiso saber cómo había ido. Le interesaba todo. Qué había dicho uno, qué había respondido el otro, cómo habían quedado sobre su padre a partir de ahora y, cuando supo que Victòria se había inventado un juego, quiso conocerlo todo de pe a pa. No paró hasta que Joel le contó, con pelos y señales, la historia más misteriosa que su hermana les había revelado en aquella mañana de duelo. Se tomaron la sopa caliente, compartieron un plátano con pan, prepararon una infusión, se tumbaron en la cama para echarse la siesta y, después, Daria aún le daba vueltas a la historia de Victòria en el restaurante de Estrasburgo.

Con el ordenador portátil encima de la cama, lo buscó en Google.

—Pues es verdad. Hay un tío que se llama Nico Nicolau.

—¿Te creías que lo decía de coña?

—De hecho, se llama Nicolau... A algunos padres habría que fusilarlos.

—La gracia que le hará a él ir toda la vida arrastrando la ocurrencia...

—Espera, que voy a mirar si se ha casado —dijo mientras tecleaba con todos los dedos.

—No hace falta. Nos lo contó Vito. —Joel echó a Frida, que se había subido encima de las sábanas—. Por supuesto que se ha casado. Mi hermana le dijo que no, pero poco después, al cabo de un año, ya había pasado por el altar con otra que le debió decir que sí. El contrato lo tenía claro. Marta noseequé, creo.

—Marta López. Mira, aquí está... Y tienen dos hijos. Niño y niña. Le ha salido todo a pedir de boca.

Le mostró la foto, girando la pantalla.

—Vito es mucho más guapa...

—No se puede decir que esta sea fea. Menos exótica que tu hermana, pero tiene estilo.

—No hay nada como programarse la vida...

—¿Qué pasa? Puede que sea amor. —Daria cerró el MacBook, lo apartó y buscó el cuerpo de Joel—. Puede que Nico y Marta se enamorasen de verdad. ¿Tú qué sabes?

—Ya es vicepresidente del Parlamento Europeo. Tiene todo lo que quería. La carrera soñada.

—Y tú ¿qué quieres, eh? —Le hizo cosquillas debajo del cuello, sabiendo que Joel sabía aguantarlas cuanto más lo pinchaban.

Frida, una golden retriever con la trufa tan negra como los ojos, volvió a subirse a la cama. La perra de Daria era celosa. Cada vez que su dueña se abrazaba a Joel, a Arnau o a Koldo, ella se ponía en medio, más que para sumarse a la fiesta, para reclamar las caricias que, de pronto, iban a parar sobre otra piel. Al segundo beso, harto de notar a la perra encima, Joel se levantó de golpe y fue en busca de su abrigo, que se había quedado encima de una silla del comedor. Regresó con el puño cerrado, escondiendo algo, y volvió a echarse en la cama.

—Frida, mira qué tengo...

Le enseñó una Wilson gastada. El color amarillo atrajo a la perra. Él le tiró la pelota al lado de la cama y ella, por acto reflejo, saltó, la agarró con la boca y se la devolvió, y él volvió a tirársela cerca. Joel y Frida repitieron el juego tres veces.

—Esta perra es muy revoltosa.

A la cuarta, él le varió la trayectoria. Le lanzó la pelota de tenis hacia el comedor, tan lejos como pudo. Frida, juguetona, salió rauda detrás de ella. En ese momento, aún más ágil que la perra, Joel se levantó y corrió a cerrar la puerta de la habitación. Como un rayo.

Durante una hora larga, Frida estuvo rascando para pedir permiso para entrar. Por una vez, en el piso de Daria hicieron el amor los dos solos, con tranquilidad, sin tener que ir apartando a la bestia.

No hay nada que me guste más en este mundo que nuestros cuerpos juntos.

Fue el primer titular que dio Joel cuando se despertó.

El segundo se lo guardó. Era la primera vez que follaba desde que se había muerto su madre. En toda su vida, era algo que aún no le había pasado. Un día u otro tenía que ser el primero, pero no había calculado que llegaría tan de repente, con el primer luto, y que casi sería una cuestión de necesidad. Tuvo cuidado de no pensar en ella en ningún momento, aunque, esforzándose en no hacerlo, automáticamente le venía la imagen a la mente y entonces, en el vaivén exaltado bajo las sábanas, tenía que escapar, como fuese, de aquella idea. De su madre. De su madre muerta.

En el último momento, cuando vio venir el éxtasis furioso, logró centrarse solamente en Daria, ojos ladrones, pechos de vainilla.

Por la tarde, erre que erre, ella no paró hasta que Joel le contó el secreto. Aunque fuese un asunto menor, quería saber qué había hecho él que Maria Vilalta ya nunca sabría. Necesitaba conocer qué era aquello que había revelado a sus hermanos durante un desayuno por el que ella habría pagado lo que no tenía por asistir.

—¿Qué te parece si me dejo barba? —Intentó esquivar el acoso—. A ti te gusta que rasque.

—Ahora, no... —Daria se mordisqueó un pellejo del anular—. Pensarán que estás deprimido...

—Pero yo creo que me quedaría interesante. Me saldría blanquecina...

—Te haría más viejo, y a mí me gusta como

eres... Así, que rascas pero no mucho, con este pelo que todavía va a su aire, con la nariz de los Estrada... —Zanjó las caricias con un beso seco—. La barba es para los que tienen algo que esconder.

—¿Qué versión de mi secreto quieres, la corta o la larga?

—¿A ti qué te parece, tontorrón?

Los Estrada hicieron un único crucero en su vida. Fue para celebrar los cincuenta años de Maria. Su madre siempre había pensado que un crucero no era más que una ciudad a escala que te trasladaba de un lugar a otro, y que era un modo de estrechar el vínculo familiar y de estar los cinco juntos durante una semana. El regalo de su padre, *grosso modo*, tal y como él lo hacía todo, fueron seis días por el Atlántico a bordo de un Royal Caribbean de trescientos metros de eslora donde cabían cuatro mil viajeros. No era una ciudad en pequeño, era un pueblo grande convertido en una yincana de distracciones y actividades a todas horas. El barco zarpaba de Nueva York y, al cabo de cinco días, atracaba en Miami, punto final de destino. Entremedias, CocoCay y las Bahamas eran paradas que nadie quería perderse.

Todo estaba organizado para comer, consumir, jugar, divertirse, volver a zampar y gastar un poco más. El gran montaje americano. Un pasaje entre el individualismo y el desarraigo. Los seis días de crucero eran la metáfora exacta de la civilización. Se trataba de encapsular la decadencia, pensar poco y avanzar con una pulsera en la muñeca. Todos identificados, como un bebé de hospital. Todo el mundo con la ilusión del todo pagado. No había viento ni tormenta que alejara al mastodóntico buque de su ruta. Absortos en la agenda de actividades, ni los Estrada ni los otros miles de pasajeros —la mayoría estadounidenses, blancos, partidarios de Reagan— eran conscientes del auténtico viaje.

El paisaje es la excusa. El océano es siempre lo de menos.

De todas las propuestas dentro del barco, a sus padres les gustaba una pareja que imitaba a Fred Astaire y Ginger Rogers. Bailaban al mediodía y por la tarde y habían conseguido asemejarse mucho. Piernas largas, trajes elegantes y una facilidad para la danza que parecía que volasen. Si hicieron diez actuaciones, puede que las viesen todas. Después, finalizado su *show* del *Swing Time*, dejaban que el público, como fin de fiesta, subiese al escenario. Durante veinte minutos, las parejas bailaban con la barbilla alta, haciendo girar la felicidad. Fred y Ginger se prestaban a que los turistas pudiesen dar unos pasos con ellos. Algunos atrevidos intentaban unos pasos de claqué tutelados por uno de aquellos bailarines de primera. Otros pasajeros ya se presentaban en el espectáculo con zapatos blancos y negros, y bailaban y bailaban y bailaban mientras la orquesta seguía tocando *Sombrero de copa*.

El segundo día de felicidad de crucero —un poco postiza, un poco velada— sus padres conocieron a una mujer. Mientras Joel, Raimon y Victòria se entretenían con un monitor en una pista de voleibol al aire libre —más de tres pelotas se ahogaron en el Atlántico—, Saül y Maria descubrieron otra actividad insólita en el auditorio del barco. Primero pensaron que era una monologuista que el público —tal vez un centenar largo de personas, más mujeres que hombres— escuchaba sin reírse. La segunda vez que la vieron comprendieron la gracia del espectáculo. Era una mujer vestida de rojo de arriba abajo, desde el lazo del pelo hasta los zapatos, que explicaba qué tiendas podrían encontrar en la siguiente parada del barco. Recomendaba joyerías, boutiques y lugares típicos que tuviesen algún encanto o alguna singularidad. Cuanto más la observaba Maria, más extraña le parecía. Llevaba los labios pintados del mismo rojo que el vestido, del mismo rojo que los extintores de la sala. Incluso las encías, que permanecían a la vista más a menudo de lo que todos habrían querido, parecían ir a juego. En contraste, destacaban unos dientes blanquísimos, con dos palas quitanieves inclinadas ligeramente hacia delante. Era simpática, eso sí. Mucho. Y hablaba en cualquier idioma, y, pese al aire grotesco, de pepona de feria, era una vendedora nata. Si hubiese estado a su alcance, Saül la habría fichado para su empresa y la habría puesto a vender parrillas para la barbacoa y pinzas para la carne.

Al final de las prescripciones, la mujer de rojo hacía tan solo una petición a las pasajeras, que habían estado tomando apuntes mientras sus maridos la repasaban a ella de arriba abajo. Les pedía que si bajaban a tierra e iban a alguna de aquellas tiendas se acordasen de decir, sobre todo, que iban de parte de la mujer de rojo.

—Esta lo hace por la comisión, Maria.

—Sí que has tardado en atar cabos...

Saül no daba crédito.

—Si tú tuvieras que montar este mismo *show*, ¿qué tienda recomendarías de Barcelona?

—¿Yo, en un barco, vestida de rojo?

—No, mujer, ya me entiendes...

—¿Qué joyería recomendaría de Barcelona?

—No hace falta que sea una joyería. Una tienda... De lo que sea. Una.

—Quizá... —Maria se lo pensó—. Puede que la Casa Beethoven.

Si Saül hubiese apuntado el vaticinio en un papel y lo hubiera metido en un sobre, habría acertado. Cuando una pareja se conoce tan bien, tiene diez años más de vida. Un *bonus track*.

De pequeña, su padre ya la llevaba a Casa Beethoven a comprar partituras para piano. Y nunca había dejado de ir hasta que ella misma llevaba a Victòria, muy niña, de la mano. Allí, en aquella pequeña tienda de la Rambla, atestada y ordenada, las tenían todas. Cualquiera que fuese la partitura que pidieses, por más desconocido que fuera el compositor, Jaume se dirigía a los cajoncitos de madera y enseguida salía con la obra en la mano. Fue en la puerta de la tienda, de pie en la calle, al lado del palacio de la Virreina, cuando Maria fue consciente de leer una palabra. La primera que la fascinó. Descubrió, con solo mirarla en el friso del portal y declamarla en voz alta, que el sonido de la misma palabra expresaba su significado. Encima de «Casa Beethoven» había un rótulo de vidrio con una sola palabra, gigante: MÚSICA. De repente se dio cuenta, en el juego maravilloso de comenzar a casar sílabas en la edad en que las letras pasan de ser monigotes borrosos a tonos concretos, de que no solo le encantaba la música, sino de que la fascinaba la palabra *música*, porque resonaba bien. *Música* tenía música. Inconscientemente, en la cadencia de las tres sílabas, en las tres notas, en la filigrana que soldaba consonantes y vocales, en la delicadeza de la ese, incluso en la orgullosa tilde sobre la u, percibía la melodía.

Joel nunca se lo dijo a sus padres, pero acababa de contárselo a sus hermanos en la mañana de confesiones en la cocina de su piso de Sarrià, y estaba a punto de desvelárselo a su querida Daria: en aquel crucero de Royal Caribbean, durante la escala que hizo en la isla de CocoCay, en mitad del océano Atlántico, a los dieciséis años, perdió la virginidad.

Una mujer desconocida se lo folló.

Ahí tienes el titular.

Daria, saltándole encima, risueña, suplicó los detalles.

Llovía. Le dio pereza bajar a la excursión, dijo que se encontraba mal y prometió que se quedaría en el camarote. Maria dudó si hacerle compañía, por si empeoraba, pero Saül le dijo no fastidies, que ya es mayorcito, que se espabile, solo faltaría que te perdieses CocoCay por estar pendiente de este mocoso. Una vez que la familia estuvo en tierra, Joel salió a explorar el barco. Curioso por naturaleza, decidió traspasar todas las puertas donde se prohibía el paso. Algunas estaban cerradas y era imposible entrar. Otras, pese a la advertencia, sí se abrían, y allí Joel descubría pequeños mundos secretos. A veces no eran más que diminutos almacenes donde se guardaban cubos y fregonas, o bien se topaba con alguna máquina que roncaba sin cesar y que debía de tener alguna utilidad para la marcha de aquella bestia del océano. De pronto, abrió una puerta que lo condujo detrás del escenario del auditorio. Y más allá, incluso, como si fuese una casa encantada de un parque de atracciones, dio con otra puerta con la señal de prohibido pasar a cualquier persona ajena a la tripulación. También la abrió. Y, sin pensárselo, se encontró en el interior de un camerino, con un sofá cochambroso, una pila, un lavabo y un plato de ducha. El espejo, como en las películas, estaba enmarcado por bombillas blancas para que la actriz que se maquillase pudiese perfilarse los ojos sin salirse de la línea, por mucho que el barco se balancease un poco. Joel se fijó en que, más allá del espejo y del pequeño tocador, había bastante ropa de mujer en tres colgadores que quedaban a la vista. Se acercó sin tocarla, con respeto. La camisa, de un tono perla sofisticado, olía a perfume. La cogió y olió el cuello. Justo en el momento en que devolvía la camisa a su sitio, escuchó que unos pasos se aproximaban por el lado del auditorio. Vio que la cerradura se movía y, de un bote, saltó al plato de ducha antes de correr la espesa cortina. Alguien entró y, una vez dentro, cerró la puerta y resopló. Joel ya no estaba solo. El espacio no medía más de cinco metros cuadrados y, si aquella persona no decidía irse, él se había quedado sin escapatoria. Decidió aguantar la respiración tanto como le fuese posible. Se hizo el muerto. Intentó no mover ni un dedo, ni un párpado. No sabía cómo iba a salir de aquella. Si esa mujer —entonces todavía pensaba que era la mujer de la camisa perfumada— decidía ducharse, se encontraría en un callejón sin salida. Y si lo descubría, pensaría que era un ladrón, avisaría a la seguridad del barco, lo detendrían, sus padres se morirían del disgusto y habría arruinado el viaje de los cincuenta años de su madre. Se juró que, si salía de aquella, jamás volvería a abrir una puerta que no debía. Se prometió que, si la mujer de la camisa no lo descubría, donaría la mitad de sus ahorros a una buena causa... La curiosidad, sin embargo, pudo más que él. Despacio, inclinó el cuerpo para mirar fugazmente por la ranura que quedaba entre la cortina de la ducha y la pared. Y vio a una mujer vestida de rojo de arriba abajo. Primero se quitó los zapatos de tacón, después un lazo que llevaba en el pelo y que arrojó de cualquier manera sobre el tocador, como si estuviese harta de su personaje. Joel no podía esquivar la mirada. Luego dejó caer al suelo el vestido, se quedó en bragas y sujetador.

También eran rojos. No podía creérselo. Era el momento clave: o bien se ponía la camisa y se vestía, e intuía que podría lograr salir sin que lo descubriese, o, si se desprendía de la ropa interior, sería señal de que iba a ducharse, y entonces...

Cuando la mujer de rojo hizo el gesto de ir a quitarse las bragas, Joel decidió detener la peripecia.

—Perdone. Soy yo. Estoy aquí, en la ducha. No continúe.

El grito de la mujer de rojo debió de oírse desde el auditorio. Volvió a subirse las bragas de un salto y le faltó tiempo para descorrer la cortina.

—Hola —dijo Joel, mostrando la mejor de sus sonrisas.

—¿Quién eres tú? ¿Qué haces aquí?

—Nada... Me he perdido por el barco y...

—Pero ¿se puede saber qué coño haces aquí...?

—No soy ningún ladrón, de verdad. No avise a nadie, mis padres me matarán... Han bajado a dar una vuelta...

—Me da igual. No sé quiénes son tus padres —dijo ella, aún nerviosa, poniéndose un albornoz para no continuar la conversación en sujetador.

—No me denuncie, por favor. —Los ojillos imploraban clemencia.

—¿Cuántos años tienes?

—Diecisiete —mintió, todavía hoy no sabría decir por qué. La angustia del momento, suponía.

—Hostia. Y ahora ¿qué vamos a hacer?

—Si quiere... me marcho y me olvido de que la he visto... De verdad que no quería nada. He salido a... Me encantan los barcos y he querido ver cosas que los pasajeros nunca pueden ver.

La mujer de rojo, dientes y encías, se echó a reír.

—Pues has visto una que no esperabas. ¿A que no?

—No, no... Desde luego.

Ella se deshizo del albornoz. Joel no sabía dónde mirar.

—Mira, guapo, aquí solo hay dos opciones. Una es que avise de que te he pillado dentro de mi camerino. La otra... ¿Por qué no vienes aquí y hablamos de ello?

Joel entendió que debía sentarse en el sofá, a su lado. Más de treinta tenía, seguro. Puede que más cuarenta que treinta. Qué cojones sabía él de la edad de las señoras, y, en aquel momento tan delicado, era lo de menos. Siempre debería ser lo de menos.

—Tú me has visto así... —La mujer puso una pierna encima del sofá, sin llegar a tocarlo. ¿Bien?

—Sí, sí. Muy bien. Es usted muy guapa.

—Tal vez sería justo que yo también te viese a ti...

—¿Qué quiere decir?

—Verte. A ti. En calzoncillos.

—¿Yo? ¿Ahora? —No podía estar más sonrojado.

—Estaríamos en paz, ¿no te parece?

—Es que...

—¿No irás a decirme que te da vergüenza?

—No, no...

—Si te apetece, por supuesto...

Comenzó a desnudarse con timidez. Cuando vio que la mujer de rojo se levantaba y cerraba el pestillo del camerino, Joel respiró hondo. Quería disimularlo, pero todo su ser se estaba animando. Hacía un instante estaba escondido, sudando, dentro de la ducha, y ahora... En cuanto ella le puso una mano encima, con las uñas largas pintadas de rojo, él ya no supo ni cómo se llamaba. Notaba que había llegado el momento.

Jamás habría dicho que una erección pudiese llegar tan, zas, de sopetón.

Nunca habría supuesto que un corazón pudiese latir tan rápido. Y que fuese el suyo.

Muchas veces había pensado en cómo sería la primera vez que hiciese el amor. O que follara, porque él, desde que tenía doce años, pensaba en cómo sería el día que follase. Se imaginaba el lugar, el momento y la mujer que tendría delante, porque, fuera cual fuese la fantasía, siempre era una mujer mayor que él. Cuando pensaba en ello, nunca se veía con una compañera de clase o una amiga de la pandilla de veraneo, en Olot, sino que estaba en la cama con una mujer que quizá le doblaba la edad y que sabía, en cada momento, todos los rituales del acto. Luego soñaba sobre lo desconocido. Cómo debía de ser la sensación de la penetración, el gusto exacto que percibiría cuando se adentrase en otra persona e, incluso, qué diría después, si es que había que decir algo. ¿Se debe valorar? ¿Se debe agradecer? ¿Se debe reír, para expresar felicidad? ¿Se debe decir te quiero, aunque solo sea por cortesía?

Se moría de ganas. De vivirlo, de experimentarlo, de ir a Raimon y decirle eh, tío, que ya he follado. Ser el hermano mayor también es eso, la responsabilidad de abrir camino y explicar los atajos secretos a los que vienen detrás, para que lo tengan más fácil. Pero que había follado en el barco y con quién lo había hecho no podía contárselo a Raimon ni a nadie. Tenía suficiente con su satisfacción íntima.

Se había masturbado muchas veces pensando en cómo sería la primera vez y, finalmente, la realidad no había tenido nada que ver. Todas las sensaciones fueron nuevas. De lo que tenía previsto a los hechos consumados, nada de nada. Ni siquiera lo oyó cuando dio las gracias, mientras se vestía. Ella ya había abierto el agua de la ducha, había metido los dos pies en el plato y había corrido la tupida cortina.

No volvió a verla. Salió de aquel camerino como había entrado, procurando que nadie se diese cuenta. La autoestima que lo acompañaba, sin embargo, era completamente diferente. El Joel que había atravesado la pasarela del Royal Caribbean al inicio del viaje no era el mismo Joel que encontró la familia cuando volvieron a embarcar, cargados de bolsas con compras.

Su madre, preocupada por haberlo dejado solo, le preguntó si se encontraba mejor. El chaval murmuró que sí cabizbajo. Se esforzó en retener una sonrisa que se le quería escapar por los lados. En aquel momento, follar con la mujer de rojo le había encantado. Había mejorado las expectativas. No habría cambiado aquella experiencia por ninguna otra.

Con el tiempo, Joel Estrada Vilalta se dio cuenta del engaño. Para estrenarse no había acertado ni el lugar, ni la persona ni el modo. El descubrimiento habría merecido otra circunstancia. Más limpia, más pausada, no tan patosa. Menos egoísta por ambas partes. Con un poco de tacto y alguna palabra dulce, quizá habría mejorado. Pero él no era de los que se hacen mala sangre. Dado que el currículum íntimo no se puede reescribir, adelante.

Era su lema. Siempre adelante.

5

Unas horas que duraron años

Victòria, de regreso a casa, tuvo demasiadas horas para pensar. El vuelo de Barcelona había salido puntual, había llegado a París a la hora establecida y, de pronto, debía esperar al menos una hora y cuarto antes de embarcar en el puente aéreo a Estrasburgo. Orly era un aeropuerto que envejecía mal. Allí, sentada en una zona de tránsito herrumbrosa, la mente comenzó a irle a cien por hora.

Con su madre del lado de los muertos, advirtió que, de resultas, pasaban muchas cosas que nunca había tenido en cuenta. Una era que el tiempo se aceleraba, como una centrifugadora, como si ella hubiese envejecido casi una década. Otra, más objetiva: ella había pasado a ser la mujer de más edad de la familia y, visto así, el fenómeno la impresionaba. De hecho, era la única mujer entre tantos hombres. Su padre, sus dos hermanos, Gegi... Menos mal que tenía a Lisa. ¿Qué pensaría Lisa de ella cuando muriese? Solo deseaba que su hija tuviese tan buen recuerdo como el que guardaba ella de su madre, Maria Vilalta, toda una mujer. Nada que reprocharle, siempre un consejo para regalar, elegante hasta el último día. El único remordimiento, haber vivido tan lejos de ella los últimos años y haberse perdido la sabiduría de una madre en el tercer acto. ¿La tristeza? No volver a percibir nunca más su olor a galleta.

Luego pensó que siempre hay una historia que querrías borrar de tu vida. Una, como poco. Un susto en el mar o en la montaña, una conversación de esas en las que se dicen cosas malas y se escuchan otras peores, un episodio de vergüenza invasiva, una noticia familiar que no hubieses querido saber, sentirte pillado a media travesura, el pánico en un avión cuando cae al vacío. Todo el mundo tiene su momento cerrado bajo llave. Si lo guarda es para no tener que volverlo a contar. El miedo, en cada uno de sus disfraces, acostumbra a tener un papel. A la muerte, a la ausencia, al ridículo, a ser descubierto. En la infancia anidan muchos de esos temores, que aparecen, crecen y se funden según las circunstancias. En la consulta, Victòria solía escuchar casos todas las semanas. Durante los últimos años se había dado cuenta de que la pediatría se acercaba, por necesidad, a la psicología. Cada vez más se diagnosticaba en paralelo. No había ocasión en que la doctora Estrada atendiera al relato de un paciente que sollozaba y no le viniera un momento suyo a la cabeza. Era una especie de broma del inconsciente, rebelde como una ceja despeinada que no hay manera de domar. Vito habría deseado borrar, entero, el verano en que se escapó de casa. La aventura no llegó a durar ni un día. Unas horas. Unas horas que duraron años.

Los Estrada Vilalta alquilaban todos los años la misma casa a las afueras de Olot, cerca de un desvío que conducía al valle de Bianya. Se instalaban desde San Juan y se quedaban hasta que, en septiembre, Joel, Rai y Vito tenían que volver a Vallvidrera a forrar los libros para el nuevo curso. Era una casa de campo húmeda, rústica, de piedra antigua. El primer año, a Maria le pareció que era una vivienda parca en ventanas, y las pocas que tenía, raquíticas. Afuera, no obstante, había mucho campo donde correr y era ideal para los chavales. A partir del segundo año, sin embargo, hacían mucha vida allí, se reían mucho, iban en bicicleta a todas partes, campaban por la era a cualquier hora del día, olían el verdor que no tenían en el balcón de Barcelona y, aunque el agua de la ducha continuaba saliendo con poca presión, ya nadie le ponía ninguna pega a la casa. Los niños hicieron de ella su paraíso. Saül, con trabajo en Barcelona, iba los viernes y se quedaba hasta el lunes por la mañana, cuando volvía a la fábrica. Iba con la familia, volvía a trabajar. Iba a la masía, volvía a casa. Ir y volver.

Así pasaba sus veranos de rodríguez. María, en cambio, no se movía de la casa de campo durante diez semanas y estaba encantada. Se aislaba del molesto fragor de la rutina, que, aunque no lo oigas, está siempre presente, impertinente. Y también, aunque no lo dijese, descansaba de la señora Lourdes, que era de gran ayuda pero, en cierto momento, que solía coincidir con el final del curso, se hartaba de pasar tantas horas juntas, de lunes a viernes. Necesitaba esa tregua y poder hacer las cosas de casa a su manera.

A los cinco les gustaba el aire de la Garrotxa porque, por más calor que hiciese de sol a sol, por la noche siempre necesitaban una chaqueta. Dentro de casa, con mayor motivo, porque, como decía Rai, hacía un frío de iglesia. Las jornadas solían terminar con el mismo ritual, que todos esperaban ansiosos: una apasionada partida de cartas entre la madre y sus tres hijos. La madre y Vito contra los dos chicos. Al final del verano, las victorias y las derrotas solían estar muy repartidas.

Joel y Rai, no obstante, crecieron antes que Vito, y las veladas de cartas fueron quedando arrinconadas. Los dos jóvenes comenzaron a formar una pandilla, encontraban el modo de que los llevasen a Olot y volvían a la hora de los jabalíes. Luego compartieron una moto de carenado rojo, ganaron en autonomía y regresaban de madrugada, una hora más tarde cada verano. Ese era el trato que tanto Joel como Rai cumplían sin protestar ni intentar cambiar las condiciones. Victòria, en cambio, se ponía de morros porque, como era cinco años más pequeña que Rai, aún tenía que quedarse en casa. Lamentaba tener menos libertad y, pese a concentrarse apretando las mandíbulas muy fuerte para crecer más rápido, los veranos transcurrían uno tras otro, sin poder acelerar su ritmo natural. Ella, como mucho, podía ir a jugar con Tona, la vivaracha vecina de la casa más próxima. Era una hija única a la que todo lo que le entraba por un oído le salía por el otro. Poseía una voz diabólica, llevaba las uñas sucias y constantemente desafiaba a su padre, un hombre que se había quedado viudo en circunstancias nunca lo bastante aclaradas y que se había vuelto a casar enseguida sin pensar que la amante, como esposa, ya no le gustaba tanto. Tona no soportaba a la madrastra que le había tocado. Cuanto más enrollada quería ser con la hija de su marido, más la trataba a gritos, ante el silencio cómplice de su padre. Maria y Saül sabían que Tona no era la mejor compañía para Victòria, pero por aquellos pagos no tenía otra y ¿qué iban a hacer? Cuando Vito no estaba en casa de Tona, era

Tona quien rondaba su jardín. Las puertas de casa, en los años ochenta, estaban abiertas de par en par. Para entrar. Y para salir.

Una tarde, Tona, viendo que Vito se había cabreado con su madre por no había entendido exactamente qué, urdió un plan. Iban a escaparse de casa. No sería difícil. Se trataba de coger ropa, todo el dinero que tuviesen, salir sin que nadie las viera e ir tirando. Maria pensaría que Vito estaba en casa de Tona. El padre de Tona, si reparaba en que su hija no estaba, creería que estaría jugando en casa de los Estrada. Cuando unos y otros se alarmasen, ellas ya estarían muy lejos. Vito no supo decir que no. Tona, más que convencer, arrastraba.

—A las cinco te espero en la segunda esquina. ¿Sabes dónde está el ramo por el tío que se estampó con la moto?

Los ojos de Vito dijeron que sí. Cogió tres bragas, las dos camisetas que más le gustaban, dos billetes de cien pesetas y la pulsera de la buena suerte que le habían regalado sus hermanos el último 7 de febrero, el día que cumplió doce y pensó que ya era mayor. Vio a su madre trajinando en la cocina y, ya fuera, gritó: «Voy a casa de Tona». Salió sin esperar respuesta. Tona ni siquiera tenía a quién comunicarle que se iba. Las dos vecinas se encontraron donde habían quedado. A dos esquinas de casa, bajo un ramo mustio que ya estaba boca abajo.

Las cosas prohibidas siempre están al fondo del pasillo. Una se marchaba asustada, la otra no veía ningún peligro. Era una contingencia que Tona no tenía integrada. Cuarenta pasos después, Vito soltó una pregunta:

—¿Sabes adónde vamos?

—¿Alguna vez has hecho autostop?

Se detuvo en seco. Vito estaba dispuesta a irse de casa, a escarmentar a sus padres porque la ataban demasiado en corto, a pasar una o dos noches fuera, a dormir donde surgiese, incluso a robar unos donuts en el supermercado si no podía más de hambre, pero subirse a un coche con desconocidos, en mitad de la carretera... Se plantó. Dijo que ella no lo haría, le contó que había escuchado muchas historias de autostop y que ninguna acababa bien. Tona, sin dejar de caminar, le dijo que aquello era precisamente eso, historias. Pero, una vez demostrada su valentía, aceptó el trato. No les quedaba más remedio que andar y andar. Hasta Olot, a pie, había un buen trecho. Mascaron chicle hasta llegar a las marismas de la Moixina.

—Vamos por allí, lo conozco bien. Es más llano. Y no pasa nadie.

—¿No está por aquí la fuente de la Deu? —A Vito le pareció reconocer el paraje—. A veces hemos venido con la bicicleta. ¿Ese no es el restaurante de las patatas?

—Las marismas son siempre un buen lugar para un crimen.

De pronto comenzó a hacerse de noche, se adentraban en un terreno solitario y la Tona de voz diabólica planteaba escenarios que a Victòria no le apetecía escuchar. Era un comentario impertinente, en un lugar inadecuado, propio de una mente macabra. Pero era su compañera de fuga, no tenía cerca a nadie más y, cuando en la entrada de Olot pasó un coche de la guardia urbana, se escondieron detrás de una furgoneta para que no las viesen. No sabían a partir de qué momento alguien se habría preocupado por su ausencia y dado aviso para que buscasen a dos niñas peinadas con cola de caballo. Una más alta, con el pelo negro y la piel más morena, tanto que en verano alguien podía pensar que era mulata. En el momento de largarse, Vito llevaba unos pantalones cortos, de verde camuflaje, y una camiseta blanca con las mangas recortadas a la altura de la vacuna. De Tona —más baja, mucha ceja y la nariz arremangada— nadie podía decir cómo iba vestida a la hora de la fuga.

—Bajemos por aquí. Ven. Es un buen sitio para tirar piedras...

Victòria la seguía ensimismada. El caminito las condujo a un rellano, protegido, más cerca del agua. Puede que hiciera meses que nadie había pisado aquel lugar que no conducía a ninguna parte.

Los árboles eran un escondite natural. No llevaban reloj pero calculaban, por la escasa luz que quedaba, que habían estado caminando unas cuatro horas. La luna se insinuaba y del sol solo se adivinaba un eco tenue a poniente. Se sentaron en el suelo y, cuando se cansaron de competir por ver quién tiraba la piedra más lejos, se pusieron a charlar.

—¿Por qué te has enfadado con tu madre?

—¿Yo? Por lo de siempre. —Victòria notó que había pasado tanto tiempo que ya ni siquiera estaba dolida. De hecho, si ahora pudiese estar con ella cenando a la mesa... El orgullo, sin embargo, no le permitió decir la verdad a la cómplice de su aventura—. Mis hermanos hacen siempre lo que quieren y yo no...

—Son mucho mayores.

—Mucho más, tampoco. Pero ese no es el problema. Mi madre dice que cuando yo tenga su edad, tampoco podré salir. Porque soy una chica. Y dice que las mujeres solas... Pero ¿qué se cree, que yo no voy a tener una pandilla? Pues mira. Ahora, que sufra...

—¿Es chulo tener madre?

—No lo sé. Sí... Pero hay momentos que...

—Mi madre se suicidó aquí.

—Tona, hosti. No digas eso.

—Eh, que es verdad. Por eso me gusta venir.

—¿Te gusta? Tona, tía, no me... Qué miedo.

—La bajaron de este árbol.

—Venga... Por favor.

A las cuatro de la madrugada, cuando Joel y Rai llegaron a casa con la Bultaco, se encontraron a su madre despierta. Estaba descompuesta, sentada en la mecedora junto al teléfono, vestida para no sabían qué. No los esperaba a ellos, pero deseaba que llegasen para que la ayudasen de algún modo. A Saül, en Barcelona, aún no había querido decirle nada. Su madre les contó que Victòria y Tona habían desaparecido, que tenían la certeza de que se habían marchado juntas y que la policía y el padre de la vecina de las malas ideas las estaban buscando desde hacía horas. La policía le había ordenado a ella que no se moviese del lado del aparato, para llamarla si tenían alguna noticia. Joel dijo que ellos también tenían que salir a buscarlas y, sin perder tiempo, montó el operativo. Dividió la zona en tres territorios. Rai cogería la moto, él, una bicicleta, y su madre iría en coche. A cuento de qué se iba a quedar ella esperando. Cada uno buscaría en el espacio asignado y, cada dos horas, se encontrarían al pie del campanario de Sant Esteve. Confiaba en que a las seis ya las hubiesen encontrado. A las seis, sin embargo, no tenían ningún rastro y la preocupación creció. A las ocho, ni ellos, ni la policía ni el padre de Tona habían hallado ninguna pista de las niñas. La luz del día debía ser una aliada, pero, por el momento, todo el montaje les había fallado y comenzaban otra ronda.

Victòria y Tona se habían quedado dormidas, muy tarde, cerca de las marismas. El sueño las había vencido detrás del escondite de árboles. Nadie las encontraría si no ponían a trabajar a un ejército de emergencias. Al padre de Tona no se le habría ocurrido nunca que su hija hubiese vuelto al tronco de donde había descolgado a su madre. Nadie cayó. María, desesperada, aparcó el coche a las nueve y decidió continuar la búsqueda a pie, como fuese y por donde fuese. Arrastró su desasosiego por el Pla de la Moixina. De cada tres veces que gritaba el nombre de su hija, gritaba uno el de Tona. Tan fuerte como podía. Siempre con la misma cadencia, con los intervalos de la congoja. Cada grito, una esperanza. Cada silencio, una decepción. Un temor más y más grande a que dos niñas solas, tan guapas, en la carretera... En la televisión cuentan tantas cosas truculentas, de casos similares... Vete a saber.

De repente, Vito escuchó la voz. Lejana.

—Es mi madre...

—Corre, escondámonos —dijo Tona, bajito.

—No, tía.

—¿Qué vas a hacer? —La mirada también fue diabólica—. No pensarás responder, ¿verdad? No pensarás salir... Nos va a caer una buena...

—Tona, yo...

—Que te calles, que nos van a oír.

—¡Mamá! ¡Estoy aquí!

Victòria gritó cuanto pudo. Salió del camino y ascendió hasta el llano. Maria, cuando la vio, corrió unos cien metros. Ella no tenía ni fuerzas para caminar. Cerró los ojos. Por vergüenza. A la espera del bofetón. Todos estaban muy cansados, la había hecho buena y nada de aquello había valido la pena.

Esperaba que la regañasen y, en cambio, se encontró con una madre que no disimuló la alegría de verla. La abrazó con tanta fuerza, durante tanto rato, que le costaba respirar. Vito, entre sus brazos, optó por la única escapatoria disponible: echarse a llorar. Los sollozos, que comenzaron de un modo discreto, fueron subiendo de tono poco a poco hasta llegar a un llanto como nunca le había escuchado su madre. Lloraba de miedo, de sueño, de vergüenza, de culpa, de hambre, de la noche al raso, de las historias de suicidios que había contado

Tona —comenzando por el de su madre—, del mundo inhóspito que hay fuera de casa, de pensar que no podría aguantar la mirada de sus padres y de la rabia de haberse dejado llevar por las instrucciones de alguien con las uñas sucias, como si ella fuese un autómata que solo cumplía órdenes. No se lo podía perdonar. Había malgastado demasiada credibilidad. Aunque su madre la hubiese sorprendido con aquella lección, con un puñado de palabras amables, con el abrazo que ni una ni otra habrían querido que se acabase, y aunque la hiciese sentir merecedora de un amor como quizá no hay otro, ella necesitaría arrancar aquella hoja del calendario.

Sin embargo, ¿cómo conseguir que no existan las cosas que nos han pasado? A los doce años no sabía la respuesta. A los cuarenta y cuatro, con su madre muerta y enterrada, tampoco. Tal vez ni siquiera Maria Vilalta Campabadal, que había arriado velas a los ochenta y cinco, rodeada de aquellos a los que más quería y confortada con los santos sacramentos, tenía la respuesta. Se había marchado sin mirar la solución.

6

Los anillos de los árboles dicen la verdad

Cristina Malabrocca era partidaria de dejar el mismo aire por ambos lados. Era marca de la casa. Sentaba al testigo en una silla elevada, lo ponía frente a la cámara y buscaba la simetría incluso en la iluminación, tanto en la piel del rostro como en el espacio del fondo, más difuminado. En aquella ocasión había resultado ser un comedor de lo más insulso, cerca de la Sagrada Familia. El piso de Carmen —había acordado con el productor del documental que nunca, bajo ningún concepto, revelarían el apellido— no daba para lucirse mucho. Era el que era. Se trataba de mostrar la verdad. Pero, siempre que fuera posible, hacerlo de un modo hermoso, con un punto de vista original. Colocar a la invitada en medio, en el centro de la pantalla, era un sello propio de Malabrocca, la directora de fotografía de los documentales de Joel Estrada. Ocho películas y dos premios después, continuaban trabajando juntos muy a gusto. Uno ponía la idea y la otra, la imagen. Él buscaba historias, ella las retrataba.

Mientras acababan de montar toda la parafernalia, Joel intentaba tranquilizar a la dueña de la casa y de la historia. Le había costado convencer a Carmen de que no podía ser un testigo oculto, como había pedido ella en la primera reunión. Su historia perdía fuerza y credibilidad si le ponían una silueta a contraluz o le distorsionaban la voz para que nadie la reconociera. Le había asegurado, además, que él y Malabrocca, cuando comenzaron a rodar documentales de denuncia para Árbol Producciones, se habían impuesto una norma: nunca un testigo anónimo. Preferían perder una historia que oscurecer un rostro.

Joel sabía, por experiencia, que explicando cómo se desarrollaría el rodaje, los personajes comenzaban a relajarse. La clave estaba en que, por encima de todo, fuesen ellos mismos. Si anidaba la rabia en sus ojos, que se notase. Si se emocionaban, que no se cortasen. Si tenían una peca, no esconderla. Si les faltaba una muela, como a Carmen, no quedaba feo que se viese el agujero.

—He pensado que mejor que hacerle una entrevista sería más eficaz que nos leyese la carta que me envió.

—¿La carta?

—Quedará mejor, créame. —Joel la extrajo del sobre y le entregó el papel—. Es muy buena. Escribe usted muy bien.

—¿La leo, entonces? ¿Entera? ¿Está seguro?

Carmen estaba asustada. Una cosa era enviar una carta a un periodista para denunciar un caso grave como el suyo y otra, de una trascendencia no lo bastante calculada, era salir en televisión, dar la cara y que de pronto todo el mundo, hasta su propia hija, se enterase de lo que ocurría. Hasta ese momento, conocían el drama su marido, su amiga del alma, para la cual no tenía secretos, una vecina de confianza a la que le ofreció una versión censurada del caso, y se acabó. Se había pasado media vida a oscuras y la otra mitad disimulando. Ya no podía seguir guardándoselo todo. A la mierda sus temores. Más que las consecuencias que a la larga pudiese acarrear el haber puesto al descubierto sus sospechas aquella mañana convulsa, le preocupaba lo pequeño, el me cago en todo por el revuelo que había montado el equipo de rodaje que había invadido su casa. Se angustiaba por el que plantaba la cámara, le retiraba el sofá, le movía la mesa, le apartaba las sillas y le recolocaba el jarrón azul, del Tirol, que llevaba veinticinco años en el mismo sitio. Se preocupaba por que el del micrófono de palo —jirafa, había oído que lo llamaban— pudiese golpear alguna de las estanterías que se aguantaban por la quietud. Sufría por el que montaba las luces, que abría y cerraba las placas para los focos y, para encontrar un enchufe, se había tumbado en el suelo y arrastrado el mueble de la máquina de coser, que era una reliquia de la abuela de Carmen.

—No se preocupe, señora, que se lo dejaremos todo tal y como estaba.

La dueña hacía bien en no acabar de creérselo.

—¿Hay algún modo de parar este estruendo? —Malabrocca maldecía el ruido procedente del piso de arriba. En un principio, solo lo oía ella. Al poco rato ya le molestaba a todo el mundo—. Voy a subir. Así no podemos rodar.

Nadie le respondió. Actuó sin encomendarse a nadie. Radical, anárquica, impetuosa, opuesta a Joel en el hacer y en el ser, Cristina Malabrocca, con la cabeza rapada y una trenza áspera de cuerda de estibador que le llegaba hasta media espalda, llevaba un aro en la nariz desde antes de que lo llamaran *piercing*, desde mucho antes de que los dos, estudiantes de periodismo, se conociesen en la facultad. Puede que fuese porque eran tan diferentes, porque Cristina contaba los agujeros de las camisetas y a Joel le planchaban las camisas, puede que porque venían de mundos que estaban en las antípodas, coincidieron en las prácticas de radio de segundo y congeniaron. En cuarto de carrera se enrollaron y, quince años más tarde, después de un tiempo de no saber nada uno del otro, decidieron unir sus caminos profesionales. Ella, que se había matriculado en Bellas Artes y experimentaba con la imagen, se reunió con Joel y le dijo —tal como suena— que las historias que contaba por televisión eran estéticamente muy planas y que, si quería marcar las diferencias, tenían que montar algo juntos. «¿Una empresa?», preguntó Joel, que lo había mamado de su padre. Ella estaba dispuesta a jugársela. Joel agradeció que alguien le hablase así de claro, y juntos fueron al notario para constituir un negocio con la aportación mínima de capital inicial: Árbol Producciones. El setenta por ciento de Joel, el treinta por ciento de Malabrocca porque no podía aportar más. El nombre de la compañía fue una sugerencia de Cristina. Vivía en comuna, en una masía de Collbató, al abrigo de la montaña de Montserrat. En la era de enfrente tenían un castaño de Indias, de sombra densa, que marcaba el límite de la parcela. El árbol era el tótem de la pandilla, una docena de personas que rebosaban solidaridad y buenas intenciones. «Solo los anillos de los árboles dicen la verdad», había dicho Malabrocca, palmeando el tronco, el día que decidió presentarle a su gente al que sería su socio. A Joel le pareció que era una metáfora precisa. Era lo que intentarían hacer en su productora. Buscar la verdad. Y contarla.

Cuando la realizadora volvió al piso de Carmen, había conseguido el silencio. Los vecinos de arriba, como si se hubiesen desvanecido. Nadie le preguntó cómo lo había hecho.

Carmen, con su carta en las manos, recorría su propio texto moviendo los labios en voz baja. Joel se situó a su lado, para que no se sintiese sola.

—Ya no quedan letras como la suya.

—Ay... —Lo había visto venir a la legua—. ¿Sabe lo que dicen los chinos? A los burros les gusta que los peinen en la dirección del pelo.

—No se lo digo por hacerle la pelota. Tiene una caligrafía muy bonita, de verdad.

—No sé... —Levantó unos ojos tristes por encima de las gafas—. Esto de tener que leer yo la carta...

—No se preocupe, mujer. Lo hará muy bien. Podemos cortar y repetirlo las veces que haga falta. Hasta que usted esté contenta con el resultado. Esto está grabado.

—¿Y si me equivoco? —preguntó Carmen con el temor que a veces provocan las cosas sin importancia. La tele era una de ellas.

—Si nos equivocamos no pasa nada. —Y entonces Joel, flemático, soltó las tres palabras que sabía que nunca le fallaban, porque nadie las decía con su convencimiento, con una seguridad que desarmaba—. Confíe en mí.

Malabrocca levantó el pulgar para que Joel supiese que, por ellos, estaba todo preparado.

—¿Arrancamos, pues?

—¿Quién hace la claqueta? —preguntó Malabrocca, mirando por el visor—. Silencio. Estamos grabando.

Joel colocó las dos manos juntas, en horizontal, a medio camino entre la cámara y la cara de la señora muerta de pena que estaba a pocos segundos de destapar un escándalo.

—Carmen. Toma uno.

Con un golpe seco de las palmas arrancó la historia.

7
Tres días en Roma

La señora Lourdes le abrió la puerta. Su padre está bien, bastante bien, le dijo nada más entrar, mientras le cogía el abrigo. Lo veo fuerte.

—¿Y usted? —le preguntó Joel, tocándole la mejilla con dos dedos.

El gesto y la pregunta desarmaron a la señora Lourdes, que no esperaba que se interesasen por ella, y menos aún por sus sentimientos. Como si de pronto alguien se hubiese dado cuenta de que ella también formaba parte de aquella casa donde incluso las emociones estaban ordenadas. Con la ilusión de ser un poco de la familia y no solo dos manos y una especie de chica para todo a cambio de un salario a final de mes, fingió que se arreglaba el moño.

—¿Yo? La echo mucho de menos... —le dio tiempo a decir antes de bajar la guardia, sacarse un pañuelo de la manga de la bata, sonarse y correr a encerrarse en su habitación, por discreción o por vergüenza o porque solo ella sabía lo que había pasado y lo que se habían dicho ella y la señora Maria, queDioslatengaensugloria.

Saül se hallaba en el comedor, sentado a la cabecera de la mesa, en su sitio de siempre. Estaba viendo las noticias de las nueve, como cada día de cada día. Era hábito y placer. Y todo a la vez. Le gustaba que le contasen cómo iba el mundo mientras se tomaba la sopa caliente de pan tostado, un trozo de pescado y una manzana aburrida que mordía sin prisas. Le parecía curioso que la televisión, a diferencia del periódico, le sirviese las noticias en función de la importancia. Le gustaba que le desordenasen el mundo y que lo sorprendiesen constantemente. Que primero saliese un accidente de helicóptero, luego un rifirrafe en el Parlamento, luego el juicio del Chapo Guzmán en Nueva York, luego el descenso en la venta de coches, luego la ganadora de un premio literario intentando contar una novela que no se entendía, y todo sin solución de continuidad, lo maravillaba. Cada noticia, una sorpresa. Una vuelta por el planeta, dando tumbos, sin saber nunca qué vendría a continuación. A los ochenta y siete años, uno detrás de otro, aún le parecía apasionante que en el telediario nada tuviera relación con nada y que los humanos fueran capaces de saltar de una cosa a otra sin necesitar de una introducción previa. En su diario, en cambio, no era así. Desde que había vendido la empresa, se había jubilado y se le habían acabado las preocupaciones y el tener que madrugar, leía el periódico encima del mantel blanco del desayuno. Sabía que primero hablaban de internacional, luego venían las páginas de política, luego... Hasta que no llegaba a la economía, que era lo que leía con mayor detenimiento, tenía que tragarse un centenar de artículos y noticias de medio pelo —alguna vez las había contado para demostrarle a Maria que tenía razón— que le importaban un rábano.

Joel se agachó para darle un beso en la frente. Para no tener que decirle papá, te quiero mucho, estoy aquí para lo que haga falta, le pellizcó la clavícula. Cada vez notaba más el hueso. Saül —pómulos de anciano, pelo azulado— peló la manzana. Buscaba la espiral perfecta. Clavaba el cuchillo y trataba de retirar toda la piel sin que se rompiese. Sostenía el afiladísimo cubierto con la derecha mientras, con la izquierda y disimulando el temblor, iba girando la manzana como si la desenroscase. Lo conseguía casi siempre. Eran muchos años de práctica. Casi podía hacerlo sin mirar. Sin darle importancia. Después de dejar caer la rizada piel amarilla sobre el platito, chascaba la manzana con el cuchillo y se la comía a mordiscos, con la mirada clavada en la tele.

Joel se sentó en el sitio de su madre, le puso una mano en el hombro y se lo quedó mirando un instante. La señora Lourdes tenía razón. Se lo veía bastante fuerte.

—Me da la impresión de que en enero se muere mucha gente —dijo el viejo Estrada.

—Será el frío.

—¿Dónde era eso? —Señaló la pantalla con la punta del cuchillo.

—En los Alpes italianos. El Valle de Aosta.

—¿Un helicóptero?

—Sí, ha chocado con una avioneta. Siete muertos. Es muy extraño.

—Mira que he hecho cosas en la vida, pero en helicóptero, no...

—Hay excursiones para ver Montserrat desde el aire. ¿Cuándo quieres que vayamos? Tiene que ser espectacular.

—Deberías hacer una de tus películas para demostrar que la gente se muere más en enero que en otros meses...

—Papá, tienes unas ocurrencias...

—¿Acaso no es verdad? Demuéstramelo. —Le guiñó un ojo, convencido de haber ganado la partida.

—Está bien que no pierdas el sentido del humor.

Saül se sintió culpable por haber sido ocurrente. No hacía ni cinco días que había enterrado a Maria.

—¿Con qué estás ahora? En el trabajo, me refiero.

—Estos días... Es un tema delicado.

—Calla un momento, que quiero escuchar el tiempo.

Tanta prisa durante tantos años y ahora que los días pasaban volando no tenía ninguna. Ni ganas de tener. Ya no quedaban gestos bruscos en su vida. El mundo se le había quedado escuálido como una madeja de lana. Tenía bastante con un hogar cálido, un libro, pocos paseos —cortos, lentos—, siestas a destiempo y conversaciones con Maria. Y de vez en cuando, cuando le apetecía, escucharla tocar himnos de amor al piano. Ahora tendría que pasar sin ella. En algunas ocasiones, la pareja había hablado, medio en broma pero solo a medias, acerca de cuál de los dos se iría primero. Maria barría para casa. Saül también. Se creyesen o no lo que decían, mantenían el juego y la apuesta, aunque solo fuese por la mínima diplomacia matrimonial. Al final —*rien ne va plus*— había ganado Maria. Es algo que no te dejan escoger. Él, de repente, había perdido a su esposa y la apuesta. Y le tocaba estrenar una condición, la de viudo. Y un estado de ánimo. La renuncia.

Es la realidad cuando llega con el adjetivo puesto: *cruda*.

Sus padres se conocieron en un viaje a Roma. Joel, Raimon y Victòria se sabían la historia de memoria. De pequeños, si no era uno, era otro, les pedían que les contasen la primera vez que se vieron. Les parecía la mar de divertido, pese a que las versiones de Saül y de Maria, cuando las pasaban a limpio, eran ligeramente diferentes. Después de todo, habían tenido que narrarla tantas veces a petición de los niños que, por reducción, los dos puntos de vista se habían ido acercando hasta llegar a consensuar un mínimo denominador común de la verdad oficial de la familia. Saül, con el maletín de trabajo lleno de catálogos, partía hacia una ruta por Italia para intentar vender unas nuevas parrillas de acero inoxidable, ideales para asar carne. En el país del diseño, ir a endosarles un invento destinado a revolucionar las cocinas era un reto que el joven Saül asumía con la ingenuidad del ingeniero y la ilusión del empresario. En 1964, él era ambas cosas. Maria, con dos amigas, Queralt y Goretti, iba a visitar el Vaticano. Tres días en Roma, turismo de ida y vuelta con la vaga esperanza de ver al Santo Padre porque un tío de Queralt era la mano derecha del obispo de Solsona y pensaron que... A Pablo VI solo lo vieron en las postales.

En el avión de ida —un DC9 de Alitalia—, el pasillo dividía dos filas de asientos a lado y lado. Las chicas lo echaron a piedra, papel o tijera y a Maria —una derrota por papel y una por tijera— le tocó sentarse sola, al otro lado del pasillo. La cabina se iba llenando, cada vez había menos espacios vacíos y parecía que prácticamente solo el 11D se quedaría sin pasajero. Cuando Maria ya pensaba que podría estar más ancha y que se sentaría al lado de la ventanilla para ir contando los pueblos minúsculos que iban pasando allí abajo, apareció un hombre inquieto. Saül había apurado demasiado. Sonrió a la azafata con el agradecimiento eterno que demuestra el último en entrar en el avión antes de que cierren la puerta y echen el pestillo. Se agachó un poco, con paso absurdo, para buscar el número de las filas. Enseguida intuyó que aquel asiento vacío, a la izquierda, antes del ala, sería el suyo. Al primer vistazo se fijó en que había una mujer muy guapa, sola, y que le tocaría sentarse a su lado. Le resultó tan atractiva, con un libro en las manos y las gafas de sol en la cabeza, que tuvo una premonición: esta será la mujer de mi vida. El pensamiento le llegó como un relámpago, y, cuando logró embutir el maletín en el compartimento, el relámpago ya había descargado y desaparecido. Pidió permiso para pasar. Perdone, por favor. Maria se levantó y se apartó, aguantándose las gafas en la cabeza para que no se le cayesen. Cuando ambos se hubieron abrochado el cinturón, tuvieron la necesidad de presentarse.

A ella le pareció elegante, educado y buen conversador.

Él percibió, durante las dos horas de vuelo, el agradable olor de la piel de Maria.

Cuando llegaron a Roma ya se habían intercambiado los teléfonos.

De regreso en Barcelona, Saül comenzó a cortejarla.

Se casaron en el monasterio de Pedralbes, lo celebraron en Los Tres Molinos de Esplugues y fueron de viaje de novios a San Sebastián. En alguna caja de puros guardaban fotos en blanco y negro de aquellos cinco días en un hotel del barrio viejo. Parecían dos artistas enamorados.

Joel tardó diez meses en llegar. El primer hijo, el primer nieto de todos los abuelos. Cuando nació Raimon, Maria y Saül decidieron que, algún día, irían a buscar a la niña. Victòria no podía tener un nombre que explicase mejor el sentimiento de todos por su llegada. Después de cinco años intentándolo, por fin habría una niña en casa de los Estrada Vilalta. Todos se consagraron a ella desde que entró por la puerta. Los primeros, sus hermanos.

Joel por ser el mayor y Victòria porque era la pequeña fueron el ojito derecho de todo el mundo. Raimon se encontró pronto a medio camino de la nada. Nunca fue consciente de ello. Tampoco se quejó a nadie, ni siquiera lo dejó escrito en su diario, donde había más números que letras. Rai era un niño despierto. A los ocho años, cuando le explicaron que multiplicar era sumar varias veces, sonrió de oreja a oreja y dijo: ostras, esto es chulísimo. Su cuerpo, sin embargo, comenzó a reclamar atención con unos vértigos que iban y venían y que le impedían ir al colegio durante una semana seguida. Los especialistas nunca llegaron a aclarar qué le ocurría. El remedio era una inyección cada domingo. Antes de cenar, Maria le daba la estocada en el culo. Las ganas de ahorrarse la aguja lograron que, de pronto, los mareos de cabeza del niño desapareciesen poco antes de cumplir los nueve. Después de los vértigos llegaron los miedos. Una noche, con los cinco sentados en el sofá en L ante la televisión, vieron un wéstern. Hacia el final de la historia, después de una matanza en una fonda, uno de los malos —qué fácil es la vida cuando puedes simplificar entre buenos y malos— quedaba tumbado boca abajo encima del colchón. Era una muerte más, como tantas otras que había en la película. Como tantas en tantas películas de *cowboys*, que eran las favoritas de Saül. El brazo de aquel muerto colgaba desnudo de la cama. El cadáver se había quedado con el cuello torcido y la cabeza apoyada en la cenefa de la almohada. Miraba al espectador con la boca abierta. Un hililo de sangre goteaba en el charco de las baldosas. El brazo que le colgaba, fuerte y pesado, llegaba hasta el suelo. La mano, curvada, era la imagen de la devastación total, la derrota sobrevenida. Aquella noche, Raimon tardó mucho en dormirse. No podía quitarse de la cabeza la visión del brazo, el muerto y sus dedos rendidos. Al día siguiente le pasó lo mismo. Tenía miedo del malo, del brazo muerto, de que alguien abriera su puerta y le disparase y fuese él quien se quedase inmóvil, con la boca abierta y los ojos desencajados mirando al vacío. Le daba miedo sacar el brazo por encima de la sábana. Le angustiaba pensar que podía descolgar la mano fuera de la cama y que alguien, fuese quien fuese, escondido debajo, le agarrase el puño, le diese un susto de muerte y tuviese que soltar un grito atronador para que acudiesen a salvarlo. Tenía tanto pavor, había aguantado tanto el gimoteo y pasado tantos nervios sin decírselo a nadie, que Raimon incorporó unos hábitos nuevos. Pasaron de dormir con la puerta entornada para que entrase un resquicio de luz, a decirle a Joel que la cerrase siempre del todo. Obsesivamente. Pensaba que, con la puerta cerrada, quien entrase en casa para robar o matarlos a todos empezaría antes por otra habitación. Después, en el momento antes de tumbarse, aún se reservaba un último ritual. Se agachaba y comprobaba que debajo de su cama no hubiese ni Dios. Se acuclillaba con recelo, con una flexión rápida de rodilla, antes de incorporarse de nuevo.

Con los años, y la ayuda de una profesional del Instituto Universitario de Psicología, descubrió qué le había pasado de pequeño.

Era el miedo a tener miedo.

No hay nada que paralice más. Ni el hombre del saco, ni la oscuridad, ni la guerra, ni un trueno en mitad de la noche, ni una corriente que te arrastra, ni un perro que te saca los dientes, ni un ruido desconocido en el avión ni salir a la pizarra cuando no sabes resolver la ecuación de segundo grado. Ni la muerte. Esa menos. Raimon había oído decir que, mientras él estuviese, la muerte no estaría presente. Y que cuando la muerte llegase, él ya no estaría aquí. Así pues, ¿para qué preocuparse?

Somos los miedos que hemos vencido.

El día que cumplió trece, el 3 de mayo de 1982, Rai ya no se acordaba ni de los miedos ni de los vértigos. Aquel viernes volvió del colegio con una idea. Después de merendar, se encerró en el baño y decidió que no saldría de allí hasta que no se hubiese masturbado. Tenía una gran ilusión por resolver el misterio de la primera paja. Los siguientes días, se hizo muchas más. Era tanta la afición por la novedad que se hizo una rozadura y tuvo que esperar dos semanas antes de repetir la mecánica para que el contacto de los dedos sobre la piel abierta no le provocase tanto escozor. De repente había comprendido por qué la gente llamaba a aquello pelársela. Hasta aquel momento era una expresión que le sonaba extraña, no pillaba el motivo. Autodidacta, aquel verano en busca del gusto y de la comodidad, probó distintas formas de sacudírsela. En alguna ocasión también intentó cambiar de mano para que hubiese cierta variedad, pero con la izquierda no le salía igual de bien. Iba al armario de Joel, sacaba la carpeta donde sabía que su hermano escondía las revistas y se la llevaba al baño, asegurándose de que nadie lo viera trajinar el material. Un día que le pareció que había demasiado jaleo en casa y que era arriesgado que alguien lo viese con la carpeta del pecado bajo el brazo, se vio obligado a apañarse sin las fotos. Ni la señora que se desnudaba en el establo de los caballos, ni las tetas gigantes de una actriz cuyo nombre ni había leído ni los negrísimos pezones bala del póster desplegable del *Playboy*. Con los ojos cerrados, entregándose a la imaginación, el mozo Raimon Estrada Vilalta, que ya comenzaba a tener hombros de nadador, descubrió que acudía a su mente alguien de clase. Un compañero de curso. Se mordió el labio. Se dejó llevar pensando en Corominas —se lo imaginó desnudo— hasta llegar a salpicar el espejo. Se dijo que con las revistas nunca había llegado tan lejos.

Joel estaba en la mesa de su padre para hacerle compañía. No esperaba mantener una conversación profunda. Si nunca antes la habían tenido, tampoco iba a tenerla entonces, por más que Saül hubiese perdido al amor de su vida, que se había ido apagando durante el tiempo suficiente como para que todos pudiesen despedirse. De casta le viene al galgo, había dicho alguna vez la pobre Maria, para explicar que padre e hijo eran clavados. La mata de pelo espesa, la raya insinuada en el mismo lado, la nariz griega y la mirada de jugador de póquer, capaz de decirlo todo, de no decir nada y de hacerte creer lo contrario si conviene. Los ojos de Joel tenían una chispa y un verde que en su padre —operado de cataratas— se habían apagado. El caminar también era el mismo, con la espalda recta y el pecho fuera, como desafiando una racha de viento que los azotase de cara. La discreción, de uno y de otro, se la tomaban como una virtud, pese a que para las mujeres de la familia pudiese llegar a ser un defecto. A Maria siempre le había dado rabia que fuesen más de actuar que de reflexionar. No daban mil vueltas a las cosas, con lo mucho que le gustaba a ella sacar un tema y analizarlo del derecho y del revés, que si esto que si lo otro, buscándole las costuras y argumentos diversos. Quería conversación y, en Saül, a menudo encontraba un muro.

—Si te parece bien, todas las joyas de mamá serán para Victòria.

—Claro que sí, papá...

—¿No te importa?

—Por supuesto que no. ¿Por qué habría de importarme?

—Si tú tuvieses pareja... Si no te hubieses separado, quiero decir.

—Lo entiendo, papá. Marga hace su vida, es la madre de mi hijo, pero estamos divorciados... Solo faltaría que...

—¿No se lo tomará mal?

—En absoluto.

—No la vi en el funeral...

—Fue al tanatorio. Te saludó...

—Puede ser... Lo tengo todo borroso. Acudió tanta gente que no me acuerdo de nada.

—Haces bien en darle todas las cosas de mamá a Vito. En serio. Ella además tiene a Lisa... Así los anillos y las joyas de mamá tendrán dos vidas más.

—Me parece que hay algunas que eran de la abuela de mamá. El anillo de oriente, el de la esmeralda, ya se lo había dado en vida.

—¿Es el que mamá se ponía en fechas señaladas?

—Sí.

—¿No era de Masriera?

—¿De quién, dices?

—Masriera. El joyero. El modernista.

—Ahora no me salía el nombre... Ese ya lo tiene Vito, desde hace tiempo. —Saül hizo, con ocho dedos sobre la mesa, como si tocase un teclado—. Solo se lo quitaba para tocar el piano.

—Es verdad. Se lo quitaba para tocar en las grandes celebraciones. Se lo quitaba y lo dejaba sobre la tapa.

—Decía que la música no necesitaba ornamentación. Los dedos desnudos...

Saül no se reconoció. Se encontró citando a su mujer, en pasado, y no hacía ni una semana que lo había dejado solo. Había observado en no pocos casos de matrimonios amigos que, cuando alguien perdía a su pareja, automáticamente empezaban a hablar como ella. De pronto, en el momento más impensable, la viuda recién estrenada decía unas palabras o utilizaba una expresión que siempre se la había oído al difunto y que ella no había usado nunca. «Los dedos desnudos.» Lo había pronunciado con su voz pero era Maria quien hablaba desde ninguna parte. «La música no quiere ornamentación.» Se prometió que intentaría huir de ese fenómeno. Pero si él, que era consciente de ello, ya había caído en la trampa a las primeras de cambio, quizá fuese porque se trataba de un hecho inexorable, de una fuerza superior que te arrastraba a decir palabras que le habías oído decir un montón de veces y que tú, por más que te resistieses, te encontrabas verbalizando, en un peculiar homenaje. Qué extraño mimetismo, qué trampas nos reserva la mente, qué juguetona es la herencia oculta del lenguaje.

Joel fue el único que supo el secreto de Raimon. El primero y el único, y juró que nunca se lo diría a sus padres. Le gustaban los tíos. A los quince años, Rai cerró la puerta de la habitación, se sentó en el borde la cama, se echó a llorar y le dijo, tal cual:

—Me gustan los tíos.

Escogió a la persona. Lo llevaba dentro desde hacía tiempo y sentía la necesidad de expresarlo en voz alta. Estaba convencido de que, por los siglos de los siglos, Joel no le fallaría. Llevaba dos años dándole vueltas, tenía dudas, trataba de, intentaba que, se forzaba a, pero finalmente se dijo yo soy así, yo quiero esto, no hago daño a nadie y no volveré a caer en el miedo a tener miedo. Durante las últimas semanas estuvo pensando mil maneras de comunicárselo a su hermano, y llegado el día D y la hora H de su desembarco íntimo, no dijo ninguna palabra que no hubiese pensado antes. Tampoco dijo ninguna que no quisiera decir. Los Estrada de las palabras justas.

Joel lo negó todo. No se lo imaginaba. No lo intuía. No esperaba la confesión. No le daba pena. No era una decepción. No era nada malo. No se le notaba. No tenía pluma. No tenía por qué coger el sida. A nadie le importaba lo que hiciese o dejase de hacer. No debía precipitarse en pregonarlo a los cuatros vientos. No pensaba, tampoco, que a sus padres les hiciese mucha gracia, por decirlo suavemente. No creía, en cambio, que llegasen a actuar como los padres de Damià, los vecinos del chalet de Olot, que echaron a su hijo de su casa cuando se enteraron de que era homosexual.

Finalmente, la palabra.

La había dicho Joel. Hasta ese momento se había limitado a responder todas las preguntas que le hacía su hermano, con el pijama empapado del sudor de los nervios, que suele ser más caliente. Estaba orgulloso de haber podido decir la verdad en cada una de las respuestas. El momento era demasiado delicado para Rai como para confundirlo diciéndole cosas que no fuesen sinceras.

Se abrazaron durante un buen rato. Joel se aguantó el llanto hasta que ya no pudo más. Notar cómo lloraba su hermano, a lágrima viva, fue superior a él.

—¿Te doy lástima? —dijo Rai, preocupado, entre sollozos.

—No es eso.

—¿Tanta pena te da tener un hermano...?

—Me sabe mal que llores, eso es todo. No que seas tan valiente... Y tan consecuente.

Rai apartó la cara para mirarlo a los ojos.

—Soy gay.

—Y yo te quiero mucho.

No tuvieron ninguna prisa en finalizar el abrazo. Se prolongó hasta que Raimon dejó de temblar. Para tranquilizarlo, para rebajar la gravedad de una escena que guardarían para siempre en los recovecos de la memoria, Joel soltó una maldad.

—Ya decía yo que hacía mucho tiempo que no me tocabas la carpeta de las revistitas...

—¿Perdona? —No daba crédito—. ¿Lo sabías?

—¿Tú qué te crees?

Joel se levantó de la cama, abrió el armario, metió la cabeza entre pantalones y perchas y le mostró la trampa.

—Mira.

Del fondo de todo extrajo unos calcetines rojos de Navidad, con un dibujo de unos renos. El par de calcetines era el cebo. Los tenía puestos encima de un ángulo de la carpeta de una manera muy concreta, que solo él sabía. Justo allí y con el reno a la vista. Era la forma de detectar si alguien se había acercado a su colección de revistas.

—Si alguien tocaba la carpeta, cazado al instante.

—No me lo puedo creer... —dijo Rai, atónito—. O sea, que siempre supiste...

—Solo esperaba que no me manchases el póster.

—Ay, tío...

Con los calcetines hizo Joel un gurruño, como una pelota de lana, y lo arrojó con parábola sobre el colchón.

—¡Atrápala, Urruti!

Raimon, con reflejos de gato, estiró los brazos para agarrarla al vuelo. En el equipo del colegio, en el Sant Ignasi de Sarrià, siempre había jugado de portero.

En casa jamás se habló de ello. Al menos, abiertamente. Ni en la sobremesa ni en el sofá ni en la cocina nunca fue tema de conversación. Pasaron los años y Rai, que no quería darle un disgusto a nadie ni tener que dar explicaciones, selló su secreto. Cuando le apetecía compartir algo, recurría a Joel. De su sexualidad, no obstante, no le dijo nunca ni una palabra. Como mucho le filtraba algún nombre, le enseñaba alguna foto de Alessandro en el puente de Bassano, le hablaba de una fiesta o del lugar de la penúltima escapada. Se lo comentaba todo, aunque fuese en voz baja, porque sabía que Joel no lo juzgaría. En casa, durante la adolescencia, la juventud y hasta que se marchó, se guardó mucho de no llevar nunca a ningún amigo. Tampoco a ninguna amiga. Y Maria, que con Joel y Victòria veía que todos aquellos años de calentura habían sido un ir y venir de parejas, novietes y novietas y rollos de si te he visto no me acuerdo, pensaba que Raimon era tan reservado y tan enigmático que no era normal en un chico como él, inteligente, sensible, enmadrado, guapo a rabiar y con una sonrisa franca. Las chicas tendrían que ir detrás de él de cinco en cinco —pensaba Maria—, una madre orgullosa de cada uno de sus tres hijos.

Curiosamente, Victòria tampoco había comentado nada de la vida de Rai. A Joel le habría extrañado de no ser porque conocía muy bien a su hermana. Ella iba a la suya. Era rematadamente feliz con su pandilla y estaba tan concentrada en sus estudios que ni se había dado cuenta. De las flaquezas de sus hermanos sabía bien poco. De la vida amorosa de Raimon, nada en absoluto.

Un día, cuando Rai ya hacía tiempo que vivía con Allan, en Copenhague, Victòria telefoneó a Joel, alterada.

—¿Tú sabías que Rai es homosexual?

El silencio espeso de Joel fue la respuesta más explícita. Y entonces Vito, molesta por haberse caído del guindo, pasar por ingenua y haber conocido tan poco a su hermano hasta convertirlo en invisible, quiso saber detalles, fechas, anécdotas, quién era Allan y dónde lo había conocido. Joel actuó como un Estrada: contó lo mínimo y se guardó lo máximo.

En una ocasión, Joel sí que se vio obligado a salirse por la tangente para salvar a Rai ante sus padres. Fue precisamente al día siguiente de que Raimon comunicase a la familia que había encontrado un empleo en Dinamarca, que se marchaba a trabajar al Experimentarium y que le hacía ilusión que lo hubiesen elegido en uno de los museos de ciencia más interactivos del mundo, cuando sus padres decidieron interrogar a Joel. Antes de la mudanza sintieron la necesidad de saber más. Percibió enseguida, por el modo en que se habían sentado a la mesa de las grandes ocasiones, por cómo habían dirigido la conversación y porque se habían asegurado de que la señora Lourdes no la oyese, que se acercaba el momento de la verdad. Traicionar o no traicionar a su hermano, esa era la cuestión.

Hablaba Saül, Maria escuchaba con los brazos cruzados y, después de todo, ni uno ni otro supieron arrinconarlo lo suficiente. Joel encontró una escapatoria en la formulación imprecisa de su padre.

—Rai se va de casa... Y aún no sabemos si le gustan los hombres, las mujeres o qué.

—No lo sé —le salió—. Preguntádselo a él.

Nunca lo hicieron.

Temían que no les gustase la respuesta.

8

El primer bostezo

Estimado señor Joel Estrada:

Disculpe que le escriba. Usted no me conoce de nada. Recurro a usted porque, no hace mucho, escuché que lo entrevistaban en una emisora y decía que estaba investigando un caso que creo que es el que a mí me afecta de lleno.

Espero que le pueda interesar lo que me ocurrió hace un montón de años y que, en los últimos tiempos, con todo lo que ha ido saliendo y he ido leyendo, creo que me ha abierto los ojos hasta darme cuenta de que me han hecho vivir una vida que no es la mía.

Después de darle mil vueltas y sin que lo sepa mi marido, me he decidido a contárselo todo, que puede que no sea mucho. Espero que le sirva para hilar ese documental que, por lo que entendí, está preparando. Decía usted en la radio que le cuesta mucho encontrar información, que se le cierran muchas puertas y que, cuantas más dificultades encuentra, más ganas tiene de esclarecer lo que pasó. Yo también necesito saberlo. No pienso morirme sin saber la verdad.

Voy al grano.

Le escribo hoy, 24 de noviembre, cuando mi hijo hubiese cumplido cuarenta años.

Mateo nació en Barcelona tal día como hoy de 1978.

Yo tenía veintisiete años, mi marido es un poco más mayor y Mateo era nuestro segundo hijo. Laia, que entonces tenía tres años, es ahora una mujer fantástica y nunca he querido que supiese nada de lo que voy a contarle.

Mi embarazo fue completamente normal, incluso mejor que el primero, el de la niña. Para que se haga una idea, no dejé de trabajar, de administrativa en una empresa de neumáticos, hasta quince días antes del parto.

Mateo se retrasó una semana. Nada raro. Según el ginecólogo, puede ser habitual en un segundo hijo. El doctor Bonal me visitó toda la vida y no tengo una sola queja. Él no atendía partos.

Rompí aguas en casa y llegamos sin problemas a la clínica. Una vez ingresada, las contracciones y la dilatación también fueron absolutamente normales. Sin ninguna complicación. Laia ya había nacido allí, el médico era el mismo, el doctor Cabrera, y yo estaba segura de que todo iría bien. El trato siempre era exquisito, como en tantas clínicas regentadas por monjas. Se lo digo sin ironía.

Mateo nació a las doce y media del mediodía.

Nuestro hijo, sin embargo, murió poco después.

Al menos eso es lo que nos dijo la comadrona.

La sorpresa, como podrá imaginarse, fue enorme. La pena, inconsolable.

Puede imaginárselo, ¿verdad? Nueve meses gestando una criatura y una ilusión y, de repente, el abismo. Es la última cosa que te esperas. No estás preparada para eso. Todo se vuelve oscuro, todo ocurre muy deprisa y no entiendes nada. Cuando te parece que el parto ha ido bien y ya has escuchado el primer llanto, cuando lo has tenido encima y has visto el primer bostezo, las enfermeras se lo llevan para limpiarlo y hacerle todas las pruebas de rutina, al rato vuelve la comadrona para comunicarte que el niño se ha muerto. Haces mil preguntas pero ya no tienen respuestas. Lo sienten mucho, pero el bebé no había nacido bien, el bebé había dejado de respirar y ya no se podía hacer nada.

Nunca, durante años, dudamos de que hubiese muerto. Jamás.

De hecho, no puedo asegurar si nos ofrecieron ver al niño o ni siquiera si yo lo pedí, pero sí recuerdo bien que mi marido me dijo que no hacía falta que lo viésemos. Lo hizo por mí. Últimamente lo hemos hablado y él también es consciente de que las cosas sucedieron así. Y no se lo reprocho, a pesar de que ahora creemos que quizá, si hubiésemos pedido ver a Mateo, habrían cambiado muchas cosas. Aquel día, en la habitación de la clínica, me convenció de que el trauma sería aún peor. Me dijo: ¿qué ganaremos viéndolo? Y yo, con la flojera del momento, con la desgracia y todo, puede que pensase que era mejor no verle la cara a un hijo muerto.

Por más rabia que me dé ahora, que me da mucha, puedo entender los motivos de mi marido. Tal vez en aquella circunstancia no ver a Mateo era la mejor decisión, para pasar el duelo lo antes posible, para que yo no me quedase con una imagen que habría visto, por siempre jamás, cada vez que cerrase los ojos. ¿Qué es lo que queríamos en aquellos momentos tan críticos? Dejar atrás la calamidad, por incomprensible que fuese, por injusta y dura, reunir fuerzas y seguir adelante. Por Laia y por nosotros.

Y así lo hicimos y así vivimos. Tirando, como todo el que se convierte en un porcentaje de la mala suerte. Un porcentaje mínimo pero que existe: el de padres del primer mundo que pierden a su hijo en el momento del parto. Una desgracia. Le toca a quien le toca y no te queda otra que seguir adelante. Y eso es lo que hicimos.

En ningún momento, ni uno solo, durante

veinticinco años, pensamos en que nos habrían podido robar al bebé. Imposible. Sencillamente, el pequeño Mateo había muerto al nacer.

Pero de pronto, usted lo sabe mejor que yo, comenzó a salir algún reportaje en una revista. Luego otra noticia. Poco a poco se iba sabiendo más de una red de pisos en Bilbao donde pasaban cosas extrañas. Por otro sitio contaban que, en la época de Franco, les arrebataban los bebés a las chicas jóvenes que se quedaban embarazadas para darlos en adopción. Mejor dicho, para venderlos. Pero ninguno de esos era nuestro caso. Mateo era nuestro hijo y nació en noviembre de 1978... Imposible, piensas otra vez. Pero vas leyendo, vas atando cabos y piensas... Y piensas... Y le das vueltas y te obsesionas y al final entras en un bucle que no te deja vivir: ¿y si nos quitaron a Mateo y se lo dieron a alguien? ¿Y si Mateo estuviese vivo? ¿Con quién vive? ¿Cómo se llama? ¿Y si él es un niño robado y no lo sabe?

El tema es este. ¿Qué podríamos hacer para saberlo? ¿Y para encontrarlo?

Todo ha sido en vano, señor Estrada. Todo.

La justicia no ha querido escucharme, la clínica donde nació ya no existe, la comadrona debe de estar jubilada y el doctor Cabrera, si aún está vivo, estará en la otra punta del mundo. Ni rastro de nada ni de nadie. Y yo ya no puedo dormir. No puedo dormir. Cuando al final lo consigo, me despierto pensando en ese niño. Esa es mi desesperación.

¿Y la de cuántas personas? ¿Cuántas madres lloraron por un hijo que no estaba muerto?

Imagínese pensar qué había en el ataúd cuando enterraban a aquellos niños.

Póngase, sobre todo, en el otro lado. ¿Cuántos hijos no saben que han vivido con una familia que no les correspondía porque los robaron?

Ya se lo he dicho. No pienso morirme sin saber la realidad. Mejor dicho, a mí ya me han matado. Dos veces.

Quedo a su disposición para lo que convenga.

Ayúdeme, por favor.

Busco a mi hijo, pero sobre todo busco la verdad de nuestra historia.

Atentamente,

Carmen M.

P. S.: Disculpe la mala letra. He intentado hacerla tan bien como he podido, pero... Si hay algún garabato es culpa de la rabia y de la impotencia. Se hace cargo, ¿verdad?

9
Una vida anterior

Con resignación. Joel llamó al timbre del interfono del tercero segunda del modo en que se llama a casa de una exmujer: con los dedos fríos, a desgana y con la resignación de las cosas que, a veces, toca hacer sabiendo que no hay nada que ganar. Como mínimo, se trata de no salir con el rabo entre las piernas. Por muy civilizado que hubiera sido el divorcio entre Marga y Joel —lo llamaron de mutuo acuerdo y establecieron la custodia compartida del niño—, siempre se podía escapar un reproche, una palabra que hiriese, un recuerdo punzante, una broma que no se acabara de entender. Nadie le abrió. Esperó veinte segundos de rigor y volvió a intentarlo. Ninguna respuesta. Definitivamente, nadie. Era extraño que ni Marga ni Leo estuviesen en casa. El intercambio del niño tocaba los jueves a las siete de la tarde. El pacto era sagrado. En los últimos tres años, no constaba ni un error por ninguna de las dos partes. Eran dos espías soviéticos que atravesaban el puente a cambio de dos soldados americanos a la hora en punto, según el pacto, ni antes ni después. Las normas de la diplomacia. Por eso a Joel le parecía tan raro que no estuviesen ni la madre ni el hijo. Pasaban tres minutos de las siete. Llovía, la calle no era un sitio agradable donde esperar y Joel no tenía ningún mensaje en el móvil que indicase un cambio de planes. La preocupación iba en aumento. Miró Santaló hacia arriba por si había algún bar donde quedarse a esperar. Miró Santaló hacia abajo en busca de otras opciones. Había tantas cafeterías en aquella calle gris que no supo cuál estaría más limpia. Cuando encontró una con un suelo lo bastante pulcro —ninguna bola de servilleta abandonada— advirtió que Marga se acercaba. Caminaba nerviosa bajo un paraguas rojo del banco Santander. No sabía que tuviese cuenta allí.

Antes de los dos besos, disparó la ráfaga de excusas.

—Salía de la radio con prisas para llegar a tiempo. ¿Sabes el semáforo de Buenos Aires, que primero se pone verde para los que tiran hacia arriba y luego arrancan los que suben por Casanova? Pues una moto, un burro con una Ducati, ha salido antes de tiempo, yo he apurado con el ámbar y, cuando giraba, me ha rozado así de lado. Es culpa suya.

—¿Se ha hecho daño?

—No, no ha llegado ni a caerse.

—La culpa es suya.

—Sí, guapo. Gracias por explicármelo. Ya te he dicho yo que era culpa suya.

—No lo decía por...

—El toque, nada. Pero el rato de hacer papeles, que empezaba a llover y... Lo siento.

—Tranquila, Leo aún no ha llegado.

—Da rabia... Nunca voy al trabajo en coche, porque lo tengo aquí mismo, pero esta mañana he tenido que ir a... Bueno, da igual. Ahora, a llamar al perito, llevarlo al taller... Ya sabes la lata que es...

—¿Quieres que te lo lleve yo a la Volvo?

—¿Lo harías por mí?

—Tómatelo como una prueba de amor.

—Mira, no estoy para bromitas. Ten —dijo Marga, pasándole el paraguas de promoción—. Ciérralo.

—De hecho, yo diría que el coche no llegamos a cambiarlo de nombre.

—¿Todavía está a tu nombre? No me lo puedo creer. —Marga estaba buscando las llaves en el bolso. Para variar, no las encontraba—. ¿Tenemos un hijo a medias y un coche a medias?

—Pero el coche lo tienes tú, no nos lo pasamos

una semana tú, una semana yo. —Sonrió para que Marga entendiese que era una broma.

—Si Leo nos estuviese escuchando, le daría pena. —Ella le devolvió la complicidad guiñándole un ojo mientras abría la puerta—. ¿Subes a tomar un café mientras lo esperamos?

—Mejor que esperarlo aquí en la calle. Gracias. ¿Cómo está?

—Como una cabra... Insoportable. ¿Tú sabes cuántos siglos dura la adolescencia?

—¿No serás tú, que te pones de los nervios? A Leo hay que saberlo llevar. —He aquí la broma que tenía muchos números para que no se acabase de entender—. ¿Qué pasa? ¿Por qué me miras así?

En la portería de Santaló, en el vestíbulo que Joel conocía bien de sus años de vida anterior, de pie entre el puñado de buzones y el ascensor para cuatro personas y trescientos kilos de peso, Marga lo agarró por los huevos. Le estrujó los vaqueros a la altura de la entrepierna y lo miró, desafiante. Levantó una ceja macarra para decirle tú te lo has buscado.

—¿Te ha quedado claro, Joel Estrada? —dijo en el instante en que decidió indultarlo.

—Era una broma, hostia... Y yo no tengo ninguna culpa si has rayado el coche y estás de mal humor...

—Joel...

Marga volvió a levantarle una ceja. Él se cubrió automáticamente.

En el piso en el que te has separado siempre hace frío. El escenario ha permanecido congelado en los momentos de los días críticos. Nada había cambiado en el lugar del crimen. Los estantes, los cuadros, el sofá de las lágrimas. Todo está en su sitio pero ya nada es tuyo, más que el recuerdo y las conversaciones.

—¿Por qué os separáis? —le había preguntado Saül.

Joel, en aquellos días, cuando todo hubo terminado, acudió a la fábrica de la Zona Franca para contarle a su padre la decisión de separarse de Marga. Nadie sabía nada, nadie se lo esperaba, nadie lo vio venir después de diecisiete años juntos, quince de matrimonio y un montón de álbumes de fotos en las que parecían felices. Saül le hizo la pregunta de nuevo, sin ánimo de pasar cuentas ni de reprenderlo. Era meramente informativa.

—¿Por qué os separáis?

Joel no supo dar una respuesta clara. De pronto se vio titubeando ante su padre, de mirada imponente a pesar de los años. No había otra persona, ni por parte de Marga ni por la suya. No les apetecían las mismas cosas. Cada uno tenía sus amigos, sus pantallas y sus series. Cada uno llegaba a casa cuando quería, los besos no estaban presentes ni a la entrada ni a la salida, comían a destiempo —con la excusa de que ambos eran periodistas—, cada uno cocinaba su plato y, si alguna vez se sentaban juntos a la mesa, era únicamente para ofrecer una apariencia de familia con Leo, que este sí zampaba lo que preparaba uno, lo que comía la otra, y más que habría tragado porque estaba dando el estirón, los entrenamientos de baloncesto le abrían el apetito y, aunque solo fuera por la edad, siempre estaba muerto de hambre.

Sencillamente, nada. Los días se parecían demasiado a la vigilia. Las semanas eran calcadas a las otras semanas. Planear las vacaciones —verano, Navidad, Semana Santa— los ponía de mal humor. Pues eso, nada. La puta rutina se había instalado entre Marga y Joel y se acabó lo que se daba. La ilusión se había diluido, el enamoramiento quedaba muy lejos y tenían una prueba de ello. Un pedo intempestivo del otro, fuera de lugar, ya les molestaba. Cuando no era por la detonación, era por el tufo. Las muecas no se escapaban porque sí. Habían concluido que no disimular las malas caras era un síntoma, el preámbulo de una discusión que, luego, no llegaba muy lejos. Ese era el problema. Ni para bien ni para mal, ya nada llegaba demasiado lejos en su casa. Más allá de la intendencia doméstica, o de acompañar al niño al colegio, o recogerlo o llevarlo al baloncesto, a los entrenamientos o al partido, hacía tiempo que no tenían una conversación de las de verdad, de esas que tanto los estimulaban a ambos los primeros años de pareja, cuando se fueron a vivir a Santaló.

Saül, al otro lado de la mesa de un menú de Mercabarna, lo escuchaba con frialdad. Perdía una nuera igual que se escapaba medio negocio. Lo lamentaba, pero el semblante era el de aquí paz y después gloria. Para despedirse, la invitó a comer. En una mesa esquinera del Petit Comité, los dos solos, sin que lo supiesen ni Joel ni Maria, representó el papel del suegro interesado, comprensivo, que sabe las reglas del juego. Tenía la edad y la educación para decir las cosas que había que decir y manejaba las situaciones con elegancia. Marga notó, ya en el primer plato, antes incluso de probar la coca de foie de Nandu Jubany, que su exsuegro solo quería saber si Joel tenía alguna tara. Ella no dijo nada que pudiese comprometerlo. Tampoco tenía nada que decir. Simplemente lo dejaron correr porque incluso les habría dado pereza ponerse a luchar para resucitar una historia que había caducado. Cada amor lleva impresa una fecha límite. Que cueste tanto encontrar dónde está escrita no es más que un problema de vista.

Leo escribió un mensaje. Lo recibieron a la vez Marga y Joel. Cada uno echó un vistazo a su móvil en el mismo momento. Mantenían un grupo de WhatsApp para las cosas de Leo. Horarios, normas, alguna fotografía y poco más. De vez en cuando, el padre o la madre, cuando estaba con el niño, colgaba una foto para dar un mínimo de información cordial a quien pasaba seis días sin Leo. Sin embargo, más allá del partido de baloncesto de fin de semana, cada vez era más difícil hacer algo con su hijo. Lo último que le apetecía era una excursión con su padre. Menos aún con su madre y su pareja. Vlado le caía como el culo. Prefería encerrarse en su habitación y fabricarse un mundo a su medida. Normalmente, entre semana, el grupo de WhatsApp estaba más que muerto, solo regresaba a la vida los jueves, el día del intercambio de los espías. Al día siguiente volvía a quedarse en reposo. El grupo, por voluntad de Leo, se llamaba «Nosotros tres».

Marga le dijo que vale, que lo estaban esperando en casa.

—Y tú, ¿cómo estás?

—Bien... —No le apetecía nada entrar en detalles personales con su ex—. ¿Has escuchado el programa?

—No. Hace unos cuantos días que no puedo. Lo siento.

Se notaba los pies mojados y, sentada en la silla del comedor, se descalzó. De pronto, a él le pareció un gesto sensual. La de veces que habría visto a Marga cumpliendo aquel ritual al llegar a casa y, de repente, reconoció que aquellos pies desnudos tenían su aquel.

—Hoy hemos hecho un tema muy chulo en RAC1 —dijo, secándose los pies con una toalla de mano.

—¿En tu programa?

—¿Dónde si no? Si me escuchases de vez en cuando, tendríamos más audiencia.

—Pero si sois la emisora líder, ¿qué más quieres...? —Decidió que debía mostrar interés—. ¿Qué habéis tratado hoy?

Marga lanzó la toalla hacia la puerta del lavadero, sonrió de oreja a oreja por primera vez en toda la tarde y estuvo segura de que el tema despertaría la curiosidad de Joel. Le habló de una moda que, como tantas otras, había llegado de París. Se trataba de una banda que robaba libros, que actuaba a cualquier hora del día y en los lugares más insospechados. Si alguien se dejaba un libro a la vista, en el asiento trasero del coche, le rompían el cristal para llevarse el ejemplar. En otro tiempo, del interior de los coches robaban los radiocasetes; ahora mangaban libros. No les importaba el género, la edición o si era un autor de renombre. Estas bandas —la policía no descartaba que hubiese más de una— no le hacían ascos a nada. El fenómeno, que había bajado por la ruta París-Lyon-Niza-Barcelona, se había extendido rápidamente por la ciudad. Si alguien caminaba por la calle con un libro en la mano, lo asaltaban para robárselo. Si cogías el metro, tenías que ir muy atento a que nadie con las manos largas te birlase el volumen del interior del cesto. Los ladrones ya no querían móviles. Ahora iban a por los libros. ¿Qué hacían luego con ellos? La policía aún no lo sabía. Se habían dado casos, incluso, de bibliotecas particulares que habían desaparecido enteras. Habían entrado mientras la familia estaba esquiando por Nochevieja en el Valle de Arán, habían inhibido la alarma, envenenado al gran danés y vaciado las estanterías. Habían rechazado los ordenadores, las joyas, el dinero en metálico de la mesilla de noche. La caja fuerte, intacta. Fueron directamente a los libros y debieron de emplear mucho tiempo en vaciar todo aquello. Al programa de Marga Felipe —«de una a dos en RAC1, Felipe y tú»— invitaron a tres al estudio. Escogidos la mar de bien. Un portavoz de la policía que, a falta de detenidos, exhibió datos. A Lluís, de la Laie, para hablar de hasta qué punto afectaba, directa o indirectamente, esta pandemia de robos a las librerías; lo enfocaron desde el punto de vista de la competencia desleal. Y, finalmente, el invitado al que a producción más le había costado convencer para que acudiese a la emisora, en directo. Era una víctima —mantuvieron el anonimato por su propio deseo— a la que ya le habían roto tres veces, tres, la ventanilla del coche. El *summum* de la mala suerte. El policía le regañó, por antena, por no tomar precauciones y dejar siempre los libros a la vista de todo el mundo. El hombre anónimo, abatido por no haber aprendido la lección, admitió que no se acostumbraba a tener que tapar los libros con una chaqueta o una bufanda. Después, cuando llegaba donde había aparcado el vehículo y se lamentaba porque le habían hecho añicos el cristal, ya era demasiado tarde. De momento ya le habían robado un Jesús Moncada, la última de Yasmina Reza y una historia de Baricco que ni siquiera había comenzado a leer. La última novela de Xavier Bosch no la habían tocado del asiento. Ninguno de los ladrones tenía el más mínimo interés en ella.

De todo aquello, Joel solo había oído campanas. Alguien le había contado que sí, que le habían robado un libro mientras estaba almorzando en un restaurante y se había levantado para salir a la calle a fumar, pero no le había dado mucha importancia. Le gustaba, en cambio, la pasión que ponía

Marga en venderle aquel hallazgo. Movía las manos, a la italiana, y toda ella transmitía energía contagiosa. Los ojos vivos, una nariz llamativa y una boca grande que, de tanto vocalizar en la radio, mostraba cavidades que no todo el mundo poseía. Habían pasado muchos años y demasiadas cosas entre los dos, pero Joel se daba cuenta de que Marga conservaba la belleza que lo había enamorado. Le gustaba que mantuviese la costumbre de lucir unos collares larguísimos, coloridos y recargados que le llegaban hasta el ombligo. La miraba y pensaba en cuántas mujeres conocía con tanta personalidad. No seas bobo —se repetía, para no parecer un pasmarote—. En ese momento, lo de menos eran Marga y los libros. Él estaba ahora pendiente de otro tipo de robos.

Cuando sonó el timbre, Marga se levantó para ir a abrir la puerta, al final del pasillo. Joel aprovechó, como quien no quiere la cosa, para mirarle el trasero. Marga caminó despacio, marcando cada paso en la baldosa fría, sabiendo —todo esto es lo que te estás perdiendo— que la estaría observando.

Leo Estrada Felipe, sin ser consciente de que eran más de las siete y media, llegó con una camiseta amarilla de los Lakers por encima del jersey. ¿Qué pasa?, dijo en legítima defensa cuando notó que la ceja macarra de su madre dibujaba un arco de desaprobación.

—Ah, ya estás aquí —dijo Joel, sentado a la mesa del comedor—. Un beso, hombre, que soy tu padre. Y hace una semana que no nos vemos.

Leo ladró algo incomprensible para sus padres y se fue a su refugio.

—No te encierres. Dúchate y cámbiate, que tu padre te está esperando.

—Tres órdenes en una frase... No está mal.

—Solo me funciona el imperativo. Y ni así...

—¿Qué hay para cenar? —gritó Leo desde la otra punta del piso.

—¿Qué le has preparado al rey de la casa? —lo pinchó Marga.

—Sorpresa. Ya lo verás —respondió, en voz alta, para ganar tiempo.

—¿Quieres que mire si me queda alguna pizza en el congelador?

—¿Por casualidad no tendrás dos? —Ya puestos..., pensó Joel.

Joel y Leo se llevaban bien. Hablaban más de baloncesto que de deberes, de las notas del instituto y de las obligaciones, y, así, pocas fricciones podía haber entre ambos. En un principio, después de la separación, el niño se lo había hecho pagar tanto a su padre como a su madre. Les hacía tener remordimientos, intentaba ponerlos en contra entre sí con mentiras y argumentos enrevesados y les reprochaba ser unos egoístas por no haber pensado en él. En aquellos días, que ya habían ido quedando atrás, mostraba su rotundo desacuerdo, como hijo único que era, por que le hiciesen ir de un lado para otro, sin que él pudiese —aún— decir nada al respecto. Podía opinar, sí, pero no decidir. Le parecía una putada. Se lo decía con estas palabras, y Marga y Joel se quedaban durante unas horas con el corazón encogido. Y aunque en el fondo del todo tampoco es que le pareciese mal que sus padres se hubiesen separado, les hacía creer que sí para negociar con más ases en la manga. Era astuto como él solo. Luego, cuando vio el piso que Joel iba a alquilar en Sarrià y que él podría elegir la habitación, y que tendría más luz y más metros que la suya de siempre en Santaló, comenzó a aflojar. La idea de tener una habitación en cada casa le molaba. Y más todavía si podía decorarla a su gusto. Compraron vinilos de la NBA por internet y pegaron un gran póster en cada pared. En tres de las cuatro fotos salía Stephen Curry. Estaba seguro de que él había visto más vídeos de su ídolo en YouTube que el mismísimo representante de la estrella de los Warriors.

De repente, cuando ya se había acostumbrado a semana aquí, semana allá del chico peonza, llegaron los brotes de la adolescencia. Los arranques de

Leo iban y venían. Podía estar de mal humor como aislarse, o ponerse a cantar a voz en grito sin que le importase un pimiento ni la hora ni los vecinos, justo antes de recluirse en su cueva de malaquita. Tragedia y locura y euforia y sexo y desesperación y todo a la vez en una extraña mezcla condensada en cada hora. La psicóloga les había aconsejado —Marga y Joel acudieron juntos a petición de ella— que no le diesen demasiada importancia a nada. Debían dejar que Leo siguiese su proceso, que encontrase sus puntos cardinales, y no ponerse a su nivel. Si cantaba, que cantase. Si chillaba, que chillase. Y si quería discusión, que no interviniesen. Se trataba de no caer en la provocación. Cada día, una prueba. Cada día, un poco más cerca del final de esta guerra donde nadie sale sin magulladuras. La adolescencia es como la nieve, les había dicho la psicóloga. Solo desaparece si la ignoras durante el tiempo suficiente.

El último fin de semana, en el entierro de la abuela Maria, Leo le pidió un pañuelo para secarse las lágrimas. A Joel le gustó que lo necesitase. No estaba convencido de que su hijo, tan duro de pelar, llegase a llorar por su abuela.

—En un pispás lo tengo todo listo —gritó Leo, aún en la habitación.

Marga y Joel se miraron con complicidad. Sabían que, por más cosas que hubiesen hecho juntos, por más emociones nuevas que pudiesen estrenar en el futuro y por más que Leo estuviese atravesando los años complicados, su hijo era lo mejor que les había pasado. Juntos y por separado.

—Si me das el papel de la declaración amistosa y las llaves del coche, mañana te lo llevo al taller.

Marga se puso a buscar el bolso, el maldito juego de cada día. Lo encontró colgado de una silla del comedor. Cuando lo tuvo en las manos, se sumergió en él. Iba sacando todo lo que le molestaba para hurgar más a gusto. Encima de la mesa dejó una billetera, un monedero, las llaves del Volvo, un guante de esparto, dos fundas de gafas de sol, unas gafas sin funda, algunos recibos —de gasolina, del Intimissimi, del pan sin gluten— y, finalmente, el documento que andaba buscando. Un poco arrugado. Joel lo miró, levantó la vista y, muy pendiente de que Leo no lo oyese, interrogó a Marga.

—¿Esto te lo ha escrito él?

—Sí. ¿Qué pasa?

—¿Es su letra?

—Sí. —Conocía bien el semblante de problema a la vista de su exmarido—. ¿Por qué pones esa cara?

—¿Tú has visto lo que pone?

—No...

Marga le arrebató el documento de las manos.

—Su matrícula 2855GSW, esto es su móvil y...

Joel le tapó la boca para que Leo no pudiese oír lo que le había escrito.

«Ten cuidado, Estrada.»

Marga volvió a leerlo, por si no lo había visto bien con la inquietud del momento. El mensaje era clarísimo. «Ten cuidado, Estrada.» Con la lluvia y la poca luz de la calle, ni lo había leído, y ahora no daba crédito.

—¿Qué significa «Ten cuidado, Estrada»? ¿Saben quién eres?

—Y quién eres tú, y cuál es mi coche y por dónde te mueves...

—No me asustes, Joel, hostia. ¿Quién puede ser? ¿Sabes de qué va todo esto?

—No.

—¿Seguro?

—Aún no, Marga. Pero no perdamos el oremus.

Él cerró la puerta corredera del comedor. Ella, alterada, no se lo podía creer. Se despojó del collar largo y lo dejó con estrépito sobre la mesa. De pronto le sobraba todo.

—No me lo puedo creer. Entonces el toque no ha sido casual... —Se quitó los pendientes de un tirón—. Pero ¿en qué lío te has metido ahora?

—¿Cómo era el tío?

—Uf, ha sido todo tan rápido... Un chulo, no sé

cómo decírtelo. Hemos ido al grano... Llovía a cántaros, nos hemos dado el móvil, me ha reconocido que era culpa suya, nos hemos apuntado las matrículas y hemos dicho que ya hablaríamos... Yo tenía prisa por llegar, qué quieres.

—Pero ¿cómo era el motorista, Marga? Quién ha escrito esto, nos conviene tener alguna pista.

—No sé. Un don nadie. Bajito, muy abrigado... Con esos anoraks todo el mundo parece cachas. Me llegaba por aquí...

—¿Llevaba bigote?

Marga se encogió de hombros.

—No se ha quitado el casco en ningún momento... ¿Qué quieres que te diga? Lo siento, Joel...

—Te ha rayado el coche y no se ha quitado...

—Yo qué sé si llevaba bigote, hostia... ¿Tan importante es?

—Puede que no.

Joel agarró el papel con brusquedad y desenfundó el móvil.

—¿Qué haces?

—¿A ti qué te parece? —No le dedicó una mirada amable—. ¿Llamarlo?

Marga se situó muy cerca de Joel para escuchar qué le respondían, para identificar la voz del motorista que le había tomado el pelo, el hombre que había amenazado a Joel y que les decía, a los Estrada y a su entorno, sé quiénes sois y sé dónde encontraros. En un abrir y cerrar de ojos, la decepción.

«Este número de teléfono no corresponde a ningún abonado.»

—Mierda.

—Lo sabía.

—No me lo puedo creer. ¿Se ha inventado el número?

—Hay algo peor.

El silencio de Joel fue la conclusión de Marga.

—La moto era robada.

—Juégate lo que quieras: robada. —Respiró hondo—. Me temo que sí.

—Tela. Pero ¿quién quiere asustarte de esta manera?

Leo abrió la puerta corredera. A los pies tenía la mochila del instituto, la bolsa del baloncesto y la bolsa con la ropa interior para toda la semana.

—¿Vamos o qué, papá? Tengo hambre.

10

La miel atrajo a las moscas

La hora punta. Cada trabajo tiene la suya. Los pediatras trabajan, básicamente, por la tarde. Más allá de las urgencias que llenan las salas de espera de los hospitales, las consultas se saturan cuando los críos salen del colegio. Medio engañados y de la mano de sus padres, los niños acuden al médico por una revisión, una vacuna o una afección sobrevenida. Nunca una mano transmite tanta confianza como cuando te dicen túmbate en la camilla y quítate la ropita. Desconfiad de los diminutivos, niños. No son más que una trampa.

Victòria —en el hospital, doctora Estrada— tenía el don de diagnosticar. Le bastaban tres preguntas, auscultar al pequeño paciente, ponerle las manos encima de cuatro órganos vitales, recetar un jarabe y decir esto se cura con cinco días en cama. El olfato crece con la experiencia y la doctora Estrada hacía ya veinte años que vestía una bata blanca con su nombre.

Los martes y jueves, después del turno de siete horas por convenio, recogía a Lisa de ballet. En cuanto llegaba el crepúsculo en Estrasburgo, colgaba la bata, volvía a ser Victòria a secas, cogía la bicicleta y pedaleaba los escasos tres kilómetros hasta la escuela de danza. Aquel jueves, sin embargo, no encontró la bicicleta. No estaba donde la había aparcado. En medio de muchas otras bicis, enfrente del hospital, la suya no estaba. Había una epidemia de robos de bicicletas en la ciudad, ya había oído decir que ocurría en muchas ciudades con mucho tráfico de bicis... Pero la fastidiaba que se la hubieran robado en las narices, en el edificio del hospital. Desde la paranoia por los atentados, habían instalado cámaras de seguridad que lo grababan todo, veinticuatro, siete. Vale que su bici estaba más bien anticuada, que ya le había sacado mucho partido y que la cadena, de vez en cuando, se enganchaba... Pero era la suya, la necesitaba y maldecía a los desgraciados que se la habían birlado a la hora en que tenía que recoger a su Pávlova.

Cogió el móvil y llamó a Gerard. Le preguntó si, por un día, podía ir él. Pero no pudo hacer una excepción. Gerard, en voz baja —para no interrumpir la reunión trascendental—, le contestó que no podía escaparse, que ya había hecho horas extras de padre cuando ella tuvo que irse a Barcelona por la muerte de su madre y que los jueves le tocaba a ella recogerla. No dijo ni un lo siento, que, tal vez, habría matizado la escena. Victòria le soltó un *mercí bocú*, envuelto con toda la ironía de la que fue capaz, y colgó. No entendía por qué las reuniones de su marido siempre eran más importantes que las del resto de los padres del mundo. ¿Qué cohete tenía que poner en órbita Gerard que le impidiese despegar el culo del despacho? Después de todo, diseñaban cajas para medicamentos, tenían unos clientes fijos y su negocio funcionaba por inercia. ¿Tanto le costaba hacerle un favor? ¿Un día?

Victòria telefoneó a la escuela de danza, explicó que era la madre de Lisa y que, por un pequeño contratiempo en el hospital, pasaría a recoger a la niña un poco más tarde. Le dijeron que no se preocupase, que la esperarían hasta que llegase, que nunca se les ocurriría dejar sola a una alumna de seis años.

No quiso coger un taxi. Tenía la necesidad de caminar y que el frío de febrero le tocase la cara, para desconectar del día, de la bici —qué rabia— y de la insolidaridad de Gerard, que la irritó más incluso. No soportaba que siempre fuese a la suya. Maldecía el día que lo había conocido. Se le hacía difícil aceptar que la persona de la que se había enamorado se hubiese convertido, de pronto, en un compañero de piso, en un egoísta recalcitrante al que parecía, incluso, que le molestase su propia hija. Su trabajo, sus aficiones, sus historias siempre eran de fuerza mayor. No sabía en qué momento concreto de la relación la miel atrajo a las moscas.

Victòria fue hacia atrás hasta el momento en que se vieron por primera vez. Siempre recordaría cómo conoció a Gerard. Él, todavía más. El primer beso sucedió una noche de mayo. Durante uno de esos atardeceres naranjas que se resisten a pasar a mejor vida, dos enfermeras del hospital estaban celebrando su treinta cumpleaños en su casa, junto al puente de Corbeau. Una amiga llevaba a otra, y en el piso se congregaron jóvenes que no se conocían de nada y, como pasaba en tantas fiestas en Estrasburgo, se mezclaba gente de muchos países diferentes. Todo el mundo debía llevar algo para picar y una flor en el ojal para celebrar las treinta primaveras de Laurence y Anne-Marie. De eso se trataba, de soplar las velas, de conocer gente, charlar, fumar en el balcón, comer poco y beber hasta que les apeteciese. Victòria llevó una tortilla de patata de ocho huevos que voló en un abrir y cerrar de ojos. Quien la probaba le regalaba una breve sonrisa. Para quien quería repetir, ya no quedaba. Cuando el plato estuvo vacío, lo cogió y fue a la cocina. Le pasó un poco de agua en el fregadero, para llevárselo a casa al marcharse. Al salir de la cocina, Laurence le preguntó si podía sacar la bandeja con los *gin-tonics* que había estado preparando en vasos de tubo. Con decisión, la agarró por debajo con una mano, para abrir la puerta de la cocina con la otra, haciendo equilibrios. Cuando estaba a punto de salir, un hombre llegaba en dirección contraria para enjuagar el cenicero. El choque fue inevitable, se le giró la bandeja, un vaso se cayó al suelo, dos fueron a parar a la camisa del chico y Victòria aún fue capaz de pillar uno al vuelo. Un accidente.

—Hostia. Lo siento mucho, tío.

—¿Te has mojado mucho? —Fue la pregunta retórica de Laurence, que había visto el choque.

—Ya me había duchado antes de la fiesta, pero... —El chico levantó la mirada y vio a Victòria enfrente—. No pasa nada... Así me refresco.

—Yo estaba saliendo, no sé cómo no te he visto... No sé qué decir.

—Es un milagro que no se haya roto ningún vaso —dijo la dueña de la casa.

—¿Llevaba ginebra?

—Sí, aunque no mucha...

De repente, desabrochándose un botón, el joven se quitó la camisa como si fuese una camiseta.

—Te voy a traer un Lacoste —dijo Laurence, antes de desaparecer hacia las habitaciones.

—*Desolée*, de verdad.

—Me llamo Gerard. No te preocupes.

Delgaducho, con el cuerpo desnudo y unas costillas que se le podían contar, le dio dos besos.

—Soy Victòria, Victòria Estrada, de Barcelona... Pero siempre seré la chica que te tiró la tónica por encima.

—Ahora me van a traer una camiseta, no pasa nada.

—Te prestaría esto, pero no sé si te iría bien...

Victòria hizo el amago de quitarse su chaqueta vaquera, pero apenas había sacado un brazo cuando Gerard volvió a colocarlo en su sitio. Debajo llevaba una camisa blanca con tres botones abiertos. La rosa, de pétalos rojos, clavada en el ojal, parecía aguantarse por los pechos. Era el efecto que había buscado antes de salir de casa. En el hospital siempre se peinaba con cola de caballo; en la fiesta se había dejado la melena suelta —tan oscura y rizada de natural—, que le llegaba a media espalda. El negro mandaba en su mirada, en las cejas y en las pestañas larguísimas, reforzadas con un rímel perfilado.

Laurence apareció con un Lacoste granate, talla siete. Le iba ajustado, pero él mismo consideró que le quedaba bien y no se privó de decirlo. Le gustaba la ropa ceñida, que no sobrase por ninguna parte.

Gerard Giresse —pronto descubrió que sus amigos lo llamaban Gegi— era de París y se le notaba en el acento, en el modo de sostener el cigarrillo y en la seguridad con la que se expresaba en todo momento. No creía, sabía. No opinaba, garantizaba. Era un listillo que se metía en todas las conversaciones. Tan pronto hablaba de fórmula 1 como explicaba el origen de la imprenta o aconsejaba tiendas de ropa para hombre que solo conocía él. Su sonrisa era amplia y no se avergonzaba de mostrarse abierto, jovial. Era un guapo con flequillo, y Victòria se sentía atraída por los hombres con flequillo libre y con personalidad. Se sentaron en el suelo, en dos cojines, y estuvieron charlando toda la noche. Se contaron qué estaban haciendo en Estrasburgo y cómo habían ido a parar a aquella fiesta. Ella era compañera de trabajo de las enfermeras. Él se había colado con alguien que tampoco conocía a las dos mujeres del cumpleaños, pero, en aquel momento, ya había valido la pena, porque así la había conocido. Ella dijo no seas fantasma. Y él le ofreció un Winston. Y ella le advirtió no deberías fumar, algún día se sabrá a cuánta gente ha matado el tabaco. Y él respondió que de algo nos tenemos que morir. Y ella contraatacó dándole cifras de enfermedades pulmonares. Y él se rio, mostró sus dientes blanquísimos y le dijo que la primera cita no podía ser más romántica, hablando de cáncer, con la mujer que le había tirado la tónica por encima. Y ella, dura de pelar, le echó en cara que había sido él el que había entrado en la cocina sin mirar. Y él que si esto, y ella que si aquello, y ocurrió lo que estaba a punto de suceder. La mirada. La que indica que tanto uno como el otro reconocen que la atracción es mutua. Y entonces ya no es necesario que lo digan. Hablan los ojos, aseguran los poetas. Pero es la química la que lo provoca, demuestran los científicos.

De madrugada, cuando los vecinos decidieron que ya estaba bien de tanto ruido, la fiesta se terminó precipitadamente. Alguien dijo que podrían ir a un karaoke para continuar la noche. Anne-Marie cantaba en el coro del hospital y les propuso acudir a un local nuevo, diferente, que tenían que conocer sí o sí.

Les advirtió que era un lugar especial. Por el camino fueron perdiendo gente. Aunque al día siguiente fuera sábado decidieron irse a casa, discretamente, a la francesa. Victòria marcaba a Gerard de cerca para que no desapareciese detrás de cualquier esquina. Él, entrometido, iba de un lado para otro como un moscardón, charlando con todo el mundo. Al karaoke Nessun Dorma, en el barrio de la Orangerie, llegó una docena de jóvenes decididos a cantar y a rematar la fiesta.

El local estaba decorado con candelabros sin encender, cortinajes de terciopelo y fotografías de cantantes vestidas de gala, de otras épocas. En las paredes, carteles de *Tosca*, *La Bohème*, *Rigoletto*, *Lucía de Lammermoor* y otras obras italianas que se habían representado en el Teatro del Rin. Con la entrada tenían derecho a una consumición con alcohol y a cantar una canción por barba.

—No conozco ninguna.

En el catálogo, todo era música clásica. La dueña era una aspirante a mezzosoprano que se había quedado a medio camino y había tenido la imaginación, el entusiasmo y los inversores para abrir un local único en el mundo. A juzgar por el éxito, puede que no hubiese otro.

—Aquí no vamos a encontrar nada para cantar.

Lied, arias de ópera, *El Mesías*... Ni una canción de Frank Sinatra ni de Elvis, a quien Gegi le habría gustado imitar delante de Victòria. Tenía a sus espaldas muchas horas de espejo bailando *Hound Dog*. Se aguantaba de puntillas, meneaba las caderas y bamboleaba las rodillas como las alas de una gallina hasta que lograba calcar los movimientos de Elvis.

Anne-Marie, para romper el hielo, les hizo cantar el brindis de *La traviata*. Quien más, quien menos seguía la letra de la pantalla sin saber qué estaba diciendo. Unos la entonaban como si se tratase del himno de su vida, otros se limitaban a mover los labios por compromiso. Cada cual se desinhibía según las copas que llevase encima. La noche empeoró cuando un funcionario de Bremen se atrevió con un Ave María que comenzó más grave de lo necesario y ya no pudo remontarlo. Otro, con el catálogo en las manos, dijo que se sabía *Oh Holy Night*, un clásico navideño, pero lo abuchearon sin misericordia porque en el mes de mayo nadie estaba para villancicos. Se aovilló en la butaca y, frustrado, no volvió a abrir la boca durante las horas que pasaron en el Nessun Dorma.

De pronto, Gegi se levantó, se dirigió a la máquina que lanzaba la música y se arrancó con el aria de *Fígaro*, puede que la única de ópera que le sonaba. Y, si no, le daba exactamente igual si lo hacía bien o no. *Figaro qua, Figaro là*. Estaba disfrutando del momento, le daba todo igual y era de París. *Figaro su, Figaro giù*. Todos sus amigos lo aplaudían y él se estaba divirtiendo. *Bravo bravissimo*. Desafinaba, se perdía con la letra, *fortunatissimo*, pero se reía, gesticulaba como un barbero afeitando a un cliente, se doblaba de tanto reír y de lo flaco que era. *Sono il factotum della città*. Y Victòria lo miraba y le parecía cautivador con ese flequillo de ida y vuelta.

—Tú serías una buena Carmen, con ese pelo tan largo, tan morena, con tus ojos zíngaros... —Le miró el escote de piel dorada, sin ningún colgante—. Y con esa flor en el pecho...

—¿Qué pasa? —lo desafió—. ¿La quieres?

Por primera vez en toda la noche, Gegi se quedó sin palabras.

—Tendrás que ganártela —le dijo Victòria, que era de Barcelona pero tenía raíces vete tú a saber de dónde.

—¿No cantarás para mí?

—Yo toco el piano. Me ha enseñado mi madre. Es muy buena.

—Allí hay uno...

—Que no, Gerard... —Había visto el piano de cola nada más entrar en el Nessun Dorma—. No voy a tocar delante de tanta gente.

—Venga... Hazlo por mí.

La cogió de la mano y la condujo hasta el Yamaha. Justo en ese momento se pidió silencio. Anne-Marie se había animado a cantar. Había subido al escenario arreglándose el vestido y pidiendo disculpas por adelantado a Richard Strauss mientras sonaban las notas introductorias de una canción. Explicó que *Morgen* era, para ella, la expresión máxima de felicidad. Nadie se lo quiso perder. Con elegancia, Gerard se sentó en la banqueta frente al piano con un gesto en apariencia natural y Victòria, casi sin darse cuenta, se encontró de pronto en su regazo. No sabía cómo había pasado, pero allí estaba, encima de los muslos del chico de la tónica. No quería perderse la actuación de su compañera de trabajo, pero estaba pendiente del brazo del guapo de París, que, sin previo aviso, le rodeaba la cintura.

Anne-Marie cantaba con delicadeza. En el local todo el mundo estaba pendiente de ella. Ni siquiera los camareros servían copas, para no interrumpir aquel poema de amor. La canción que Strauss le regaló a su mujer para su enlace era, en el timbre de Anne-Marie, una sorpresa para sus compañeros. Alguien con la voz tan dulce no podía causar ningún dolor en el momento de colocar una vía. Había quien se ponía la mano en la boca ante aquella joya musical. Cuando terminó, mientras todos aplaudían a rabiar, Victòria abrazó a Gerard y le estampó el beso que ambos habían estado deseando con cada nota de la canción. Se prolongó lo que duró la ovación.

—¿Crees que me he ganado la flor, Carmen?

Ella, con calma, se la recolocó bien en el ojal.

—*Pas encore*.

Los siguientes días Victòria y Gerard buscaban las horas para estar juntos. Para dormir, para compartir momentos, historias. Les gustaba pasear por el empedrado de las calles del centro. Les parecía que entrar en la Isla Grande, por los alrededores de la catedral, era adentrarse en una ciudad de otro tiempo. Quien hubiese pisado aquellos mismos adoquines doscientos años antes habría visto los mismos edificios, la misma estampa de la Edad Media. Las casas, con las vigas de madera o las fachadas de piedra, señalaban las posibilidades de las familias. Los tejados de piedra, a dos aguas, o los rótulos de hierro forjado en la puerta de los establecimientos los transportaban a un mundo de Hansel y Gretel donde disfrutaban perdiéndose. Hacia la Petite France, el olor a sopa de cebolla o a chucrut que se escapaba de los restaurantes a partir de las seis de la tarde saturaba las calles de un barrio de rincones discretos, ideal para los amantes. Cuando se ponía el sol, Victòria y Gerard se sentaban en la terraza de un *biertub* y se recreaban observando con qué fidelidad las casas se reflejaban, temblorosas, en el agua de los canales.

Estrasburgo es una ciudad en barbecho a la espera de la primavera. Se reserva durante todo el año, cogiendo fuerzas, para que la explosión de flores rojas en los balcones, en macetas y torrecitas tenga aún más efecto. En cuanto llega el buen tiempo, estalla el entusiasmo y convierte las calles en un laberinto adornado de vida. Es como si, de repente, a los alsacianos les hubiesen concedido el permiso para la alegría.

La joven pareja, instalada en un piso pequeño de alquiler de la plaza Gutenberg que pagaban a medias, descubrió pronto que, en invierno, Estrasburgo no te permite escoger. O te somete veinte días seguidos a una niebla que oculta el campanario de la catedral, o te regala una semana a muchos grados bajo cero —quince, veinte—, pero con el cielo de un azul ártico, incorruptible. En los largos meses de frío, los adoquines son más grises, las calles parecen más estrechas y, cuando cae la noche, se convierte en una ciudad sin alma, insípida, un gran museo cerrado por inventario.

La escuela de danza todavía estaba abierta. Lisa, vestida de bailarina y con una sudadera encima, aguardaba en una silla detrás del mostrador de recepción. Se lanzó al cuello de su madre, Victòria se disculpó por el retraso y bajaron las escaleras.

—¿Estás bien?

—Sí.

—¿Te ha ido bien en el colegio, amor mío?

—Sí.

—¿Qué tal la comida?

—Pse.

—Hoy tocaba...

—*Mac and cheese*.

—¿Y de segundo?

—Pescado apestoso.

—Seguro que estaba bueno.

—Para nada, mamá.

—Seguro que sí. A ti te gusta todo.

—La lengua de vaca, no.

—Y aquí, en ballet, ¿te lo has pasado bien?

—Mucho.

—Qué bien, *amore*. Te quiero.

—Yo más.

—Tenía ganas de verte.

—Yo también.

De pronto, Lisa se dio cuenta de que aquel jueves la vuelta a casa era diferente.

—¿Dónde está tu bicicleta?

—Me ha apetecido que fuésemos andando, sin tener que cargar con la bici... ¿No te parece una buena idea?

Lisa no respondió. Sonrió y asió muy fuerte la mano de su madre. Cuando notó su calor, ya no echó nada de menos.

11

Paraguas de silencios

Los días de rodaje, Joel se vestía cómodo. Elegía ropa que pesase poco, que abrigase mucho y que pudiese ir quitándose a capas, según el sol y la hora del día. Buscaba también que, sumando un sitio y otro, entre el anorak y los pantalones, tuviese muchos bolsillos y lo bastante grandes como para guardar de todo. El guion doblado, las gafas de leer, un bidón pequeño de agua... También las primeras palabras con el invitado estaban, siempre, muy calculadas. Claridad y cordialidad.

—Antes que nada, te agradezco que hayas venido y que hayas accedido a confiarnos tu historia. Como ves, hemos escogido esta plaza porque, por lo que tengo entendido, es aquí donde comenzó todo. Duc de Medinaceli. Y nada, ella es Cristina Malabrocca, la realizadora, ya os han presentado. Estás en muy buenas manos. Un poco *hippie* pero buena persona. A grandes rasgos, es lo que te conté por teléfono. Mi mujer trabaja en RAC1 y... Bueno, es mi exmujer, tampoco hace falta entrar ahora en detalles. Me dijo que te habían entrevistado para contar tu caso y el de tu madre, y se trataría de que repitiésemos ante la cámara todo lo que contaste por la radio. Buscamos el mismo efecto. Lo hiciste genial. Es para un documental que... Todo esto ya te lo han contado, supongo. Eso significa que te agradecemos muchísimo, de verdad, que estés dispuesto a dar tu testimonio, por tu acto de valentía, por lo que supone dar la cara y por contárnoslo a nosotros. Y también significa que, al final, tendrás que firmar un papel. Nada, una formalidad para ceder tus derechos de imagen. Cuando hables deberás mirarme a mí. Aquí. Yo te haré las preguntas desde esta silla.

Mientras un operador de cámara aprovechaba para pasarle un cable por debajo de la camisa, lo sacaba de nuevo por debajo del segundo botón y le pinzaba el micrófono en la solapa, el hombre —americana de pana fría, zapatos lustrosos— iba diciendo que sí con la cabeza a Joel Estrada. Malabrocca tenía las dos cámaras preparadas desde hacía rato. La primera, en un plano más abierto con el personaje centrado, y la segunda, en primerísimo primer plano, para desnudar las reacciones de un testimonio que debía ser fundamental. Una mueca, una gota de sudor, puede que una lágrima, vista de cerca, amplificaría las sensaciones del espectador. Aprovechar las migajas como recurso televisivo, había dicho una vez Malabrocca en una conferencia sobre el impacto de los planos cortos de la cara de las personas. El bueno parece menos bueno; el malo, más malo. El asesino, más cruel. La propia realizadora hizo de claqueta, con las dos manos, para sincronizar el sonido con la imagen.

Joel, sentado junto al trípode de la cámara principal, puso todo el veneno en la primera pregunta.

—¿Tú eres un niño robado?

Santiago Melo, con la emoción en la nuez de Adán, miró al objetivo.

—Supongo que sí.

Malabrocca tosió para que Joel comprendiera que debía detener la grabación.

Joel dejó que la realizadora se lo explicara. Él tampoco sabía qué había ocurrido.

—Perdona, hay una cosa que no te hemos dicho... —Se agachó para situar sus ojos a la altura del testimonio, que no entendía en qué se había equivocado—. En el documental, su voz, la de Joel Estrada, no debe aparecer. Él no sale. Eso significa que, siempre que sea posible, en la respuesta deberías incluir la pregunta, porque si solo dices sí o no, por ejemplo, el espectador no entenderá a qué te refieres y a nosotros nos costará más aprovechar la respuesta.

Santiago Melo, de cuarenta y dos años, sonrió con nerviosismo y dijo que de acuerdo, que intentaría hacerlo pero que no prometía nada.

—Lo más importante es que estés tranquilo... —dijo Joel—. Si luego a nosotros nos cuesta más montarlo, es nuestro *metier*. Tú no te preocupes y ponte lo más cómodo que puedas.

Malabrocca lo fusiló con la mirada antes de retomar la grabación desde el inicio. Buscaban a toda costa la primera afirmación.

—Sí, soy un niño robado.

—¿A qué edad lo supiste?

—Muy tarde... Perdón. A los treinta y seis años descubrí, para empezar, que yo era un niño adoptado.

—¿No te lo habían dicho antes?

—No. Mis padres me dijeron que no habían encontrado el momento y que después ya no habían sabido cómo hacerlo. Puede sonar absurdo, pero es así.

—Ya llegaremos a la explicación de tus padres. Intentemos seguir el hilo cronológico. Así pues, ¿cómo descubres que eres un niño adoptado?

—Del modo más absurdo.

Vio que Malabrocca retiraba el ojo del visor y, levantando un dedo, le hacía el gesto para que lo repitiese con la frase entera.

—Perdón, perdón... —Respiró hondo y comenzó de nuevo—. Descubrí que era un niño adoptado de un modo muy absurdo. Para acceder a un empleo en una institución pública me pidieron que aportarse, entre otros papeles, una partida de nacimiento. Y por eso vine aquí, a esta plaza. Este edificio de aquí detrás es el registro civil.

—Y ¿qué pasó?

—Pedí turno, me tocó, me atendieron... Es un trámite de los que se hacen mil cada día. Te lo resuelven al momento. Yo vi que la funcionaria de la ventanilla, cuando regresó con el certificado, me miró de una manera extraña... Pero no supe interpretarlo, francamente. Y tampoco le di mayor importancia. Cuando ya estaba en la calle, aquí mismo, leí el papel para asegurarme de que todo estaba bien y que no hubiese hecho la gestión en vano. Pero, de repente, no entendía nada. Tenían que haberse equivocado. Ponía que padre y madre eran desconocidos. Adopción. Y luego los nombres y apellidos de los padres adoptivos, de mis padres, vamos...

—¿Recuerdas qué pensaste?

—Pensé que solo podía ser un error. Era imposible, pero me tuve que sentar porque... Se habían equivocado, seguro. Si hasta dicen que me parezco a mi padre...

—¿Pidió explicaciones a sus padres?

—Naturalmente. En cuanto salí de aquí fui a

casa de mis padres, que están jubilados, en Vilassar. Estaban los dos en casa y nada más verme entrar se percataron de que pasaba algo grave. Vengo del registro civil, les dije, y se les cambió la cara. Le di el papel a mi madre, que comenzó a llorar y a abrazarme y decirme que me quería mucho... O sea, que era verdad... Fueron días muy duros. Durísimos. No se lo deseo a nadie. Me costó tiempo perdonarlos, mucho tiempo. Son mis padres, pero nunca ha vuelto a ser lo mismo. La indignación no se pasa con los años. —La mirada de Santiago vagó por la plaza y tardó unos segundos en reaccionar. Malabrocca había pasado al plano corto—. Perdonad, esto último, lo de mis padres, si les perdono o no les perdono y todo eso, preferiría que no saliese.

—Ningún problema. Lo respetaremos, por supuesto. No te preocupes. ¿Estás bien para continuar?

—Sí, sí...

—Sigamos, yo no he dejado de grabar —susurró Malabrocca al oído de Joel.

—¿Qué te dijeron tus padres cuando descubriste que eras adoptado?

—Mis padres me contaron que cuando era pequeño no habían considerado necesario que lo supiese, que no era conveniente. Que no me lo dijeron para protegerme... Y que luego ya no habían encontrado el momento y que la montaña se había ido haciendo más y más alta... Es así de bestia. Durante muchos años sentí mucha rabia, mucha, hacia ellos.

Dejaron que se enjugase las lágrimas y que se sonase.

—¿A qué edad has dicho que supiste que eras...?

—A los treinta y seis. Hasta los treinta y seis no supe que era adoptado. ¿Os imagináis lo que es empezar una nueva vida a los treinta y seis?

—¿Qué quieres decir? —Cuanto más breve la pregunta, más sincera la respuesta.

—Que me miraba al espejo y no sabía quién tenía delante. Es un *shock*. El colapso absoluto. Comenzaba de cero, todos los recuerdos eran como de mentira, una pesadilla gigante, había vivido una vida que no era la mía. Sí que era la mía, pero no era la que me correspondía... Nada tenía base. Estuve más de un año de terapia, preguntándome quién era.

Joel supo aguardar tres segundos.

—Y ¿quién eres?

—Ahora lo sé. Soy el hijo de una mujer a quien la Iglesia católica le arrebató a su hijo porque era demasiado joven para tenerme.

—¿Cómo has sabido todo eso?

—No ha sido fácil. Esa es otra batalla. Todo

cuesta mucho trabajo en este mundo de opacidades, porque aquí hay gente que cometió un delito y, por tanto, entramos en un paraguas de silencios y caminos sin salida que hace muy difícil llegar a alguna parte.

—¿Tú qué hiciste?

—Hombre... Desde que me enteré de que era adoptado decidí buscar quién era mi madre. Necesitaba reconstruir mi historia, y lo que he ido encontrando ha sido cada vez más demencial...

—¿Podrías desarrollar eso, por favor? —Intervenía lo mínimo posible, para no romper el hilo.

—Tenía derecho a saber de dónde había salido y a conocer a mi madre biológica. Igual que ella tenía derecho a saber que yo era su hijo. Me hablaron de una organización que se llama Orígenes y se dedica a encontrar los rastros de las adopciones. Son gente que funciona como un reloj. Han vaciado todos los registros históricos, de centros y de hospitales, y ponen en común todos los datos y todas las búsquedas. Acudí a Orígenes y tuvimos suerte, mucha suerte, porque con mi fecha de nacimiento y los apellidos de mis padres adoptivos pudieron conseguir la ficha de mi madre.

—¿Por qué dices «tuvimos suerte»?

—Porque en España hubo lo que se llamó parto anónimo hasta 1999. ¿Qué significa esto? Que no hacía falta que constase el nombre de la madre biológica en el certificado de nacimiento. No era necesario. No era obligatorio. Y, por tanto, era una figura legal nefasta porque se convirtió en un coladero para todo tipo de operaciones.

—¿Operaciones? ¿De qué tipo?

—Oscuras. Extrañas. El parto anónimo, por ejemplo. Es lo que decía. El parto anónimo permitía falsificar documentos y, sobre todo, el tráfico de menores; básicamente, adopciones irregulares a tutiplén.

—La ley lo permitía, sí, como has dicho, hasta 1999. Y tú naciste en...

—Yo soy de 1978. Nací el día que en España se despenalizó el adulterio, el 19 de febrero. Por eso digo que, en un principio, tuvimos suerte porque teníamos el nombre y el apellido de la mujer que me parió.

—¿Pudiste localizar a tu madre?

—No. Me hice ilusiones, porque en la ficha constaba un domicilio y un teléfono, pero no hubo forma. Supe quién era y cómo se llamaba, y, más o menos, he ido sabiendo cosas de su vida, pero... nada. Mi madre murió medio año antes de que yo supiese que era adoptado. Desgraciadamente, no llegamos a conocernos... Por seis meses no... —Le costaba hablar sin emocionarse. Abrió las manos, que tenía cruzadas delante del pecho, para excusarse. Santiago, con la pena en los ojos, no era capaz de continuar.

Un camión de reciclaje de vidrio interrumpió el rodaje. Hacer grabaciones en la calle es lo que tiene. Joel siempre prefería grabar las entrevistas en espacios cerrados, por la tranquilidad y por conseguir un sonido mejor. Malabrocca, en cambio, insistía en que las películas debían respirar y, siempre que podía, buscaba la autenticidad de un rodaje en el exterior. Santiago aprovechó la pausa. Se levantó para estirar las piernas, para beber agua de la botellita que le habían dado y para preguntar qué tal lo estaba haciendo. Nadie quiere quedar mal en la televisión. Mientras vaciaban el contenedor de vidrio en el camión, Joel comentó que él también tenía una hermana adoptada, también del mes de febrero, pero que era cuatro años mayor que él. Santiago preguntó si le daba tiempo a fumarse un cigarrillo. Y dos, si es preciso. ¿A quién se le ocurre hacer la recogida del vidrio a esta hora?, preguntó Joel. Y Malabrocca saltó con que mejor de día que de noche. No iban a armar todo ese escándalo con el vidrio mientras la gente estaba durmiendo. Ganó sin discusión. Joel tampoco quería darle mayor importancia, solo pretendía mantener caliente al testimonio. No le convenía que Santiago se enfriase y le habló de fechas, precisamente. Todo aquel que había hurgado en el asunto de los niños robados pensaba que se circunscribía a algo del franquismo, que había comenzado después de la guerra y que era, casi, una cuestión moral. A las madres solteras, las madres jóvenes sin un padre conocido, las menores que se quedaban embarazadas se las apartaba de la circulación, como pecadoras que eran, y les arrebataban a los hijos después de dar a luz para entregar a las criaturas en adopción a las familias que sí las merecieran y las pudiesen cuidar. Pero, por lo que estaba comprobando Joel después de muchos meses de investigación, esa práctica había continuado incluso tras la muerte de Franco. Cuando Santiago nació, el dictador ya hacía dos años largos que había muerto. Y habían encontrado otros casos en los que el robo de niños había ocurrido mucho después, al inicio de los noventa, cuando el parto anónimo todavía era una posibilidad. Se hablaba de casos escabrosos en una clínica de Madrid. Santiago también estaba al corriente. El camión del vidrio —entrar en la plaza, vaciar el contenedor y salir de Duc de Medinaceli— duró un cigarrillo entero.

—¿Podemos continuar? —Malabrocca, al grano.

Joel y Santiago volvieron a sentarse frente a frente.

—¿Cómo te enteraste de qué había ocurrido en tu nacimiento?

—A mi madre no la conocí, pero Orígenes sí logró localizar a su hermana, mi tía, y le escribió una carta para comunicarle que su sobrino estaba vivo, que yo existía y que tenía ganas de hablar con ella. Y pude hacerlo.

—¿Qué te dijo tu tía?

—Me contó de dónde eran ellas, cómo llegaron a vivir en Rubí, que su hermana se lio a los dieciocho años con un chico, se quedó embarazada y se encontró sin saber qué hacer hasta que la acogieron en Barcelona, en los Hogares de Santa Isabel, donde se hacían cargo de chicas jóvenes como ella que se quedaban preñadas.

—¿Qué quieres decir con que se hacían cargo de chicas...?

—Que las monjas las tenían allí con ellas, les daban cama y comida y consejos durante todo el embarazo hasta el momento de parir.

—¿Y luego?

—Supongo que había de todo. Unas mujeres debían de querer dar al hijo en adopción y otras no.

—¿Y tu madre? ¿Cuál fue su caso?

—Mi tía lo tiene muy claro: mi madre quería tenerme y ocuparse de mí. El 19 de febrero de 1978 mi madre me parió, me separaron de ella y me dieron en adopción a los primeros de la lista.

—Por tanto, ¿cobró tu madre por entregar a su hijo?

—Mi madre no me entregó. Me robaron. Le dijeron que una pecadora como ella no tenía derecho a nada, le arrancaron de los brazos a su bebé, que era yo, y nunca volvió a saber nada de él.

—Insisto: ¿compensaron económicamente a su madre por quitarle a su hijo?

—Ni un euro. Ni una peseta, vamos... Le quitaron el niño después del parto y punto.

—¿Tus padres pagaron por tenerte?

—Me han asegurado que no... Y quiero creer que no. Más mentiras, no creo... No quiero creerlo, vamos.

—Estamos terminando, Santiago... Pero nos queda saber la historia de tus padres adoptivos.

—Mis padres, sí.

—¿Eran conscientes de que estaban haciendo algo malo?

—No, en ningún caso. Mis padres, cumplidos de largo los treinta, tanto mi padre como mi madre, y después de intentar tener hijos y ver que no lo lograban, después de visitar a médicos y especialistas, tiraron la toalla y se centraron en una adopción. Ellos estaban convencidos de que se trataba de una adopción en toda regla y con todas las garantías. Les dijeron que era una madre soltera, joven, que entregaba a su hijo porque ella no podía criarlo.

—No sabían que se lo quitaban a alguien.

—Por lo que me han jurado, no. Nunca. En ningún momento. Jamás pensaron que estaban robando un niño.

—Pero, insisto: algo debieron de pagar por tenerte...

—Pagaron lo justo, lo normal, lo que se solicitaba por una adopción.

—¿No pagaron doscientas mil pesetas?

—Ni doscientas mil pesetas ni un millón. Me he enterado de que existían todos esos negocios. Que en Bilbao, en Madrid y en Zaragoza... Y supongo que aquí, en Barcelona, también se llegaba a pagar por un niño robado lo mismo que se podía llegar a pagar por un piso en aquella época. Pero mis padres no pagaron.

—Tampoco te dijeron que fueses adoptado...

Resopló. Se quedó sin palabras.

—Eso ha sido un golpe bajo.

—Tienes razón. Perdona. —Se aclaró la garganta—. No lo pondremos. Acabamos, ahora sí. ¿Te ha faltado algo por decir... que yo no haya sabido preguntarte?

Santiago negó con la cabeza. Se dispuso a levantarse y quitarse el micrófono, pero se lo pensó mejor. Volvió a pegar el culo a la silla y dijo sí, me apetece decir una cosa. Miró a la cámara que lo filmaba en primerísimo primer plano, el foco sobre la boca.

—Las monjas que han jugado a ser Dios, cambiando el destino de las personas, así ardan en el infierno.

12

De esta ducha no saldrás seco

Se aseguró de llevar la Wilson encima. Disimuladamente, la sacó del bolsillo del anorak y se la llevó a la habitación. Frida, de cuello musculoso, sin papada, se había entretenido con una mosca en el pasillo de baldosa hidráulica. La tocaba con la pata para asegurarse de que estaba muerta, de que ella había ganado la batalla y de que, como mínimo, aquel espécimen en concreto ya no volvería a importunarla. Cuando Daria entró en el baño a desmaquillarse, Joel escondió la pelota de tenis bajo la almohada. Por si acaso. Los viernes por la noche no solían hacer el amor. Llegaban demasiado reventados por el trabajo de la semana. Ella era tutora de ESO en el IPSI, un colegio de la calle Borrell donde todavía había alumnos con ganas de aprender algo. Los suyos eran de primero de ESO. Niños y niñas de doce años, tan enjutos unos, tan corpulentas ellas; ellos tan ingenuos, ellas tan sabias.

Adolescentes primerizos que llaman a la puerta de la vida con la insolencia de quien intuye que llega su momento. Aguantar a los chavales, bah. Súmale las clases, multiplícalo por la corrección de trabajos y exámenes, y réstale la paz estancada en la sala de profesores, cada uno con sus problemas, que, dichos en voz alta, pasan a ser los de todos. El fragor constante del colegio es como el rumor del mar —decía siempre Daria—: solo eres consciente de que lo estás escuchando cuando te alejas. El viernes era la noche de descompresión. Le bastaban un ramen con caldo de mil aromas y una conversación de sofá, sin prisas, con Joel. No hacía falta más porción de paz. Era el ritual de cada quince días y, esa semana, que no tocaba, habían hecho una excepción. Era el viernes-sábado-domingo que a Leo le correspondía estar con su padre, pero preguntó si podía irse a dormir a casa de un amigo, Mika. Joel, con una llamada a la madre del base del equipo de baloncesto, se aseguró de que fuese verdad. Las versiones, por una vez, cuadraban. Cuando logró disipar las dudas, quedó en que lo recogería antes de comer. Leo le había garantizado que no saldrían de casa. El plan era otro. Querían hacerse unas fotos —una sesión de fotos, había dicho— para un calendario del baloncesto. Nada malo, insistió. Joel arqueó las cejas y su hijo soltó un te lo prometo para ganarse su confianza.

—Señor preocupado... Hola. —El dedo gordo de Daria golpeteó la planta del pie de Joel. Le había visto unos ojos de carnero degollado que no le habían gustado nada. No eran propios de él—. Hola, tú.

En el sofá de tres plazas, cada uno estaba tumbado en una punta, mirándose. Les gustaba hablar de cara. La mantita era la frontera compartida, los pies se convertían en el lugar de encuentro.

—Cuéntame algo del colegio...

—No, si antes no me dices qué te pasa.

—Venga...

—En el colegio, nada. Un viernes cualquiera. Todo el mundo alborotado, suspirando por el fin de semana.

Joel se levantó a regañadientes. Se dirigió a la silla donde había colgado su anorak y, del bolsillo interior, sacó un papel con una esquina doblada. Se lo dio a Daria sabiendo que en ese instante comenzaría un interrogatorio que podría durar hasta el día siguiente. Al principio ella no ató cabos. Todo aquello la cogió de nuevas.

—¿Qué significa «Ten cuidado, Estrada»? —Sus ojos iban del papel a Joel y de Joel al papel. De repente el corazón se le había acelerado y debía sacar conclusiones—. ¿Es una amenaza?

—Es lo que hay. Mejor eso que la cabeza de un caballo bajo las sábanas.

—Pero ¿qué ha pasado?

Marga, el Volvo, una Ducati con una pegatina con el dibujo de *Yellow Submarine*, el arañazo, la lluvia, los papeles, el casco, el bigote. Se lo contó lisa y llanamente, con la unidad mínima de información.

—¿Crees que es por el documental?

—No se me ocurre nada más... —Joel, de vuelta en el sofá, se estaba tapando los pies con la manta de ver la tele. Siempre hacía frío en aquel piso junto a la Monumental.

Y Daria resopló.

—Ya te lo dije: de esta ducha no saldrás seco.

—Saldré vivo, que ya es mucho.

—¿Estás preocupado?

—¿Sinceramente? No mucho. —La manía, tan suya, de hacerse el valiente.

—Pues yo te lo he notado. Había algo... En cuanto has entrado por la puerta he pensado: ojo...

—Agradable no es, por supuesto. Pero lo llevo bien.

—Mucho. Desde luego, ya lo veo...

—No te preocupes, ¿vale? No es más que trabajo.

—No es ninguna broma, Joel. Dime que tienes cobertura aérea.

Ni la tenía ni la quería. Joel le contó que esta vez trabajaba solo. No había un encargo previo de ninguna televisión. No quería protección. Prefería hacerlo sin red. Él investigaba, él se producía y, cuando tuviese la película hecha y montada, ya saldría a ofrecerla como un representante de carquiñoles que va de confitería en confitería a vender su producto. Él no vendería galletas resecas. Precisamente porque el tema costaría de tragar y porque sería un trabajo impecable, estaba convencido de que se lo quitarían de las manos. Si no era Netflix sería HBO, y si no alguien acabaría pagando. Seguro. La obsesión era destapar uno de los grandes tabús de los últimos cincuenta años y provocar una sacudida que permitiese que más madres pudiesen encontrar a sus hijos, que más hijos supiesen quién había sido su madre de verdad. Pero no quería levantar la liebre antes de tiempo. Había decidido financiarlo él, con Árbol Producciones, con su socia a prueba de bombas, Cristina Malabrocca, y no depender de nadie más. El tema de los niños robados era demasiado grande y terriblemente sensible para que las televisiones pudiesen aguantar las presiones. Con una llamada del obispado, con un burofax de un médico diciendo que los llevaría a los tribunales, le habrían dicho ándate con cuidado, contrástalo bien, no digas nada que no podamos demostrar, quizá convendría que matizases el montaje, ¿estás seguro de que debemos emitirlo?, no te pilles los dedos, Estrada, deberías buscar testimonios de la otra parte... Por supuesto que los buscaba, y los tendría, pero no quería que nadie se pusiese nervioso y lo desviase de su objetivo. Las coacciones, para asustar o para desactivar, podían ser el pan nuestro de cada día si trabajaba para alguien. En aquel caso, la telaraña de complicidades estaba demasiado extendida y no quería quedar atrapado en ella. De ninguna manera. El poder sabe cómo actuar en estos casos, que para eso es el poder y no quiere perder sus privilegios. Joel pensó en ponerle solo un ejemplo. El del doctor Eduardo Vela, el ginecólogo y director de la clínica San Ramón de Madrid. La justicia lo declaró culpable, pero la misma justicia lo absolvió al instante. Era el primer caso de bebés robados que llegaba a juicio y tuvo un desenlace que dejó a todo el mundo sin palabras. Inés, la denunciante, había nacido en la clínica San Ramón en junio de 1969. A los dieciocho años sus padres se derrumbaron y le dijeron la verdad, que era adoptada. Abatidos, le confesaron que la habían comprado y cómo lo habían hecho. Joel había seguido el juicio en la Audiencia de Madrid. Inés consideraba que el doctor Vela la había sustraído a su verdadera madre y la había entregado a una mujer estéril que, por indicación de la clínica, había ido disimulando el embarazo poniéndose cojines en la barriga. Cuantos más meses, más gordos los cojines. La acusación solicitaba trece años de prisión para Eduardo Vela por detención ilegal, suposición de parto y falsedad documental. Eran, como poco, los tres delitos que había cometido. El médico había llegado al juicio con ochenta y cinco años y se hizo el sueco. Primero afirmó que no recordaba si en su clínica se hacían adopciones ilegales. Luego añadió que no sabía quién se encargaba de cumplimentar el libro de registros de nacimientos. La desmemoria por sistema. Pero había documentos que lo incriminaban. Años atrás, dos periodistas francesas habían hablado con el doctor Vela y el hombre había reconocido —sin saber que lo estaban grabando con cámara oculta— que en 1969 había regalado a Inés a su madre adoptiva. El jurado admitió que el doctor era culpable porque los hechos habían quedado demostrados, pero lo absolvió porque consideró que esos mismos hechos ya habían prescrito.

—¿Cuándo prescribe un delito así?

—Nunca... Si existe una partida de nacimiento falsificada, nunca. Pero la Audiencia de Madrid sentenció que el caso había prescrito el día que Inés había cumplido dieciocho años.

—No me lo puedo creer.

—¿Qué te parece? Te roban el día que naces y prescribe, automáticamente, cuando te conviertes en mayor de edad. Si no lo has denunciado antes, te aguantas. Si no hay un registro de nacimiento, te jodes. Por cierto, Inés no pudo encontrar a su madre biológica porque los historiales clínicos también habían desaparecido. El doctor lo había quemado todo.

Los ojos de Daria mostraban preocupación. No podía creerlo.

—¿Tú no crees que...? —Estaba pensando y dudando, atónita—. ¿No crees que cerrar así el primer juicio era el modo de ahuyentar muchos otros posibles casos? Era como decirles no hace falta que acudáis a la justicia, vuestro caso está archivado.

—Ha prescrito, sí. No perdáis el tiempo en juicios y en señalar culpables. Buscad a vuestra madre si queréis, encontrad a vuestra hija si podéis, pero no vengáis a tocarnos las narices, no hurguéis, dejad en paz a los médicos, las clínicas, las monjas... Es exactamente eso. Un tinglado demasiado gordo como para dejar que se hunda. Un gobierno tras otro, en democracia, que no ha querido meterse en esto...

—Por miedo a que los salpicase.

Frida, siempre tan bien cepillada, se subió al sofá. O sobraba perro o faltaba mueble. Era demasiado raquítico para los tres y Joel se incorporó. Todavía sabía más cosas del doctor Vela. Una revista, *Interviú*, publicó un reportaje que ponía sobre la mesa las prácticas macabras del ginecólogo. Para hacer creer a las madres que su bebé había muerto después del parto, les enseñaban el cadáver de un recién nacido envuelto con una toalla. Lo hacían de modo que solo se le viese la carita. Era un bebé que guardaban en una de las neveras de la clínica del paseo de La Habana. ¿Acababa de morir y estaba frío? En aquel instante de desconsuelo, ¿ninguna madre se daba cuenta de que era imposible que el cuerpo estuviese congelado? Seguramente nunca acercaban lo bastante el bebé gélido a las familias, para que no lo notasen. Vete a saber cuántas veces recurrió a aquella argucia macabra. Decenas, puede que centenares durante décadas... Muchos años después de que el fotógrafo de *Interviú* consiguiese colarse y retratar al bebé morado que ocultaban en la cámara frigorífica, el médico concedió una entrevista y habló del caso con una naturalidad sobrecogedora. No congelé un niño —decía Vela—, sino muchos. Lo hacía cada vez que se moría un bebé recién nacido y no sabía de qué. Lo dejaba allí, en las cámaras, hasta que podía someterlo a un estudio forense para averiguar la causa de la muerte.

—No me cuentes nada más de ese hombre. Qué horror.

—La palmó el año pasado, no mucho después del juicio.

—Seguro que no es ese el que te persigue...

Se echaron a reír. Hacía rato que lo necesitaban, tanto como desabrocharse el botón de los vaqueros. Daria no renunció a ello.

—¿De quién sospechas?

Él levantó ambos brazos y resopló antes de responder:

—De todos y de nadie, supongo.

—¿Has pensado en hacer algo?

—¿Seguir investigando?

—Quiero decir... Denunciarlo, contárselo a alguien.

—De momento... no es necesario, ¿no?

—Joel, ya te lo he dicho: esto no es ninguna broma...

Acabó diciendo lo que había decidido no contar.

—Me he visto con Eva Bosch. De manera informal.

—No sé quién es.

—La intendente de los Mossos. Una buena policía. Es amiga de Dani Santana.

—¿El periodista?

—Ella lo ayudó mucho cuando intentaron cargárselo... La industria farmacéutica, no sé si te suena.

Daria arrugó el labio para decir no sé de qué me hablas. Joel no quiso que ella se preocupase más por un «Ten cuidado, Estrada» en un papel y dejó escapar dos bostezos para zanjar el tema. Sí, se había tomado un café con Eva Bosch, de paisano, en la cafetería de Casa Mimosa, un hotel céntrico con un patio discreto, pero eso era solo asunto suyo. La intendente de la policía —pelo recogido como cola de ardilla— le había hecho cinco preguntas clave y él las había contestado, una por una, tratando de hallar alguna coincidencia que permitiese estrechar un círculo imaginario. ¿Quién sabe que estás haciendo este documental? ¿A quién molestará su emisión? ¿Con qué gente te has puesto en contacto? ¿Quién te ha dicho que no quiere aparecer en la película? Y la última: ¿crees que necesitas algún tipo de protección?

Joel le dijo que le enviaría un correo electrónico con la lista de todas las personas que había entrevistado, el nombre de las clínicas donde habían nacido los bebés que habían cambiado de manos y la relación de los médicos y comadronas y monjas y congregaciones que, de algún modo, pudiesen aparecer en su investigación. Le agradeció el interés, le dio recuerdos para su común amigo —hace demasiado tiempo que no veo a Santana— y le preguntó si ya habían averiguado algo sobre la epidemia de robos de libros que había en la ciudad. Fue la primera vez que Joel Estrada escuchó un nombre: Cara de Mosca. Tan pronto lo oyó, lo olvidó. Eva Bosch le advirtió que era cien por cien confidencial y que no podía hacer uso de él.

—Los periodistas jamás contamos lo que nos han dicho hoy. Pero mañana...

—Del Cara de Mosca, ni una palabra. ¿Me has oído?

En el piso de Daria, al lado de la Monumental por la calle Lepant, el recorrido del sofá a la cama era muy corto. El colchón —ni individual ni de matrimonio, ideal para uno solo, condensado para una pareja— quedaba encajado en el ángulo del cabecero y la ventana. La anfitriona dormía en bragas y una camiseta finísima después de tantos usos y lavados. Joel, fuera de casa, dormía en bolas. Tenía por costumbre, no obstante, estirar la funda nórdica hasta las lumbares. No le gustaba que, mientras estaba durmiendo, pudiese entrar Frida y escalar para olisquearle según qué.

El viernes por la noche no solían hacer el amor. El sábado por la mañana, sí. Empezaba uno u otro y seguían hasta que se hartaban. No había despertador, ni colegio ni trabajo. Ni prisas. Y las preocupaciones permanecían fuera del paréntesis mágico. Frida, celosa de su dueña, también quería estar presente, y Joel, juguetón, tenía que sacar la Wilson del escondite de la cama para tirársela hacia el pasillo y que la perra saliese disparada de la habitación a cazarla con la boca para reiniciar la partida. Pero al tercer día, Frida ya había aprendido el truco y no se lo tragaba. No había manera de que el animal se distrajera con la pelotita de tenis y, para decirle a Joel hoy te vas a joder, no apartaba el hocico de encima de la cama.

—¿Tanto te molesta?

—Mujer...

—Si no está haciendo nada...

—Es muy guapa, es tu perra, lo entiendo... Pero nunca sabes cómo va a reaccionar... Cierras los ojos y cuando los abres...

—Pero ¿qué quieres decir? —Daria disfrutaba dejando que Joel, desnudo, le pidiese aquello que sabía que le daba vergüenza pedir—. No te entiendo...

—Que la cama ya es bastante pequeña para los dos.

—¿Te refieres a que es una cuestión de espacio?

—Daria, por favor, que si puedes sacar a Frida de la habitación. Quiero follar a gusto, solo contigo, tranquilamente...

—¡Ah! ¿Era eso?

Cogió a Frida por la piel de la nuca. Ven, bonita, verás lo que tengo para ti... La llevó a la cocina y, cuando regresó al dormitorio, Daria se había despojado de la camiseta gastada y la había arrojado al pasillo. Había caído sobre la baldosa fría, así Frida, si la echaba de menos, podría entretenerse con ella, restregándola.

—Cierra, corre, que vuelve...

—Anda, cállate, pesado... —Sacó la pelota de debajo de la almohada y la dejó en la mesilla—. No sabía que jugabas a tenis...

—Yo no. Son de mi madre... Me las dejó en herencia.

—¿Para ahuyentar perros cuando vas follando por las casas? —Lo besó.

—Exacto. En cada armario guardo un bote de pelotas.

Joel le contestó mordiéndole el labio. Durante un buen rato no volvieron a hablar. Al otro lado de la puerta, Frida solo oía retazos de voces, gemidos, afirmaciones que se repetían y algún grito con los colores de la aurora boreal.

Cuando parecía que habían acabado, Daria se puso encima, como una amazona. Joel comprendió el juego de dejarse hacer. Por nada del mundo debía moverse. Tenía que dejar a Daria cabalgar al trote, despacio, hasta que ambos descubriesen un nuevo territorio.

Se quedaron en la cama hasta mediodía. Cuando Joel salió a ducharse, Frida corrió a ocupar su lugar, junto a la pared, aprovechando el calor del sol en la ventana. Daria aún se quedó un rato. Él, vestido y a punto de irse, la despertó con un beso fresco.

—Me voy. Tengo que ir a recoger a Leo.

—Adiós, amor.

—El próximo fin de semana tendré más tiempo. Leo estará con su madre. Tres días para hacer lo que nos apetezca...

—¿El próximo? ¿No te lo he dicho? —Se desveló de pronto y se incorporó—. Sí te lo dije, ¿no?

—¿El qué?

—Es el fin de semana que nos vamos con Koldo a Navarra.

—¿Quién es Koldo?

—Un profesor del colegio. El coordinador del área de castellano. Nos quiere enseñar las viñas de sus padres. Voy con Celia, otra tutora del IPSI... ¿No te lo había dicho?

Su cara lo decía todo.

—¿Te molesta?

—No, no... ¿Por qué iba a molestarme?

Se aproximó para poner la mejilla.

—Te quiero.

—Supongo que a esta hora encontraré un taxi sin problemas aquí, en Gran Vía...

Una vez en el ascensor se aseguró de haberse

abrochado bien la camisa. Era muy maniático. Cada botón en su ojal. Luego se hizo un par de muecas. Encogía los mofletes, escondía los dientes y ponía boca de piñón. Quería ver, de cerca, cómo era alguien con cara de mosca. Lo consiguió al tercer intento.

13
La memoria de los años

Saül, después de revolver el cajón de las corbatas, se puso la última que le había regalado Maria. Se hizo un nudo inglés de doble vuelta y se bajó el cuello de la camisa. El brazo, sin embargo, se desorientaba detrás de la nuca y ya no alcanzaba a completar la ligera contorsión necesaria para no depender de nadie. Pidió a la señora Lourdes que lo ayudase, por favor, a darle la vuelta al cuello, almidonado. Desde los setenta y muchos notaba, sin llegar a decírselo a Maria, que iba perdiendo algunos gestos. Lo peor era que ya no volverían. Llevaba la cuenta: cada seis meses, un poco menos de movilidad. Aquí y allá. Así o asá. Nunca era algo repentino. Despacio, con la discreción del calendario, el cuerpo le iba robando agilidad. Los huesos eran de porcelana cada vez más fina. Todo pasaba como si nada, con escaso dolor, por la memoria de los años. La musculatura más débil, los brazos más lentos, la invasión silente de la rigidez, los reflejos de antaño. Saül consideró que se había hecho viejo el día en que, en la playa de Vilanova y sin comentárselo a nadie, sus rodillas no se sintieron capaces de saltar las olas. Y ahora, ¿de qué le servía tener unas manos fuertes si temblaban como un chihuahua?

De la colección entera de corbatas, había escogido la que le regaló al cumplir ochenta y cinco. Era de un verde mesa de billar que se veía desde bien lejos. Rai y Vito le dijeron que fuese a la tienda para elegir otra menos llamativa, que seguro que su madre tenía guardado el tique de Furest. Pero Maria se negó rotundamente. Insistió en que pobre de él si la cambiaba, porque esa la había escogido ella y el verde era, a estas alturas de la vida, el color de la esperanza. Rai saltó y le dio la razón a su madre. En Europa, sí, el verde es el color de la esperanza, pero el mundo es muy diverso y en Estados Unidos es el color del dinero. Y para los árabes significa fertilidad. Y todos rieron alrededor de la mesa, porque no veían que su padre estuviese ya para esas alegrías sarracenas. Ese mediodía sopló las velas con energía —un ocho y un cinco que él hizo clavar del revés en la sacher—, lució la corbata hasta el momento de acostarse y nunca más volvió a ponérsela. Hasta ese momento. La primera mañana que había decidido, esta vez sí, ir al cementerio para hablar con Maria.

La señora Lourdes se chivó. Llamó a Joel y lo avisó de que su padre estaba pensando en ir a ver a su madre. Quería coger el coche y plantarse, él solo, en el cementerio de Sant Gervasi.

—Ni hablar, papá. —Joel lo llamó por teléfono de inmediato—. Solo tienes que decirme qué día quieres ir, yo te recojo en Vallvidrera y te llevo.

—No quería molestarte, hijo.

—Para eso estamos. Solo faltaría...

—Me gustaría ir solo.

—Ni hablar. ¿Cuándo quieres que te acompañe?

—Ahora.

Acordaron una hora de la mañana y Joel se comprometió a llevar unas flores, las que encontrase. Que no se preocupase, serían bonitas. Una vez sentado en el coche, Saül prácticamente no dijo nada. Respondía lacónico a las preguntas de su hijo. Iba concentrado, con el nerviosismo de una primera cita. Tenía la sensación de ir a un encuentro único. Solamente hablaría él, pero temía no acordarse de expresar todo lo que sentía y que, en los últimos días, desde la desaparición de Maria, le rondaba la cabeza. Sabía que los silencios de su esposa serían tan significativos como sus palabras. Tenía la sensación de que, según el modo en que se desarrollase la conversación, no habría una segunda oportunidad.

Tuvieron suerte de aparcar en la puerta principal. Joel ayudó a su padre a salir del coche y luego le pasó el bastón.

—No me hace ninguna falta. Ponte aquí.

Caminaron del brazo, con cuidado de que el padre no tropezase.

—No quieras hacerte el chaval ahora... —Joel, con la mirada clavada en los pies—. Esto es un campo de minas.

El suelo de los cementerios, irregular y repleto de obstáculos, es un rompepiernas. Cuando no es una loseta fuera de sitio es una rama despistada o una raíz de ciprés que ha levantado el camino. Cualquier pequeño montículo, cualquier protuberancia subterránea, parece que es alguien llamando para escapar de su sepultura. Es la lucha de los difuntos por salir. ¿Quién no haría lo mismo? Los muertos exprimen la imaginación, porque ya no tienen nada más.

Poco a poco, renqueando, llegaron a la isla 64. La suya. Los padres de Saül —Jaume Estrada y Teresina Morales— habían elegido un nicho a ras de suelo. Nada de escaleras. Demasiado peligroso. Que nadie tuviera que subirse para poner una rosa, ni para limpiar la lápida ni para rezar. La tumba, a nivel y a la altura de los ojos. Les pareció ideal cuando la compraron después de la epidemia de gripe que se llevó a tantos amigos. Más práctico para todos y con mayor capacidad. Les habían garantizado que podrían meter hasta tres ataúdes, uno encima del otro. Al ser el primero de la fila, justo en el ángulo, incluso cabría un cuarto. Por ley de vida, Saül tenía asumido que sería el suyo. No tenía prisa, pero veía que los días ya iban más rápido que sus piernas.

Al pie de la lápida, dos coronas se aguantaban una a la otra, por la quietud. A pesar de los días que llevaban a la intemperie, las hojas aún estaban bastante verdes. Solo las bandas se habían ensuciado, por las puntas, a causa de las lluvias de las últimas tardes. Joel depositó el ramo de sesenta euros, muy colorido, junto al mármol. El aroma de las flores los devolvió al día del entierro.

—Antes de que se sequen deberían retirarlas.

—Ahora buscaré al encargado...

Saül se desembarazó del brazo de su hijo. Joel entendió el gesto. Quería estar solo.

—A ver si encuentro a alguien por aquí... Tienes un banco detrás, papá.

—Estoy bien. —Las dos palmaditas en el codo significaban un anda, ve, convencido.

—Lo digo por si te quieres sentar. No te hagas el valiente, que nos conocemos.

Cuánta gente en un mismo nicho. En el mármol lateral, en el corte estrecho y vertical, había hecho que grabaran —con letras doradas— el nombre de su padre, el de su madre y ahora el de Maria, por orden de desaparición. El resumen de una vida. La persona reducida a unas mayúsculas. Un nombre de pila con dos apellidos y dos fechas. Naces por azar y te marchas cuando la lotería dice que se acabó lo que se daba. Y punto. Saül contemplaba las inscripciones del mármol y buscaba similitudes en las fechas, reglas de tres que le permitiesen establecer una norma por la cual los Estrada eran más de morirse en verano y los Vilalta más en invierno. Jugaba con las progresiones. Si su padre en julio y su madre en agosto, él sería, quizá, carne de septiembre.

Murmuró un padrenuestro a tres pasos de Maria. Lo recitó a conciencia. Se saltó algún verso, por despiste, no porque estuviese en contra de ninguna afirmación en concreto. Sencillamente, hacía tanto tiempo que no lo decía que estaba desentrenado y, aunque no quisiera admitirlo delante de sus hijos, la memoria empezaba a hacer de las suyas. Y líbranos del mal. Amén.

Sin dar la espalda a la familia en ningún momento, limpió el banco con el pañuelo y se sentó.

Se recreó mirando alrededor. Repasaba los nombres que enmarcaban su nicho y se entretenía contando cuánto tiempo llevaban allí dentro. No reconoció a nadie entre los vecinos de la paz eterna. En el entorno más inmediato, detectó escaso movimiento. Como mucho, una abuela de 2017. Más lejos, y más arriba, un matrimonio que se había marchado el mismo día. Coincidencias de este tipo ocurren poco. Un accidente de coche, quizá. El lienzo entero de la isla era heterogéneo. Flor seca para unos, versos grabados para otros, alguna fotografía en blanco y negro, que es más de luto, y cruces de todas las medidas para dar y vender. Pensó que las lápidas con cristal estaban menos limpias que las que no tenían; pudiera ser que el mármol negro resultase más vistoso que el blanco, de piedra fría. Poco a poco, su mirada regresó abajo, a Maria y a las coronas. Una la habían enviado desde Copenhague, los compañeros de trabajo de Raimon en el Experimentarium.

Como si tal cosa, Saül se arrancó en voz baja.

—Hola, padre; hola, madre. Maria, amor mío, ya estoy aquí. Es tan extraño hablaros así... Yo estoy bien. Puede que haya tardado en venir... Tienes razón. Necesitaba unos días. Quería que me vieses fuerte. No te preocupes por mí. Voy tirando y creo que saldré adelante. Los chicos están bien, cada uno en una punta del mundo... Joel, no, anda por aquí. Se ha empeñado en acompañarme. Son días muy raros. En casa hay poco ruido. El comedor está muy vacío... Y te vienen pensamientos y cosas, ya te lo puedes... La cabeza no para. Venga vueltas y más vueltas.

De pronto le dio vergüenza que alguien pudiese estar escuchando. Miró a un lado y a otro. No vio a nadie. Pero no quería que pensasen qué hace ese carcamal, ese abuelo que chochea, hablando solo... Decidió seguir conversando con Maria de otra manera. Por dentro.

No he venido a hacer inventario. He venido para que nos hagamos compañía, para verte, para decirte hola, estoy aquí. Para sincerarme y contarte que todo esto, que es tan difícil y tan incómodo —llámalo como quieras—, me parece que lo estamos llevando como a nosotros nos gustaban las cosas. Ordenadas. Con dignidad, sin dramas ni aspavientos. La edad ya no nos permite muchos excesos, ¿verdad, chica? Habíamos hablado de ello alguna vez —¿te acuerdas?—, de cómo las oscilaciones, con los años, cada vez están más acotadas. Ni siquiera la tristeza es la que era. No por ello se quiere menos, pero han sido ya tantas las de cal y las de arena que aprendes a conformarte allí donde antes te habrías rebelado. ¿Te acuer...? Me parece que lo dejamos todo bastante en orden, ¿verdad? Teniendo en cuenta cómo han ido las cosas, Maria, podemos estar satisfechos de algo. Me gusta pensar que no nos ha quedado nada por decir. Todo lo necesario ya lo hemos hecho en vida.

Es verdad que... Hemos tenido todas las horas del mundo para contárnoslo todo. Camino de los cincuenta y seis años juntos, si no he contado mal. Entre nosotros ya no había secretos. ¿Qué más quieres? Y si te guardaste alguno, te lo has llevado ahí dentro y ahora ya no habrá nadie que te lo arranque. Ay, Maria, Maria, Maria...

En las últimas semanas, cuando todos sabíamos, y tú la primera, que la cuenta atrás se había puesto en marcha, nos cogíamos de la mano y hablábamos de todo. Pero en especial de lo más importante. La esencia. Esas conversaciones me han dejado un buen sabor de boca. Otros, los que se marchan de repente, no pueden hacerlo. Siempre hay alguien, todos conocemos a alguna persona, a quien le ha quedado algo por hacer. Una ilusión, un reproche, un recuerdo, da igual. O unas palabras de esas para las que nunca encuentras el momento y cuando te decides a dar el paso, ya es demasiado tarde. Nosotros, Maria, lo hemos hecho bastante bien hasta el final, ¿no crees? Los últimos días, cuando ya solo tenías encendidos los ojos, los ojazos azules que me enamoraron en Roma, nos mirábamos y nos entendíamos. Era duro, no era fácil. Pero, pensándolo ahora, a mí me parece que también ha sido de las cosas bonitas que habremos compartido. Prefiero mirarlo desde ese punto de vista, qué quieres que te diga.

Me está pasando una cosa ahora mismo... Te cuento, te hablo, me imagino tu cara y me veo de pronto conversando con la Maria joven, la de San Sebastián, la de nuestra luna de miel. No la Maria de los últimos tiempos, de carne y hueso. Cuando vi que se te iba el hambre... Pero ¿lo ves? Me viene a la memoria aquel viaje, la ilusión de llegar en tren a San Sebastián y pasear, los dos solos, por la playa. La primera mañana hicimos que nos subiesen el desayuno a la habitación y éramos felices por la novedad, por las cosas que no habíamos hecho nunca. Abríamos el ventanal, con aquel balconcito que teníamos, y escuchábamos a la gente hablando debajo, en el centro del barrio viejo... Y un día que no paró de llover, nos gustaba oír el repiqueteo del agua en los adoquines y aquella pizca de frío que entraba, y no nos movimos de la cama. Recuerdo más cosas del año de la pera que de la semana pasada. El viaje. Nuestro viaje fue el de Japón, antes de que naciese el mayor. Si dices: escoge una tarde de tu vida... Esos juegos que se inventa Vito... Elige una tarde de tu vida. Elijo esa... Delante de aquellas flores de cerezos que salían volando y esparcía el viento. Qué sensación de libertad. Tú dijiste... No sé si lo voy a decir igual, pero ya sabes a qué me refiero... Que lo sublime era aquello. La fragilidad de esas hojas, ¿te acuerdas? Que debíamos aprender que todo era efímero, también la vida, delicada como las flores de los cerezos... Teníamos miles ante nosotros. Aquella lluvia rosada nos emocionó. No se podía ser más feliz. No hemos visto un paisaje igual, Maria. O puede que fuese el momento. Estábamos los dos juntos y no necesitábamos nada más, y nos dejábamos llevar por tanta belleza. Es curioso, chica, cómo de una vida quedan los viajes. Lo habíamos comentado más de una vez y ahora lo sabemos a ciencia cierta. Haces las maletas, aparcas horas y costumbres, abres los ojos, descubres rincones, te mueves por lugares que te apetece conocer. Y cuando estás fuera de casa, te das cuenta de que el mismo sol se pone de manera distinta en un arrozal del Delta, en la Laponia más blanca o sobre aquella llanura de tulipanes donde nos quedamos sin carrete. A falta de fotos, nos sentamos, contemplamos el espectáculo y acabamos aplaudiendo un atardecer cualquiera. Un regalo de la naturaleza, ¿no te parece?

Todo es nuevo, todo está fuera del guion en un viaje.

En casa, aunque tal vez sea tarde para reconocerlo, puedo haber sido demasiado de rutinas y de horas en punto. Más de caminos directos que de atajos. De mirar demasiado adelante, quizá, y poco al lado. Y al lado estabas tú. En estos días, Maria, también me ha venido a la cabeza, más de una vez, nuestra pelea. La de verdad. Tampoco hemos tenido tantas, Maria, pero aquella fue fuerte. La que sacudió los cimientos. Culpa mía, lo admito. Una palabra dicha sin pensar en un momento poco oportuno. La recuerdas, ¿no? Bobadas. Esa no se me olvida, y mira que hay ocasiones que, dependiendo del momento, digo una cosa por otra. Bobadas. Así fue, en plural, concretamente. Hablábamos de... Era al inicio de... Cuando empezamos a darle vueltas a si yo me tenía o no que jubilar, si tenía o no que vender la empresa, si... Y tú estabas enfurruñada. Yo iba hablando y tú ponías cara de pocos amigos. En el fondo hacía rato que estaba notando que pasaba algo, pero no decías nada. Hasta que explotaste. Pocas veces has montado un cirio, ni a mí ni a nadie, pero aquel día estallaste. Estábamos hablando de mis planes, de si me convenía o no retirarme, y tú saltaste... Y yo ¿qué?, dijiste, gritando. Y entonces fuiste subiendo el tono. Que si a ti se te había pasado la vida volando, que nadie te había preguntado qué querías ser, ni si te lo pasabas bien, ni si esa era la vida que habías soñado, ni si en realidad alguna vez habías tenido un sueño, ni siquiera si habías tenido derecho a intentarlo... Nos miramos. Tú estabas encendida y a mí, aún no sé por qué, se me ocurrió decir: eso son bobadas, Maria. ¿Cuántos días estuviste sin hablarme?, ¿una semana? Yo creo que incluso más.

Nos íbamos a dormir a distintas horas, cuando te metías en la cama yo te decía buenas noches de la manera más neutra posible, sin ninguna intención, solo para que notases que intentaba volver a la normalidad, y tú ni siquiera resoplabas. Me ignorabas. A la novena o décima noche, sí, dijiste un buenas noches, aún dolida, y al día siguiente comenzamos a rebajar la tensión. No volvimos a hablar de aquel episodio. Desde entonces siempre tuve cuidado de no decir, si estabas presente, que nada fuese una bobada. Sin embargo, con el tiempo me he ido dando cuenta de lo que querías decir. Y era grave. Era... ¿Cómo se dice? Nuclear. Lo que reclamabas era nuclear; era justo, sobre todo, y yo lo despaché con una palabra desafortunada. Ahora entiendo que te sintieses menospreciada, que creyeses que no había estado a la altura, ni aquel día ni todos los años anteriores, y todo lo que ha venido después. No hay excusa, ni pretendo que lo sea, pero los ojos de ahora, Maria, no son los del mundo de ayer. A nuestra Vito no le pasará nada de esto. Bastante se ocupa ella de que así sea. Tiene más de cuarenta. Es una mujer hecha y derecha. No se arruga ni se arrugará. Ha hecho lo que ha querido, ha tenido sus ideales, ha luchado por ellos y se ha salido con la suya. Sabe qué vida quiere para sí misma y no renunciará a ella por nada ni por nadie, y me parece muy bien.

En cambio, Rai... Esa es otra historia, Maria. Y es otra cosa que vemos ahora. No apoyamos a Rai tanto como debimos. Dejamos que lo sufriera él solo. No supimos afrontarlo e hicimos lo peor que se podía hacer. Nada. No tocamos el tema. Preferíamos no saber, no ver, no preguntar... Lo valientes que hemos sido para unas cosas y lo cobardes para esta. Qué nos habría costado cogerlo y decirle Raimon, te queremos, sea lo que sea, tú eres nuestro hijo, estamos aquí para lo que haga falta. Ni siquiera supimos hacer eso. Por ahorrarnos un momento de apuro, remordimientos toda la vida. Éramos nosotros los que teníamos que dar el paso, ¿no crees?, y perdimos la ocasión. Él sufrió, muchísimo. Seguro. Lo pasó mal, no quería fallarnos, y ahora que lo veo feliz, ni siquiera a mi edad tengo una pizca de vergüenza para pedirle perdón. Ahora vas a decir que eso son tonterías, Saül, pero entonces la época también era otra. Todo esto era tabú, se vivía a escondidas, lo veíamos pero no lo veíamos. La palabra sonaba demasiado grande.

Seguramente ahora no actuaríamos así. Quiero pensar que no, vaya. Pero ya es demasiado tarde, Rai es feliz y sus compañeros de trabajo en el museo de la ciencia te han enviado una corona. Desde Dinamarca. Qué detalle, Maria. Qué tres hijos tenemos.

Para no querer hacer inventario no ha estado nada mal, ¿eh, chica?

Por cierto, Maria, permíteme que nos riamos un poco... Has ganado la apuesta. La primera en irte has sido tú. Menos mal que no nos habíamos jugado nada. Ya que he perdido, intentaré que pase tiempo antes de verte. Te aviso para que lo sepas. Este sitio está bien, veo que tiene muchas horas de sol, pero en casa estoy mejor, aunque solo sea por las vistas. Cada vez que veo Barcelona allí abajo, pienso en lo mucho que te gustaba. La primera vez que nos enseñaron el piso y tú viste la terraza y todo aquello enfrente dijiste que sí, que allí pasarías la vida. Supimos de inmediato que aquella iba a ser nuestra casa. Estábamos nerviosos porque no queríamos que nos quitasen el piso. No sé si, incluso, pagamos un poco más de lo que nos pedían de arras porque había también otra pareja que se había enamorado de aquellas vistas.

En casa... La habitación está igual. Los chicos retiraron tu ropa y tus cosas del baño. Lo hicieron por mí y para que no tuviese que encargarse la señora Lourdes. El primer fin de semana, todo fuera. Ni me di cuenta. Toda tu ropa y tus cosas... Eso sí, los marcos con las fotos que tanto mirabas y remirabas, esos los dejaron donde estaban. Ahora soy yo quien se recrea un rato. Hay una de nuestro viaje de novios... La del balcón del hotel de San Sebastián en la que estamos los dos sentados en el suelo con la bata puesta. Estábamos guapos, Maria. Y radiantes. Nosotros también fuimos jóvenes. En cambio hay otra foto que ya tendríamos que haber quitado. La de la boda de Joel y Marga... Una historia caducada, la de Joel y Marga. Me extraña que no aprovechases el marco para poner una foto de Leo o de Lisa, con lo poco que la vemos, allí... en Estrasburgo. A Joel lo veo bien con esa chica nueva con la que va de acá para allá. Da igual, ahora no me acuerdo de cómo se llama. ¿Sabes qué? Te vas a reír, Maria. Ya me parecía que se me olvidaba algo... El otro día abrí el piano. Me vas a decir: ¿no lo has abierto en cincuenta años y lo haces ahora? Nada... Toqué tres notas con este dedo. Vi que la señora Lourdes me espiaba desde la cocina y volví a bajar la tapa. Sentí que me habían descubierto, como a un niño. No quería que me viese... El orgullo de los Estrada, qué quieres. Alguna vez, cuando estoy solo, también tengo derecho a emocionarme.

Ay, Maria, qué putada hacerse mayor...

Perdona, no he venido aquí a llorar. Me siento fuerte.

¿Has visto qué corbata me he puesto? Me hizo ilusión encontrarla y pensé: calla, ya sé qué día me la voy a poner. Es mi modo de decirte hola. Y que te echo de menos. Y que te he querido mucho. El modo de darte las gracias por todos los años que... Lo nuestro ha estado bien, ¿verdad? Yo estoy convencido, desde luego. Y orgulloso. Tranquilidad, confianza... Unos días mejores que otros, momentos buenos, otros en que la vida nos ha soltado alguna bofetada, pero las nubes siempre acaban pasando... ¿Podríamos haber hecho más? A buenas horas... Y arriesgarnos con alguno de aquellos planes que hacíamos en la cama, lo veíamos clarísimo y, al día siguiente, a la hora del desayuno, ya se había quedado arrinconado porque el día a día... Estoy hablando de hace mucho tiempo, cuando los dos mayores eran pequeños. Ahora nada. A toro pasado es más fácil decir esto sí, esto no, pero hemos llegado hasta aquí y no está nada mal. Me parece que no sirve de nada preguntarse dónde han ido a parar los trenes que pasaron por delante de nuestras narices. ¿Te he dicho ya que el otro día abrí el piano? Te vas a reír. Toqué tres notas, con este dedo, que es el que se me mantiene más firme.

—A ver si te vas a echar una cabezadita aquí, al sol... —Joel, por detrás, le puso la mano en el hombro.

—No te había oído.

—¿Qué haces?

—Nada... Compañía a tu madre. —Se sonó con estrépito—. ¿Has visto a alguien?

—Mañana retirarán las coronas, no te preocupes. Nuestras flores las dejarán aquí durante unos días. —Dio un golpe con los talones—. Tendríamos que irnos ya, papá. No tardarán mucho en cerrar.

—¿Cierran el cementerio? ¿Les da miedo que se escapen? —Se apoyó en el banco para levantarse—. Dame la mano.

Joel se puso delante y le tendió los dos brazos para que se agarrase. Solo necesitó uno.

—¿Quieres que recemos un padrenuestro?

—No hace falta, chico. No hace falta.

Antes de dar el primer paso, padre e hijo dedicaron una última mirada a Maria. Joel pensó: adiós, mamá, te quiero. Saül le dijo: chica, volveré antes de lo que crees. Si hubiese estado solo, le habría enviado un beso con la mano. Con bastante magia como para que volase con una acrobacia fugaz, como las flores de cerezo.

14
Perdona que dispare con bala

Joel llegó en taxi a la estación de Sants una mañana en que nadie se estaba manifestando. El reloj del McDonald's marcaba las nueve en punto. Pasado el control de seguridad de la alta velocidad, volvió a colgarse la cartera al hombro, se tomó un zumo de naranja de pie y, cuando le dieron permiso, bajó al andén. Al cabo de treinta minutos ya estaba en el lugar de la cita: en la estación de Camp de Tarragona, en mitad de la nada, demasiado lejos de cualquier parte.

El bar, sin personalidad ni comodidad, olía a lejía y a bayeta sucia. Para reunirse, cada cual elige el lugar que le conviene. Por teléfono ya había tenido la sensación de que aquel iba a ser un testimonio reacio. Singular, en todo caso. La mujer que andaba sin balancear los brazos, rígida, no se hizo esperar.

Anna Molina era adusta. Llevaba la dureza en los pómulos y tenía una mirada de antaño, que no se correspondía con una mujer que aún no había cumplido los cincuenta. Por más putas que las hubiese pasado, sus canas eran más propias de la dejadez que del sufrimiento. Para empezar, a Joel lo sorprendió el modo en que le dio la mano. Lejos del cuerpo, con el antebrazo tieso como un ariete para que no pudiese acercarse a darle dos besos. Ni lo intentó.

Se sentaron a una mesa del bar de la estación. Él, con una servilletita de papel, secó las gotas de café con leche de algún pasajero que, a aquellas horas, ya debía de estar en Madrid.

—¿Para qué querías verme?

Anna Molina depositó en la mesa la bandeja con un té negro y una taza. Joel llevaba el vaso de Coca-Cola sin gas en una mano.

—He leído tu historia en dos periódicos distintos y aun así no lo entiendo. Hay cosas que no coinciden.

—¿Y te extraña? Periodistas... Se escribe por aproximación. No me digas que no lo sabías.

—Mujer...

—¿Cómo es esa máxima vuestra? ¿No dejes que una mentira te estropee una buena frase?

Pálida como el pergamino, mientras hablaba se iba pasando la lengua por los dientes como si jugara a quitarse una mondadura de una muela picada. Joel sacó la libreta y el bolígrafo azul y los dejó sobre la mesa.

—¿Piensas tomar notas?

—¿Prefieres que grabe la conversación con el móvil?

—A mí me da igual. Todo lo que yo te diga aquí no podrás usarlo.

—Pero me... Ya te lo dije por teléfono, vaya... Me gustaría que constase tu testimonio completo en un documental.

—Me dijiste el título, ¿no?

—*¿Quién me ha robado a mi hijo?* Es el título provisional.

—Yo no soy la persona adecuada. A mí me robaron a mi hermana.

Joel permaneció en silencio. Sabía, por experiencia, que aquella mujer estaba a punto de vomitarlo todo. La verdad, cuando se mezcla con indignación, con el desconsuelo de una pérdida, con una lucha de años infructuosa, con la bilis de darse siempre contra un muro, con la suerte tan cruda, con demasiadas lágrimas en la almohada, acaba por revolver el estómago y se aprovecha si alguien quiere oír su historia. Su mirada no era cansada. Había rabia en el blanco de los ojos.

Anna Molina decidió hablar.

En diciembre de 1975, cuando ella tenía dos

años, debía nacer su hermana. Se iba a llamar Sofia, como la reina recién estrenada. Su madre rompió aguas y su padre la llevó al hospital de Tarragona. Sofia nació bien y su padre, que estaba en el quirófano, pudo verla. Su madre, sin embargo, por una complicación del parto, se puso de pronto muy enferma, tanto que la trasladaron rápidamente a Barcelona, al hospital de la Vall d'Hebron. El padre viajó con ella dentro de la ambulancia. El día después del parto, la madre murió. Aquella desgracia hizo que fuesen sus tíos quienes acudiesen a recoger a Sofía al hospital de Tarragona. Y allí ocurrió lo inesperado. Les dijeron que la niña también había muerto. Su padre, cuando sus tíos se lo comunicaron con el máximo tacto posible, no podía creerlo. El pobre hombre había perdido, en dos días, a su mujer y a su hija. ¿Qué podía hacer? Decidieron enterrarlas juntas, en el mismo nicho. Aquel día, Sofia estaba dentro de una cajita blanca, tal y como la habían sacado del hospital. El padre quiso verla, pero no hubo manera de que las llaves que les habían dado abriesen la cerradura, así que, para no alargar más la escena del cementerio, renunció. De esta manera, el señor Molina y Anna estuvieron viviendo juntos, los dos solos, durante años y años. Hacia 2010, cuando ya habían pasado treinta y cinco de las dos muertes de la familia, las televisiones comenzaron a hablar de un caso que salía a todas horas en todas las cadenas: el de una monja, sor María, que durante media vida se habría dedicado a organizar los robos de recién nacidos. Eran, como poco, adopciones irregulares. Las denuncias caían una tras otra y las cámaras perseguían a una monja que ya no se tenía en pie. A raíz de aquel caso fueron apareciendo otros y, al final, de tanto ver y de tanto leer cosas, a su padre comenzó a rondarle una idea. ¿Y si Sofia tampoco hubiese muerto? Y cada vez que salía el tema, repetía la misma frase: «Yo a mi hija siempre la vi viva, jamás la vi muerta». Le dio muchas vueltas, lo habló con Anna y con su abogado, y decidieron iniciar el proceso. Hicieron todos los trámites para exhumar el cadáver y ver qué había dentro de la cajita blanca que les habían entregado. Los papeles, los permisos, la justicia, todo fue un trabajo muy arduo, pero lo consiguieron. El día de la exhumación, Anna Molina y su padre estaban en primera fila. Cuando al abrir vieron el esqueleto de un bebé, respiraron hondo. Pensaron que la investigación no había sido en vano. Sofia había muerto, la habían enterrado, no había caso. Habían disipado las dudas y se habían quedado tranquilos... hasta que llegaron los resultados del laboratorio. La primera sorpresa fue que aquellos restos no pertenecían a una niña. Lógicamente, el ADN de los restos de aquel niño no se correspondía ni con la madre ni con el padre de Anna y Sofia. Desde luego que había caso. Sofia Molina debía de llamarse de otra manera y vivir en el otro extremo de la Península porque así era como funcionaba el negocio para no dejar rastro. Un bebé robado en Tarragona se vendía a unos padres de Sevilla. Una niña de Bilbao iba a parar a Madrid. A un niño de Barcelona se lo llevaban, pagando la cantidad acordada, a Málaga, Valladolid o donde fuese. En muchos casos, ese era el *modus operandi*. Se actuaba en red y la probabilidad de un reencuentro casual se reducía prácticamente a cero. Se llamara como se llamase, viviera donde viviese, a lo que fuera que se dedicase, Sofia tenía cuarenta y seis años y quién sabe si guardaría algún parecido con Anna. La mirada, los pómulos huesudos, las mejillas cóncavas... La fisonomía era la única pista posible.

Anna Molina lo describió todo con pelos y señales, sin emocionarse, como si hubiese repetido la historia mil veces y se le hubiese hecho callo.

Joel, que había preferido escucharla que apuntar nada, se decidió a hablar.

—Precisamente, si apareces en el documental, alguien podría decirle a tu hermana: he visto por la tele a alguien que se parece mucho a ti, alguien que tiene más o menos tu misma edad.

—No, gracias.

—No, ¿qué?

—Odio la tele. Es una parodia de la vida. No quiero salir a hacer el payaso...

—Pero es por una buena causa. Es tu causa.

—Es una parodia barata de la vida —matizó.

—Puede ayudarte a encontrar a tu hermana.

—Joel... Joel, ¿verdad?

—Sí.

—No te conozco. No dudo de que quieras hacer tu trabajo. Puede que tu documental sea riguroso y puede, incluso, que lo vea, porque el tema me toca muy de cerca. Pero no nos engañemos: tú no lo haces por mí, lo haces por ti. Por tu ego, por tu audiencia, para decir yo he descubierto no sé qué. Por el prestigio. ¿Sí o no? Perdona que dispare con bala...

—Ningún problema...

—Pongámonos en un imposible. Imaginemos que acabas convenciéndome para que salga en tu reportaje... No te hagas ilusiones, es un caso hipotético. —Volvió a rebañarse la muela con la lengua—. Quedaremos un día, vendrás con las cámaras, querrás que te repita todo lo que te he contado hoy, hablaremos muchísimo rato, la entrevista durará dos horas y, luego, cuando me vea por la tele, saldré diez segundos aquí, diez segundos allí, si te he visto no me acuerdo y, encima, diciendo unas frases que no son las que a mí me interesan que se sepan.

—Es un modo de verlo.

—Uno, no. Es el modo. El montaje será el que a ti te vaya bien, no a mí. Así que, ¿quién está haciendo el favor a quién? ¿Tú a mí? ¿Yo a ti?

Joel puso un dedo sobre el móvil para que le diese la hora. 11.48. Faltaban veinte minutos para que el tren lo llevase de vuelta a Barcelona.

—Puede que no seamos todos iguales...

—¿Tú te crees que me vas a solucionar la vida? ¿Mi padre y yo llevamos diez años batallando y tú te crees que lo vas a solucionar en sesenta minutos de película?

—Al menos sacudiremos conciencias.

—Huy, sí... Vaya ganancia.

—Merece la pena intentarlo. —Joel empezó a tener miedo de que el testimonio se le escapara y trató de ganarse a Anna de otra manera—. Admito la crítica. No te digo que no. Y seguramente no hacemos bien nuestro trabajo, pero igual que no voy a hacer una defensa del gremio, porque es verdad que... En fin, dejémoslo. Pero tampoco admito las generalizaciones de que toda la tele es un bodrio, una parodia de no sé qué...

Por primera vez en toda la mañana, aquella mujer huraña lo sorprendió con una media sonrisa. Irónica.

—Vaya suerte la mía. En medio del charco de mierda, me he ido a topar con la única florecilla, con la excepción que confirma...

—Mira, te propongo una cosa: si no te fías de mí, ven al montaje. Grabamos la entrevista y, cuando monte el documental, te sientas a mi lado y me dices qué pondrías de tu declaración. Pega aquí, corta allá... ¿Qué te parece?

La mirada de Anna Molina lo fulminó.

—¿Y tú eres un periodista? ¿Ahora quieres endosarme el muerto a mí? Eres tú quien tiene que hacer su trabajo... A ver si aún...

—No me has entendido.

—O tú no te has explicado. Te digo que no vas a sacar provecho de mi historia. Lo siento, chico.

—Entonces... —Joel, resignado, se guardó el móvil en el bolsillo del pantalón—. ¿Me puedes decir para qué me has contado todo esto?

—Para que abras los ojos. No lo vas a conseguir, Estrada. La justicia ha archivado dos veces mi caso. Solo nos queda recurrir a Europa, y ya ves la confianza que tenemos...

—Precisamente por eso, Anna. Cuando la justicia hace aguas, el periodismo tiene el deber de...

—No me hagas reír, por el amor de Dios.

—De contarlo, de denunciarlo...

—Venga, hombre. ¿Tú sabes quién era Robin Hood?

—... —Joel trataba de adivinar por qué lado le iba a caer la hostia.

—Robin Hood iba a caballo... No en alta velocidad. Vete a coger el tren, anda, no sea que lo pierdas.

Joel cerró la libreta, se levantó y fue a darle la mano. Anna Molina ni siquiera hizo el ademán de estrechársela.

—Buenos días.

—Te deseo suerte, Anna.

—Yo también, chico. Gracias por el té. —Se humedeció los labios con él y lo escupió de vuelta a la taza—. Se ha quedado helado. No vale nada...

El tren de alta velocidad entró en la estación a la hora en punto con el deslizarse de los últimos metros, sin hacer ruido. Buscó su asiento, se arrellanó en él y dijo que no quería ningún periódico, gracias. Ya los había leído de ida y tenía prisa por tomar notas. Se bajó la mesita y sacó la libreta para apuntar las dos primeras palabras que le vinieron a la cabeza. *Modus operandi*. De todo cuanto le había contado Anna Molina, sabía que, si se acordaba de aquella expresión latina, las demás ideas irían saliendo solas.

Las apuntó a vuelapluma.

Debía distinguir entre bebés robados y falsos

hijos. El caso de la hermana de Anna era de un bebé robado. Quien fuese la había hecho pasar por muerta. Quien la hubiese comprado la había registrado, directamente, vete a saber con qué nombre y con los apellidos de sus nuevos padres. Sus padres biológicos no sabían nada. Era imposible seguir el rastro. En el certificado literal de nacimiento no constaba la madre biológica por ninguna parte. Dentro del ataúd les habían puesto a un recién nacido que no era el suyo. Sofia era una niña, y les pusieron el cadáver de un niño.

Un hijo falso es otra cosa. Es una adopción disfrazada. La madre biológica está de acuerdo con entregar a su hijo. Con o sin dinero a cambio. Con intermediarios o sin ellos. Pero está de acuerdo. La trampa: no consta como adopción en el registro civil. Los padres adoptivos le ponen sus apellidos, desde un principio, como si fuesen los de verdad. Esta es la similitud entre unos y otros.

¿Qué hay más, bebés robados o falsos hijos? Joel, nada más escribir la pregunta, la subrayó. Su documental debía responderla. *Modus operandi*.

En el registro de defunciones consta que Sofia nació muerta. No es cierto. Su padre la vio viva. ¿Error administrativo o era parte del negocio? Volvió a subrayar la pregunta. Y un nombre. No era la primera vez que salía. Arcarazo. Enrique

Arcarazo. España no hace nada. Europa tampoco. Notas. Solía coger la libreta y revisarla de arriba abajo, hoja por hoja. Pasaba el rastrillo para no dejar ningún indicio suelto.

Joel levantó la vista. A su derecha le pareció reconocer el campanario del Vendrell, que pasó como un latigazo. Sabía que Pau Casals, siendo muy pequeño, tocaba el órgano barroco de aquella iglesia que enseguida había quedado atrás. En la cabecera del vagón se indicaba cada poco la velocidad. A trescientos kilómetros por hora volvió a coger el bolígrafo de trabajo.

Certificado de defunción. Otro caso similar al de Anna. Hospital Clínic el año 1988. Puede que 1989. Dicen que muere un niño al nacer. Los padres no ven al niño muerto en ningún momento. Cuando solicitan el certificado de defunción les responden que no lo tienen. Tampoco existe el registro del bebé muerto en pompas fúnebres. Consiguen exhumar el cadáver. Dentro de la caja todo lo que hay es una pierna amputada de un hombre adulto. La justicia archiva el caso. ¿Por qué? Es preciso encontrar a este testimonio. Entrevistarlo. Doble subrayado.

Le vibró el móvil. En todo el trayecto no había sacado el teléfono de su sitio, el bolsillo izquierdo del pantalón. Respondió tan bajito como pudo.

—Daria, estoy en el vagón de silencio. No puedo hablar. Te llamo después...

—...

—Ah, vale. Pues habla solo tú...

—...

Primero tuvo la impresión de que no entendía lo que le decía. Miraba por la ventanilla y ya no veía nada. Su cara se iba desencajando en el cristal a toda velocidad hasta que, de repente, ya no se reconoció.

—Un momento, un momento...

Joel buscó los auriculares en la cartera, los conectó al teléfono y se los colocó para que no se le escapase ninguna de las palabras que Daria había comenzado a esbozar.

—Dime.

—...

—Un poco mejor sí. Pero no puedo hablar.

Daria, en la sala de profesores, no paró de dar explicaciones. Estaba sola; todos sus compañeros estaban dando clase, se había asegurado de que nadie la oyera. No era una conversación para un gremio dado al cotilleo.

Joel cerró la libreta y, con una mano, subió la mesita para devolverla a su posición original. El bolígrafo rodó hasta caer al suelo. No tuvo fuerzas ni para recogerlo. Se levantó y salió del vagón. Se situó en el reino entre los dos coches, en tierra de nadie, en aguas internacionales. Allí, frente al aseo, cuya puerta iba dando golpes a causa del vaivén suave del tren, no la oía tan bien, pero él tendría algún derecho de réplica. Como mínimo, podría dar su opinión.

—Pero ¿qué quieres decir con que Koldo se ha instalado en tu casa?

—...

—Ni aunque solo sea unos días.

—...

—Nadie se viene a vivir a tu casa si tú no...

—...

—Si está de obras en casa... No sé, que se vaya a casa de... Si tú haces obras en casa, ¿te vas a casa de alguien?

—...

—No me digas más que es un buen tío. Ya sé que sube montañas... Alpinismo, sí, no quería ofender. Y que es tan valiente y...

—...

—Pero ¿es que no podemos hablarlo tranquilamente, Daria? Llevamos unos meses, un año, ya, que yo pensaba que eran...

Joel reconoció de fondo aquel sonido. Eran los ladridos de Frida, jugando. De pie, con gente que se acercaba arrastrando la maleta porque ya olía la estación de Sants diez minutos antes de llegar, se imaginó la escena: Koldo, el alpinista valiente, el profesor impecable de castellano, el heredero de unas viñas en Navarra, intentando echar a la perra de la habitación de Daria para cerrar la puerta. Él, dentro; Frida, fuera porque —Joel lo sabía muy bien— el deseo, cuando se acelera, no se anda por las ramas.

—Mira, Daria, hazme un favor. Solo uno. Te vas al baño, coges mi cepillo de dientes y lo tiras a la basura.

¿Qué hacía toda aquella gente alrededor? Qué manía. ¿Acaso dan un premio al primero que baja del tren? Joel desanduvo el camino, luchando contra la fila india. Tenía que volver al vagón para recoger la chaqueta, el abrigo y la cartera.

—Me parece que antes se le ha caído esto. —Una empresaria de comarcas sostenía su bolígrafo con dos dedos.

—Ah, gracias, no me había dado cuenta.

—Es usted Estrada, ¿verdad?

—No. —Pensó que no podía quedar como un estúpido—. Pero debo de parecerme mucho. No es la primera vez que me lo dicen.

Antes de guardar la libreta y el bolígrafo, Joel se dejó caer en la butaca. Se resistía a creer que Daria fuese un final de trayecto.

Fue el último en bajar del AVE.

Se colgó la cartera al hombro y deambuló por la estación para ir a coger un taxi. Esperaba que la marabunta que había salido antes que él le hubiese dejado alguno.

15

Tanta piedra gastada

Un verano.

Saül les comunicó que dentro de quince días llegaría a casa el hijo de un abogado italiano para pasar con ellos la primera semana de julio. Le había pedido un favor, tenía que quedar bien —el negocio es el negocio— y no supo decir que no. Sugirió que Joel y Rai, los grandullones de la casa, se organizasen para que el chaval pudiese dormir con uno de ellos. El otro, que instalase el colchón en la habitación de Vito, que por una semana durmiendo en el suelo no se iba a morir nadie.

—Sí, hombre —protestó la pequeña.

La segunda en torcer el gesto fue Maria.

—Me parece que podrías habérmelo dicho.

—¿Qué pasa? —Saül no se esperaba una salida así—. Tenemos dos semanas para reaccionar. No nos pongamos nerviosos.

—¿Es que acaso tú vas a estar en casa esos días?

Me hacéis una gracia... Los hombres solo pensáis en vosotros.

—Me he visto obligado, Maria, qué quieres que... Es el abogado que tenemos en Vicenza, ya lo conoces, el que es viudo. Me ha preguntado si el chico podría quedarse una semana, para desfogarse y conocer Barcelona...

—¿Desfogarse? —saltó Maria.

—Pero ¿qué edad tiene? —preguntó Joel.

Saül extrajo un papel arrugado del bolsillo y lo extendió.

—Se llama Alessandro. Alessandro Lombardo. Tiene diecisiete.

—Como tú, Joel.

—Que me ha caído el muerto, vamos... —dijo, resignado.

Maria continuaba enojada.

—¿Tienes alguna foto del niño este? ¿Tenemos que ir a recogerlo? ¿Sabes si tiene alguna alergia? Qué sé yo... ¿Este chico come de todo?

—Hostia, relajémonos, Maria, por el amor de Dios, que solo es una semana.

Maria se levantó para no seguir discutiendo delante de sus hijos. A ella le gustaba tenerlo todo bajo control y, de repente, un imprevisto así podría alterar su paz cronometrada. Quería que el tal Alessandro estuviese a gusto, que todo saliera bien y, del modo en que tenía dispuestos sus hábitos, aquella llegada suponía un trastorno. Como mínimo su marido debería haberse puesto en su lugar. No le podía sorprender, encima, que estuviese de morros. Si alguien tenía motivos para ofenderse, era ella.

Saül fue a buscarlo al aeropuerto. Joel y Rai lo acompañaron a regañadientes, protestando desde casa hasta que su padre dijo basta y puso unas rancheras de Jorge Negrete para que se callasen. Con la foto en la mano —el abogado Lombardo, a petición de Saül, había enviado por correo una foto de su hijo—, los chicos iban descartando a las personas procedentes del vuelo de Milán que desfilaban ante la puerta de llegadas internacionales. Los que arrastraban más de una maleta y carritos, fuera. Familias, fuera. Mujeres, fuera. Hombres, tampoco. Jóvenes solos no llegaban tantos. De hecho... Lo reconocieron enseguida. Era el mismo rubio oxigenado de la foto, con la melena de príncipe medieval. Llevaba la camisa desabrochada, una cadenita al cuello y una hebilla metálica, grande, desvergonzada. La mirada de Raimon se dirigió a sus pantalones. No tanto por claros o por deshilachados, que también, sino por cortos. Dejaban un palmo de tobillo a la vista. Más abajo —qué extravagancia—, mocasines sin calcetines.

El desparpajo de Alessandro quedó patente en cuanto abrió la boca. Hablador, preguntón, sin un atisbo de timidez. En el trayecto del aeropuerto a Vallvidrera, sentado de copiloto de Saül, preguntó acerca de todo. El coche, la familia, el idioma... Cualquier edificio que veía lo señalaba para que le dijesen qué era. A medida que fueron remontando la montaña de Collserola apareció el mar detrás de Montjuïc, asomó el Camp Nou, se interesó por aquellas luces verdes —son las de El Corte Inglés, dijo Joel— y, abajo del todo, descubrió la Sagrada Familia. Preguntó si irían, si podrían subir a pie hasta lo alto, cuántos escalones había, qué año terminarían las obras... Al llegar al Tibidabo exhibió su mejor sonrisa. Aquello sí que no se lo esperaba. ¿Un parque de atracciones allí arriba? Mejor eso que la Sagrada Familia... ¿Iremos? Saül dijo que sí, por supuesto, faltaría más. En el asiento de atrás, los hermanos se entendieron con la mirada. Sabían qué excursión tenían por delante. No dijeron nada, pero estaban de acuerdo con Alessandro: mejor el parque de atracciones que la Sagrada Familia. Aquel chico parecía simpático.

En casa tampoco descansaba un momento. Cantaba, bailaba, le hacía cosquillas a Victòria y dejaba que ella se las hiciera. No decía que no a nada. A todo respondía: por mí, perfecto. ¿Quieres ir a Barcelona? La respuesta era sí. ¿Nos quedamos en la piscina? También. Y allí, en medio de la zona comunitaria, con otros vecinos, con un bañador del pato Donald y exhibiendo las costillas, volvía a cantar, a bailar, a tirar a Victòria al agua, o se tiraba él, dando una voltereta adelante o el salto mortal hacia atrás que salpicaba a todo el mundo. Alessandro, además, dibujaba bien. Con tres garabatos veías la torre de Pisa, una sirena o el perfil de Charlot. Raimon, a quien también se le daba bien, competía con él por ver quién hacía un mejor retrato de Vito, que no había manera de que se estuviera quieta. Una tarde, incluso, el invitado de diecisiete años se ofreció a preparar un plato de pasta para todos. Se encerró en la cocina con la señora Lourdes y prohibió la entrada para no desvelar la receta. Para cenar, todos se chuparon los dedos con unos tallarines con cebolla y anchoas.

Ni siquiera de noche pasaba Ale desapercibido. Cuando todos se iban a la cama, él cogía un volumen cualquiera de Astérix y, con solo mirar los dibujos, intuyendo el texto e imaginándose la historia, se partía de risa en la cama junto a la de Joel. Raimon, al otro lado de la pared, con un colchón a los pies de su hermana, oía a Alessandro y se contagiaba de su buen humor.

Decidieron ir a pie al Tibidabo. Del piso de los Estrada en Vallvidrera al parque de atracciones tampoco había tanto trecho. Joel, Rai y Alessandro se levantaron temprano, desayunaron fuerte y comenzaron a caminar cuesta arriba. Cuando llegaron, resoplando, acababan de abrir. Se dieron una vuelta, identificaron las zonas y decidieron cómo pasarían la mañana. Ale tenía una obsesión. La supieron desde el primer momento. La montaña rusa.

—¿Quién se atreve?

Se apuntaron los tres. Aprovecharon que a aquella hora no había colas. Los sentaron en una misma vagoneta, dos juntos y uno detrás.

—Tú conmigo, Rai, que tengo mucho miedo —dijo Ale, travieso.

Se sentaron en la cabecera. Las piernas les cabían justas, tanto de largo como de ancho. Todavía más cuando les pasaron la barra de protección.

—La primera vagoneta me encanta. Siempre da más impresión... Que no haya nadie delante...

—Aquí te parecerá que saltas sobre la ciudad...

—¿Has venido muchas veces?

—Claro... —mintió Rai antes de su debut.

—¿Sabes qué es lo que más me gusta? —Ale tuvo que darse prisa porque el motor estaba arrancando—. Esto, la excitación de antes. La subidita nerviosa, la que parece...

Ya no pudo decir nada más. Dejó escapar un

grito que despertó a Barcelona. Se soltó de la barra, levantó los dos brazos y volvió a gritar, feliz. Su melena rozaba la cara de Raimon... Pero a él no le molestaban aquellos pelos que se le echaban encima. Cerraba los ojos para no ver el panorama enfrente, el cerro, la nada... Y con cada curva y con cada *looping* notaba a su amigo más encima, apretándolo contra la vagoneta. Instintivamente, Ale se puso la cadenita en la boca, porque temió que saliese volando. Y hasta la última sacudida volvió a levantar los brazos, como si hubiese marcado el gol de una final.

—Uaaaau. ¿Qué? ¿Qué? ¿Qué? —Ale tenía la adrenalina por las nubes.

—¿Te ha gustado?

—Nos montamos otra vez, ¿no? Venga, Rai, volvamos a la cola, que no hay nadie.

—Yo os espero aquí —dijo Joel, con la leche del desayuno subiendo y bajando.

—Ahora pongámonos al revés —propuso Ale—, y así tú te agarrarás a mí.

En las tres últimas noches de Alessandro Lombardo en casa de los Estrada hubo un cambio de habitaciones. Raimon se las ingenió, sin darle importancia, para convencer a Joel. Era justo que él también durmiese en el suelo, en un colchón, con su hermanita. Si eran seis noches, debían ser tres y tres. Joel no vio en ello segundas intenciones, consideró el argumento irrebatible, cogió los pantalones cortos de pijama, su almohada, e hicieron el cambio de turno.

Cuando Alessandro regresó a Italia, a los Estrada les pareció que la casa se quedaba vacía. Raimon trataba de hacerse el fuerte, pero sentía añoranza. Una semana, hasta que el verano recuperó su tono y su alegría.

A los pocos días, Saül se plantó a la hora de la cena con una carta del abogado Lombardo. La leyó en voz alta para que todos pudiesen escucharlo. Alessandro había vuelto a casa encantado, todo eran buenas palabras y agradecimientos hacia los anfitriones. Había una mención especial para Maria, que había tratado a Ale como si fuese uno más de la familia. Hasta enviaba recuerdos a la pequeña Victòria, tan simpática que se había encargado de hacerle cosquillas a su hijo. Al final de todo, después de una firma enrevesada, había una posdata.

Nunca habíamos planteado esto como un intercambio, pero si Joel o Raimon, o los dos, quisieran pasar una semana en nuestra casa, tanto Alessandro como yo mismo estaríamos encantados y honrados de recibirlos el próximo verano. Sin compromiso.

Raimon, en un primer momento, antes de que a su padre le diese tiempo de guardar la carta en el sobre, pensó que por supuesto que le haría ilusión ir. Mucha. Pero no se lo dijo a nadie. Vivió todo el curso con las ganas de ir él solo hasta Vicenza y reencontrarse con aquel Alessandro que lo había cautivado. Había llevado a revelar el carrete de las fotografías del día que subieron al Tibidabo y, de vez en cuando, las miraba y las clasificaba. Por orden de guapo. Por orden de risueño. De más a menos favoritas. Encerrado en el baño, se recreó en ellas no pocas veces.

Cuando empezó a notarse el buen tiempo, un día que estaba con su madre cambiando la manga larga por la corta en el armario, se decidió a dar el paso.

—Este verano... ¿Sabes el ofrecimiento que nos hicieron los italianos, los Lombardo? Creo que me gustaría ir.

—¿Tú? ¿A Italia? ¿Para qué?

—Para salir, no sé. Por hacer algo yo solo, sin la familia, para ver lugares nuevos... Vicenza está cerca de Venecia. Me gustaría ir.

—¿No te da miedo?

—Ay, mamá..., te recuerdo que el mes que viene cumplo dieciséis.

—Ya lo hablaremos.

—No, mamá. Te lo estoy diciendo ahora.

Cuando dices ya lo hablaremos es tu manera de hacer entrar una idea en una vía muerta.

—Pero...

—Siempre haces lo mismo.

Para no tener que escuchar sus quejas, Maria remó a favor de la causa de Rai. Joel dijo que pasaba de ir y Raimon voló, solo, con Alitalia al aeropuerto de Milán. El abrazo que le dio Alessandro en la terminal fue, ni más ni menos, como lo había soñado. Ni más. Ni menos. El abrazo de dos buenos amigos que no se ven desde hace tiempo y que se han echado de menos. Durante las dos horas de autopista, con el abogado Lombardo pisándole a fondo, se pusieron al día de todo un año. Alessandro, con el pelo más corto pero igual de rubio, había cumplido los dieciocho y se había sacado el carné de conducir, pero su padre aún no le dejaba coger el Lancia fuera de las calles de Vicenza.

En casa —un piso céntrico, gigante, de techos altos y con un desván que era el paraíso de Ale—, Raimon tuvo una habitación con baño para él solo. Le entregaron un juego de toallas y la planificación, en un folio coloreado, que padre e hijo habían preparado para toda la familia. Era solo una propuesta. Nada era obligatorio. Aparte del día que el abogado se había tomado libre para llevarlos a Venecia, cada mañana los dos chicos harían una escapada y, por la tarde, se quedarían en casa o podrían salir a dar una vuelta, a tomar un helado o una limonada. No tenían que dar explicaciones a nadie. Únicamente debían avisar si no pensaban cenar en casa. La primera noche insistieron en que telefonease a Barcelona. Maria ya estaba esperando la llamada de su hijo. Le dijo que el viaje había ido bien, que la casa tenía la combinación justa de antiguo y moderno, que el señor Lombardo era muy agradable, que al día siguiente irían a Venecia y que si no volvía a llamar sería muy buena señal. De la sensación de libertad que había experimentado desde que había aterrizado en Milán no quiso mencionarle nada.

En Vicenza los días volaban. De Venecia se quedaba con el paseo en góndola por los canales estrechos. De Vicenza, con la mañana que habían dedicado a perseguir conejos por el Parco Querini. También le había parecido curioso el Teatro Olímpico, el primer teatro cubierto con tejado de la historia. Un guía les explicó que el decorado fijo, enteramente de madera, lo hacía diferente a cualquier otra sala del mundo. Compró una postal para enviarla a casa. Por la tarde, cuando fuesen a tomar una limonada, escribiría a Vito.

Alessandro no paraba. De pronto se ponía a bromear con los diferentes acentos de Italia. Le contó que, en su país, el tratar de averiguar de dónde era cada uno por la manera de hablar era una diversión muy común. Insistió en jugar hasta que ambos, sentados en la terraza del Caffè Garibaldi en la Piazza dei Signori de Vicenza, comenzaron con el reto. Ale soltaba un mismo refrán vocalizándolo de las maneras más diversas y Rai debía decir de dónde era propio aquel modo de hablar.

—*O mangiar quella minestra o saltar quella finestra.*

Por más rondas que hacían, solo adivinaba la parodia napolitana. Había muchos más dialectos que regiones o ciudades pudiera conocer Rai. Quien no aspiraba las ces recortaba las vocales al final de las palabras, y quien no, ponía voz nasal, como una oca. Ale parecía saberse todas las hablas y, con lo comediante que era, pasaba de una a otra para hablar mucho y no decir nada. Raimon, cautivado ante tal exhibición, lo tuvo claro. Podrías ganarte la vida en la radio, le dijo.

—¿En la radio? —Fingió ponerse serio—. ¿Periodista, yo? Ya no puedo darle más disgustos a mi padre.

Aquella noche, después de cenar, subieron al desván a jugar al ajedrez. Una y otra vez, el rey blanco de Alessandro acababa por los suelos. Rai recuperaba, en el tablero, las partidas que había perdido en el frenesí verbal del Caffè Garibaldi.

—¿Puedo preguntarte una cosa? —dijo Ale, alineando los peones.

—...

—¿Por qué juegas con las dos manos debajo de la mesa? ¿No está mal visto? ¿No es una falta de educación? Parece que...

Cuando Rai lo entendió se ruborizó.

—¿Quieres saber la verdad?

—Solo si me va a gustar.

—No las escondo. Es un truco que le escuché contar a un campeón del mundo. Con las manos bajo la mesa, te lo piensas dos veces antes de hacer un movimiento. Es una cuestión de prudencia. Se trata de no precipitarse.

—Ya te he dicho que no me gustaría la explicación. Me imaginaba...

—Venga. Coloca los alfiles en su sitio.

Al día siguiente se montaron en un tren regional y, de sol a sol, fueron a pasar el día fuera de Vicenza. Alessandro, con una mochila amarilla a la espalda, lo llevó a subir al castillo de Marostica y, después de almorzar, a visitar una destilería de grappa en Bassano. Discurría la semana y querían alargar el camino y que no se terminase. La excursión era lo menos importante. La ciudad amurallada, las almenas de vete a saber qué siglo, el castillo de abajo, los campanarios puntiagudos, tanta piedra gastada... Veían todo lo que Ale había programado, pero la mirada de Raimon se deslizaba sobre edificios y rincones en un vuelo superfluo. Como si, por encima de los decorados, hubiesen puesto el velo de los sueños, como si todo el envoltorio fuese el indicio de que aquel día sería diferente a todos los demás que Rai había vivido durante más de dieciséis años.

Al final de la visita en la destilería Poli les dieron un vasito de grappa para probarla, cortesía de la casa. Raimon se humedeció los labios. Alessandro se la bebió en dos tragos.

—¿No te quema?

—Al contrario...

—Te has puesto colorado de golpe.

—¿Yo? —Ale lo disimuló todo, menos el color—. Es nuestro digestivo.

—Te doy el mío...

—¿Tú nunca te has emborrachado?

—¿La verdad?

—Hay que probarlo todo en esta vida.

—¿Y si le compro una botella pequeña a tu

padre? De algún modo tengo que darle las gracias por toda esta semana... ¿O te beberás tú la botellita?

De repente, Alessandro pensó que había llegado el momento. Se descolgó la mochila amarilla de la espalda, la dejó en el suelo y se agachó para abrir la cremallera.

—Te he traído un regalo.

—¿A mí?

—Si lo tienes, puedes tirarlo al río...

Raimon, nervioso, desenvolvió el paquete. Por el tacto... Un libro. De tapa dura.

—¿Lo tienes?

—Evelyn Waugh. *Return to Brideshead*. No.

—A mí me encantó. Puedes saltarte páginas si te apetece. No pasa nada. Yo siempre lo hago. La historia se entiende igual.

Abrió el libro y lo olió.

—¿Una mujer?

—No, qué va. Dos hombres, dos amigos... Charles y Sebastian.

—Evelyn... Me refiero a la autora.

—Qué va... —Ale se rio a su manera, con la boca muy abierta, sin ningún complejo—. Evelyn Waugh. Es un hombre... Era. Era un hombre, vamos. Un gran fumador de pipa. He buscado para ti esta versión en inglés, que es la original.

—Mejor que en italiano, sí. Para mí, sí. —Hizo

una bola con el papel de envolver y se la tiró a Ale, que la atrapó al vuelo—. Haré los deberes. Te lo prometo.

—No estás obligado. —Le tocó la barbilla—. Que no te obliguen a nada en esta vida.

Raimon admiraba la seguridad de Ale. En el decir y en el vestir. En los gestos, en la manera de hablar con un camarero, de hacer el salto mortal para tirarse a la piscina de casa o en la forma de relacionarse con él, siempre cómplice, tan cautivador. Solo se llevaban dos años, pero Rai se preguntaba si todas aquellas certezas maduraban con el tiempo. ¿La personalidad llegaba de pronto a los dieciocho, junto con la posibilidad de votar?

Alessandro mostró gran interés en enseñarle el puente de Bassano. Era especial, le dijo para convencerlo de que caminasen un poco más. Era un viaducto de madera, cubierto, no demasiado largo. Se hallaba encajado sobre un río, el Brenta, que bajaba con ímpetu. Era, sobre todo, un puente con historia y con una canción. Durante la primera guerra mundial lo atravesaron las tropas italianas que se dirigían a los Alpes. Durante la segunda, una explosión lo destruyó y tuvieron que reconstruirlo por completo. En la pared del edificio donde se aguantaba el puente cubierto de madera se veían aún las muescas de las bombas.

—¿Y la canción?

Alessandro tarareó el estribillo.

—*Sul ponte di Bassano, là ci darem la mano ed un bacin d'amor*.

—Ale, se nota que la grappa te está haciendo efecto.

El tren de regreso estaba muy deteriorado. Peor incluso que el de ida por la mañana. El olor a hierro era más intenso. Durante un montón de años, miles de manos una y otra vez habían ido puliendo los asideros. No había un solo mango de puerta que no se hubiese rendido. El tufo de la orina reconcentrada impregnaba, por momentos, todo el vagón. Los asientos, desgastados por el culo, habían perdido la cenefa del estampado para no recuperarla nunca más. Ale y Raimon eligieron dos asientos de cara a la marcha del tren. En la misma estación de Bassano, un hombre acalorado, que había tenido que correr para que no se le escapase la oportunidad de volver a casa, se sentó enfrente de ellos. Durante dos paradas, los jóvenes no se dijeron nada. Bastante tenían con aguantarse la risa. No querían que el hombre pensase que se burlaban de él. Ni uno ni otro, por si acaso, se atrevían a fijarse en la boca de rape del señor, que no dejaba de sudar. Se esforzaban en mirar por la ventanilla o en clavar los ojos más allá del pasillo. Ale, no obstante, era un provocador. Abría la pierna y, con su rodilla, tocaba la pierna de Raimon, que no sabía dónde meterse. En cuanto el hombre rape cogió sus pertenencias y bajó en Schiavon sin despedirse, los dos jóvenes estallaron en carcajadas. El rape no había puesto aún una aleta en el andén cuando, primero Ale y luego Raimon, se pusieron a imitar los boqueos de un pez. Cuanto más feos, cuanto más descarnada era la mueca, más se partían de risa.

Nada más arrancar el tren, relajaron el juego.

El vagón se había quedado, prácticamente, para ellos solos. Alessandro alargó el cuello y miró delante y detrás, como si estuviese buscando a alguien. Cuando comprobó que nadie se sentaría enfrente, puso la mano, abierta, sobre los vaqueros de su amigo. Con decisión, sin temer el rechazo. Raimon percibió el calor en el muslo y, sin dejar de mirar las casas que desaparecían a velocidad de vértigo, le puso la suya encima. Piel con piel. Permanecieron así cinco segundos que parecieron mil. Con las palpitaciones de Raimon a doscientos, entrecruzaron los dedos y apretaron las manos. Ale lo miró a los ojos, tan azules, por momentos febriles. Sin embargo, Rai los cerró enseguida.

Quería saborear los demás sentidos. El tacto de Alessandro, el perfume de su piel... y el ruido del traqueteo del tren desbocado que adquiría la velocidad de su corazón.

No le soltó la mano. Tan solo —con una emoción que recordaría mientras estuviese vivo— la deslizó por el muslo hacia arriba y la colocó sobre su paquete. Y apretó. Y apretó. Una vez, dos, acompasadamente, como si bombeasen con suavidad sobre una roca cada vez más dura.

No pudieron esperar hasta Vicenza. Se bajaron en la siguiente parada. Sandrigo. Para siempre sería un lugar vinculado a Raimon. Sandrigo, detrás de la estación, en un paso estrecho que llevaba de no sabía dónde a no importaba qué lugar. Allí, bajo el último rayo de sol, se plantó, respiró hondo, cerró los párpados y aguardó los labios de Ale. Lo sorprendió, sin embargo, con una caricia. El tacto dulce de la mano en su rostro. Enseguida le entregó un dedo, curioso, para que lo probara. Raimon se lo pasó de un lado a otro dentro de la boca como si fuese una lengua. Y ya no hubo tregua.

El primer beso fue largo. Tranquilo.

El segundo, después de tomar aire, de sonreírse con una complicidad recién estrenada, tuvo furia y necesidad y entusiasmo, y todo al mismo tiempo. Sandrigo. Se apretaban la cara y les faltaban momentos. Alessandro le confesó, al oído, que se moría de ganas desde el verano anterior. Raimon dijo que sí, que él también. Acumulaba estaciones a la espera del instante que certificase la idea que tenía de sí mismo. De repente ya no necesitaba más engaños. Era el acróbata que había superado la cuerda floja. Se sentía liberado. Adiós fantasmas. Por fin sabía quién era Raimon Estrada Vilalta. Y le gustaba. Mucho. En Sandrigo, cerca de Vicenza, disipó sus dudas.

En ese preciso instante, sin embargo, las convirtió en secreto.

16

Todos los días eran viernes

Durante unos instantes dudó. Joel salía de la presentación de un libro de un amigo periodista en la Central de la calle Mallorca y comprobó si aún le daba tiempo a llegar a Vallvidrera para cenar con su padre. El acto había empezado un cuarto de hora tarde y se había alargado más de lo que nadie hubiera deseado. Había hablado la editora, habían encargado una glosa del autor a un antiguo profesor que ya chocheaba y, finalmente, el protagonista, pretencioso y encantado de conocerse, se recreó sin prisas. Agradeció, habló, leyó, explicó por qué se había pasado a la ficción, señaló los capítulos que le habían quedado más redondos, citó a alguna vaca sagrada y, con las cosquillas de la vanidad por las nubes, se mencionó a sí mismo hasta que le subió el azúcar. La mujer que se había sentado en tercera fila junto a Joel sacudió la muñeca para asegurarse de que no se le había parado el reloj.

Luego, los asistentes que llenaban la cafetería de la librería hicieron una fila india para comprar la novela y otra, igualmente ordenada, para las firmas. Con el libro en las manos, se fijó en que en la cubierta habían puesto una fotografía del autor. Era idea suya. Pensó —y la editorial no se negó— que así vendería tres mil más. Por la dedicatoria valió la pena tanta espera.

Para mi admirado Joel, tú sí que sabes, colega.

Pasadísimas las nueve, cuando la luna ya había comenzado su elegante paseo de cada noche, dudó si pasarse a saludar a su padre, asomar la nariz y hacerle media hora de compañía o tirar hacia Gran Vía y plantarse en casa de Daria. Con el volante en las manos, se dejó llevar. Pudo más el corazón que la cabeza. Aparcó en una zona de carga y descarga de la calle Lepant, casi en la plaza de toros, pero no se bajó del Saab. Tal y como había encarado el coche, podía ver su balconcito. Con las dos macetas maltratadas y los dos geranios, no cabía ni un solo pie. Dentro había luz, pero, con la cortina medio corrida, no veía nada en absoluto. Ni sombras de ella ni rastro de Koldo. Ni vestido ni desnudo. La duda, frenética en aquel momento, ya era otra: subir o no subir. Joel necesitaba hablar con Daria, cara a cara, porque aún no podía acabar de creerse que, sin más, le hubiese dado puerta y no se hubiesen vuelto a ver. Quería saber si lo habían desplazado por un tiempo, si era un paréntesis o qué demonios había pasado, porque no entendía cómo habían terminado de aquel modo. Como un perdiguero escondido detrás de un matorral, repasó las horas decisivas. Ella se había marchado de fin de semana con su compañero de lengua castellana y, a partir de la excursión a Navarra, a La Rioja o donde cojones estuviesen aquellas viñas, adiós muy buenas. ¿Era así? Joel se había instalado en la fase de la negación y no lograba salir de ahí. Tenía los dos pies en terreno pantanoso y no podía liberarse.

A los cinco minutos de guardia con el pulso disparado, tuvo un momento de calma para llamar a su padre. Dio tiempo a que descolgasen el inalámbrico. Antes se habría puesto su madre. Maria, por sistema, era quien solía contestar. Siempre. Y pobre de quien cogiese el auricular antes que ella. Se puso la señora Lourdes. Tenía ronquera. Hacía rato que no hablaba con nadie. No hacía falta que dijese quién estaba al otro lado del teléfono. Era la hora en que Joel acostumbraba a llamar. La señora Lourdes tenía fichados a los tres hijos. Vito llamaba cada dos días, antes de cenar. Rai era de domingos por la mañana. Fuera quien fuese, ella los conocía por la voz.

—¿Le paso con su padre?

—No hace falta, no.

—Está leyendo el periódico delante de la tele...

—No lo moleste. ¿Qué tal lo ve?

—Está bien, no se preocupe. Sin novedad. Ah, bueno, sí, una... Ahora se ha dejado barba...

—¿Barba? ¿Mi padre?

—Dice que no ve bien al afeitarse. Y que... —la señora Lourdes simuló que se le escapaba una risita— dice que así tapa los pliegues de acordeón que se le forman aquí debajo...

—A ver si ahora el viudo se me va a volver presumido, con ochenta...

—Ochenta y siete.

—Me alegro de que esté de buen humor.

—Le sale muy blanca, como el pelo de la cabeza...

—A ver cuánto le dura.

—No le quedará mal.

—Pásemelo un momento, entonces, que le voy a decir buenas noches.

De repente se descorrió la cortina vaporosa del piso de Daria y se abrió la puerta. Temió que asomase la cabeza y reconociese su Saab. En toda Barcelona no debía de haber otro Saab color verdoso como el suyo. Con un gesto del culo deslizó el asiento hacia atrás y se inclinó hacia el del copiloto para ocultar su figura. El retrovisor era un buen escudo. Al menos que el coche pareciese estar vacío. El cristal se había abierto un palmo, el espacio justo para ventilar un salón que era una caja de cerillas. Quizá algo más de un palmo, pero no mucho. Era la ranura justa para que pasase un brazo. Lo veía y no podía creerlo: apareció una mano con un cigarrillo. El humo se escapaba hacia arriba. La ceniza, en cambio, volaba hacia abajo tras un golpe seco con los dedos. Daria no fumaba. Ni siquiera tenía un cenicero en casa. La mano entraba y, después del tiempo necesario para dar una calada, volvía en busca de la chimenea del espacio abierto. Nunca había dejado que nadie fumase en su casa y, de buenas a primeras, Koldo —la mano solo podía ser suya— se saltaba la prohibición. Qué cambio de normas tan intolerable. Si el compañero del colegio de Daria era tan montañero y tan escalador y tan deportista, ¿qué coño hacía fastidiándose los pulmones?

Inclinado hacia un lado del coche, Joel recordó la última vez que había aparcado en aquella zona de carga y descarga. Fue para esperar a Daria. Tampoco hacía tanto. Entonces la ilusión impregnaba cada momento que pasaban juntos. Un viernes la había recogido a la salida del colegio y, oculto entre madres, abuelos y canguros, le había dado una sorpresa. La acompañó a su piso y dejó que subiese a buscar ropa para dos días, el biquini y las cuatro cosas que necesitase. Y nada más. No le dijo adónde iban. Ninguna otra pista, ni una sola instrucción. Daria se moría de ganas de saber adónde la llevaba y, en las dos horas largas de autopista, rumbo al norte, no dejó de especular con opciones que Joel fue descartando. Al pasar la frontera con Francia, Daria se rindió. Abandonaron la autopista, continuaron por una carretera sin tráfico y, cuando pudo, Joel paró el coche en una cuneta. Hacía muchos kilómetros que tenían un beso pendiente. Después de partirse de risa con un camionero que estaba echando una meadita a la intemperie, contra el viento, aprovecharon para descapotar el Saab. El último tramo del camino lo completaron despacio. Atravesaban viñas, paladeaban el aire del Rosellón e intuían que, detrás de las colinas, aparecería el Mediterráneo. Daria, con una mano sujetándose el pelo corto, ondeante, levantaba la cabeza para observar el cielo púrpura de las tardes largas. Todos los días eran viernes cuando estaban juntos.

—Bienvenida a Colliure.

—Colliure... Me lo había imaginado.

—Sí, a buenas horas. No lo has dicho hasta que no has visto el rótulo.

—Mi abuelo me hablaba de este sitio. ¿Puede que de las anchoas?

Durmieron en el Relais des Trois Mas, un hotel con muchas estrellas donde se entra con curiosidad y se sale con admiración. Tenían una suite con terraza, con vistas a la bahía y a la iglesia de los Ángeles al fondo. Con el primer atisbo de sol, Joel se desveló. No se movió de la cama. Se volvió para tener delante la cara de Daria, almohada con almohada. Le gustaba oírla respirar, profundamente, sin preocupaciones, del modo en que duermen las almas entregadas. No hizo nada para despertarla. Tan solo esperar. Dejó que transcurriesen las horas hasta que, de repente, abrió un ojo, que volvió a cerrar enseguida. Los párpados todavía mandaban más que ella.

—Buenos días, Joel.

—Buenos días, amor.

—¿Ya estás despier...?

No quiso decirle hace hora y cuarto que te estoy observando. Le peinó una ceja y, sin dejar de contemplarla, le susurró un pensamiento.

—Hay una cosa en el mundo que solo tienes tú.

—¿Yo? Qué suerte que me hayas encontrado... —Hablaba aún sin ganas—. Quiero decir...

Le dio la impresión de que Daria había vuelto a quedarse dormida. No fue una impresión.

Hicieron que les llevasen el desayuno continental a la terraza de la habitación, a la sombra de unos pinos centenarios. En la bandeja —dulce, salado y amor por los detalles— no faltaba nada. La confitura de naranja amarga era del propio hotel y, sobre el pan y la mantequilla, un manjar de dioses. Joel preparó una tostada para cada uno. Daria, duchada y con el albornoz del escudo bordado del Relais, ya se había despertado.

—Eso que me has dicho antes, que tengo yo y que no tiene nadie más...

—¿Todo eso he dicho? Lo habrás soñado.

—No, no. Por supuesto que estoy segura.

—Lo siento, Da. Eso fue entonces. Aquel momento ha salido volando.

—Venga, Joel. —Pretendía arrancárselo con una caricia en el cuello—. Pero ¿es una cosa física o de mi carácter o es de...?

—Que no me acuerdo, lo siento...

Joel se limpió los labios en la servilleta de hilo. Estampó el cerco del zumo de naranja sobre el escudo del hotel. Si iba a decir aquello, debía hacerlo con la boca limpia y con todas las sílabas. La verdad necesita una voz firme.

—Me parece que tienes... la flor de todo el año.

—Ah... Suena bien. Pero ¿eso es bueno o es malo?

—¿A ti qué te parece?

Daria, sorprendida, se colocó bien el cuello del albornoz.

—¿Y dices que no lo tiene nadie más?

—No.

—¿En todo el mundo?

—Yo no he conocido a nadie más.

—La flor de todo el año... Vaya...

Ella lamió el cuchillo de la confitura y miró al horizonte. Estaba esperando que Joel fuese un paso más allá.

—Es una flor especial. No sé el nombre científico. La perpetuina, o algo así. No me hagas decirlo. Es una planta amable. Una vez crece, siempre tiene su mejor cara, nunca se seca. Siempreviva, la llaman, me parece.

—De acuerdo... Me has comparado con una planta.

—No, perdona, con una flor magnífica. Única... Como no hay otra igual.

Ella cogió el móvil y buscó imágenes de la perpetuina. Google es rápido cuando quiere.

—¿Cuál soy yo, esta malva o más bien la amarilla...?

—Pero ¿has visto qué flores tan bonitas, tan positivas...? ¿Son o no son bonitas?

—¿Sabes qué dicen en China? —Daria dejó el móvil boca abajo—. Si quieres ser feliz toda la vida, hazte jardinero.

Joel, francamente, no se veía con las tijeras de podar. Intentó decir algo que no resultara muy estúpido.

—Yo, contigo, ya tengo bastante para ser feliz.

Ella suspiró de ese modo que se presta a mil y una interpretaciones. Yo, contigo, ya tengo bastante para ser feliz. Se lo había dicho, sí. Y no se arrepentía de haberlo hecho.

En la calle Lepant, una mujer que estaba negra de tanto dar vueltas con el coche le hizo una señal. Joel, con un dedo, le dijo que no, que todavía no se iba a marchar. El perdiguero aún no había terminado su guardia. Volvió a mirar hacia arriba. Cuando la mano del hombre se terminó el cigarrillo, arrojó la colilla a la calle sin mirar si pasaba alguien. Después de la aparición de la cola de Frida —un visto y no visto—, Koldo volvió a cerrar la puerta de aquel balcón de baldosa y media. Efectivamente, el compañero del colegio de Daria se había instalado en casa. Joel comprendió que no era la noche adecuada para hablar con ella. Su plan se había ido al garete. No era el momento de llamar al timbre y preguntarle si podía subir. Pero tenían una conversación pendiente. La última no había ido como le hubiese gustado. En absoluto. No se esperaba aquella salida de tono de Daria. Joel tuvo que escuchar que le dijera que él aún estaba enamorado de Marga.

—Pero ¿qué dices? ¿Yo, de Marga?

—Te lo veo en la cara...

—Por favor...

—Se te nota cuando hablas de ella, Joel. No puedes evitarlo.

—Pero ¿de qué estás hablando?

—Tú no te das cuenta, pero yo te lo veo a la legua.

Joel lo negó rotundamente. No era verdad. Era una excusa que le había puesto Daria para alejarse de él. O para no decir la verdad, que Koldo follaba como los ángeles y que él, en medio de todo aquel embrollo, no hacía otra cosa que molestar. Cuando colgaron, Joel reflexionó, por si la acusación de Daria era fundada, aunque solo fuese sutilmente. Y no lo era. No le deseaba ningún mal a Marga, ya llevaban tres años separados, su ex vivía con Vlado —un hombre ni fu ni fa—, pero ya no estaba enamorado de ella. Ni se le pasaba por la cabeza. Ni siquiera había tenido remordimientos por haberlo dejado, de los de verdad, de los que hacen sufrir, de los que brotan como las malas hierbas por mucho que las arranques. Así de fácil: Marga formaba parte del pasado. Eran cinco álbumes de fotos que quizá no volvería a mirar, pero de las que tampoco quería renegar. Había sido su compañera de clase en el Sant Ignasi durante todo el bachillerato, se matricularon juntos en Periodismo, acudieron juntos en tren a la universidad durante cinco años, estuvieron saliendo ni sabía el tiempo, montaron su piso de Santaló con toda la ilusión, se hipotecaron juntos para hacer las obras, viajaron al Gran Cañón en su luna de miel y, por encima de todo, Marga siempre sería la madre de su hijo. Y por Leo, por supuesto, lo que hiciese falta. Aunque no fuesen pareja estaban obligados a compartir reuniones e intendencia de un adolescente que debía vigilarse de cerca. Pero el contacto era mínimo y el amor se había ido por el desagüe.

Tampoco tenía que darle tantas explicaciones a Daria acerca de si a mediodía ponía o no la radio para escuchar el programa de Marga Felipe. Compartían media vida de anécdotas, vivencias y momentos. ¿Qué tenía que hacer, expurgarlos? Era un Estrada. No iba con él eso de ir por ahí pregonando a los cuatro vientos sus historias ni sus preocupaciones. Menos aún sus sentimientos. Pero puede que con Daria hubiese metido la pata, precisamente por hablar demasiado poco. Puede que para ella el oasis de calma no fuese suficiente. Tal vez el arte del amor es, al fin y al cabo, como el arte de la guerra. A veces para salvar el castillo debes dejar que jueguen en tu jardín.

Arrancó el motor, salió de la zona de carga y descarga y atravesó la ciudad en coche. En las emisoras de la radio del Saab solo había fútbol. El Barça jugaba un partido de Champions. Eran los minutos finales y todo el mundo estaba muy excitado. Podría ser la primera vez en la historia que ganase en Old Trafford. Una hazaña, decían los locutores de voz aguda.

Con las calles vacías, Joel aprovechó para jugar con los semáforos de Aragó. Los iba desvirgando uno a uno. Nada más ponerse verde, aceleraba hasta el siguiente cruce para volver a cambiar rojo por verde justo en el instante en que pasaba por la meta. Sabía que solo de noche, sin tráfico, podía lograr esa sincronización. Al llegar a Urgell como ganador, giró a la derecha para subir hacia Sarrià.

En casa, la puerta de la calle estaba abierta de par en par. Algún vecino debía de haberla dejado calzada para salir sin llaves a pasear al carlino —un perro de ciudad— por la plaza Artós. Nada fuera de lo normal. La cerró y esperó a que el ascensor volviese a la planta baja. La maquinaria lenta lo subió hasta el cuarto. Al abrir la puerta percibió una sombra extraña. Alguien, agachado, estaba moviendo el felpudo de su piso.

—¿Hola? Buenas noches.

Era la espalda de un hombre. Ni siquiera se volvió.

—Oye, tú...

Iba vestido con una sudadera negra y la capucha puesta. La sombra echó a correr escaleras abajo.

—¡Eh! ¿Qué haces? —dijo Joel en un acto reflejo.

El encapuchado iba saltando los escalones de tres en tres. Se agarraba a la barandilla y, de un bote, se impulsaba hasta el siguiente rellano. Joel, sin pensárselo, fue tras él un piso, dos, tres... Al llegar al vestíbulo el hombre de negro había huido hacia la plaza y, sin dejar de correr, se perdió entre la gente que salía de los bares de ver el partido. Joel resopló y miró el móvil —faltaban tres minutos para las once— para ser preciso, por si necesitaba poner una denuncia. De un vistazo repasó los alrededores del portal, por si veía algún movimiento sospechoso. Luego subió por la escalera. Si era un ladrón de áticos quizá lo había pillado a tiempo. No le había parecido que la puerta de su piso estuviese reventada. No tardaría en saberlo. Una vecina, al reconocer la figura de Joel por la mirilla, se asomó. Era la anciana del segundo, la que tenía a su marido en las últimas.

—¿Pasa algo...?

—No, no... Tranquila. Un chaval, que ha bajado saltando...

—Qué escándalo, madre de Dios —dijo la anciana mientras cerraba la puerta.

—Buenas noches.

Joel llegó al cuarto con la boca seca por los nervios. La segunda puerta, la suya, parecía entera y cerrada. La cerradura, intacta. Los ojos, de repente, se le fueron al felpudo. Había un sobre de papel kraft, apaisado, del mismo beis que la alfombrilla donde tenía la costumbre de sacudirse los pies. Los colores se confundían. Quizá por eso no lo había visto antes, agobiado por el extraño comportamiento del hombre de negro. En el sobre no figuraba su nombre, ni ninguna indicación escrita por nadie, pero lo cogió sin vacilar. Solo podía ser para él. Entró en casa y encendió la luz. Todo estaba en su sitio. Tiró las llaves y la chaqueta en el sofá, se sentó y notó el sudor frío entre el pelo y el cuero cabelludo. Con el abrecartas, rasgó el sobre tratando de no dañarlo.

—Hostia.

Una, dos... No podía creerlo. Tres fotografías de Leo. Se le hizo un nudo en la garganta. Su hijo, desnudo. Una de espaldas, una de perfil y una de cara. Ninguna nota. Ninguna advertencia. Ninguna pista del trato sucio que le proponían. No era necesario.

Hay días en que la vida no te deja en paz.

17
Este azul griego

Al huir de Estrasburgo y poner los pies en Copenhague, Victòria se sintió observada, como el delincuente que escapa del lugar de los hechos y, por mucho que se aleje de la zona cero sin haber dejado ningún rastro, continúa notando las miradas sobre él. Todo el mundo se ha sentido así, observado, alguna vez. Y quien lo niegue miente.

Ese día, Victòria percibía que todos los ojos la identificaban y la perseguían. No hacía nada malo, claro que no. Pero le parecía que estaba en el centro de la diana —exactamente en el punto rojo—, como si todo el mundo, sin conocerla de nada, la culpabilizara por algo que solo ella sabía que iba a poner en marcha. Caminaba de un lado para otro, con su acostumbrada discreción, pero era como si llevara una pamela extravagante sobre la cabeza y todo el mundo se volviera al verla pasar. Sin embargo, no llevaba sombrero, ni andaba desnuda por los aeropuertos ni tenía un grano gigante en la frente que obligara a los viajeros a mirarla descaradamente. Ella, no obstante, sentía que la estaban escrutando. Y no era la primera vez que le ocurría desde que tenía uso de razón. Ni la segunda. Recordaba, con detalles de ficha policial, cada vez que había vivido esa experiencia de sentirse el ombligo del mundo y, en cambio, querer pasar completamente desapercibida.

Un día, en una excursión del colegio para dibujar el hayedo de Jordà y las zonas volcánicas de la Garrotxa, se aguantó demasiado el pipí, no se atrevió a esconderse detrás de un árbol por miedo a que pudiera verla algún niño de clase y se le escapó. Más allá de la incomodidad, de cierta humedad en los muslos y de la vergüenza íntima que sintió, nadie se dio cuenta. Solo lo sabía ella, pero —no podía evitarlo— sentía que de repente todos sus compañeros la miraban como si supieran su secreto y se burlaran de ella. Peor todavía, como si todas las profesoras la observaran con displicencia y pensaran mira esta pánfila de cuarto curso que no sabe ni aguantarse el pipí, Victòria Estrada, quién iba a ser si no...

En otra ocasión, que también recordaba como si fuera entonces, se había sentido protagonista en contra de su voluntad. Salía de la consulta de su ginecóloga, que le había confirmado que estaba embarazada, y, de camino a casa, cuando todavía no había podido informar a Gerard de la buena noticia, notó que en la calle la gente la miraba de forma diferente, como si llevara su misterio escrito en la cara y todo aquel con quien se cruzaba fuera descubriendo el maravilloso secreto a su paso. No podía ser casualidad que, de pronto, todo el mundo la mirara. Iba a ser madre, sí, llevaba una vida en la barriga y ahora estaba convencida de que todo el mundo la observaba por su nueva condición todavía oculta para el resto de la humanidad. Ese día de dicha Victòria constató que, en los ojos de los demás, las personas reflejamos nuestras emociones más intensas.

El viernes de su viaje, en cambio, no era un día feliz. Se sentía observada mientras arrastraba una pequeña maleta con ruedas por el adoquinado de las calles de Norrebro, el barrio que se había puesto de moda de la noche a la mañana. De un refugio casi marginal, un reducto para la inmigración en el centro de Copenhague, había pasado a ser un imán para los modernos, una fiesta multicultural con mucha vida. Victòria llevaba en la maletita la muda justa para pasar el fin de semana en casa de su hermano. Lo había llamado y le había dicho: Rai, voy a ir a verte. Tengo un problema. Me quiero separar.

Desde que había dejado a Gegi en casa sin que su marido asimilara el hecho de que iba a pasar solo aquel *weekend*, desde el instante en que había dado un abrazo interminable a la pequeña Lisa y había cerrado la puerta del piso de la plaza Gutenberg, todos los ojos la culpabilizaban. Desde el control de seguridad del aeropuerto de Estrasburgo hasta los ciclistas que tenía que ir esquivando por Copenhague. Qué manía, todo el mundo contemplando su pena descaradamente. ¿O eran los remordimientos lo que miraban? Odiaba esa sensación, pero no podía hacer nada. Ella era la primera en sufrir sobre sí misma esa preocupación, el extraño envoltorio de los días especiales. ¿Tanto brillaba el aura de la mujer que había dicho basta y que había decidido cambiar de vida? Cortar por lo sano para volver a comenzar. ¿Tanto se le notaba?

Rai bajó a abrirle la puerta y la llenó de besos. Intuía que, si su hermana había comprado el billete de un día para otro y se había presentado en Dinamarca cuando todavía había restos de nieve sucia en las aceras, es que necesitaba algo más que un abrazo. Aquella no era una visita de cortesía. Cogió la maleta y pasó delante. Los escalones de madera, estrechos y empinados, exigían cierta habilidad para poner los pies de lado e ir subiendo la escalera hasta el primer rellano.

—¿Habéis pintado?

—Justo antes de Navidad. ¿Te gusta?

—Parece más...

—¿Minimalista?

—Mola así, tan blanco, con el contraste de las vigas azules. Atrevidas, ¿eh?

—Este azul griego fue idea de Allan. Impactante, creo yo.

Era el piso de dos entusiastas de la ciencia. Un póster con cuatro caras de Einstein, visto por Andy Warhol, coloreaba un comedor que se abarcaba de un vistazo. En algún momento le preguntaría a Allan por qué siempre fotografiaron a aquel hombre con la lengua fuera. Él, que preparaba un doctorado en Física, seguro que tenía una respuesta. Rai y Allan se sabían todas esas curiosidades. Eran el uno para el otro. Hormiguitas del conocimiento, hurones de la erudición. Lejos de retarse a ver quién sabía más cosas, se estimulaban mutuamente, contándose nuevas teorías sobre el ángulo mágico del grafeno cuando se vuelve superconductor o los hallazgos del primer híbrido de dos especies extintas, una mujer neardental y un hombre denisovano. Lo habían visto en la revista *Science*, de la que eran suscriptores. Para leer y comentar el artículo sobre el descubrimiento del desarrollo célula a célula que podría alterar las investigaciones de las próximas décadas podían pasarse dos días sin comer. Cómo no iban a estar flacos. Los vaqueros, ajustados en el muslo, les bailaban en la cintura. Dado que tenían la misma talla, disponían de un solo armario y compartían la ropa. Todo era de ambos, ese era el acuerdo.

—¿Allan no está?

—Ha bajado a comprar cúrcuma. Quiere hacerte una sopa de no sé qué, me ha dicho.

Victòria se relajó. Se sentó en una silla, puso la cabeza entre las piernas y se echó a llorar. Todo lo que había estado aguantando desde que había salido de casa le salió entonces. Por el rato que estuvo así, Rai temió que fuera una de esas tristezas que no se van.

Le puso la mano en la nuca y le fue acariciando la cabeza. Con disimulo, usó la otra mano para mandarle un wasap a Allan en el que le decía que alargara el paseo antes de volver a casa. Después, dejó el rollo de papel de cocina al alcance de Vito para que su hermana pudiera sonarse. No le preguntó qué te pasa. Cuando le apeteciera, ya se lo diría. Una vez que los sollozos le permitieron ordenar los pensamientos, comenzó a hablar.

—He fracasado. No soporto a Gerard. Me he equivocado de marido.

Volvió a bajar la cabeza. El charco de lágrimas y babas comenzaba a dibujar la isla de Mallorca sobre las baldosas.

—Eso no es ningún fracaso, Vito. No lo es. No jodas.

Poco a poco, a duras penas, fue hablando.

Gegi no era un mal tío. La entristecía decirle que quería separarse, pero estaba tan ofuscada que no se le ocurría otra salida. Ya no veía en él ninguna de las virtudes que la habían enamorado. Lo sentía más por Lisa que por Gerard, que no tendría que esforzarse mucho para encontrar a otra. No, no había nadie más, que ella supiera. No había terceras personas, ese no era el problema. El problema era... No lo podía decir en singular. Era todo. A Gegi Estrasburgo se le quedaba pequeña, le parecía un pueblo, se aburría. Se aburría en casa, se aburría en el trabajo, se aburría en la calle, se aburría con la niña y tenía la certeza, y las pruebas en carne propia, de que con ella Gegi no solo se aburría, sino que pensaba que era una pelmaza, que le proponía hacer cosas y más cosas, para romper el cristal que los separaba, pero todo eran muecas de desagrado por respuesta. En el fondo, el diagnóstico estaba cantado. Gegi añoraba París, la vida, la marcha, el poder hacer y deshacer sin dar explicaciones a nadie. Añoraba, y no lo sabía, ser joven y no tener responsabilidades. El compromiso le estorbaba. La pedantería que había enamorado a Victoria se había ido carcomiendo demasiado deprisa. Ya no cantaba, ya no bailaba, no era el simpático torbellino con quien se habría ido al fin del mundo. ¿Se podía convivir? Sí. Sin conversación, sin magia, sin risas como las de antes, cuando todo les parecía gracioso.

Cuando piensas en el pasado, mala señal. Si el antes es siempre mejor que el ahora, la pareja está herida de muerte.

De cara a la galería no les faltaba de nada. Ella, con su sueldo de doctora con todas las horas asignadas mes tras mes; él, fabricando en cadena las cajas para medicamentos de media Francia... Ese, gracias a Dios, no era el problema. Sencillamente... No, de sencillo no tenía nada. No quería que la sepultasen la rutina, el ir tirando, el día a día con pocas ilusiones. Más allá de la niña, que se lo merecía todo, ¿qué más había en su piso de Gutenberg? El frío de la calle ya estaba calando en la casa. Temía acostumbrarse a aquello —no sabía ni cómo llamarlo— que no iba a ninguna parte. Le daba miedo contagiarse de la dejadez existencial de Gegi, que había pasado de ser un embaucador con los dientes blancos a un hombre que con una tele, una cerveza y dos goles del PSG tenía suficiente para pasar una tarde. Por no haber, en casa no había ni discusiones. Ceniceros sucios, sí, tantos como quisieras. Y el olor del Winston impregnándolo todo. De eso, sin embargo, casi ni se daba cuenta. O sí, porque, en definitiva, todo suma. O, como decía Victòria, todo resta. Más allá de Lisa, la pareja no estaba construyendo lo que más necesitaba: cosas sólidas. Si continuaban por ese camino, ¿dónde desembocaría todo? Ella no se veía capaz de llegar a ese punto. No se veía aguantando, resignándose, convirtiendo su vida en un mañana será otro día. Sus padres no le habían enseñado eso. Y mamá quizá sabía la teoría, pero no había tenido el valor de ponerla en práctica. ¿Cuántas amigas de mamá se habían convertido en coleccionistas de frustraciones? Pero mamá, Maria Vilalta Campabadal, era de otra generación. Ella, en cambio... Había nacido en el setenta y cuatro, le tocaba vivir en el siglo XXI, no quería acomodarse, ni conformarse con unas formas de convivencia antiguas, caducas. Para ella, aguantarse no era un verbo que nadie estuviera obligado a conjugar. Aguantarse y punto conllevaba, a la larga, daños colaterales. Y a la corta también. El remedio, para Vito, era todavía más claro que el diagnóstico. No quería seguir con Gegi. Por dolorosa que fuera la ruptura, prefería llorar mucho durante dos meses que andar lamentándose día tras día por los siglos de los siglos. Ese era el asunto.

Raimon se bebió un vaso de agua entero antes de opinar.

—Tienes que pensar en ti. No te tienes que justificar. No tienes que dar explicaciones. Es tu vida, solo tienes una.

—Ya lo sé, Rai. Pero no es fácil.

—Claro que no. Pero tú posees las armas y la inteligencia para hacerlo.

—Sí, pero... —Miró los ojos azulísimos de su hermano—. ¿Cómo se lo tomará papá?

Rai se rio por lo bajini.

—¿De verdad te importa mucho?

—Es papá.

—Ochenta y siete años, viudo... ¿No te parece que ya está de vuelta de todo?

Se oyó una puerta. Allan, harto de rondar por Norrebro con la bolsita de comida en la mano, volvió a casa. Cerró la puerta de la calle con un golpe seco para que Raimon percibiera que, una hora y media después de haber salido a comprar cúrcuma para rallar, se disponía a subir las escaleras con los pies entrenados en trepar de lado. Victòria se apresuró a secar el charco del suelo —Mallorca y Menorca para entonces— sin ahorrar papel de cocina. Al darse dos besos, Allan se percató de la escena. Los ojos enrojecidos la delataban.

—Eh, ¿qué pasa aquí?

—Nada. Un mal momento.

Rai arqueó las cejas para que Allan comprendiera que el disgusto no era por su culpa.

—Bienvenida a Dinamarca, el país con el derecho a sonreír.

Los hermanos Estrada hicieron los honores a la sopa de miso y cúrcuma. Era verdad que daba un toque indio a un plato que Victòria comió sin ganas. Durante el almuerzo, en la encimera de la cocina con tres taburetes altos, no dejaron que hablara ni que pensara.

Raimon les recordó la primera vez que su hermana lo visitó en Copenhague. Él se había puesto enfermo, con fiebre continuada, crujir de huesos y unos mareos que no se tenía en pie. Victòria, estudiante de medicina, le dijo: pasado mañana me planto allí y te veo.

—No hace falta, mujer, de verdad...

—Pero deja que vaya a cuidar a mi hermanito, hombre...

—Te lo agradezco, Vito. Pero no es necesario.

—Y así conozco la ciudad, que no he estado nunca...

—Aquí también tenemos médicos.

—No puedes prohibirme que vaya a verte... Hay vuelos baratos y no quiero que estés solo.

—Es que no estoy solo si es eso lo que te preocupa. Hay algo que tienes que saber...

Victòria guardó silencio, esperando a que se rompiera la piñata y ver qué sorpresa caería de dentro.

—¿Vito? —El silencio se prolongaba—. ¿Se ha cortado?

—No, no... Estoy aquí.

—Es que no estoy solo... Vivo con Allan. —Ya está, ya lo había dicho—. No es un compañero de piso cualquiera. Allan es mi pareja.

—Ah... Muy bien. —Ya no podía echarse atrás, habría parecido que...—. Iré igualmente. Te quiero ver, no me importa lo demás.

—¿No lo sabías?

—No, no —contestó Vito, como si nada—. Tú, de momento, quédate en la cama.

Colgó a un hermano y llamó al otro.

Por la forma de decir hola, Joel ya supo que a Vito le pasaba algo. Áspera como un tronco de regaliz.

—He hablado con Rai.

—No se encuentra bien, ¿verdad?

—¿Tú sabías que es gay?

—A ver, Vito...

—Me lo ha dicho él.

—Yo...

—¿Tú lo sabías? —Antes de que Joel pudiera responder sí o no, ya le había soltado otra pregunta—. ¿Por qué no me has dicho nada?

—Mujer... Preguntas de dos en dos... Los periodistas sabemos que no funcionan. Siempre hay una que se queda sin contestar. ¿Cuál quieres que te responda?

—La primera. ¿Tú lo sabías, Joel?

—¿A ti qué te parece?

—Que sí...

—Pues ya está.

—¿Desde cuándo?

—¿Lo ves? La segunda ya no te la he respondido.

—Joel, mira. Ahora no me vaciles... No estoy enfadada. Un poco, sí, de acuerdo. No entiendo que él no me lo haya dicho. Pero tú... Todavía menos.

—Qué sé yo... Dábamos por hecho que lo sabías. Saltaba a la vista.

—Y una mierda. No es verdad.

—Eres muy sagaz, por favor...

—No saltaba a la vista para nada. No jodas.

—Si a ti nunca se te pasa ni una.

—Pues ahora me siento tonta del culo. Burra de cojones. Sobre todo, no me explico vuestra traición. Me habéis dejado fuera de vuestros asuntos...

—No es verdad.

—No me lo dijisteis porque yo... —Frenó a tiempo. Era un argumento que nunca había utilizado. Podía ser demasiado doloroso.

—Ay, Vito, no veas fantasmas donde no los hay... Ya sabes que Rai es el más Estrada de todos. Sus asuntos son suyos. Si hay algo que no quiere contar, no se lo sacas ni con alicates.

—Pero soy su hermana, hostia, es que no lo entiendo...

—No es nada malo.

—Pues claro que no... Precisamente por eso. ¿No me lo podíais decir? Francamente, es que...

Él respiró hondo. Ella arremetió de nuevo, con más fuerza todavía.

—¿Qué quieres que te diga, Vito?

—¿Y papá y mamá lo sabían? Porque si también lo sabían ellos y yo soy el último mono...

—Por supuesto que no saben que vive con un hombre...

—Allan, me ha dicho. ¿Tú lo conoces?

—Supongo que Rai lo ha vivido siempre así, a escondidas, por nuestros padres... Para no darles un disgusto, ya sabes cómo son...

—Hostia, Joel, lo siento por él, claro que sí, y ya me pondré en lugar, pero dentro de un rato... Ahora siento tanta rabia de que hayáis pasado de mí, tanta...

Cuando colgó, Joel se había quitado un peso de encima. Ya no tendría que ir con pies de plomo con su hermana. No solo no tendría que esconderle nada, sino que había evitado responder la pregunta clave. ¿Desde cuándo lo sabía? A Vito le habría sentado todavía peor descubrir, además, que un día, cuando Rai tenía quince años, había cerrado la puerta de su habitación, se había sentado a los pies de su cama y, entre sollozos, le había dicho: me gustan los tíos. Con esas palabras exactas, tantos años atrás. Y ella, al otro lado de la pared, en la inopia, leyendo ¿qué? *¿Los Hollister?*

Con su mejor cara, Victòria se presentó en Copenhague para ver a su hermano aquella primera vez. El diagnóstico parecía acertado. Rai había pillado una mononucleosis. Nunca se sabría si por un beso o por un vaso mal lavado. La causa ya era historia y a nadie debía importarle dónde había puesto los labios. Con veinte días de cama fue suficiente para volver a llevar lo que los médicos llaman «una vida normal». En su caso significaba levantarse, tomarse un café con Allan en la cocina de casa, coger la bicicleta y pedalear hasta el Experimentarium, donde le esperaban siete horas de trabajo que, cada día, le parecían excitantes. *Hygge*, lo llamaban en este país. *Hygge*, la felicidad en las pequeñas cosas.

Lavaron los platos a seis manos. Raimon los enjabonaba, Victòria los secaba con un paño y Allan los colocaba en el estante, junto al resto de la vajilla. Después disfrutaron de un poco del sol de tarde para comprobar que lo que había dicho Allan mientras tomaban la sopa, y que a Vito le había parecido una exageración, era una verdad demostrable: desde cualquier punto de Copenhague se llega a pie a una zona verde en un cuarto de hora, como mucho. Jugaron a ello. Ella elegía un punto en el mapa, ponía el cronómetro del móvil en marcha y paseaban bajo un cielo noble, azul plateado. Fueran por donde fuesen, en menos de quince minutos llegaban a un parque, unos jardines o una zona donde la gente parecía feliz sobre la hierba fresca.

Después de tres comprobaciones, Victòria se dio por vencida. Claudicó justo delante de una pastelería.

—Fijaos en este escaparate —les dijo Allan—. ¿Qué veis?

Victòria era golosa como su madre. Quizá la tradición había vencido a la genética.

—¿Tartas de color rojo?

Una tarta siempre nos devuelve a la infancia.

—¿No veis nada más?

Allan también sabía una historia de La Glace. De hecho, la pareja de Rai conocía una curiosidad sobre cada punto de la ciudad.

—Tú, antes de trabajar en el museo, ¿habías sido taxista o guía turístico?

La pregunta de Vito los hizo reír.

—No, qué va... —Rai se adelantó a la respuesta—. Él hace trampa. Su padre fue alcalde de la ciudad. Una legislatura y media. Por eso lo sabe todo.

—¿Una legislatura y media? —La curiosidad de Victòria pudo más que ella—. ¿Lo echaron a medio mandato?

—No... —Rai lamentó haber sacado el tema—. Se murió.

—Estaba dando el discurso de inauguración de un festival de verano... Y ahí se murió, delante de todo el mundo. Un derrame cerebral y adiós.

—Vaya, pobre. Lo siento mucho.

Los tres se miraron, desdibujados, en el reflejo del escaparate de La Glace. Al otro lado del cristal se amontonaban tartas de todo tipo. Predominaba el rojo y la mantequilla. A Victòria le iba el dulce, pero se contenía hasta que, en noches de nervios, decidía que un día era un día.

—¿No ibas a contarnos no sé qué...? —Rai rompió el hielo.

—Sí, es verdad. Esta tarta de aquí es la especialidad de la casa. Tiene nombre de escritora.

—¿Una tarta con nombre de escritora?

—¿Una pista? —Rai iba muy perdido.

—*Memorias de África.*

—Isak Dinesen... —Victòria probó suerte.

—Diez puntos.

—¿Pero Isak es nombre de mujer? —Rai no lo entendía.

—Karen Blixen tomó como seudónimo el nombre de un hombre.

—Una más —apuntó Victòria.

—¿Has leído *Memorias de África*?

La pregunta de Allan fue directa. Dijo que sí.

Era que no. Había visto la película. Una historia de amor rotundo. Lo último que Victòria necesitaba en aquel momento. Al día siguiente por la noche volvería a Estrasburgo, tendría que hablar con Gerard y, a esa hora del atardecer, se le hacía una montaña tan alta que no quiso ni pensar en ello.

—Estaba tan guapo Robert Redford... Ya le empezaba a aparecer una arruguita aquí. —Allan se despeinó el extremo de la ceja.

—A mí me gustaba más Meryl Streep. Y mira que con Meryl Streep siempre veo a Meryl Streep.

—Pues yo... ¿qué queréis que os diga? —dijo Rai, abriendo la puerta de la pastelería—. Yo me quedo con la música...

Se rieron con ganas. Allan, simpático, estaba inspirado: no juzgues nunca un libro por su película.

—O sea, que ninguno de los tres ha leído la novela, vaya.

—Pero no se lo diremos a nadie —remachó Rai.

Se sentaron a la mesa que les indicaron. Pidieron un té y una ración de tarta con tres tenedores. Karen Blixen sabía a *mousse* de café y avellana tostada.

18
Las normas de la casa

Joel llegó a un pacto con su hijo. Leo, compungido, después de llorar con la cabeza entre las rodillas, después de haberlo negado todo hasta que no tuvo más remedio que admitirlo, porque su padre puso las tres fotografías sobre la mesa de la cocina, se rindió a la evidencia. Cuando hubo recuperado la respiración, le dijo a su padre que se lo contaría a cambio de una sola cosa. Que su madre no supiera nada. Me lo pensaré, respondió en principio Joel. Después, viéndolo tan perdido, con qué rabia había roto dos de las tres fotografías y que quería encerrarse en su habitación a llorar desconsolado, se lo pensó mejor. Entró tras él y se sentó en la cama. Leo había hundido la cara en la almohada, que enseguida estuvo empapada.

—Todos hemos hecho cosas a los catorce años que parecen el fin del mundo, y luego...

Uno hablaba y el otro no dejaba de gimotear.

Joel le puso la mano en la nuca —sudada era poco—, bajo la mata de pelo. De vez en cuando, el padre soltaba una frase. Primero la pensaba, después valoraba si esas palabras eran propias de un padre —estricto en su punto justo, paternal en su punto justo— y entonces las decía. Por grave que sea, Leo, no pasa nada. Me lo tienes que contar. Entre nosotros nos lo tenemos que contar todo. Si no, no te puedo ayudar. Pero tienes que entender que... Esto que ha pasado es grave. Puede tener consecuencias para tu vida. No se sabe por dónde pueden llegar a circular estas fotos. Leo le dio la vuelta a la almohada. Buscaba un lado seco donde incrustar la mejilla. Las babas y las lágrimas debían quedarse al otro lado.

—¿Se lo dirás a mamá?

—¿Qué te da miedo que sepa?

—Las tres fotos —aún entre sollozos—. Todo.

—Hagamos una cosa...

Sellaron el pacto con un abrazo. La madre no sabría nada por lo que a él respectaba, pero a cambio Leo no debía ahorrarle ni un solo detalle de la historia. Ni uno. No podía esconder nada.

Leo preguntó si podía ir a ducharse y dijo que luego le contaría toda la película. Ni hablar, respondió Joel, que no quería darle la oportunidad de reconsiderar su versión bajo el agua fría.

—El acuerdo es válido ahora. O me lo cuentas...

Sentados de lado en la cama, con la espalda sobre el póster de Stephen Curry y los pies en el colchón, Leo contó lo que recordaba de la noche de viernes que pasó en casa de Mika, el base de su equipo de baloncesto.

—Todo es todo, Leo. Cada detalle, cada minuto, ¿me oyes?

—Que sí, hosti, ya lo he entendido.

Era un viernes de los que le tocaba estar con su padre. Al salir del entrenamiento, Mika le recordó que tenían que hacer unas fotos para el calendario del equipo para la siguiente temporada. Pidió permiso a su padre y él, después de telefonear a la madre de Mika, le dijo que sí, que se podía quedar a dormir en casa de su amigo y que lo recogería al día siguiente antes de comer.

Joel recordaba el día, la llamada y la respuesta de la mujer asegurando que los chicos no se moverían de casa y no saldrían de juerga. Y cumplieron. El problema surgió entre las cuatro paredes del sótano de la casa de Mika. Es un trastero. Leo ya había estado en otras ocasiones y la peste de las cañerías es siempre la misma. Hay un poco de todo y casi nada ordenado. Las maletas de toda la familia, una bicicleta estática, un banco con herramientas colgadas de la pared, la despensa de las conservas que no caducan, una colección de cojines piojosos y unas lámparas que están allí porque se han cansado de iluminar a una familia que ha hecho dinero a espuertas con la paquetería a domicilio. También hay un sofá raído y un equipo de música, una buena cadena Denon con altavoces gigantes. Es la sala donde Mika y sus hermanos —tiene dos mayores— pasan las horas con los amigos. Es un espacio húmedo, con poca cobertura para el móvil. Cuando están los hijos, los padres no pueden bajar. Son las normas de la casa.

El club había encargado tres fotografías individuales a cada jugador. La foto de grupo, todos juntos y uniformados, ya la harían en el pabellón, en un día de entrenamiento. Las que necesitaban, por tanto, eran una frontal de cada uno con el chándal oficial, otra con el uniforme del equipo —pantalón negro, camiseta roja— y una tercera más informal, con una pelota, haciendo algún malabarismo. Tenía que ser algo divertido. Leo cogió el móvil y le enseñó a su padre las tres fotografías que había hecho a Mika. Después, buscó en WhatsApp las tres que Mika le había hecho a él y que le había enviado: con chándal, de rojo y negro y sosteniendo la pelota con un solo dedo. Ni antes ni después había ninguna suya desnudo. De Mika, tampoco.

Joel no ataba cabos. Todo tenía apariencia de normalidad en una situación que en absoluto lo era.

—Y entonces, ¿estas que me han enviado?

La verdad. Ay, cuánto cuesta decirla.

Después de las fotos, Mika sacó una cachimba, la llenó con unos aromas con sabor a vainilla y estuvieron fumando durante la noche. Él no estaba acostumbrado. No había fumado nunca, pero no quiso ser menos que el capitán de su equipo. Primero se mareó de mala manera, después pilló un buen globo y volaba y flotaba como en una nube. Se desinhibió, se dejó llevar, se desnudaron y, no sabía cómo, habían acabado haciéndose fotos. Por nada, por jugar. No para enviarlas a nadie. Ni *sexting* ni ningún otro objetivo. Para ellos y, luego, para borrar. Eso suponía. Como en una ficha policial, se habían puesto de cara, de perfil y de espaldas. Desnudos, eso sí. Pero para pasar un buen rato. Mera inocencia.

—¿Qué pasa? —La mirada de su padre le dolía—. ¿No me crees?

—El pacto era que me lo contases todo...

—Ya está. Todo. ¿Qué más quieres?

El silencio de su padre lo incomodaba más que la mirada de castigo.

—¿Cómo han aparecido estas fotos? No tengo ni idea. Mika no es un traidor. Seguro que él no las ha hecho circular. A nadie, me dijo. Yo borré las suyas. Él...

Inquisitivamente, su padre, sin decir nada, pudo más que él. Leo claudicó.

Mika no solo se había entregado al ritual de la cachimba. También había sacado el papel de fumar, el cartoncillo y la petaca de hierba que tenía escondida en la bolsa de deporte. Lio un porro y se lo pasó. Fumando maría, calada uno, calada otro, se había colocado. Esa experiencia, completamente nueva para él —«te lo juro, papá, te lo juro»—, lo había dejado en un extraño aturdimiento. La pereza de pensar era una sensación que nunca había sentido, también esa felicidad donde todo le parecía florido y bonito. Mika se quitó la camiseta del equipo. Y él también. Y los pantalones. Y él detrás. Y los calzoncillos. Todo era tan confuso, extrañamente divertido. Decidieron hacerse fotos. De cara, de culo y de perfil. Se partían de risa. Al final, se hicieron una paja. Quien terminara antes, ganaba.

Esa era toda la historia. La noche en el sótano de Mika con pelos y señales. Una vez que lo hubo contado todo, Leo volvió a llorar desconsoladamente. Se abrazó a su padre para ocultar la vergüenza. Le clavaba la barbilla en el hombro para asegurarse de que no pudieran mirarse a la cara. Cuando la respiración se lo permitió, volvió a hablar mientras seguían abrazados.

—¿Estás enfadado?

—Hombre... ¿A ti qué te parece? Disgustado.

—Nunca me lo perdonarás...

Joel se apartó para poder mirarlo a los ojos.

—No es eso, Leo. ¿Perdonar? ¿Qué quieres decir? Eres mi hijo... Todo pasa. Siempre se perdona. Claro que sí, pero esta es una lección que no olvidarás. La droga, las fotos... No es que te hayas quedado corto, precisamente.

—Lo siento mucho. Te he fallado. Lo siento...

Su padre lo besó en la frente.

—¿Cómo tienes tú las fotos? —preguntó mientras trataba de poner el lloriqueo en punto muerto.

—Tendrás que dejarme el móvil. Una semana.

—¿Es un castigo?

—Es un premio.

—¿Me lo requisas?

—No. Ve a lavarte la cara. Y cuando vuelvas, apúntame en un papel todas tus contraseñas y tus códigos.

—Pero...

—Leo, no me parece que estés en disposición de poder protestar. Anda, lávate la cara...

De camino al baño, Leo aún no estaba totalmente tranquilo.

—No le dirás nada a mamá, ¿verdad?

—¿Qué hemos acordado tú y yo?

Se dio media vuelta y buscó el cuerpo de su padre. Joel lo abrazó como se consuela al perdedor de una final.

Eva Bosch —camisa azul, uniforme planchado— miró el móvil que Joel había dejado sobre la mesa de su despacho. La intendente de los Mossos iba al grano. En la comisaría había mucha movida. Pocas horas antes habían detenido al ladrón de libros de Barcelona. Hacía meses que andaban tras él, le habían tendido una emboscada en la Biblioteca Central y Cara de Mosca había caído de lleno. Unos días en la cárcel no se los quitaba nadie.

—Un Huawei. ¿Qué te pasa?

—Es de mi hijo, han circulado unas fotos suyas. Él, desnudo. Tiene catorce años. No hace falta que te diga nada más.

—¿Están aquí las fotos?

—Dice que las ha borrado. Se las hizo un amigo, las envió de móvil a móvil... Pero me consta que alguien las tiene.

—¿Quién las tiene?

—No lo sé.

—El amigo de tu hijo...

—Jura que no. Dice que solo se las pasó a Leo.

—¿Quién es Leo?

—Mi hijo.

—Te preguntaba por el amigo... ¿Qué tal es?

—Es de fiar. En principio. No sé, un fumeta, pero...

—Me lo tienes que dejar. Dame cuarenta y ocho horas.

Joel notó que molestaba. Dejó la hoja de la libreta con todas las contraseñas del teléfono y se levantó. Cuando estaba en la puerta, se dio la vuelta.

—¿Puedo dar la primicia?

—¿De qué me hablas?

—Que habéis detenido a Cara de Mosca.

—Pobre de ti.

—Los periodistas somos como los policías en una cosa: trabajamos las veinticuatro horas.

Ni lo escuchó. Un impulso activó a Eva Bosch.

—Tú, ¿todo bien? ¿Nada más de todo aquello?

—¿De qué me hablas...?

—Del «Ten cuidado, Estrada». Te estaban...

—Todo bien, gracias. Ninguna novedad.

—Haré que rastreen el móvil del... del niño. Ven pasado mañana.

Se marchó sin liturgias, como lo hacen la prensa y la pasma cuando saben que la conversación tendrá una segunda parte.

Cristina Malabrocca, en la sala de edición, había empezado a montar sin él.

—Perdona el retraso... —Joel colgó la chaqueta en el respaldo de la silla con ruedas y se acercó para ver las dos pantallas más de cerca—. La intendencia doméstica, ya sabes.

—No hay problema. He comenzado con las imágenes de recurso. Las transiciones son lo que más me preocupa. Material, testimonios, tenemos para dar y vender. Pero es difícil ilustrar el resto. Fachadas de hospitales, pasillos, camillas... En imagen, todo eso se gasta enseguida. Nos falta más movimiento... Entrar no sé dónde... Pienso en paisajes, en un aire metafórico, pero tampoco se puede abusar.

Joel la escuchaba mientras montaba su sitio. La libreta, la carpeta con las transcripciones, el móvil silenciado, el bolígrafo azul y el marcador fluorescente de su color favorito, el amarillo Deutsche Grammophon. Estaba a punto de comenzar la sesión. Se había reservado el día para montar, hasta que se hiciera de noche. Malabrocca se pasó ambas manos por la cabeza rapada, como si quisiera disipar las dudas que la inquietaban.

—He estado viendo las declaraciones de los testimonios que has subrayado y si lo ponemos todo nos vamos a la hora y media, como mínimo, de película. Mínimo.

—Noventa minutos ni de coña. En HBO, si metemos más de cincuenta, no nos lo compran.

—¿HBO? Picas alto, querido.

—Tenemos un tema de cojones. El tema. —Joel tiró de la trenza de su socia—. Nos lo quitarán de las manos.

—Con las horas que llevamos invertidas... Si no lo vendemos bien, nos pillaremos los dedos.

—¿Una *hippie* como tú ahora trabaja por la pasta? Si quisiéramos ser ricos no nos habríamos metido a periodistas.

—Y tú, ¿qué? Trabajas para salvar al mundo, ¿verdad?

Fusiló a su socia con la mirada, pero la indultó con las palabras.

—De momento, me conformaría con salvar a mi familia.

—¿Pasa algo?

Las imágenes permanecían congeladas en las dos pantallas. Desde que había llegado Joel, el testimonio se había quedado mudo. El abogado que presentó la denuncia ante la fiscalía por los niños robados los contemplaba, inmóvil, nada favorecido, con la boca torcida.

—Un porro, mi hijo.

—Ya ves tú... Vaya problema.

—Empieza pronto, a los catorce.

—¿Pronto? —Malabrocca se partía de risa—. Bienvenido al club.

Pulsó el *play* para seguir con el montaje. Cortar y pegar, con sentido, con una voluntad estética, que se entienda, pero sin darlo todo masticado, sin que hiciera falta subrayar las evidencias, dando por supuesto que el espectador es inteligente. Con intención. Con su sello. El documental como cine. El cine como una de las bellas artes.

El abogado de la pantalla volvió a hablar. Ejercía la defensa de cientos de afectados.

—Este no es un testimonio directo, cada frase que diga debe ser un titular. Si no, no tiene sentido.

—He puesto las que tú has subrayado. Y son muchas. Demasiadas, quizá.

«Yo acuso al Estado de no haber evitado que se cometiesen estos delitos. Un setenta por ciento de los robos ocurrieron en hospitales públicos.»

«No podemos pretender que haya una investigación administrativa de cada caso, lo que queremos es que la justicia actúe contra la red que se había montado.»

«Cuando hablo de trescientos mil casos de niños robados, es la suma de niños robados y, sobre todo, de falsos hijos, los que se inscriben en el registro sin dejar rastro de los padres biológicos.»

«España ha de tener un criterio unificado sobre la prescripción de estos delitos, y no lo tiene. Cada juez va a la suya.»

«Robar un niño es un delito de lesa humanidad. No prescribe nunca.»

Stop. Malabrocca volvió a detener la imagen. Joel y ella se entendían con un gesto, un chasquear de dedos o una tos de hormiga.

—Todo lo que dice este tipo es interesante, pero

así, tan seguido, es demasiado... Las declaraciones se comen unas a otras, me parece a mí.

—Por acumulación todo parece menos grave de lo que es...

—Esos trescientos mil casos... —Ahí la tendencia de Malabrocca a desconfiar de según qué testimonios—. ¿Tú recuerdas de dónde sale el cálculo?

Joel miró la transcripción de la entrevista. Le sonaba dónde lo decía. Bendita memoria fotográfica. Lo encontró en la tercera página.

—Él ha hecho el cálculo. Dice: «Si de los casos de niños adoptados que han pasado por mi despacho, un quince por ciento son robados o falsos y lo extrapolo a España... Si hay dos millones de niños adoptados, el quince por ciento son trescientos mil».

—*Voilà!* Y se queda tan ancho.

—Lo dice él. No nos lo inventamos nosotros...

—El periodismo es el arte del aprovechamiento. Lo dice alguien, va bien para nuestra tesis, lo ponemos. ¿Quieres una infusión? —dijo Malabrocca, retirando la silla con un movimiento habitual de culo.

Joel negó con la cabeza.

—Entonces... ¿qué, te lío un porrito?

Él se rio sin ganas.

—No estoy para bromas, Cris.

Charlaron sobre el aprovechamiento. No era

algo exclusivo de ningún oficio. Todo el mundo, un día u otro, utiliza las ideas de otros. Mi hermano científico, dijo Joel, podría contarte descubrimientos de Einstein que no eran teorías suyas, sino de Mileva Marić, su mujer. En el mundo de la empresa, ¿no se aprovechó Zuckerberg de los gemelos Winklevoss para crear una red social propia?

—Los escritores, sin ir más lejos. Si conoces alguno que no devore las vidas de las personas que tiene a su alrededor, me lo presentas. Cada frase, cada anécdota, cada experiencia vital es susceptible de salir en un libro. Todo se aprovecha. Pasa como con el cerdo. ¿O no?

Su móvil vibró. Joel lo cogió maquinalmente. Acababa de recibir un mensaje de voz. El número era desconocido. El audio duraba doce segundos. No le dio ninguna importancia. Fuera quien fuese, no tenía nada que ocultar a su socia. Subió el volumen y escuchó la nota de audio sin tener que acercar la oreja al teléfono.

Estrada. Ha llegado el momento de
hablar. Sábado, en la bolera al lado
del campo del Barça. Solo. A la una
en punto. Por cierto, tu hijo tiene
una buena polla.

El silencio se volvió denso.

—Me lo guardaré para mí, no te preocupes —se atrevió a decir Malabrocca, prudente.

—Al contrario. Convendría que me ayudaras.

Tendrían que preparar, con mucha cautela, el rodaje siguiente.

19

Los abrazos de hombre hacen ruido

Gerard Giresse no lo entendió. Cogió el anorak y se fue a dar una vuelta sin que Victòria pudiera terminar de explicar el porqué. Cuando Gegi intuyó que le planteaba la separación, que, para ser precisos, se lo comunicaba como un hecho sin vuelta atrás, huyó antes de que un impulso lo empeorara todo. Caminó sin rumbo por las calles de Estrasburgo. Estaba tan ofuscado que no se percató de que el cielo temperamental de Alsacia no anunciaba nada bueno. La rabia lo devoraba. Le impedía pensar en nada que fuera coherente. Las imágenes pasaban por su cabeza de tres en tres. Todo era confuso. Buscaba momentos malos en recuerdos fugaces, se repetía las palabras escupidas en alguna discusión antigua y trataba de averiguar cuándo se le había secado el alma a su mujer, como le acababa de decir. No lo entendía. Debía de haber sido en la escapada de fin de semana a Copenhague. ¿Qué pájaros le había metido en la cabeza el finolis de su hermano? ¿A santo de qué le hablaba Vito de un mundo interior? Qué estupidez. Eso se acababa enseguida. La vida está fuera, con los amigos, en el restaurante, en la pista de pádel, en la cuenta corriente. Los abrazos de hombre hacen ruido. Gegi los practicaba de forma casi inconsciente. Era de los que abrazan fuerte, rodeaba con ambos brazos y aporreaba repetidamente la espalda del otro, como si en aquel chapoteo en seco radicara toda la satisfacción masculina concentrada. Alguien tras una bufanda lo saludó por la calle, pero Gegi, ensimismado, ni se dio cuenta.

Tenía que haber otro hombre, seguro. Tal como era Vito, lo habría negado aunque la torturaran, debido al mutismo exasperante de los Estrada para sus cosas. Todos fabricados con el mismo molde. Esa decisión tan repentina solo podía responder a eso: se había enamorado de alguien. Cuantas más vueltas le daba, más se calentaba. ¿Qué derecho tenía Vito a dinamitar su vida de repente? Cuando todo estaba en su lugar, Lisa, el trabajo, el piso, los fines de semana, sexo dos veces al mes... Quién cojones era ella para mandarlo todo a paseo, para reventar su orgullo en mil pedazos...? ¿Qué se había creído? Sacó el móvil. En la agenda, buscó el teléfono de Sinatra. Lo encontró por Rébecca Sinatra.

—Tendríamos que vernos.

—¿Vienes al despacho?

—No. Veámonos en Le Clou cuando abran. A las doce menos cuarto seguro que encontraremos mesa.

—¿Tengo que llevar algo?

—Papel y lápiz. Y ganas de fisgonear.

—Es mi trabajo, Gerard. Para eso me llamas, ¿verdad?

Sinatra, de madre argentina y padre normando, hacía veinte años que trabajaba como detective en Estrasburgo. Había comenzado siendo el último mono en una gran agencia que trabajaba casi en exclusiva para el Parlamento Europeo, y cuando aprendió bastante y comparó su magro salario con los honorarios de la agencia, se estableció por su cuenta. Sola. No quería empleados ni problemas. En el rótulo de su oficina, a las afueras de la ciudad, decía que era fisioterapeuta. Si alguien subía al entresuelo a pedirle un masaje, le decía que tenía todas las horas ocupadas, que estaba de baja o, sencillamente, no abría la puerta hasta que el cliente se daba por vencido y se iba por donde había venido. Gerard contactó con ella en una ocasión en que recibió amenazas de muerte en el trabajo. Con dos semanas de diferencia, unos días después de que una huelga paralizara la fábrica de cartonaje para envasar medicamentos, había recibido dos escritos, a mano, en los que, después de insultarlo, alguien le hacía saber que lo mataría. Sinatra estudió el caso, analizó aquellas dos notas y tomó muestras caligráficas de cinco trabajadores. Los cinco finalistas. Terminaron despidiendo a un mozo del turno de noche. La forma de hacer las tes lo delató. Por mucho que intentara disimularlo a la hora del examen, se le escaparon dos sombreritos en la consonante que sirvieron como prueba incriminatoria. Desde entonces, cada vez que necesitaba ayuda, Gerard contactaba con Sinatra.

Este caso, sin embargo, no era profesional.

—Más delicado, por tanto.

—Quiero saberlo todo de mi mujer.

—¿Dónde se hace las uñas? ¿El rastro telefónico? ¿Sus correos electrónicos?

—¿Qué parte de todo no has entendido?

—Ya lo tengo más claro.

Sinatra —las ventanas de la nariz muy abiertas— no había apuntado nada. Lo estaba grabando todo con el móvil, que había dejado encima del mantel de cuadros.

—¿Crees que hay otro tío?

—Apaga eso.

Rébecca Sinatra poseía una habilidad. Podía clicar su móvil dos veces muy deprisa. Había pasado horas y horas de guardia dentro de un coche jugando con el cronómetro de su teléfono. Podía encenderlo y apagarlo en ocho décimas. Era su récord. No conocía a nadie que la superara. Simuló apagar las notas de voz del iPhone y, con el doble toque imperceptible, volvió a activarlas.

—Ya está. Te preguntaba... —Giró el móvil y lo puso boca abajo—. ¿Crees que hay otro hombre?

—O una mujer. Me da igual. Pero hay alguien más que le come el coño. A mí no me abandona nadie de un día para otro sin un motivo.

—Tú eres de París, ¿verdad?

—¿Por?

—Me lo había parecido.

—Sinatra, ahórrate hoy las bromas. Tú investiga, ¿de acuerdo?

—Te tengo que poner deberes. Y si me los puedes hacer, mejor hoy que mañana.

Salieron de Le Clou, Gerard fue a buscar el coche al garaje cerca de su casa y se plantó, en el puerto del Rin, en la plaza de aparcamiento reservada al presidente de la empresa. No saludó a nadie. Se encerró en su despacho y prohibió que le pasaran llamadas. Que nadie le molestara, como si no estuviese. Encendió el ordenador y, uno por uno, empezó a hacer la lista que le había pedido Sinatra.

El doctor Moreau. Colega del hospital. También pediatra. Mayor que ella. Vito lo admira. Fue su mentor en sus primeros años en la ciudad.

Travis Dévère. Un padre del colegio. Su hija es amiga de la nuestra. Hemos salido juntos, las dos parejas y las niñas. La hace reír, el cabrón.

Orson no sé qué. También del colegio. Fue tutor de Lisa, y Vito lo encontraba muy mono. Fumaba en pipa. Tabaco holandés. Imposible. La ropa olería.

Pablo. El fontanero. Español. No sé casi nada de él, pero no hay mes que no pase por casa para arreglar algún grifo, cambiar bombillas... Tarifa plana por el mantenimiento. Lleva esos pantalones que, cuando se agacha, enseña la ranura del buzón. No quiero ni pensar que sea él.

Eric Déhu. Un amigo suyo, del gimnasio, creo. A veces han ido juntos al teatro. Habría jurado que era gay.

Ivo. No recuerdo de qué se conocen. De vez en cuando se escriben wasaps. Fabricante de palomitas para microondas. Siempre me cachondeo de él, por las palomitas. Solo faltaría que fuera este.

Jerome Maldecul. El vecino de abajo. Está casado. Tres hijos. ¿Quién quiere salir del fuego para caer en las brasas?

Jean-Marie Letrou. Mi socio. Tiene el 19 por ciento de las acciones. No creo que compartamos nada más, pero me has dicho que no se puede descartar a nadie...

Releyó el correo antes de enviarlo.

Se le ocurrieron ocho nombres. Parecía imposible que Vito prefiriera a alguno de esos hombres antes que a él. Pero no podía dar nada por sentado. Sinatra había insistido en que, si había una tercera persona, seguramente sería quien menos se imaginaba. Si había alguien, lo encontraría. Todo aquel que tiene un amante deja más migas de pan de lo que cree. Era un dicho argentino. Y si no era cierto, había quedado bien dejarlo caer con el café. Al fin y al cabo, ella tampoco era fisioterapeuta.

La tarde se volvió incómoda. Victòria estaba pendiente de los ruidos de la escalera, por si lo oía subir. Preparaba el plato de verdura para Lisa y, en función del rumor que oía de fondo, aparcaba el pelapatatas para aguzar el oído. De vez en cuando miraba el reloj para adivinar a qué hora su marido —la palabra ya le molestaba— saludaría con un hola soy yo, como había hecho los últimos años. O quizá ya no diría ni eso. Según cómo entrase, sabría el grado de enfado, decepción o furia que gastaría.

Gerard metió la llave en la cerradura sabiendo que, en el mejor de los casos, por muy civilizados que fueran ambos, aunque trataran de no perder los estribos, la noche acabaría fatal.

—Hola —dijo Gegi, a secas, a las siete y cuarto.

Tuvo cuidado de que la puerta no golpeara más que de costumbre.

—Ve a darle un beso a tu padre, corre. —Vito retiró la servilleta del regazo de Lisa.

En la cocina hacía frío. Todo el piso tenía la gelidez que precede a las palabras desgastadas. Hasta que Lisa se fue a dormir hablaron del tiempo. Y del colegio, y de la tele y de cualquier cosa que no fuera pisar arenas movedizas. Cuando Vito volvió de acostar a una niña feliz que no podía ni imaginar cómo le cambiaría la vida en cuanto se despertara, Gerard la estaba esperando en el sofá.

—Quizá deberíamos hablar...

Ella evitó el sofá. No quiso ponerse a su lado. Retiró una silla del comedor y se sentó, para estar más alta que él. Cuestión de dominio. Gegi, con las manos entrelazadas y sin romper el silencio, alzó los pulgares, pidiendo una explicación.

—Mira, Gerard, quiero que hagamos las cosas bien. Con tranquilidad, sin prisas...

—O sea, la decisión es definitiva.

—Sí.

—¿No puede haber marcha atrás?

—No. Lo he pensado mucho. Lo siento.

—¿Qué entiendes tú por hacer las cosas bien? ¿Dejarme así, cuando nadie se lo esperaba? ¿Largarse? ¿Huir? ¿Qué verbo debo emplear cuando me pregunten qué ha pasado?

—Me refiero a pensar cada paso. A convivir en paz hasta que estemos de acuerdo en cómo lo haremos con la niña, con el piso. Cómo nos organizaremos a partir de ahora...

Gerard resopló.

—Ya te entiendo. —Su mirada rebotó contra el suelo y volvió a alzarse para no perder impulso—. Quieres decir que acordemos un plan para prolongar mi infierno...

—No tiene por qué serlo. Somos personas civilizadas, no queremos hacernos daño, me parece. No es una rebelión repentina.

—¿Así que podemos seguir durmiendo juntos? ¿O hemos de seguir durmiendo juntos para que Lisa no sospeche nada? ¿Cómo funciona esto? Dímelo tú, si lo tienes todo tan meditado.

—No es eso, hombre...

—¿Cómo se llama?

—Perdón...

—¿Cómo se llama?

—¿Quién?

—Él. El otro. ¿Quién es?

Se sostuvieron la mirada.

—¿Lo conozco?

La tensión, en carne viva. Victòria contó hasta cinco antes de responder al interrogatorio. Gerard se le adelantó.

—Todas estas conversaciones no me sirven de

nada, Vito. La de hoy, la del otro día. Me importa una mierda quién se va a quedar con el piano. Y el piso. Dices lo que dice todo el mundo, no me estás contando la verdad. ¿No reivindicas siempre la sinceridad? Dime las cosas a la cara, lo que tengas que decirme.

—Disculpa, pero me parece que he sido bastante clara. He mostrado todas las cartas, desde el primer momento. No te he ocultado nada, Gerard.

Ella saltó de la silla al sofá sin darse cuenta. Sus rodillas se tocaban. Él tenía la espalda recta, como el vigilante de una pinacoteca.

—Hay otro hombre, ¿verdad?

—Que no, Gegi, no seas pesado. Créeme. ¿Por qué tendría que engañarte?

—Eso me pregunto yo —dijo con la voz cobarde.

—Y si me hubiera enamorado de otro, ¿qué? Me habría armado de valor para decírtelo.

—O no.

—¿Qué sentido tendría no estar con quien queremos estar?

—Lo ves... Lo acabaré descubriendo.

—No te tortures con cosas que no existen. De verdad que si hubiera otro hombre, yo...

—Es Eric, el del gimnasio. —Se lo jugó todo a una carta.

—¿Cómo puedes pensar algo así...?

—No lo niegas.

—Claro que no es ni Eric, ni nadie... ¿En qué idioma quieres que lo niegue? No metas a nadie más, ¿me oyes? Esta historia la comenzamos nosotros dos y también la terminaremos nosotros dos. Hagámoslo bien, si es posible, hasta el final.

—Qué ovarios tienes, Vito, sinceramente...

—¿Cómo puedes pensar que yo te he puesto los cuernos? Me das pena, de verdad.

Gerard se levantó como si lo hubieran pinchado.

—Pues tú no me das ninguna pena.

—No nos pongamos nerviosos, venga. Por favor. Siéntate.

Él se fue a la cocina. Abrió la nevera. Miró dentro, maquinalmente, como quien busca la solución en la luz blanca, en el aire frío o en un trozo de queso. No tocó nada. Volvió a cerrarla igual que la había abierto.

—Entonces... —Optó por sentarse en la silla—. ¿El problema soy yo?

—No es una cuestión de culpas, Gerard. Culpas, no culpas... El mundo no funciona así...

—Ahora me vas a contar tú cómo funciona el mundo.

—Mira, yo no pienso hacerte ningún reproche.

—Gracias, mujer, qué detalle. Es que solo faltaría, vaya... Esto es cosa de tu hermano, ¿verdad?

Rai, que te ha llenado la cabeza de... Seguro que fue él quien te dijo que no pasarás a la historia por ser solo la madre de Lisa. Vaya ideas... En mala hora te dejé ir a Copenhague.

—¿Que me dejaste ir? —Vito agarró el bolígrafo y la libreta que Lisa había puesto sobre la mesa baja y empezó a rayarla con rabia—. En fin, nada, da igual.

—No, tienes razón. Esto no viene de ahora. Cuando volviste del entierro de tu madre ya te noté... Un poco...

—¿Cómo? A ver.

—Diferente. —Buscó una palabra mejor—. Diferente, sí.

—De verdad, Gegi... Alucino. —Arrancó la hoja con los garabatos y se la arrojó a los pies.

—No sé de qué hablasteis allí los tres hermanos... Muchas horas juntos para conspirar.

—Un momento, amor mío.

—No me llames amor mío. No seas cínica, al menos.

—Pero ¿cómo querías que volviera si había enterrado a mi madre? ¿Bailando sevillanas? Qué pocos reveses te ha dado a ti la vida.

—Oh, sí, tu madre... —Gegi notó que iba con el gas a fondo, pero ya estaba acelerado y no podía parar—. La madre de tus hermanos, querrás decir.

—¿Qué tiene que ver eso ahora? Gerard, por favor...

—¿Quieres que te diga qué tiene que...? Que siempre tú has sido la diferente. La adoptada, la que llegó al final y que Joel y Rai nunca te han considerado de los suyos. Pero no pasa nada. Eso no cuenta, al parecer.

—Pero ¿qué dices, tío?

—Ahora no lo niegues. ¿O me vas a decir que los padres quieren igual a los hijos de verdad que a los que no lo son?

—Oye. Esto no te lo permito. Esto sí que no. A mi madre y a mi padre ni los toques, ¿me oyes?

—Es una cuestión de sangre, nena.

—Te has pasado un huevo, Gegi. Un huevo y medio. ¿Cómo puedes ser tan cruel? Los hijos son los hijos. Biológicos o no. Todos somos de verdad.

Gerard sonrió con suficiencia para subrayar que le perdonaba la vida.

—Está bien que lo quieras creer.

—Eres un imbécil. Solo quieres herirme. No sé cómo te he aguantado tanto tiempo. Pensaba que te conocía, pero está claro que no tenía ni idea... ¿Cómo puedes ser tan retorcido?

—Un mal diagnóstico de la doctora Estrada... —Arrugó la nariz—. ¿Ves como al final sí me has lanzado reproches? Tú me dejas a mí y encima tengo que oír todo esto... Eres el colmo de la manipulación, nena.

—Has querido hacerme daño y no te lo perdono. Esto sí que no...

Vito se dirigió a la ventana y de un solo tirón descorrió la cortina que daba a la plaza. Miró a Gutenberg de culo. Concentró la vista en el verdín del cobre de la larga capa. La estatua, iluminada hasta medianoche, llevaba años dándoles la espalda. Sus pensamientos iban a mil por hora. En la calle no quedaba ni un alma, como si el frío hubiera confinado a todo el mundo. No tuvo prisa en darse la vuelta. Una vez liberadas las emociones, necesitaba recuperar la calma antes de volver a abrir la boca. Gegi había dicho cosas muy fuertes. Demasiado. No podía dejar pasar tantas ofensas. Poco a poco, cuando se sintió lo bastante serena y con fuerzas para plantarle cara, miró a Gerard a distancia. Con el disgusto marcado en los pómulos, Victòria Estrada Vilalta, hija de su padre y de su madre, dictó sentencia.

—Lo que me has dicho es lo mismo que si me hubieras dado una paliza. Has sido cruel. Te pido que te vayas.

—Pero...

—Vete. No quiero verte nunca más.

—¿Sabes qué te pasa? Que los remordimientos no soportan las palabras bien dichas.

—Que te largues, te digo.

El portazo, brusco, despertó a Lisa. Se tumbaron juntas en la cama de los adultos. La niña lloró por el sobresalto. La madre, por haber desperdiciado tantos años con un cretino de pies a cabeza.

Cuando Rébecca Sinatra llamó a Gerard para decirle que tenía el informe preparado, ya hacía cinco días que él se había instalado en un hotel. Se citaron en la cafetería del Cour du Corbeau. Terminaron pronto. El seguimiento de Victòria reveló que llevaba una vida ejemplar. De casa a la consulta y del trabajo a recoger a Lisa y a casa. Un día a día que, de tan ordenado, podría parecer aburrido. Ningún lío en el gimnasio, ningún rastro de nada, ni en el teléfono ni en las redes sociales. Eso sí, la investigadora le hizo una advertencia:

—Deberíais vigilar a Pablo, el fontanero...

—¿El de mantenimiento? ¿Qué quieres decir?

—Tiene un historial de robos en diferentes casas.

—Imposible.

—¿No habéis echado nada en falta?

—Pero si es de confianza...

Cuando sonreía, Rébecca mostraba el cerebro a través de los orificios de la nariz.

—Pues por eso mismo.

Sinatra facturaba por horas trabajadas. Dejó el sobre junto al azucarero. Gerard Giresse lo abrió, miró el total y le pareció caro. Rébecca sabía que los detectives que buscan cuernos siempre tienen el mismo problema a la hora de cobrar. Si la investigación no descubre nada, el cliente cree que la minuta es exagerada. Ha pagado en vano. Si el seguimiento descubre una infidelidad, peor todavía. El cliente paga a regañadientes porque, además de ser un cornudo, le cuesta una pasta. Encima del disgusto, un dineral. Gerard Giresse metió la factura en el sobre y se la devolvió.

—Mira, guapa, házmela a nombre de la empresa.

20

Quien no lo sabe todo no sabe nada

Joel, tomando un café cargado en la cocina de su casa, había encendido la radio para irse espabilando. La tenía puesta, pero, a las ocho de la mañana de aquel sábado, no escuchaba nada. Ruido y poco más. Le bastaba la compañía de aquel eco lejano. De repente, su mundo giraba alrededor de cinco mujeres. Pero se daba cuenta de que ninguna de ellas conocía la verdad completa.

A Marga no le quiso contar que circulaban unas fotos comprometedoras de su hijo. Deambulaban, pero no sabía por dónde. Alguien las tenía y, a estas alturas de la película, solo había una cosa clara: fuera quien fuese, no iba a hacer un buen uso de ellas. Todo era demasiado incierto y demasiado grave como para hacerla sufrir sin poder decirle tranquila, Marga, no te asustes, que ya está solucionado. Además, había pactado con Leo que no le diría nada a su madre. Romper aquel pacto con un adolescente significaría que le retiraría la confianza por los siglos de los siglos.

A Daria, si hubiera querido escucharlo, quizá se lo habría contado todo. O quizá no. Se habría preocupado demasiado. Ya no eran solo las coacciones que recibía para que sacara los pies de no sabía qué campo de minas, sino que, fuera quien fuese, le hacía chantaje con su hijo. Pero eso ya no se lo había podido confesar porque Daria se había encaprichado de su compañero de colegio, el puto Koldo ese, que se había colado entre ambos en el momento en que más la necesitaba. No se la podía quitar de la cabeza.

Vito, en Estrasburgo, ni siquiera sabía en qué estaba trabajando su hermano. Ella, en la distancia, solo pedía explicaciones de cómo estaba su padre y si Joel lo atendía lo suficientemente bien como para que no le faltara de nada al abuelo Estrada. Y ahora no era el momento de molestarla. Vito ya subía una pared bastante empinada para quitarse de encima a Gegi, el cretino de su marido, que, sin saber aún cómo, se encontraba ahogando su pena bajo un frío edredón de hotel.

A Eva Bosch, la intendente de los Mossos, la utilizaba. Tanto como ella a Joel. Era el habitual juego recíproco. Los periodistas y los policías se exprimen mutuamente con el falso *fairplay* de un partido de solteros contra casados. Uno atornilla hacia aquí, el otro gira hacia allá y, paso a paso, ambos van atando cabos. Un indicio, media pista, un *off the record*, una información que yo sé y que tú no tienes y que la suelto como si nada a cambio de... El resto, hasta completar la historia, es cosa tuya. Entre ellos dos nunca había habido nada. A ambos les gustaban las mujeres. No obstante, la madrugada que se conocieron, Joel aún no poseía esa información. Tampoco sabía que Eva Bosch acababa de entrar en el cuerpo de Mossos d'Esquadra, y, cuando vio que dos borrachos de bar trataban de acorralarla contra la máquina del *pinball*, intervino para sacarla del apuro sin saber que ella podía defenderse sola. «Perfectamente», como ella le había recordado muchas veces a lo largo de los años.

La noche antes, Eva Bosch —de paisano seguía pareciendo que vistiera de uniforme— lo había citado en el Pipper's para devolverle el móvil de Leo y contarle qué había encontrado.

Con Malabrocca, la quinta mujer, era diferente. Ella sí sabía cosas. La casualidad —el motor de la existencia desde que nacemos hasta que morimos— quiso que ella oyera la conversación que solo era para él. Fuera quien fuese, alguien con voz de adiestrador de perros lo había citado ese mediodía, a la una, en el Bowling Pedralbes. Sin que Joel lo pretendiera y sin que ella quisiera, había escuchado la nota de voz que recibió su socio. Inevitablemente, vio la preocupación en sus ojos. Por mucho que Joel hiciera como si oyera llover, ese mensaje lo había conmocionado. Alguien sabía algo grave de su hijo, pero si Malabrocca había tenido la prudencia de no preguntar, no sería él quien desvelase el misterio. Le había pedido, eso sí, que lo ayudara. Tenía que estudiar el terreno y ver de qué manera podía grabar todo lo que ocurriera en la bolera. No solo la imagen, sino también la conversación. Sobre todo, las palabras, la prueba de cargo ante un juez.

Cinco mujeres con la verdad a medias. Quien no lo sabe todo no sabe nada.

Joel se preparó una tostada integral con una loncha de gouda, picó un puñado de avellanas y repasó sus últimas horas. Cuando entró en el Pipper's, Eva Bosch estaba sentada en la última mesa del bar, la buena, la de la esquina, la que estaba más resguardada para que el resto de los clientes no oyera la conversación sin querer. Aún no se había sentado cuando Eva Bosch sacó el Huawei de Leo de su mochila y lo dejó sobre la mesa.

—¿Qué?

—Ojalá todo fuera tan fácil. Coge una croqueta.

—¿De qué son?

—¿Ahora no te fías de mí?

—¿Quién dice que no? Solo quiero saber qué me meto en la boca.

—Estrada, eso no suena muy...

—No soporto las de pollo.

—De jamón ibérico. Las de aquí son famosas.

—Mi madre las hacía de bacalao.

Cogió una con dos dedos.

—No te quemes.

—Mi madre las hacía mejor que nadie.

Joel la probó y la dejó caer en el platillo.

—Te lo he dicho. Las fríen al momento. Es la gracia. Si se ablandan, no valen mucho.

Se limpió los dedos con una servilleta de papel. Cuando hubo engullido la media croqueta, haciéndola girar de un lado a otro para no achicharrarse el paladar, bebió un trago de cerveza.

—Entonces, ¿qué? —Sopesó el teléfono de Leo—. ¿Fácil, has dicho?

—A ver... En el móvil no hay ninguna foto de tu hijo desnudo, ni de tu hijo ni de ningún amigo suyo ni de nadie. —Se secó los labios—. En el móvil no, pero en la nube sí. Hay tres suyas y tres de su amigo...

—Mika. Las de Mika las hizo él con el móvil. Las otras se las enviaron después. ¿Podría ser?

—¿Cuántos años tiene tu hijo?

—¿Leo? Casi quince. Todavía no.

—Pues él ya tendría que saberlo. Y tú también.

—¿El qué?

—Este móvil está configurado para que haga automáticamente una copia de seguridad de las fotos en la nube. Todas van hacia allí. No hay que hacer nada. Se envían solas. Es así como lo tiene configurado... A nadie le ha hecho falta atacarlo para saber sus credenciales ni para poder entrar. Ni *phishing* ni nada. ¿Recuerdas cuál era su contraseña?

—¿De memoria...? Te di el papel.

—1234. Así de fácil. El error de cualquier pardillo.

—¿Qué quieres decir?

—Que es así de inocente. Que a quien sea no le ha costado mucho acceder a su nube y recuperar las fotos. No hace falta ser un espía. Le ha bastado con probar el *password* más común del mundo.

—Tal como lo dices, no sé si es bueno o malo...

—Primero, haz que cambie la contraseña. Eso es de cajón. Id a la nube y borrad todas las fotos de allí... Y cómprale un móvil nuevo, tú que puedes.

—Voy corriendo. ¿Tiene algún problema este aparato?

—El problema lo tienes tú, por lo que veo. Lo saben todo de tu hijo, Joel.

—Leo tiene que quedar al margen de todo esto, tanto como sea posible. Yo ya me apañaré.

—El niño al margen, claro que sí, blindémoslo. Se hace fotos en pelotas pero finjamos que no ha pasado nada... —Cogió la última croqueta y la mordió. Eva Bosch habló con la boca llena—. ¿Te puedo preguntar qué te pasa?

—He tenido semanas mejores.

—¿Te puedo ayudar?

—Ahora mismo, no...

—No dudes en pedírmelo. Antes de que sea demasiado tarde.

—Ya lo has hecho, Eva.

—Extraoficialmente, que conste. De lo del móvil no hace falta que nadie sepa nada, ¿de acuerdo?

—Como siempre.

Brindaron con cerveza. En la mirada de Eva Bosch había cautela. Joel percibió lo delicado que es entrechocar la copa con alguien que tiene un don para oler el peligro.

Cristina Malabrocca llegó a la bolera poco antes de las once. La última vez que la visitó aún no llevaba ningún *piercing*. Y el primero, en la nariz, se lo hizo a los dieciséis, de regalo de cumpleaños. Le pareció que, treinta años después, el Bowling Pedralbes no había cambiado nada. Como mucho, había una mesa de billar y unos simuladores de coches de carreras cerca de la puerta de los lavabos, que no recordaba que estuvieran allí. En la recepción estaban entregando los zapatos tricolores reglamentarios a un grupo de chicas que debutaban en ese deporte. De las catorce pistas, la mitad estaban ocupadas. En un extremo le pareció que había una partida profesional. Las bolas eran coloridas, relucientes, con unas aguas dibujadas que, al deslizarse sobre la madera, rodaban dejando una estela mágica. Cada uno tenía la suya y, después de cada tirada, esperaba que la cinta transportadora se la devolviera. Los participantes llevaban un polo azul con un escudo en el pecho, ellas remataban la equipación con una minifalda blanca. Todos usaban muñequera. Embutían los tres dedos en los agujeros, se concentraban, daban los cuatro pasos y, en el instante de soltar la bola, ya sabían cuántos bolos tumbarían. Los *strikes* se sucedían y cuando, de tanto en tanto, quedaba en pie alguna pieza, la derribaban con una segunda tirada, sin compasión. El retumbar de los bolos chocando entre sí era constante en la sala. Y cuando no resonaban los diez bolos, era el rumor constante de las máquinas que los recolocaban. Era un fragor casi hipnótico. Cuando llevabas un rato en la bolera ya ni reparabas en aquel estruendo invasivo, pero era una dificultad para grabar cualquier conversación. Más aún si lo tenía que intentar desde muy lejos. Le apetecía una infusión, pero el suelo del bar aún desprendía el tufo de haber fregado y prefirió esperar.

—¿Hasta qué hora se puede tomar algo en las mesas?

—Hasta la una, lo que quieras.

—¿Y luego?

—Reservado para servir comidas. Quien quiera tomar algo, aquí, en la barra.

Malabrocca entró en el baño que tenía una silla de ruedas dibujada en la puerta. Cerró el pestillo, se sentó en la taza y se puso el capazo sobre los muslos. Comprobó si esa cámara que había alquilado, pequeña como un caramelo, grababa con la calidad que le habían asegurado en la tienda de los espías. Ciertamente, había filmado todo el paseo. La mesa de billar, los volantes de fórmula 1, las chicas que alquilaban los zapatos, la partida de los profesionales, la conversación con el camarero y los taburetes altos de la barra donde tendrían que sentarse Joel y quienquiera que quisiera extorsionarlo. Siempre un plano fijo, abierto, sin llegar a ser un gran angular pero sin posibilidad de acercarse al objetivo. La imagen, incluso en movimiento, era más nítida de lo que creía. Había visto docenas de reportajes con cámara oculta que daban menos nitidez que esta. Volvió a colocar la cámara de botón en el agujero del capazo, hizo pipí y salió a la calle, a que le diera el aire. Sentada en el poyete de la jardinera, le escribió un wasap a su socio.

Será mejor que grabes la conversación con tu móvil. Hay un ruido de mil demonios aquí dentro. No puedo garantizar nada.

Ok. Llegaré pronto.

Siéntate en la barra. Lo tendré todo a punto.

Suerte.

Tranki, tío.

Después, sacó papel y la petaca y se lio un cigarrillo. Había que esperar.

A las doce y media, Joel se bajó del taxi y entró en la bolera con las manos en los bolsillos. Se había puesto un *blazer* beis, discreto. En el bolsillo interior solo llevaba la cartera, el cuaderno, el bolígrafo y el teléfono. Las llaves de casa y las monedas, en el pantalón. Al primer vistazo reparó en Malabrocca. Se distraía haciendo carambolas en el billar americano para que no se le colasen las bolas y así no tener que volver a pagar. No le hizo ninguna señal. Pasó de largo para ver cómo se divertía la gente tumbando bolos. A esa hora ya no quedaba ninguna pista libre.

Tras un rato fingiendo que curioseaba, se dirigió a la zona del bar. Estudió la barra y se subió en un taburete alto, de cara a la puerta de cristal. Quería ver llegar a quien tuviese que llegar. Cuando tuvo a Joel situado, Malabrocca se sentó en el otro extremo de la barra, frente a frente. Enfocó el capazo hacia su objetivo. La máquina ya estaba grabando. Solo había que esperar.

Nunca hubiera dicho que una bolera fuera tan buen negocio. El sábado por la mañana no paraba de entrar gente con ganas de diversión y dispuesta a esperar su turno para echar una partida. Cuando faltaba un minuto para la una y la boca de Joel empezaba a secarse y estaba aplacando la sed con una cerveza de barril bien fría, entró un hombre menudo y solitario, con las gafas de sol puestas. Caminaba con la falsa modestia de los perdonavidas, marcando bien los pasos, como acostumbran a hacer los bajitos para que se note que han entrado. Sin mostrar ninguna señal de haber detectado a Joel Estrada, se aproximó a él y se sentó a su lado. A la izquierda. Justo donde Malabrocca había calculado que estaba el mejor ángulo para su objetivo. Se encaramó al taburete como quien sube un escalón alto y se guardó las gafas de sol en el bolsillo interior. Llevaba una chaqueta negra, de motorista dominguero.

—Así me gusta, Estrada. Puntual. Como la gente seria.

—No estoy para cumplidos.

—¿Has venido solo?

—Sí. —Miró a su alrededor—. Claro.

—¿Vienes aquí a menudo?

—Nunca. Tú me has citado. Detesto los bolos.

Malabrocca estaba en lo cierto. Ese hombre tenía voz de adiestrador de perros.

—Deberías probarlo. Tiene su gracia. Yo había jugado de joven. Nos saltábamos las clases, veníamos aquí y...

—Eh, no he venido a jugar a bolos ni estoy para hostias...

—Huy, huy, huy, Estrada... ¿Acaso tienes tú la sartén por el mango?

—¿De qué tenemos que hablar?

El adiestrador sacó su móvil, lo dejó sobre el mostrador y golpeó con tres dedos el acero inoxidable para que Joel dejara el suyo.

—Apágalo.

No tuvo más remedio que deslizar un dedo por la pantalla para apagarlo, a regañadientes. No quería pasar la mañana con ese mierda.

—Es intolerable lo que has hecho.

—¿Yo?

—Tú, vosotros, quien sea... Con las fotos de Leo. Intolerable.

—Tu hijo, la verdad, me importa un rábano.

—Por eso negocias con sus fotos.

—¿Qué fotos?

—¿A ti qué te parece?

—No las usaremos para nada. ¿Quieres que las borre? —Se frotó las manos, palma contra palma—. Borradas, tachán. Ya no las tengo, mira qué fácil. ¿Y tú?

—Yo, ¿qué?

—¿Tanto te costaría mirar hacia otro lado?

—No te entiendo. No sé qué me quieres...

—Joel Estrada. No nos chupamos el dedo. Y tú tampoco.

El camarero, con una barriga de ciudad, los interrumpió.

—¿Qué va a ser?

—Nada, gracias... Ya nos vamos. Y la cerveza de este señor la paga esa mujer de allí, la que va rapada, al final de la barra.

—¿Perdón? —El camarero miró a Malabrocca, que estaba masticando una aceituna como si tal cosa.

—Es la socia del señor Estrada... De manera que no tendrá ningún inconveniente.

El adiestrador cogió los dos móviles del mostrador, le devolvió el iPhone a Joel y saltó del taburete alto.

—Vamos.

A Joel se le helaron los pulmones del susto. Casi tanto como la jarra de cerveza que dejó sobre la barra. Guardó el móvil y se bajó del taburete, con cautela, para calcular cada movimiento. Miró a Malabrocca de refilón. Con un levísimo gesto de mandíbula y un parpadeo que podía parecer un tic le dijo que no. Ella entendió que no debía seguirlos y dejó que el adiestrador y Joel abandonaran la bolera por la puerta de cristal. El hombre caminaba despacio, marcando los pasos exageradamente. Joel, detrás, se fijaba en la coronilla de un tipo que, por su aspecto, parecía tan inocente como un gestor de pueblo. No fueron muy lejos. Esperaron a que un perro terminara de salpicar la pared antes de arrimarse de nuevo a la pierna de su amo y se sentaron en el poyete de la jardinera.

—Está muy feo decir mentiras, Estrada... Será cosa de familia.

—¿Qué mentiras?

—Cristina Malabrocca... Me dijiste que habías venido solo.

—No sabía qué iba a encontrarme. ¿Qué quieres de mí? Dime.

—Que no te equivoques con la peliculita que estás haciendo.

—¿Qué sabes tú?

—Tienes un punto de vista equivocado, Estrada. El mundo es muy pequeño. Has estado husmeando, has estado preguntando, has hecho entrevistas que no debías hacer...

—Eso lo decidiré yo...

—Por supuesto... Por eso te aviso de que estás haciendo las preguntas equivocadas. Creo que tienes... ¿cómo decirlo?, una obsesión con Quique Arcarazo que carece de sentido. A todo el mundo le preguntas lo mismo y en todos buscas las mismas respuestas. Y no las vas a encontrar. Mira, para que te quede claro... Solo te lo diré una vez. Él ni tiene, ni ha tenido nunca, una red de nada. Ni en Barcelona ni en España ni en ninguna parte.

—Para eso te envía, para conocerme...

—Todo lo que hacía era legal y está documentado.

—Por eso no ha querido que lo entrevistemos. Pues que se deje grabar. Si todo es tan diáfano, que me lo cuente él.

—Te diría la verdad.

—Ah, ¿sí? Y ¿cuál es?

El adiestrador abrió las manos, como si fuera a decir la cosa más obvia de la historia de la humanidad.

—Que hacía un bien social. A Arcarazo siempre lo movió lo mismo. Ayudar a las familias que no podían tener hijos para que los tuvieran...

—Sí, robando recién nacidos en connivencia con clínicas, con monjas, con enfermeras.

—Nunca. ¿Ves como vas desencaminado?

—Te ha enviado Arcarazo. Fue él quien asustó a mi mujer, capturó fotos de mi hijo y te ha mandado a ti porque, claro, todos sus negocios estaban más limpios que una patena.

—Tú lo has dicho. Todo limpio.

—¡Los cojones!

—No te pongas nervioso, Estrada. No estás en condiciones de hacerlo, te lo aseguro. —Se espantó una mosca de la frente—. Él no sabe nada de este encuentro.

—No, claro. ¿Eres su abogado?

—Como si lo fuera. —Se puso una mano en el pecho; luego, la otra—. Ay, cuánto lo siento, hoy me he dejado las tarjetas de visita...

Joel no soportaba el cinismo de aquel tipo. Lo habría cogido por las solapas, pero se contuvo.

—Aún no sé qué pretendes...

—La idea es muy sencilla: no puedes hacer ese documental.

—¿Quién dice que no puedo?

—Lo dirás tú mismo.

Ambos se miraron a los ojos, desafiándose.

—Sí, sí, tú mismo dentro de un rato —insistió el hombre, que no se amilanaba.

Tenían las pupilas rojas como dos cabezas de alfiler. Era odio.

El adiestrador sacó del bolsillo un papel doblado. Lo desplegó con parsimonia y se lo puso a un palmo de la nariz.

—¿Ves esto? —Esperó dos segundos, sosteniendo el papel—. ¿Lo reconoces?

—Es la firma de mi padre.

—¿Auténtica?

—Sí. Lo parece... Y ¿qué?

—¿Has visto la fecha? —Le acercó un poco más el recibo—. ¿Qué día llegó tu hermanita a casa?

—...

Joel estaba petrificado: era incapaz de decir nada.

—Se llama Victòria, ¿verdad? ¿Fue quizá el 7 de febrero de 1974?

—Todo esto es... Es mentira. Un montaje.

—Te guste o no, a tu hermana no la adoptaron, la compraron.

—Y una mierda.

—Tus padres la compraron.

Dejó que Joel asimilara esas palabras con la flema del torturador. Seguía blandiendo el papel con la firma ante su cara. Cuando lo vio desencajado, reanudó el ataque.

—Qué sorpresa, ¿verdad? Victòria, tan guapa, tan morena... ¿O vas a decirme que no lo sabías? ¿De verdad que vuestros padres no os lo contaron nunca? Qué extraño, ¿no te parece, Estrada?

Joel no se desmoronó. Debía aguantar el tipo a toda costa.

—En cualquier caso... —Trataba de salir de la niebla sin que pareciera que se había perdido—. Eso no quiere decir que...

—¿Qué, que no fue robada? —El adiestrador soltó una risa forzada—. No pasa nada, puedes terminar la frase. Veo que lo vas entendiendo.

Posó una mano sobre la rodilla de Joel y este se la retiró de malos modos, con un golpe en la muñeca. El domador insistió.

—Arcarazo no se dedicaba a robar niños. ¿Lo has entendido? Nunca lo hizo. No te equivoques en tu obra maestra.

Volvió a doblar el papel y se lo guardó en el bolsillo del que lo había sacado. El hombre siguió charlando un par de minutos que parecieron veinte. Daba instrucciones, perfilaba su extorsión, amenazaba... con un estilo muy ensayado. Lo hacía tan bien que todo adquiría un tono de sugerencia, no de chantaje. Aconsejaba del mismo modo en que lo hace el poder, que parece que te está haciendo un favor.

Joel, confuso, lo oía todo con sordina. Intentaba

encajar lo que acababa de ver con la verdad que toda la vida había escuchado de boca de sus padres, aunque de ese día en concreto, ahora caía en ello, es cierto que hablaban poco. De repente, nada cuadraba. Todo se había venido abajo.

Una vez terminada la reunión, el hombre se levantó del banco de piedra y caminó diez metros hasta la moto que había aparcado junto a otras muchas en fila encima de la acera. El depósito lucía una pegatina con el dibujo psicodélico de *Yellow Submarine*. Se puso el casco, arrancó la Ducati y se largó en dirección al Camp Nou haciendo rugir el motor. Malabrocca salió de la bolera en ese mismo instante.

—Lo tengo todo grabado. —Estaba eufórica—. He revisado la escena interior, se ve bastante bien.

Joel no reaccionó. Cuando pudo, alzó la cabeza para decir que no a su realizadora. Esta vez, el gesto, evidente, desesperado, no permitía una segunda interpretación.

21

He visto científicos que creen en Dios

Rai dijo sí, ven a verme, si quieres, si es tan urgente como dices. Pero qué puede haber tan grave que no me puedas contar por teléfono... O con una videollamada, si es que se trata de verme la cara cuando me lo digas. ¿El problema? Que no estoy en casa, no vuelvo a Copenhague hasta pasado mañana, son días de mucho trabajo y no puedo ir a Barcelona. Joel insistió en que se lo tenía que contar en persona, pero que no se preocupase, papá estaba bien —va tirando, como siempre, vaya— y él, de salud, estaba fuerte como un roble, que no era nada de eso; no se trataba de una cuestión de vida o muerte. En ese sentido podía estar tranquilo. A la vista de tantos enigmas, Rai ofreció una solución. Estaba en Londres, en un congreso de paleontología sobre tricerátops. Entre una cosa y otra —seminarios, conferencias, comidas con científicos y los obligados *tea-breaks*—, tenía todo el día ocupado, pero si necesitaba un par de horas, se podían reunir en la terminal de Gatwick, en la zona de tránsito internacional. Raimon estaría esperando su vuelo a Dinamarca; Joel iría y volvería a Barcelona el mismo martes, sin salir del aeropuerto.

En el vuelo de ida, a Joel le tocó ventanilla. Bajo un cielo limpio de mayo, sin nubes, pudo contemplar por completo, de sur a norte, la costa atlántica francesa. Parecía que el piloto jugara a bordear todo el litoral, tan escarpado en un lado, de un azul absoluto en el otro. Con la nariz pegada al cristal, sin nadie sentado a su lado, tuvo una hora larga para pensar en el revuelo de dimensiones incalculables que estaba a punto de provocar. La tierra, a vista de pájaro, ensancha los pulmones y da la sensación de que todos los problemas de ahí abajo no lo son tanto. A fin de cuentas, hormiguitas. Eso es lo que somos. Pero a Joel le costaba mucho relativizar lo que habían hecho sus padres. La mentira, la traición. La rabia por el delito, porque tenía claro que era un delito, tanto de quien vendía un recién nacido como de quien lo compraba como si fuera una mercancía. Tuvo tiempo de pensar si debía guardar silencio. Quizá tenía algún sentido no decir nada, fabricar una gran capa de silencio donde ya había otra bastante espesa. Y dejar en paz a un padre que ya tenía una edad en la que da igual de qué te mueres. Y mantener a la familia en la inopia, y ahorrarle un sobresalto emocional a Vito para que siguiera con su vida como si nada hubiera pasado. Un golpe así, como mínimo, arruinaría la biografía. Había vivido en una mentira que podía convertirse en un tormento. Según como se lo tomara —y solo había una manera de tomárselo—, podía ser un bumerán que volviera noche tras noche y que no la dejase dormir nunca más. Pero ¿tenía derecho a callar? ¿Sabría hacerlo? De camino a Londres, ya era demasiado tarde para ver a Raimon y decirle que, en el fondo, no tenía que contarle nada del otro jueves y que solo le habían entrado ganas de abrazarlo. Un ataque de amor fraternal llevado hasta sus últimas consecuencias es muy humano, pero poco frecuente, no colaría. Dos aviones en un día, por un abrazo...

Joel, con los dedos salados por los cacahuetes, recordó en qué ocasiones él le había fallado a su padre. No había pasado muchas veces, pero habían sido sonadas. Un verano, un día que su madre estaba tocando el piano vertical de casa, Raimon se había sentado a su lado para hacer música, sin saber. Tenía seis o siete años y apretaba las teclas sin ton ni son, inventándose sonidos que importunaban a toda la familia. Hacía un calor sofocante y en casa ya nadie estaba de buen humor. Vito, que empezaba a caminar, quería que alguien la cogiera en brazos, pero nadie le hacía caso, su padre estaba hablando por teléfono y gritaba más que de costumbre porque no oía lo que le decían. Su madre con Khachaturian y Rai, de pie, aporreando el piano al tuntún, molestando a todo el mundo. En definitiva, una olla de grillos. Le avisaron una vez, dos... tres. Pero nadie hacía nada para que el niño permitiera a su madre seguir con su concierto casero y los dejara a todos en paz. Rai, como si oyera llover, martilleaba un do o un fa y un no sé qué sostenido sin ninguna musicalidad. En un momento en que su madre se levantó para hacer una carantoña a Vito y coger otra partitura, Joel corrió hacia el piano y, mientras Rai se entretenía con las negras más agudas, cerró la tapa con fuerza y le pilló los diez dedos. Los diez. Los gritos se oyeron en toda la escalera. El padre, que había intuido la acción, colgó bruscamente, se acercó a Joel echando humo y le cruzó la cara de una bofetada. Rai aún tuvo suerte. Solo tuvieron que ponerle una férula en dos dedos. Fractura de las falangetas del índice y el corazón. No se pudo bañar en todo el verano.

Todo está en la infancia, pensó Joel, contemplando las sorpresas de la tierra. Ese saliente de ahí abajo debía ser Mont Saint-Michel... Algún día le gustaría ir con Daria, a ver la marea. Le había dicho que nunca había estado allí, y no conocer Normandía es como no haber probado el pan con chocolate.

Su padre nunca le volvió a pegar. No era su estilo. En otra ocasión en que tuvo que castigarlo severamente, fue más sibilino. En el comedor del Sant Ignasi, Joel había hecho de todo para escaquearse del almuerzo. La mayoría de las veces no lo pillaban. Ni cuando lanzaba el pescado bajo la mesa, ni cuando daba comida a algún compañero a cambio de dejarle copiar los deberes, ni cuando depositaba la bandeja en la mesa para simular que iba a llenar la jarra de agua y se largaba directamente al patio. Cuando terminaba el turno del almuerzo, los monitores descubrían que había quedado encima de la mesa una bandeja intacta, y ya era tarde para averiguar de quién eran las lentejas y el trozo de carne como la suela de un zapato. Ese misterio se producía varias veces en cada curso, la dirección de la escuela estaba al corriente, pero nunca descubrieron quién era el niño o la niña que se les escapaba. Joel era muy hábil para desaparecer en un instante —siempre encontraba las décimas de segundo oportunas— en que los monitores se despistaban con algún que otro alumno que protestaba porque había un gusano en la manzana o porque le habían puesto una albóndiga más que al resto. Ningún compañero lo delató y nadie supo que el niño que no almorzaba era Joel Estrada Vilalta. Nadie lo habría dicho. Si hubieran apostado, no habrían acertado. Pero una vez sí lo pillaron. En quinto de EGB, un martes que había estofado de garbanzos, Joel no encontró a nadie que se los quisiera comer. La única manera de hacerlos desaparecer, en lugar de engullirlos, era metiéndolos en el bolsillo de la bata. Cucharada a cucharada, vertió toda la ración de garbanzos calientes. Cuando saliera al patio, iría al váter, tiraría de la cadena y adiós muy buenas. Pero no llegó a tiempo. Cuando enseñó la bandeja para demostrar que estaba limpia, una monitora —Natàlia, se llamaba Natàlia, la hija de puta— se percató de que el bolsillo de la bata azul goteaba y había cambiado de color. Los garbanzos chorreaban y el castigo llegó en la misma escuela. Lo llevaron al comedor de profesores, le sirvieron un plato entero de garbanzos y no se movió de allí hasta que se lo terminó. No hubo compasión y Joel se perdió la primera clase de la tarde porque aún no había rebañado el plato. Cuando llegó a casa se lo tuvo que contar a su madre. Formaba parte del pacto al que había llegado con el colegio. Y la madre se lo contó a su padre, y el sermón de ambos se prolongó más de una hora. Joel dejó de gimotear y prometió que nunca más volvería a hacerlo, que se lo comería todo, y admitió que, de hecho, los garbanzos no estaban tan malos como temía. Pero a la semana siguiente se produjo el cataclismo. La señora Lourdes, cuando echó a lavar los vaqueros de Joel, descubrió que el dobladillo de una pernera estaba descosido. Dentro quedaban restos de pescado. Se lo dijo a la madre, pero Joel lo negó todo. Él no se había dedicado a cortar el hilo con unas tijeras. Él no había convertido ese espacio en un bolsillo donde embutir restos de un gallo empanado. No sabía por qué sus pantalones, de repente, despedían aquel olor a subasta de pescado. Ni tampoco cómo habían ido a parar esos restos de... No le sirvió de nada mentir. Entre las pruebas que tenían y sus antecedentes, Saül y Maria estuvieron de acuerdo en que a su hijo le convenía un castigo ejemplar. Una sanción que recordara toda la vida y que lo rescatara del pozo alimentario en que había caído. A partir de ese fin de semana, Joel ya no volvió a comer con sus padres y hermanos. Mientras la familia almorzaba, él, apartado de la mesa, tenía que leerles un libro en voz alta. Como si estuviera en un monasterio, él comería antes, el plato que hubiera y sin decir ni pío, solo. Después, mientras sus padres, Rai y Vito se comían el primero, el segundo y el postre, Joel les leería los capítulos que correspondiesen. Los libros los elegían sus padres. Y les daba igual que no fuesen adecuados para su edad. Si Joel no entendía lo que decía en voz alta, que se buscara la vida. La extraña condena duró todo un año y comenzó con *El diario de Ana Frank*, que los mantuvo a todos con los oídos bien atentos. En algún momento, el castigo se hizo más cruel, cuando tuvo que leerles la vida del joven Hans Castorp en *La montaña mágica*. Su madre, después de la sesión de lectura, repetía que aquella novela era una sinfonía de la vida. Él solo contaba muertos en aquel tocho. Y como era tan tozudo, nunca dejó de ser un remilgado con la comida.

Si no has tenido suerte con los padres que te han tocado, la vida suele ser una pesadilla. Joel, en cambio, consideraba que le había tocado la lotería, a pesar de aquellos castigos que, muy en el fondo, podía llegar a aceptar que eran merecidos. No todo el monte es orégano, naturalmente, pero no habría cambiado a sus padres por los de sus amigos en ningún momento de sus cincuenta cumplidos. Había jugado a eso muchas veces y la conclusión siempre era la misma: ganaban los suyos. Pero, precisamente porque había idealizado a la familia Estrada Vilalta, de repente la decepción era mayor. La sorpresa, impensable. Estaba aterrizando en Gatwick y aún no se lo creía.

Meeting point. Lo llamaban así para que nadie se confundiera. Joel llegó primero. Aunque venía de más lejos que Rai, jugaba con ventaja. No había tenido que pasar el control de seguridad, mientras que su hermano se había encontrado una cola de mil demonios y encima quiso negociar para que no le requisaran el cortaúñas que llevaba envuelto en papel higiénico dentro del neceser. No se salió con la suya.

Mientras mataba el tiempo, Joel envió una nota de voz a Daria. No quiso llamarla. A esta hora debía de estar dando clase de lengua a unos cenutrios con pocas ganas de distinguir entre el complemento directo y el indirecto, y en un mensaje podía acotar sus pensamientos.

> Daria, hola. Nunca dirías dónde estoy. Matando el tiempo en el aeropuerto... de Londres. He visto una tienda de deportes que vendía pelotas de tenis de oferta y enseguida me he acordado de Frida. Es una manera elegante de decirte que he pensado en ti, ¿no te parece? Bueno, estoy aquí esperando a mi hermano. Si te cuento el motivo del viaje, a ti que tanto te gusta escribir, podrías convertirlo en una novela. Vuelvo hoy mismo. No nos vemos desde hace días. ¿Qué te parece si cuando llegue a Barcelona, que no sé a qué hora será, quedamos, cenamos y te lo cuento? Vas a alucinar. Venga, hace días que tengo ganas de verte. Y tienes que conocer esta historia. Para mí es importante tu consejo. Ya me dirás. Hasta luego...

Cuando Rai llegó al punto de encuentro faltaba una hora para dirigirse a la puerta de embarque.

—Lo siento...

—No pasa nada. Ya estamos juntos.

Se dieron dos besos y se fundieron en un abrazo.

—Ya me dirás, Joel, a qué viene tanto misterio...

—Sentémonos.

Buscaron un rincón discreto, lejos del quiosco, donde no pasara tanta gente. Detrás de una tienda de relojes caros encontraron dos butacas bajas, tapizadas del azul rotundo de Gatwick. Rai dejó la maleta entre sus pies. Joel había viajado con las manos en los bolsillos. Una vez sentados, contó hasta tres, expulsó aire por la nariz y, con un discurso que había ensayado mientras esperaba, dejó caer la bomba.

Rai se quedó sin palabras.

Joel, de momento, no quería pasar del titular. Tenía que dejar que su hermano comprendiera cada una de las frases que acababa de escuchar. La historia era demasiado brutal como para digerirla de sopetón.

—¿Cómo lo sabes?

—¿No te lo crees?

—No. Imposible.

—Yo también pensaba que la historia no se aguantaba por ninguna parte, pero... ahora no tengo ninguna duda.

—Papá no haría una cosa así. Y mamá, menos. No puede ser. Imposible. Joel... Que no, hombre...

—He visto el recibo... Lo he visto. Lo he tenido en mis manos. La firma de papá conforme le entregaban una niña...

—El documento puede ser falso.

—Rai...

—¿Qué? En este mundo puede pasar de todo... La gente está muy zumbada. Hay personas dispuestas a todo... Yo qué sé... He visto científicos que creen en Dios. Después de eso...

—Rai... Por favor.

—¿Tú has visto a alguien más recto que nuestros padres? Dime...

—Por eso me sorprende tanto como a ti. Por eso te lo...

—Un recibo... Ya me contarás qué prueba un recibo... Sí, claro, que recibían una niña... adoptada.

—Robada.

—Tiene que haber un error. Seguro.

—¿De verdad crees que habría venido hasta aquí para decirte algo así si no lo tuviera claro?

Raimon tardó en reaccionar. Reclinó la espalda, puso los tobillos sobre la maleta y se quedó mirando el techo. No dijo nada durante un rato. De repente, sentía que un foco de gran potencia iluminaba a los Estrada, su pasado, su presente y su futuro.

—¿Vito lo sabe?

—Claro que no. No lo sabe nadie.

—Entonces, ¿por qué me lo cuentas?

—Para que me ayudes. Para compartir el peso que llevo encima. Y porque estoy convencido de que un día u otro, si me lo guardase para mí, el chantaje llegaría directamente a Vito. Y prefiero que seamos nosotros quienes se lo digamos y no un hijo de puta con ganas de hacerle daño.

—Pero ¿quién? ¿Por qué? ¿Por qué ahora?

El científico quería respuestas. El periodista, por una vez, no hacía las preguntas. En esta ocasión, él era el protagonista contra su voluntad. Y bien que le pesaba.

Sin entrar en detalles, Joel narró algunos episodios que habían ocurrido desde que había metido las narices en el caso de los niños robados. A medida que avanzaba en los rodajes del documental, en cuanto algunas pistas comenzaron a estrechar el cerco sobre Enrique Arcarazo, habían ido a por él a través de su entorno. Se había encontrado con coacciones cada vez menos sofisticadas, cada vez más mafiosas. En el entierro de su madre había tenido que echar a un tipo porque le pareció que aquel no era el momento de entregarle un mensaje. Pocos días después, una Ducati había rozado el coche de Marga. Pareció un accidente de tráfico por culpa de la lluvia. En un cruce, uno había arrancado antes de tiempo, el otro había pasado en ámbar y habían chocado. En definitiva, nada, un roce. Pero no había sido un choque fortuito. Ese día a Marga le dieron un papel con tres palabras: «Ten cuidado, Estrada». Ten cuidado, ¿de qué? La gota que había colmado el vaso, no obstante, habían sido unas fotos de Leo que un encapuchado se había encargado de dejar en el felpudo de su casa. Tres fotos de Leo desnudo eran el anzuelo para una extorsión repugnante. Acudió a una reunión en la bolera para solucionar el chantaje de las fotos del niño, pero Leo no era el problema. El objetivo era que descubriera cómo habían conseguido sus padres a Vito recién nacida.

—Todo esto que me estás contando es...

—¿La prueba de que el documental iba bien encaminado? —Joel se anticipó con ironía.

—Es repugnante, disculpa. ¿Sabes quién es el hombre de la bolera?

—Aún no. Lo tengo grabado. Pero a Enrique Arcarazo lo llamaba Quique, con una familiaridad que... Pensaba que me enviarían a un esbirro para asustarme, francamente. Iba preparado para eso, pero me salió con el tema de Vito y me mató.

—¿Qué edad tiene ahora Leo?

—Catorce.

—Hostia... Son muy cabrones. Ándate con cuidado, Joel...

—Por mí no te preocupes...

Al ver la mirada de Rai se vio obligado a rectificar. Estaba con su hermano, quizá la persona a quien más había querido, el primero en presentarse cuando ocurría algo, y comprendió que, si tenía alguna flaqueza, no debía ocultársela.

—Que no te preocupes más de lo necesario, quería decir.

—Pero ¿qué vas a hacer con el documental?

Joel se encogió de hombros del modo que lo hacen quienes empiezan a indignarse.

—Esto no es nada agradable. Saben quién es mi exmujer, saben cómo encontrarla, han demostrado lo vulnerable que es mi hijo, se han presentado en el rellano de mi casa para decirme que, si quieren, me pueden dar una paliza. Igual que se quedaron en la puerta, me los puedo encontrar dentro del piso...

—Y seguramente saben que yo vivo aquí... Quiero decir, en Copenhague.

—Claro.

—Y también deben de conocer a Allan.

—No me extrañaría. Nos tienen fichados a todos, pero ¿sabes qué? —Se aclaró la garganta—. Yo también a ellos.

—No te hagas el valiente. No merece la pena.

Rai estaba tocado. Ya eran dos. Detrás de ellos, un tipo enorme con una voz de pito se había comprado un Tag Heuer. Se lo llevaba puesto y le estaban agrandando la pulsera.

—¿Has ido a ver a papá?

—¿A papá? No, tío... No he tenido huevos.

—Te entiendo... —Rai, abatido, no sabía ni qué decir—. Quizá es mejor no alborotar el gallinero antes de tiempo, ¿no?

—No lo sé. Esto acabará explotando. Pero no tengo ganas de verlo.

—Si llego a estar en Barcelona, voy y lo mato.

El gigante del Tag Heuer, satisfecho con su nuevo juguete, rozó la maleta de Rai con las piernas y pidió perdón en alemán, lo que, según se mire, suena a menos disculpa.

—Pienso en mamá... ¿Te acuerdas de aquello que solía decir? Creo que se está cumpliendo.

—No sé a qué te refieres...

—Yo soy el puntal de esta familia. Cuando yo falte, todo empezará a desmoronarse... —Rai imitó su voz.

—Es cierto que lo decía, pero no creo que se refiriera a esto, Rai.

En la pantalla todavía no se anunciaba su puerta de embarque.

—Es que estamos aquí, hablándolo, y aún no me lo creo. Es surrealista.

—Es la hostia.

—Lo más fuerte que nos ha pasado nunca.

—Muy grave. Mucho.

—Y ahora, ¿qué hacemos? ¿Qué coño hacemos? —Subrayó las sílabas.

—¿Qué deberíamos hacer?

—¿Tienes alguna idea?

Rai se puso en pie y se estiró los pantalones para que no se formasen arrugas.

—Cancelar los dos vuelos, comprar un billete a Estrasburgo y presentarnos ambos en casa de Vito. Es lo que deberíamos hacer.

—¿Lo dices de verdad? No llevo ni un jersey para salir de viaje...

Rai rio antes de añadir:

—Pues haz como cuando eras pequeño en las colonias de La Nou de Bergadà, cuando te ponías los calzoncillos un día del derecho y un día del revés.

Consiguió que Joel se riera.

—Viniendo hacia aquí pensaba en una cosa. —Dudó si decirlo; ganó el sí—. Todo está en la infancia. Es la auténtica patria.

22

No te puedes poner en mi lugar

Hicieron un pacto. Daria iría a cenar a Sarrià y Joel pondría su casa y el tinto de syrah que tanto le gustaba. Ella llevaría el surtido de sushi y sashimi y él prometía contarle de pe a pa ese misterio familiar que le había llevado a Londres, en viaje relámpago, a compartirlo con su hermano. Ella acudía a la cita con el remordimiento de haber prestado poca atención a Joel en los últimos días, y él se moría de ganas de estar con Daria, los dos solos. Que no hablarían de Koldo no había ni que negociarlo. Que pasarían la noche juntos, tampoco.

Al día siguiente por la mañana, Daria no tenía prisa. No tenía que ir al colegio hasta antes de comer. Hizo pipí, se lavó las manos y volvió a la cama.

—He estado pensando en todo este embrollo. Vaya tela.

—¿Te ha costado dormir?

—Más que a ti... No sé cómo os lo montáis los hombres. Se puede estar hundiendo el mundo o tener un problema 3XL, pero vosotros os metéis en la cama y a sobar como troncos. Nosotras, en cambio...

—¿Qué has pensado?

—Es que no sé si lo vas a ver de la misma manera... Si me meto donde no me llaman, me lo dices...

—¿Qué has pensado, Dari? Dímelo, no pasa nada.

Ella se recolocó la almohada, para apoyarse mejor en su brazo.

—Que a tu padre le tenéis que dar la posibilidad de explicarse... De la misma forma que has hablado de las fotografías con tu hijo, y os ha ido bien, y dices que el chaval ha reaccionado, creo que deberíais hablar con vuestro padre.

—Pero...

—Un momento.

—No es lo mismo.

—No digas nada. ¿No decís siempre los periodistas que hay que escuchar a ambas partes?

—¿Qué quieres contrastar en esta historia?

—Tenéis que hablar con vuestro padre, no fastidies. No podéis hacer como si no pasara nada...

—Daria... —le dio golpecitos en la nariz repetidamente.

—¿Qué? Que me calle, ¿no?

—No es eso... —Pero un poco sí, pensó antes de notar que le vibraba el móvil—. Hostia, ahora no lo cojo.

—¿Qué pasa? —Daria reaccionó al ver la mirada huidiza de Joel.

—Es mi hermana. No contesto. Ahora no sabría cómo actuar con ella.

—¿Tampoco quieres hablar con Victòria?

—Sí, claro que sí... Pero quiero pensar cómo se lo digo. Son palabras importantes.

Estiró el brazo para volver a dejar el móvil en la mesilla de noche, como si alejando el aparato la llamada fuese menos incómoda. Al séptimo ring, Vito colgó.

—Voy a ducharme. —Joel se levantó de la cama—. ¿Vienes?

No le dio tiempo a responder cuando a él le vino otro tema a la cabeza.

—Por cierto, ¿tú no me tienes que decir nada?

—¿Yo? —Desorientada—. ¿A ti?

—Piensa un poco, mujer.

Le llegó de repente, como la picadura de una avispa.

—Ay, el ramo, el ramo. El ramo, claro. Perdona, Joel, ayer se me olvidó, con todo este asunto. Perdona, perdona. Qué flores tan bonitas... Por favor, cómo he podido olvidarme. Lo siento...

—Como no decías nada, he pensado: a ver si no te las enviaron...

—Sí, sí, sí. Impresionante. Perdóname. Pero no vuelvas a hacerlo. En el colegio todo el mundo hablaba del tema. Todos me preguntaban: ¿de quién son?, ¿quién te las envía?, ¿hoy es tu cumpleaños?, como si solo se pudieran regalar flores por cumplir años... ¿Sabes qué pasa? Que en el colegio no estamos acostumbrados a recibir ramos de flores. Los profesores, como mucho, recibimos desplantes. Los tutores, broncas y desplantes. Doble ración.

—No irás a decirme que no te han gustado...

Antes de responder, Daria sacó a pasear sus ojos ladrones.

—Mucho.

—No te he oído bien. —Fingió desinterés y volvió a tumbarse en la cama—. Disculpa. Es que no te he oído...

—He dicho... muchísimo.

Joel se sintió triunfador. Tenía comprobado que un ramo no falla nunca. No hay mensaje más eficaz. Si se envía de corazón y en el momento justo, victoria asegurada. ¿A quién no le gusta que le digan cosas con flores?

La primera vez que constató el impacto de un ramo fue el día de su boda. Quince días antes había ido a la floristería Prat a encargar el buqué para la novia —siguiendo las indicaciones precisas de

Marga— y pidió otro igual, pero algo más pequeño y con las flores más prietas. Era para una persona muy especial que no podría asistir a su boda. Recogería el ramo en la floristería de la plaza Bonanova y se lo llevaría el mismo día del enlace. Lo tenía todo pensado. Por la mañana saldría de excursión en coche al Baix Penedès y así no pensaría en la ceremonia de la tarde hasta que prácticamente ya la tuviese encima. Una hora para ir, una hora para volver y un buen rato haciéndole compañía a su abuela. Cuanto menos tiempo tuviese para ponerse los zapatos nuevos y hacerse el nudo de la corbata, mejor. A más distracción, menos nervios.

De los cuatro abuelos, la abuela Camila —la madre de su madre— era la única que había cambiado de siglo. Y de milenio, como ella repetía siempre con la mente lucidísima. Hacía casi un año que estaba en una residencia, donde, aparte del tufo a pis de gato, no le faltaba de nada. Recibía los cuidados y atenciones que necesitaba. Las vistas a la porción de jardín terapéutico se habían convertido en su paraíso. Joel abrió la puerta de la 108 con una mano. La otra la llevaba escondida a la espalda.

La abuela Camila no pudo disimular su sorpresa. Estaba sentada en la butaca alta como siempre. El camisón, color armañac, le daba un aspecto saludable. El pelo blanco, limpio, peinado hacia atrás, revelaba que la habían duchado hacía poco.

—Pero si hablamos ayer...

—¿Estabas esperando visita, abuela? Te veo muy arreglada.

—¿Qué haces aquí? Si me llamaste para recordarme que hoy te casabas...

—Por la tarde, a las siete. No se me ha olvidado. No te preocupes.

—Hoy no contaba contigo, mi niño. Debes de estar...

Joel apartó la mesita con ruedas que tenía delante. Había una botellita de colonia y un peine. Tuvo cuidado de no derramar el agua del vaso.

—¿Qué mano quieres? —Antes de que pudiera responder, ya había elegido por ella y le mostró el ramo—. Es para ti, abuela.

—¡Oh! —No salía de su asombro—. ¿Para mí?

Se acercó para darle el buqué.

—Para la mujer más guapa del mundo.

—Ya ves tú...

—Es exactamente igual que el que llevará Marga.

Primero se tapó la boca con la mano. Después dio dos besos a Joel y cogió el ramo; lo sostuvo con respeto, como si no lo mereciese. Lo estuvo mirando un buen rato con ojos frágiles, se lo pasaba de una mano a otra, con una ilusión que ya no recordaba albergar. Fue como si los Reyes le hubiesen traído el mejor juguete a la edad en que ya no pasan. Le pareció muy elegante, tan blanco, con sus peonías y sus rosas blancas perfumadas. Consideró de muy buen gusto que predominasen las anémonas, con el botón negro en el centro, que las hacía tan originales, y además eran un recordatorio para los novios de que, durante el matrimonio, también habría días oscuros de vez en cuando. Se lo acercó aún más y lo olió.

—Esto es... ¿Cómo se llama?

—Eucalipto, abuela.

—Eucalipto... —Lo olió una vez más—. Da frescor. Por supuesto. Que seáis muy felices, mi niño.

Cuando Marga y Joel se quitaron de encima el jet-lag de la luna de miel, volvieron a la residencia del Penedès para visitar a la abuela Camila, que los recibió en la butaca de siempre. Le mostraron algunas fotos del Gran Cañón —que era uno de los lugares que ella siempre había querido visitar— y unas cuantas, seleccionadas, de la boda. A cambio, ella, orgullosa, les señaló el ramo de novia que le había llevado su nieto. Hasta el último día, un mes y medio después, presidió la habitación. Tenía la impresión de que el eucalipto conservaba el frescor de la vida.

—No me habías hablado nunca de tu abuela... —Daria se rascó la nariz. No era alergia, era el hormigueo de la gota a punto de caer—. Esta historia dice mucho de ti, señor detallista. ¿Cuántos ramos debes de haber enviado en los últimos cincuenta años?

—¿Yo? Dos. —Enarcó una ceja—. El de mi abuela y el tuyo.

—Y yo que me lo creo...

—Este es el segundo. Te lo prometo.

—Vaya cantamañanas estás hecho.

Joel cambió el semblante. Abandonó la mandíbula presuntuosa y de inmediato se puso serio.

—Huy... Algo te acaba de pasar por la cabeza.

—No, no...

—Un pensamiento negativo. ¡Segurísimo!

—Da igual. —Joel sabía que se lo acabaría contando, pero le daba miedo con solo...—. Me pregunto si la abuela sabía... cómo llegó Vito a nuestra casa.

—Todo esto es muy delicado. ¿Has dicho que era la madre de tu madre?

—Sí. Estas cosas... ¿se hablan? ¿Una hija confiesa algo así? No me gusta el verbo *confesar*. Nunca me ha gustado.

—No creo. Algo así no se cuenta, vaya. Nunca. A nadie. Por mucha confianza que exista.

Notaron que Joel recibía un mensaje. Al cabo de unos segundos, otro. No miró el móvil. Daria, jugando con los dedos de los pies —en el colegio siempre le decían que con las uñas tan bien pintadas no parecía filóloga—, no quería que Joel siguiera haciéndose preguntas tóxicas que no llevaban a ninguna parte. Propuso otra.

—Ese Arcarazo que mencionaste ayer... ¿Quién es?

Le contó todo lo que sabía. Desordenadamente. Arcarazo ni siquiera era médico. Era un estudiante de ingeniería que había llegado a Barcelona en los años cincuenta, no terminó la carrera, se casó y montó una organización para entregar niños y niñas en adopción. Pasaba por ser una obra familiar. Y quizá así fuera al principio. Empezó por asignar los recién nacidos de madres solteras a familias que intentaban tener un hijo. Gestionaba los bebés de estas madres, que vivían en pisos de la Iglesia para ocultar su barriga y que querían dar a su hijo porque no lo podrían mantener o por la vergüenza de no poder decir quién era el padre. A partir de aquí, el negocio de los Arcarazo había extendido sus tentáculos en muchas direcciones, y ninguna buena. Aunque aquellas madres solteras quisieran quedarse con sus hijos, les quitaban a las criaturas para darlas a quienes pagaran por tenerlas. A medida que el boca a boca hacía su trabajo, quien quería adoptar un bebé sabía que lo más rápido y sencillo era ponerse en contacto con su organización y lo obtendría sin tener que esperar mucho. Solo se trataba de ser discreto, pagar y no preguntar. Y pagando un poco más por esa criatura que tenías que suponer que era huérfana, podías elegir si querías que fuera niño o niña. Para satisfacer tanta demanda comenzaron los tejemanejes en los hospitales. Justo después del parto, los bebés se morían. Los padres, desesperados, nunca veían el cadáver, porque quién iba a pensar que alguien pudiera mentirles con semejante barbaridad. Se falsificaban los certificados de defunción, los bebés resucitaban y al día siguiente iban a parar a otras manos. Esta práctica se extendió no solo a clínicas vinculadas a la Iglesia. San Cosme y San Damián de Barcelona, sí, pero a muchas más. Arcarazo trabajaba en todas partes y con casi todo el mundo. Hay casos denunciados en el Hospital Clínic, en Vall d'Hebron, en la Mutua de Terrassa, en Reus, en Lleida, en Sabadell, en Tarragona. En clínicas pequeñas Arcarazo dominaba el cotarro. En clínicas grandes todo pasaba más desapercibido. En los ochenta lo investigaron a raíz de una denuncia, pero el caso fue cerrado y siguió haciendo una fortuna, amasada durante treinta años.

—¿Crees que es rico?

—Es multimillonario a costa del delito, Dari. Pero me han contado que hoy ya no se aguanta ni los pedos. Ya me dirás de qué sirve todo esto, si al final te acabarás muriendo como todo el mundo.

Daria se cubrió con la sábana. Se le había enfriado el culo.

—¿Por qué nadie ha ido a por él?

—Porque nadie tiene pruebas. La prueba. Solo hace falta una. Con una bastaría para empezar a desmontar todo el tinglado. Porque la fiscalía no se ha empleado a fondo. Porque nadie de su entorno quiere decir nada de nada. Nadie abre la boca. El entramado de silencios y fidelidades que ha construido a su alrededor, en todo este mundo, es... No tiene nada que envidiar a la mafia. Peor que la mafia. El pecado es tan grande que nadie lo confiesa. Que nunca ni una sola colaboradora se haya arrepentido, durante tantos años, con tantos casos, es insólito. Pero así es. Ten en cuenta que asociaciones como SOS Bebés Robados han llegado a poner un número de teléfono a disposición de testigos y colaboradores para que llamen de forma anónima, y no ha llamado nadie. Ni un solo empleado se ha ido de la lengua. Y además... —Alzó un dedo, como si se le hubiese ocurrido otra idea—. Todo hay que decirlo, él se ha ocupado de hacerse un buen nombre. Al primer indicio de que el negocio se tambaleaba, hizo una importante donación al hospital de Sant Pau, aduló al alcalde, al ministro de Sanidad, a *tutti quanti*, y le pusieron un semáforo verde en el periódico. Arcarazo, con su foto allí, semáforo verde en *La Vanguardia*. ¿Qué más quieres? Automáticamente, la hoja de antecedentes penales se borra, se diluye... ¿Cuánta gente de este país lava su imagen con la beneficencia? Donas un millón para la ciencia y ya eres intocable. Haces una aportación a un hospital, intocable y respetado. Aquí, la reputación se paga con dinero. Y luego tienes barra libre para hacer lo que te dé la gana sin que nadie te busque las coquillas. Así está montado. La clave es que se filtre, que se sepa que eres tan buena persona.

—Hay excepciones.

—Naturalmente. Aquí los dos o tres que tienen dinero de verdad, es decir, millones y millones, ni salen en los periódicos, ni quieren que se sepa ni conceden entrevistas... Dos o tres, no hay más. Pero ¿el resto? Dime una buena causa y te diré los intereses que hay detrás.

—Tampoco hay que ser así...

Joel estiró el brazo y cogió el móvil, sin ganas. En la pantalla permanecía el último wasap que había recibido mientras hablaban.

El mensaje. Si decía lo que decía, era muy gordo.

Eres un hijo de puta.

Lo miró de nuevo. Le pareció que no había leído bien. A veces un vistazo rápido al móvil provoca malentendidos.

—Un momento, Daria. —No había margen de error. Las cinco palabras no admitían una segunda interpretación—. Tengo que llamar a mi hermana.

—Te has quedado... Estás pálido.

—Algo ha ocurrido con Vito. O hay un error, no lo sé. Perdona...

Joel se puso los calzoncillos para salir de la habitación. Se sentó en la silla de la cocina. Victòria descolgó al segundo tono. Joel, que no entendía nada pero se temía lo peor, no tuvo tiempo ni de abrir la boca. La cascada le cayó encima.

—Me habéis destrozado, Joel. Me habéis matado. Es muy fuerte, mucho. Iros todos a la puta mierda. Mamá, papá... ¿Por qué? ¿Eh? ¿Sabes cómo sienta que te digan que toda tu vida es mentira? Es muy fuerte... No sé... Es para pegarse un tiro... Y encima tú lo sabías y no me lo has dicho, qué cobarde. ¿Desde cuándo lo sabes? Me siento... peor que una mierda. Estoy destrozada. Colérica es poco. Me habéis matado... Y esto no se puede perdonar. Jamás. Me siento traicionada... Estoy tan enfadada, tanto, que no puedo ni pensar.

—No llores, por favor, que no te entiendo.

—Me has fallado, me has jodido bien... Me has traicionado, tío, ¿hasta cuándo pensabas ocultármelo? ¿Hasta cuándo, hostia?

—No sé de qué me hablas...

—Venga, hombre, por favor... Encima no te hagas el... Tú, como siempre. Debería colgarte el teléfono. No sé ni por qué hablo contigo... Me lo han contado todo, ¿me oyes? No hace ni tres horas, y ¿sabes cómo me siento? Como una puta mierda.

—¡No grites, por favor!

—Como una mierda es decir poco. Pero ¿cómo quieres que no...? Pon la cara en la pantalla, que quiero verte. Conéctate. Quiero que tú me veas, porque se me ha juntado todo, ¿me oyes?, y quiero que me puedas mirar a los ojos, si es que tienes decencia. Joel, hostia, ¿cómo has podido hacerme esto? Tú lo sabías. Tú lo sabías y no me lo has dicho. ¿Desde cuándo lo sabías? De verdad que no puedo entenderlo. No puedo...

Joel y Vito se conectaron por videollamada. La cara estaba difuminada, pero las facciones se dibujaban lo suficiente como para notar que la rabia la consumía. Tenía unas ojeras oscuras, como si no hubiera dormido en dos noches. La melena ondulada era una maraña. Estaba despeinada, había llorado y se leía la furia en sus ojos. La ceniza de las bolsas oscurecía su negra mirada. Hasta parecía que se hubiese arañado. Verla así aún lo impresionó más.

—Lo siento mucho, Vito, nada ha salido como tenía que ir.

—Que nada ha salido como... Qué huevos. No sé quiénes son papá y mamá... Nuestros padres, ¿te das cuenta?

—¿Quién te lo ha dicho?

—¿Eso es lo único que te interesa? ¿Quién me lo ha dicho? ¿Por qué? ¿Temes que te estropee tu documental? Claro... Maldito documental. Como mínimo servirá para sacar a la luz toda la porquería de esta familia. La mierda me la como yo y solo yo, como siempre. Esto es muy grave, tío, ¿no te das cuenta? ¿Cómo puedes decir ahora «no sé de qué me hablas»?... Lo sabes mejor que nadie. Que la mía no fue una adopción cualquiera, que yo fui un bebé robado, que he vivido una vida que no me pertenece, que todo es un puto engaño desde el día uno. Que me entero como me he tenido que enterar, por la persona que menos me podía imaginar, y no entiendo nada de nada y me cago en todo, porque me habéis robado la vida, hostia, porque me la habéis roto, porque todo es mentira, porque no sé ni quién soy por culpa de nuestros padres y por culpa de todos vosotros... ¿Sabes qué es que te digan que eres una niña robada, a los cuarenta y cinco años? No, no lo sabes, no te lo puedes ni imaginar, hostia. No te puedes poner en mi lugar, es imposible. Todas las conversaciones que tuve con mamá, ¿también son mentira? Todo ha sido un teatro para disimular que yo... ¿A quién puedo creer a partir de ahora, cuando me han engañado toda la vida? La confianza. Qué palabra... Qué farsa. Todo esto es muy grave... Estoy enfadadísima, estoy que... No sé... Cometería un disparate. Estoy muy enfadada, ¡mucho!

—Vito, escucha, yo...

—¿Y sabes quién me lo ha tenido que decir? —Sintió náuseas—. ¿Quieres saberlo?

Se detuvo en seco. Dejó el teléfono de cualquier manera, con la pantalla enfocando al techo, y desapareció. Al cabo de un momento empezó a oír a Vito, de fondo, vomitando sin parar. Cada náusea arrancaba desde más hondo. Tiraba de la cadena y, medio minuto después, otra vez. Estuvo así un buen rato hasta que la última bilis, amarga como mil demonios, ascendió del averno. Joel la oía abrir el grifo, enjuagarse y escupir. Cuando notó que Vito volvía a coger el teléfono, intentó decirle que había estado pensando en la manera en que Enrique Arcarazo había actuado durante años, y en que quizá sus padres también habían sido víctimas de un engaño. Pero no pudo. Victòria, con el dolor en el rostro, no quería escucharlo y aún no había acabado de decirle todo lo que la rabia le hacía escupir. Ni mucho menos.

—No quiero saber nada más de nuestro padre, ¿me oyes? Para mí ya está muerto. El día que enterraron a nuestra madre también podíamos haber incinerado a papá... Juntos los dos, con su secreto, convertidos en cenizas.

—Vito, mujer. Quizá deberías escucharlo...

—Oh, sí, a buenas horas. Medio siglo después... Saül Estrada, el empresario justo, el hombre venerable que regalaba la cesta de Navidad a sus trabajadores, y la señora Maria, siempre tan perfecta, siempre en su sitio, qué bien toca el piano, señora Maria, qué bien entona, debería haberse dedicado a la música, señora Maria... Pues la señora Maria y tu padre, Joel, robaron a una niña. Una niña que soy yo. ¿Cómo te sienta eso? ¿Cómo te sienta, dime?

—...

—Como periodista que eres esto debe de ser espectacular, ¿verdad? Ya lo creo... Pero el titular de la noticia resulta que soy yo. Vaya cagada, ¿eh? Y encima seguro que ahora soy un estorbo para tu proyecto...

—No digas eso.

—¿Quién más lo sabe?

—Esa no es la cuestión ahora, Vito...

—¿Quién más lo sabe?

—Eso es lo de menos. Lo que es grave es el caso, lo que hicieron nuestros padres y cómo lo hicieron... Yo estoy contigo, a tu lado. Por completo. Eso no lo dudes ni por un momento.

—¿Quién más lo sabe?

—... Nadie.

Las décimas de duda lo mataron.

—Aparte de ti... ¿Quién más, Joel?

La imagen de Estrasburgo a Barcelona era borrosa. La mirada, afilada como una daga brillante.

—Rai.

—Rai. ¿Lo ves? Estaba segura. —Vito volvió a acalorarse—. Rai. Tú y Rai. Lo decidís todo entre vosotros, como siempre. El jodido paternalismo de los Estrada... Ocultando la verdad, por si acaso... La niña, que se quede al margen, la niña, que no lo sepa, a la niña pongámosla bajo una campana de cristal, siempre la última, no sea que se trastorne y se entere de que pagamos para arrebatársela a una madre que no quería perderla, que entonces la niña sufriría mucho... Porque ser adoptado es una cosa, y te planteas tu vida, la otra vida, la de unos padres que no conoces. Cómo eran, de qué vivían, de dónde venían para tener la piel morena que yo tengo... Pero pasas una época y te vas acostumbrando... Eres adoptada, punto. Ya está. He tenido suerte, me han dado una oportunidad que no habría podido tener, punto. Pero esto es otra cosa, hostia, y esta sí que es grave. Muy grave. Esto es un delirio imposible de digerir, supongo. Pues mira, ahora os ha explotado todo en la cara. A mí la primera, claro...

—Eso no tiene nada que ver...

—Mira, Joel, cállate, no me hagas hablar. No

me des lecciones. De nada, ¿me oyes? No estás en condiciones. No lo estás...

—Solo quiero...

—Que te calles. ¡Que te calles, hostia! ¡Que te calles!

Tampoco sabía qué decir. Se había quedado exánime. A nadie le gusta ver sufrir así a una hermana. Y Victòria tenía razón. Había entrevistado a suficientes mujeres que de repente descubrían que eran niñas robadas como para saber que había una coincidencia en todos los casos: de una situación así ya no se salía nunca. Se metía bajo la piel y ya no se iba. Estaría presente cada uno de los días, para siempre. Peor todavía: no solo marcaría el futuro, sin importar los años que se viviesen, sino que desdibujaba el pasado. Íntegramente. Todos los recuerdos caducaban de manera fulminante, cada instante vivido adquiría otro sentido y hasta las postales familiares más amables se volvían amargas, de un blanco y negro atormentado. Por lo que le habían dicho todos los testimonios mirando a cámara, nadie se acostumbra a ese revés. Apenas se puede convivir con él. La obsesión lo cambia todo. El carácter, el tono, el humor y el brillo de los días. No tenía razones para pensar que Vito —por muy inteligente que fuese, por muy doctora en medicina que fuera, por más empatía que sintiese dentro y fuera de la consulta— asimilaría aquel golpe de una manera diferente. Se te derrumba la casa ante tus narices y no puedes hacer nada.

—Enterarse de esta manera todavía es más doloroso, ¿sabes?

Por primera vez en toda la llamada, la voz de Vito se había serenado. Joel no quiso interrumpirla. Se había sentado para mirarla, escucharla y aguantar el chaparrón.

—Estaba con Gegi, sentados en un banco, en la calle... Hablábamos del piso y del dinero. Temas desagradables de la separación. Por muy bien que quieras hacer las cosas, siempre acaba siendo un nido de... Qué te voy a contar, ¿verdad? Me lo discutía todo, ya sabes cómo es. Siempre tiene razón, se le mete una idea en la cabeza y no hay quien lo saque de ahí... En fin, supongo que también por eso me he cansado. Total, que él se ha ido acalorando y entonces ha ido a hacer daño. Directamente, me dice, con toda la mala leche: qué vas a saber tú, que eres una niña robada. He entendido que era una manera de menospreciarme, todavía más... Despectivo, ¿sabes? Por eso no le he hecho mucho caso. Y entonces va e insiste en que sí, que sí, que tú eres una niña robada y que Joel ya lo sabe y tú vives en la inopia... Le he dicho: pero ¿qué cojones dices? Y entonces sí que he alucinado con una historia que no sé si he entendido porque yo estaba tan noqueada que todo me ha parecido... No sé. Imposible. Surrealista. No podía creer lo que estaba oyendo. Gegi me ha contado que un hombre se puso en contacto con él, que le dijo que tenía que contarle algo íntimo de su mujer, ahora que se había enterado de que estábamos en proceso de separación. O sea, hay alguien que lo sabe todo. Quedaron en la estación de alta velocidad, aquí, en Estrasburgo. Un hombre bajito, que hablaba en inglés y no sabía ni una palabra de francés, le comentó que tú estabas haciendo un documental sobre un tema delicado. Los bebés robados en España. Gegi, por lo que he entendido, le respondió que él no tenía ni idea porque con sus cuñados tiene muy poco contacto. Y entonces le contó que a ti te habían demostrado que yo era una niña de esas y que tu respuesta había sido sorprendente: habías pedido que no me lo dijeran, prohibidísimo, y además habías decidido seguir adelante con la película, caiga quien caiga.

—Eso es mentira, Vito.

—Déjame terminar. Le contó que yo ni siquiera había nacido en Barcelona y que al día siguiente de nacer nuestro padre había pagado cien mil pesetas y habían quedado en un bar, al lado de un hotel, que le dijo el nombre de la calle, pero Gegi no lo entendió, y allí habían hecho la transacción. Lo sabía todo, la fecha exacta, el 2 de febrero. El año. Toda la película, ¿me oyes? ¿Quién coge un avión hasta París y luego un tren bala hasta aquí para contar todo esto, con tantos detalles, si no es verdad?

—Vito. Lo siento muchísimo. Todo. Todo, no hace falta decirlo. De todo esto yo me enteré... ¿Cuándo? Sábado. El sábado pasado. ¿Que a mí me coaccionen para que no meta la nariz donde no debo? Vale. Pero eso es lo de menos. ¿Que ayer hablé con Rai sobre qué hacer y cómo decírtelo? Eso sí es verdad. No para ocultártelo. Jamás lo habríamos hecho, sino para encontrar la mejor manera de... O la menos mala, vaya. Pero no es verdad que yo dijese que tú no debías saberlo. Eso yo no lo he dicho nunca. Nunca. Te lo prometo. Pero es cierto que no contemplé que irían hasta allí, hablarían con Gegi, se aprovecharían de que os estáis separando... Lo saben todo, Vito. Absolutamente todo. Es una señal de que les estamos apretando las clavijas... Pero ya nada merece la pena. Íbamos a denunciar un caso...

—Y teníamos el caso en casa. Y soy yo el caso, ¿me oyes? Qué puta gracia, ¿verdad? Es que todavía no me lo creo. Es muy grave. Yo soy el secreto mejor guardado.

—Será difícil que volvamos a tener la mente centrada. —Se percató de que Vito miraba por la ventana—. Pero hay algo... ¿Me oyes?

—Claro.

—Hay algo que un día u otro tendremos que hacer. De hecho, tendrás que hacerlo tú. Aunque ahora no lo veas...

—¿Hablar con papá?

—Sí —musitó.

—Ni en pintura. Nunca más. No pienso hacerlo.

—No digo ahora, ni mañana. Pero... Cara a cara. Tú y él. Deja que pasen unos días.

—Debo ir a buscar a Lisa. Tengo que dejarte. Tengo que arreglarme un poco. Ella no se merece verme así. Ella no tiene que saber nada.

—No, no, mejor que no. Esperemos que el cabrón de tu ex no le diga nada.

—No tendrá cojones.

—A ti te lo ha dicho.

—A mí me quería hacer daño. A su hija seguro que no. Cuelgo, Joel, ya hablaremos.

—Te quiero. —Lo balbució con prudencia, esperando el golpe.

—Adiós. No estoy de humor.

Daria abrió la ventana para ventilar la habitación, se puso una camiseta de Joel y fue a buscarlo a la cocina. Lo había dejado tranquilo. No quería molestar. Aunque la puerta estaba entornada, había entendido lo que ocurría y se hacía cargo de la gravedad de la conversación.

—Lo siento muchísimo. —De pronto, cada palabra pesaba mucho—. Por ti. Y por ella. Pobre.

—No me cabe en la cabeza que mis padres pudiesen hacer algo así.

—No se entiende, no.

Daria, con la camiseta que le llegaba a las rodillas, se sentó a su lado. Veía a Joel tan abatido que no se atrevía ni a moverse. Solo le despeinaba el vello del brazo. Ella respetó la pausa. Solo se oía el reloj de la pared. Dos minutos después, alguien tenía que romper el hielo.

—¿Qué te pide el cuerpo, Joel?

—¿Ahora? ¿Quieres que te lo diga? Llamar a mi cuñado. Excuñado...

—¿A Gegi? ¿Para decirle qué?

—Que se podría meter la lengua en el culo. Así de claro.

La aguja larga siguió marcando el paso. Restaba segundos en el reloj de la cocina, uno tras otro, subrayando la gravedad del momento.

—¿Qué piensas hacer con la película?

Joel se encogió de hombros.

—Tal como va todo... Me parece que solo puedo hacer una cosa.

—¿Te puedo dar un consejo? —Le puso una mano en la nuca.

—Tú tienes permiso para hacer lo que quieras. —No pudo forzar ni media sonrisa—. Dime.

—No te rindas. No va contigo.

Joel agachó la cabeza hasta las rodillas para ocultar al llanto. Permaneció así un rato, sollozando como un niño. Había intentado contenerse, pero esa mano cálida en la nuca lo ayudó a sacar toda la pena.

23

La poesía se tiene que leer en voz alta

Cuando lo tuvo delante, Cristina Malabrocca entendió por qué lo llamaban Cara de Mosca. Ese hombre de metro y medio tenía las facciones demacradas, las mejillas consumidas y los ojos rematadamente juntos. Lo que más llamaba la atención era la forma de su frente lampiña. De repente, un poco por encima de las cejas, iba hacia atrás como si fuera a echarse a volar en cualquier momento. Todo él desprendía un aire etéreo, aerodinámico. El traje negro de la cabeza a los pies era la coartada perfecta para el apodo. Sin embargo, Cara de Mosca no era un alias que él se hubiera puesto. De no haber sido porque había escuchado en la radio que se buscaba a un ladrón de libros que tenía cara de mosca, Rafa Soler nunca habría sabido que la policía lo llamaba así. Respondía a la descripción que hizo una de sus primeras víctimas al poner la denuncia en comisaría. Una noche, a la hora en que los dueños de la casa estaban en el primer sueño —Rafa sabía que el primer sueño acostumbra a ser el más profundo—, había entrado en una antigua casa de Vallcarca, cerca del puente. Por el seguimiento que había hecho en las últimas semanas, sabía que en la planta baja había una biblioteca de tres cuerpos y madera noble que abarcaba desde el techo hasta el pavimento de estampado modernista. Desde la calle había observado que en una de las esquinas albergaba una serie de volúmenes que parecían tener varios siglos. En dos saltos se plantó en el jardín. Ciertamente, no tenían perro. Las anotaciones eran correctas. Después, con una ventosa y mucho cuidado, extrajo un cristal pequeño. No quería romper nada. Solo hacerse un hueco para pasar la mano, abrir la ventana y entrar. Lo tenía todo planeado. Los dueños dormían en el primer piso y, si actuaba rápido y sigilosamente, en menos de dos minutos estaría fuera con el botín en la bolsa. No contaba, sin embargo, con que se disparase la alarma. Mientras estaba en el piso de arriba, la familia dejaba conectada la alarma parcial en la planta baja. Cuando empezó a sonar con un estrépito que despertó a todo el vecindario, Rafa corrió al rincón de las estanterías, metió en la bolsa los seis libros que le parecieron de mayor valor —tenía el olfato entrenado para los incunables— y se largó. Poco antes de salir por la ventana, se encendió la luz de la biblioteca. El dueño, en pijama y con una navaja suiza en la mano, le dio el alto. Sus miradas se cruzaron. Rafa trabajaba a cara descubierta. No tenía nada que esconder. En el momento de poner la denuncia ante un policía con un aliento de antes de ayer, el dueño de la casa solo respondía a las preguntas que sabía.

—¿Qué le han robado?

—Media docena de libros.

—¿Nada más?

—Me parece que no.

—¿Joyas? ¿Relojes? Ordenadores, teléfonos, tabletas...

—Creo que no. Seis libros.

El policía alzó la mirada.

—¿Y por eso pone una denuncia?

—El ladrón sabía lo que se hacía. Entre los libros había dos incunables.

Lo tecleó en el ordenador como si supiera lo que anotaba.

—Incunables. Muy bien.

—Muy bien, no. Son libros anteriores a 1500. Se cotizan mucho más que el oro.

—Ya. Dos libros viejos. ¿Ha visto quién ha entrado en la casa?

—Lo he visto salir. Ha sonado la alarma, he bajado tan rápido como he... Y me lo he encontrado. De cara. Una sola persona. Un momento de nada.

—¿Alguna característica? Un acento extranjero, alguna raza, algún tatuaje...

—No. Nada. No ha hablado... Iba completamente vestido de negro y...

—¿Qué? Diga.

—Nada... Cuando lo he visto he pensado que tenía cara de mosca.

—Cara de mosca.

El policía de guardia lo anotó sin saber que, en ese momento, sería una pista clave para terminar deteniendo, cerca de un año después, a Rafa Soler.

En las horas posteriores a que lo esposaran, la investigación recuperó libros que escondía en un doble fondo de un almacén de Sant Andreu. Sin que él tuviese que delatar a nadie, en una operación de madrugada fueron cayendo algunos de sus esbirros. El clan del Rafita, que así se hacía llamar, asaltaba casas, vaciaba bibliotecas, rompía lunas de coches si había un libro a la vista, atracaba a personas por la calle si llevaban un libro bajo el brazo, en el metro metían mano en los bolsos buscando un poemario... Lo que no hacían nunca era rapiñar en librerías. Para el clan del Rafita eran un lugar sagrado. Ya lo hacían bastante los piratas a través de internet.

Mientras estuvo en prisión preventiva, Joel Estrada tuvo la oportunidad de visitar a Cara de Mosca en Brians 2. Una sola vez. Dispuso de cuarenta minutos para hablar con él en un locutorio a través del cristal.

—He venido porque me lo ha pedido Eva Bosch...

Cara de Mosca gesticuló para que supiera que no lo oía. Descolgó el teléfono de baquelita encastrado en el marco del cristal. No tenía dial. Solo el auricular. No servía para llamar a nadie, pero era imprescindible para poder comunicarse con las visitas.

—No le oigo. Tiene que coger el teléfono ezte, zi no yo no...

Se quedó de pie. Joel, también. Nunca había entrado en una prisión. No había pensado que le tocaría vivir una escena que tenía muchas menos capas de épica que en las películas. Desde su llegada a Brians 2 había invertido una hora y media en trámites, registros y salas de espera antes de poder hablar con Rafa Soler. Pero ahora que lo tenía delante, no parecía que él tuviese muchas ganas de charlar.

—Me llamo Joel Estrada, he venido porque me lo ha pedido Eva Bosch.

—No zé quién ez.

—La intendente de los Mossos. Una de las que más manda en la policía. Sí que la conoce. Dice que usted tiene una historia y que a mí me interesaría conocerla. ¿Qué quiere contar?

—¿Yo?

—Mire. Me han dicho que tenemos treinta y cinco minutos hasta que suene un timbre y se corte la comunicación, o sea, que vayamos al grano, dejémonos de falsas modestias y cuénteme qué quiere.

—Yo no quiero nada. Zalir de aquí, ez lo que quiero. Ya he tenido baztante con quince díaz. ¿Ya eztá? —Amagó con colgar el teléfono.

—No. Espere... —Joel no entendía por qué Cara de Mosca se ponía gallito. Trató de ablandarlo preguntándole por su tema—. ¿Este no es un buen sitio para leer?

—Ezo zí.

—¿Qué está leyendo ahora, Rafa?

—Un clázico. *Matar un ruizeñor.* ¿Lo conoce?

Definitivamente, Cara de Mosca era zopas. Joel fingió no haberlo notado.

—¿Usted está aquí por robar libros?

—Ezo dicen.

—¿Por qué lo hace?

—Porque me guzta. Porque ez máz fuerte que yo.

—Pero ¿por qué libros y no..., qué sé yo, Rolex?

—Y ¿por qué no?

—Si es para revender, mejor relojes, joyas, no sé... Coches. Con los coches sacaría más que con los libros.

—Pero a mí me guzta leer. No ez tan extraño... Antez había máz gente como yo.

—¿Más gente que robaba?

—Que leía.

—Mire... No me vacile.

—Habría que volver a ponerlo de moda, ¿no le parece?

—¿Qué le gusta leer?

Se lo pensó. Cuando se concentraba, la mosca juntaba aún más las pupilas. Parecía que buscaba la respuesta en la punta de la nariz.

—Me guztan, zobre todo, loz libroz que no quierez que ze acaben.

—Pero eso no se sabe en el momento de comenzarlos.

—Ya lo creo que zí... Ze huele, ze intuye.

—¿Qué se huele?

—Depende.

A Joel estaba a punto de agotársele la paciencia. El problema no era el ceceo. Lo complicado era relacionarse con aquel hombre, que lo desafiaba constantemente. Tenía argumentos para todo y no sabías si era un premio Nobel o un tipo astuto al que le faltaba un tornillo.

—¿De qué depende, pues?

—Del género.

—¿Me lo puede desarrollar... —juntó las manos, como si rezara—, por favor?

—La novela habla de mí. El enzayo habla de nozotros.

Lo soltó como si fuera una verdad absoluta. Como si lo tuviera meditado y reposado.

—¿Y la poesía?

—Ah, la poezía... —A Cara de Mosca se le aguzó el mentón con solo pensarlo—. La poezía ze tiene que leer en voz alta. ¿Zabe por qué?

—No... —Joel se disculpó con la mirada.

—Porque zi leez por dentro, loz verzos zon del poeta. Si leez en voz alta, el poema arranca de tu dolor.

—Usted es un romántico.

—¿Ezo ez bueno o ez malo?

—¿A usted qué le parece?

—Que la verdad se puede ver desde muchas perspectivas. ¿Usted qué sabe de mí? ¿Qué cuentan los medios de mi detención? Qué sabe nadie de lo que he hecho, de lo que he dejado de hacer o por qué actúo como actúo. Usted es periodista, ¿no?

—Más o menos.

—A ustedes ya no les interesa contar la verdad. Ahora construyen leyendas. Si son verdad o no, tanto da. Qué decepción. Por eso más vale volver a los libros.

—Disculpe... Y no se ofenda... ¿Ha aprendido a pronunciar la ese ahora, de repente?

—¿Lo ve? He construido un personaje. Y se lo

ha tragado. No ha comprobado nada, ha creído que yo era zopas y le habría dicho a todo el mundo que Rafita Soler era...

—Oiga. Eva Bosch me ha dicho que usted tenía un documental. A eso me dedico, ¿sabe? A atrapar historias, historias reales, historias singulares, que tengan alguna gracia, y convertirlas en película. Usted roba libros, yo hago documentales. Cada uno tira por donde le apetece.

—Y ¿qué quiere decir?

—¿Quiere una película sobre usted o no?

—¿Sobre mí?

—Sobre esta manía suya, sí, y sobre su clan y la moda que hay en Europa de robar libros.

—¿Ezo eztá pazando? No lo zabía...

—Rafa... No empecemos.

—Perdón. —Cuando sonrió, Cara de Mosca mostró los dientes, apiñados unos sobre otros en una boca estrecha—. Para la película, ¿cómo le conviene que hable?

—Mire... Hasta donde yo sé, su caso es bastante original. Es llamativo. Es nuevo. Alguien que, en lugar de robar cuadros, roba libros caros y los subasta.

—Eso no lo he hecho nunca...

—Pero oiga...

—¿Yo? Nunca.

—¿Por qué cree entonces que lo han metido aquí?

—¿Robar para revender? ¿Robar para subastar? ¿Por quién me ha tomado?

Cara de Mosca hizo el gesto de la cremallera en los labios. Después movió un dedo, señalando hacia abajo, para darle a entender que esa conversación estaba siendo regiztrada. Registrada.

—Hagamos una cosa. Es una propuesta. Una primera propuesta. En cuanto salga de aquí, yo estaré encantado de hablar con usted. Estoy convencido de que podríamos hacer una película cojonuda, diferente. Creo que le beneficiaría que se conociera su caso, incluso de cara a la opinión pública. Yo ahora tengo mucho trabajo, estoy liado con otra historia y mi ego está cubierto. Me habían dicho que era usted quien quizá necesitase cierta notoriedad.

—¿Yo?

Rafita Soler se acercó al cristal hasta incrustar la nariz, que se le arrugó.

—¿Uzted cree que tengo telegenia?

—Seguro que sí.

—¿Lo dice porque tengo cara de mosca?

—No. Lo digo por sus ojos avispados.

—Cuando salga, lo buscaré.

—Lo encontraré yo, no se preocupe. Recuerdos a Harper Lee.

—De zu parte —dijo Rafa Soler antes de colgar el teléfono de baquelita.

El juez de instrucción, después de la vista oral, estaba tan atónito que decretó su libertad provisional con cargos. No se atrevió a fijar una fianza. Al fin y al cabo, solo robaba libros, según dejó escrito en el redactado oficial. Le pareció un caso tan insólito que, de no haber sido por la insistencia de los abogados de la acusación particular, habría mirado hacia otro lado y lo habría archivado.

El segundo encuentro entre Rafa y Joel tuvo lugar en un banco de la calle, en los Jardinets de Gràcia, que ni es del todo Gràcia ni son unos jardines, pero a ambos les convenía como lugar impersonal y discreto para verse. Cara de Mosca —tan fuerte como bajito— volvía a vestir de negro riguroso, de la cabeza a los pies, como si fuera su único uniforme. Fue al grano.

—Mi abogada dice que si hacen una película sobre mi vida no tengo nada que perder, pero tampoco nada que ganar.

—¿Me está pidiendo dinero?

—¿Lo parece?

—Aquí no se paga a nadie. Usted posee dos cualidades que lo convierten en un personaje original que se metería al público en el bolsillo: tiene una vida interesante y cosas que decir.

—¿Sobre qué?

—Literatura, por ejemplo. Sentar a un escritor en una butaca, bien iluminado, con un fondo neutro, para que reflexione sobre su oficio, el alma, las musas, jugar a buscar al autor dentro de su obra... Todo eso está muy visto. ¿No le parece aburrido?

—Mucho.

—En cambio... Hostia, un ladrón de libros. Conocer los motivos que lo han llevado a... Ver cómo actúa y preparar el rodaje de un allanamiento.

—Hombre, no me la puedo jugar... ¿Es que no lo ve?

—Actuaremos con red. Pero debemos filmar un robo, eso lo tengo clarísimo. Tengo la casa, tengo la persona... La localización es perfecta. Tiene tantos libros que no podrá acabárselos.

—Insisto... Si me vuelven a pillar antes del juicio... Vamos, ni pensarlo.

—Ya le he dicho que actuaremos con red, Rafita. ¿Usted cree que yo lo metería en una encerrona así si no lo tuviera todo previsto?

—¿Qué red?

—Cristina Malabrocca, mi realizadora, irá con usted. Hoy disponemos de unas cámaras muy ligeras para filmar estas cosas. ¿Usted cree que yo expondría a mi socia si hubiera algún riesgo?

—Yo actúo solo.

—Pero yo pongo las condiciones.

—Insisto. Todo esto pinta muy mal... —Se peinó el fino bigote—. Es arriesgado cagarla siguiendo el criterio de otros.

—Mire, Rafa... —Se contuvo para no llamarlo por su alias—. En la vida solo hay que hacerse una pregunta sobre la persona que tienes delante. ¿La querrías en tu equipo o en el equipo rival?

—Yo suelo jugar solo.

—No es cierto... Y, por lo que a mí respecta, querría tenerlo siempre en mi equipo.

Cara de Mosca no recordaba la última vez que alguien que no fuese de su clan lo había halagado.

—Pero si nos trincan, ¿quién nos va a salvar?

—Nadie nos atrapará. Tenemos red.

—Cuéntemela.

—Confíe en mí. No puedo revelárselo. Yo también me juego bastante más que mi trabajo.

—Yo no me fío de nadie. Ni de John Irving. Todo el mundo te puede fallar.

Cara de Mosca agachó la cabeza y se quedó inmóvil. Resoplaba y parecía que buscara la inspiración en la punta de sus zapatos. Veinte segundos después, cuando alzó la barbilla, solo hizo una pregunta.

—¿Me asegura que esto se verá en todo el mundo?

Al día siguiente, en la oficina de la productora, en Collbató, se pusieron manos a la obra. Cuando Malabrocca lo tuvo enfrente, al otro lado de la mesa, comprendió por qué lo llamaban Cara de Mosca. Le pusieron delante un papel con el nombre del objetivo, pero no le sonaba de nada.

—¿Enrique Arcarazo? No sé quién es. ¿Seguro que tiene muchos libros?

Dejó el papel sobre la mesa y se frotó las manos como si, de repente, la mosca estuviese tramando algo.

24
La nostalgia ya no es lo que era

De repente, el miedo.

El miedo a volver a casa.

Victòria Estrada Vilalta, que ahora sabía que no merecía ni el Estrada ni el Vilalta, y que ambos apellidos la estorbaban tanto como su propia vida, decidió viajar a Barcelona. Canceló todas las visitas de la consulta de viernes a lunes, dejó que Lisa pasara un fin de semana largo con su padre, la abrazó con fuerza hasta que le dolieron las tetas, cogió el coche al rayar el alba y encaró la autopista hacia el sur. De Estrasburgo a Barcelona, a ciento treinta por hora, si solo se detenía a llenar el depósito, llegaría en diez horas. Con dos pipís, dos cafés y un bocadillo de pan gomoso en el área de servicio tendría suficiente para pasar el día en ruta. Y un poco de música para no pensar tanto. Dejó que su Spotify lanzara canciones al azar de los intérpretes que tenía en la ese. No tarareó ni una. Sonaron Supertramp, Serrat, Sau, Sting, Schubert, Suzanne Vega... Pero ella tenía la cabeza en otra parte. En Vallvidrera. En su padre, que había pasado de héroe a monstruo como si fuese una pesadilla; en el piano de su madre, dándole clase sentada a su lado; en el armario de la ropa de sus padres con el olor tan propio de las chaquetas de ante; en los zapatos nuevos y el drama de siempre de no querer tirar las cajas vacías; en el día de forrar los libros del colegio —y en el arte de su madre para que no quedara ni una arruga—; en el silencio de su padre el día que llevaba las notas a casa; en el día que los tres hermanos arrancaron toda la moqueta para poner parqué y la sensación que tenían de estar haciendo algo importante; en la serenidad de la señora Lourdes cuando ella tuvo su primera regla y en cómo la ayudó a manejar aquel trasto con tapón e hilo; en aquella ocasión en que volvían de cenar fuera y los ladrones habían puesto el piso patas arriba; en la inauguración de los Juegos Olímpicos, sentados delante de la tele, que estrenaban para la ocasión; en la nevera donde los yogures estaban en fila india, ordenados por la fecha de caducidad. Para Joel los de limón, para Rai, los naturales enriquecidos con azúcar, para ella, los que llevasen trocitos de frambuesa. El decorado de la infancia. Había creído que era feliz. Y ahora, en cambio, mientras adelantaba a una procesión de tráileres entre Lyon y Nimes, el resentimiento lo teñía todo.

«La nostalgia ya no es lo que era.» La frase estaba colgada en la sala de espera de una psiquiatra del hospital. Era una ocurrencia de Simone Signoret. Alguna vez habían bromeado sobre ello ambas doctoras, y ahora Victòria Estrada experimentaba su lectura más cruel. Ni las flores de Bach le hacían efecto. Se puede calmar el cerebro, pero no el alma. El miedo no era el pasado. La angustia era mirar hacia delante y convivir con la realidad que le había caído encima.

Tenía la necesidad de aclarar las cosas con su padre si es que había algo que aclarar. En pocos días había pasado por todas las fases. De no querer saber nada de él nunca más, de hacer cruz y raya para siempre y decidir que jamás la volvería a ver —ni a ella ni a su nieta— a pensar en denunciarlo y a creer que, por más que los hechos pareciesen muy claros, también él tenía derecho a defenderse.

Todo el mundo tiene una vida para dar explicaciones.

Su padre también. Si no lo había hecho hasta entonces, quizá había llegado el momento de obligarlo. Cuando se encontrasen cara a cara, ¿qué? Por mucho que le quemaran las palabras, intentaría que la sangre no llegara al río.

Volvía a casa, sí, y no era un arrebato. Había

preferido viajar en coche para disponer de todo aquel montón de horas para ella, sin que nada ni nadie la molestasen. Regresaba a Barcelona, vería a su padre y lo escucharía, pero hacía unas cuantas noches que, mientras daba vueltas a la almohada sin poder dormir, sentía la rabiosa necesidad de saber quién era su madre. Y si estaba viva, encontrarla. Como fuese.

Se la imaginaba. Como ella, más o menos, pero algo más bajita. Con unos ojos bonitos, arrugas alrededor, y la piel igual de morena, quizá gitana o puede que latinoamericana, si bien en los años setenta no había muchas por aquí. Quizá la madre desconocida había tenido otros hijos. O quizá no, y había arrastrado para siempre la inmensa pena de creer que su hija había muerto. Peor aún si, en algún momento, se había enterado de que le habían quitado a su criatura recién nacida. Victòria sabía qué sentía por Lisa. Era lo mismo, seguramente, que la mujer desconocida había sentido por ella. Un sentimiento como ningún otro. Es el amor incondicional. La constancia. El estar ahí siempre. El adelantarse a sus necesidades. A cualquier edad. Día tras día. Es poner límites para saber hacer excepciones. Es convertir la falda en una campana donde esconderse, es matar un escarabajo por mucho repelús que te den los insectos, es dormir en una cama plegable de un hotel sin persianas si unas sombras le dan miedo, es cambiar el plato en un restaurante si el que le han traído no le gusta. Pero el amor incondicional podía ser mucho más fuerte que las servidumbres cotidianas y un puñado de manías pequeñoburguesas.

En el colegio, Lisa tenía una amiga, Martine, que había perdido a su madre cuando tenía tres años. Fueron creciendo y una mañana, aprovechando que la profesora de plástica no se había presentado, una niña de la clase le contó a Lisa por qué Martine solo tenía padre. Había sido un accidente. Una desgracia del tráfico en plena ciudad. La había atropellado un autobús. Le pasó por encima. La historia era escalofriante. La pequeña Martine se había soltado de la mano de su madre, más por jugar que por maldad, e iba a cruzar la calle sin mirar. La madre, al percatarse de que el autobús estaba girando en la esquina y no vería cruzar a la pequeña, se lanzó en plancha para darle un empujón y mandarla a la otra acera. Martine se salvó. En la calzada, sin embargo, se quedó el cuerpo de la madre bajo las ruedas del autobús. A pesar del frenazo del conductor, que reaccionó rápido, el impacto fue mortal.

Victòria habría hecho lo mismo por su hija. Ni por un momento habría dudado en lanzarse. Era un instinto, un acto reflejo. Maria también lo habría hecho por ella, aunque este pensamiento era tan angustioso que necesitó aparcarlo lejos de su mente. Lo que le pesaba era que su verdadera madre, la desconocida, no habría podido salvarle la vida por mucho que lo hubiera deseado. Ni eso ni nada. Ni darle un empujón, ni darle un biberón, ni consolarla ante un revés de la vida ni abrazarla para decirle Victòria eres la mejor y estoy muy orgullosa de ti. Nada. Le habían arrebatado la posibilidad de vivir con su hija.

Durante muchos kilómetros de autopista hacia el sur, su monólogo interior no avanzaba. Era el pez que se mordía la cola. Se había quedado atrapada en la idea de que su madre habría querido pasarse noches sin dormir por sus rabietas de pequeña, sin dormir por las fisuras de la adolescencia, sin dormir por desear que todo le saliera como se merecía. El sufrimiento y la felicidad, que van de la mano para afianzar sus pasos. Habría sido una madre como todas. Era el vínculo eterno. El lazo. El recuerdo del cordón que había sido cortado, pero solo físicamente.

Los periódicos estaban llenos de historias de campos de refugiados, en cualquier continente, donde las madres hacían lo que fuera por un poco de agua y un mendrugo para sus bebés. En la plaza de Mayo, en Buenos Aires, ¿cuántos años —décadas— hacía que las madres clamaban por encontrar a sus hijos desaparecidos durante la dictadura?

Eran madres, y abuelas, dispuestas a sacrificarlo todo por la remota posibilidad de que algún día, quizá, obtendrían una pista de lo que le había pasado a su hijo. Estuviera vivo o muerto, lo habrían dado todo por un indicio.

No hacía falta recurrir a situaciones extremas. En la consulta, la doctora Estrada veía cada tarde casos de madres que habrían pagado lo que no tenían por saber qué le pasaba a su hija o, sencillamente, para que su hijo se encontrase un poco mejor. El sufrimiento, latente, más o menos disimulado, estaba siempre presente. Se les notaba en la voz, en un gesto, en una simple mueca o, incluso, en la manera de sentarse al borde de la silla. La postura las delataba. El espacio que quedaba entre la espalda de la madre y el respaldo era proporcional a la preocupación por la salud de un hijo. Lo tenía comprobadísimo.

A la altura de Béziers, el asfalto reverberaba después de tantas horas de calor. Con las gafas oscuras puestas, una mano al volante y otra sobre el muslo, Victòria pensó en sus amigas de la universidad que, después de la carrera, no habían tenido hijos porque no habían querido. En alguna cena de reencuentro siempre había una que, de pie, durante la copa de bienvenida, decía alguna frase como «ya me hago cargo de lo que es tener un hijo». No, nadie puede hacerse cargo. Le daba rabia que lo dijesen. Era como si le soltasen una bofetada. Si no lo has vivido, cállate, habría respondido Victòria Estrada y se habría quedado muy a gusto.

Lisa y ella solían decirse que se querían. Cuando lo decía Vito, su hija había adquirido el hábito de responder «y yo más», ante lo cual, la madre añadía «no, yo más». Y entonces Lisa doblaba la apuesta y ambas la iban subiendo en un juego divertido que podía durar hasta que una de las dos se daba por vencida. Al final, una de las últimas noches, cuando Vito ya se había enterado del fraude que era su vida, se sacó de la manga un argumento para ganar la partida definitiva con su hija.

—No, Lisa. Yo te quiero más, ¿quieres saber por qué? —La niña abrió unos ojos como platos—. Porque yo he sido hija y he sido madre. Yo puedo comparar y tú no. Y sé, como tú lo sabrás algún día, cómo se quiere a un hijo. Tú aún no lo puedes saber.

A Lisa le tembló la barbilla. No le había gustado la respuesta. Tenía algo de reproche y mucho de injusticia. Ella, a su edad, no podía competir. Por orgullo —porque, en el fondo, de tal palo, tal astilla—, contuvo el llanto. De pronto, antes de irse a su habitación, soltó la última palabra.

—Y yo más.

Entró en Barcelona por la Meridiana a la hora en que el sol comenzaba a bostezar. Estaba harta de coche, agotada por el viaje y con ganas de llegar a su destino.

Se instaló en un hotel de Les Corts de una cadena impersonal. No le importaban las estrellas del establecimiento, ni que la única habitación individual que les quedaba diera a la parte de atrás y tuviera las cortinas apolilladas. Solo necesitaba pagar tres noches por adelantado y poder aparcar.

Se duchó para quitarse el olor a volante, se tumbó en la cama y se durmió profundamente. Con los ojos cerrados, las líneas discontinuas de la autopista seguían desfilando ante ella. Se despertó al cabo de hora y media, desorientada. No sabía dónde estaba ni si ya era el día siguiente. Para recuperarse y bajar a comer algo, volvió a recurrir al agua tibia de la ducha. Después, envuelta en la toalla húmeda bajo las axilas, se sentó a un lado de la cama. Cogió el móvil para escribir a Joel. Tenía claro el mensaje. Lo había meditado mucho.

Estoy en Barcelona. Mañana por
la mañana iré a ver a papá. Me
gustaría que estuvieras presente.

25
La carpeta azul

El olor de casa. No hay dos iguales. Victòria Estrada Vilalta, que no tenía sangre de los Estrada ni de los Vilalta, pero que había nacido, crecido y vivido en el piso de Vallvidrera como la pequeña de los tres hermanos, cruzó el umbral de la entrada. Al instante percibió el aroma casero. La mezcla de siempre en la punta de la nariz. De perfume a insecto achicharrado en el foco de la entrada, de ligera infusión de hierbaluisa de la señora Lourdes, del vapor lejano de la plancha y, sobre todo, de la moqueta del recibidor, impregnada de vivencias familiares. Su casa. Al tercer paso ya percibió la loción azulada que su padre se aplicaba siempre después de afeitarse. Saül, un día sí y otro no, cogía la brocha y se enjabonaba cara, cuello y mandíbulas a conciencia. Después, tratando de contener el temblor de la mano derecha, se pasaba la maquinilla y buscaba simetrías en el dibujo de las mejillas. Primero la derecha, luego la izquierda. Cada vez se recreaba más. Cada año veía menos. Durante unos días se había dejado barba. Después se la quitó porque le hacía parecer viejo.

Cuando Victòria llamó al timbre no hacía ni una hora que su padre se había levantado, vestido y afeitado. Y no hacía ni veinte minutos que había llegado Joel, que se había asegurado de estar en casa antes de que apareciese su hermana con el paquete bomba.

La señora Lourdes abrió la puerta. No esperaba a su niña y al verla se llevó una gran sorpresa. Se abrazaron, Vito percibió el olor a chamusquina, la plancha y la moqueta cansada, y, enseguida, el *after shave* de su padre.

—¿Está en el comedor?

—Sí, sí, debe de estar terminando de desayunar...

—¿Ha llegado Joel?

—Sí, está con él.

La señora Lourdes comprendió que Vito se traía algo entre manos. Nunca la había visto tan directa, tan seca, tan poco Vito.

—¿La tendremos muchos días por aquí?

—Me parece que no.

—Pero hoy se quedará a comer...

—No. No creo.

—Solo lo decía por si tenía que preparar...

—No haga nada, Lourdes. Gracias. —Trató de no parecer una completa estúpida—. He venido a hablar con mi padre.

Entendido. El mutis de la señora Lourdes fue profesional. Pero que supiera estar en su papel y que disimulase la ofensa no quería decir que no tuviera corazón. Cualquiera que fuese la mosca que había picado a Vito, ella no se merecía una entrada tan áspera, como si fuera una criada cualquiera que cobrase por horas por recoger la cocina, limpiar el váter y largarse en autobús.

—Hola. —Joel besó la mejilla de Vito. No se atrevió a decir nada más. Esperaba su reacción. No sabía por dónde saldría su hermana. Confiaba, fuera cual fuese el guion que tenía en la cabeza, en que se impondrían los modales de los Estrada.

Victòria retiró la banqueta de debajo del piano y se sentó, con las teclas a la espalda. Le interesaba tener a su padre de cara, a la altura de los ojos. Saül —camisa blanca bien planchada, la manga larga de siempre— no entendía que Vito viniese de Estrasburgo, llegase a casa y no le diera dos besos. Apenas un hola lacónico a distancia.

—¿Pasa algo? ¿Y eso? Esta visita...

—Sí que pasa. He venido a devolver algo.

Comienza la música y entonces ocurre algo. Hay que seguir la partitura hasta el final. Victòria se quitó el anillo de oriente y, sin girarse, con un gesto reverencial, lo dejó encima de una tecla blanca. Un mi.

—¿Qué ocurre con el anillo de tu madre?

—No es mío, papá. Ni el anillo ni la madre me corresponden. Los dedos limpios, decía mamá antes de tocar, ¿te acuerdas? Y se los quitaba y dejaba la esmeralda modernista perfecta, el anillo de la abuela, aquí encima, presidiendo el concierto. La música no necesita ornamentación, solía decir antes de empezar a tocar. Y era verdad. Allí lo único que había auténtico era la música. Ni mamá era mamá, ni tú eres quien eres, ni yo soy vuestra Vito... Es brutal. Lo sé todo. Es muy grave y te lo voy a decir con las mejores palabras que pueda. Pero es un hecho muy grave. Vosotros no me adoptasteis. Hicisteis algo terrible.

—¿Nosotros?

—Me robasteis. Lo sabes muy bien.

—Pero... —Golpeó la mesa con la mano—. Eso no es verdad.

—Alto ahí. Ya lo creo que sí. No nos pongamos nerviosos. Hagamos las cosas civilizadamente, como siempre hemos actuado todos estos años. Qué importa un día más.

—Vito, te equivocas.

—No, de eso nada. En algún lugar, quizá tú sepas decirme dónde, debe haber una madre que todavía me busca, cuarenta y cinco años después... O quizá ni siquiera me busca porque le dijeron que yo había muerto al nacer. ¿Crees que puede haber una mentira peor?

—A ver... —La boca se le había secado de repente. Al viejo Estrada casi no le salía la voz.

—¿Puede haber algo más cruel?

—Un momento...

—Para ella y para mí. No hay nada peor para una persona que la muerte de un hijo. Pero sí... Hay algo peor. Que estés convencida de que tu hija ha muerto y resulte que, en realidad, te la han robado.

—Vito...

—No. Déjame hablar. Tengo ese derecho. Al menos tengo ese. Por favor... —Guardó silencio hasta que su padre agachó la cabeza—. Gracias. Tu problema soy yo.

Saül frenó la defensa y, para no mirar a Vito, clavó los ojos en ninguna parte. Joel, sentado del revés en una silla, apoyaba la barbilla en el respaldo y cerraba los ojos esperando el chaparrón. Conocía bien a Vito. Si su hermana actuaba con esa frialdad, lo peor estaba por llegar. Temía su calculada serenidad. Primero el caos, luego no se sabe.

Vito se recogió el pelo y se lanzó. Intentaría decirlo todo, más o menos, como lo había meditado durante las largas horas de viaje.

—Yo, que quede claro, he sido una niña feliz.

En la consulta veo niñas con muchos problemas, muchos. De salud, niñas que nunca están bien, pero sobre todo niñas que solo viendo cómo las tratan sus padres ya piensas ay... Y al revés, niñas que al oír cómo responden a sus padres ya intuyes cómo van las cosas en casa. Aquí no. Las cosas como son. Nunca me ha faltado de nada. En ese sentido, una vida de bizcocho, como dicen en Alsacia. Con todo el cariño de mamá, toda la complicidad de Joel y Rai, que han sido dos verdaderos hermanos, a prueba de todo, y con tu manera, muy tuya, de preocuparte por mí. Ningún reproche. Al contrario. Nadie crece sano si no ha sido querido de pequeño. Y yo he tenido todo ese amor. Besos y cosquillas, ¿qué más se puede pedir? Siempre habéis hecho vuestros mis problemas, cuando se me rompía un juguete o cuando no quería ir de campamento por miedo a marearme en el autocar. Habéis respetado mis pequeñas cosas, desde las más graves hasta las más absurdas. Después he visto, cuando he sido madre, que decir «abrígate» es también una forma de querer. Supisteis decir que no cuando correspondía. Los límites, tan necesarios para madurar... Aunque, cuando los vives, los noes, los basta y los hasta aquí hemos llegado cuesten tanto de entender y asimilar. Me habéis hecho fuerte y valiente. E independiente, una herramienta imprescindible para una mujer. Tuvisteis paciencia en los años raros de la edad del pavo, que imagino que no fueron fáciles para nadie. Me habéis apoyado con los estudios, con las amistades, con todo lo que he querido hacer. En esta familia nos hemos querido a cambio de nada. Sin esperar nunca una compensación. Sin ser, quizá, los más creativos, los más ingeniosos ni los más perfectos. Una familia como tantas otras. Como todo el mundo, con ratos para todo, para aburrirse, para divertirse, para incordiarse o para lanzarse los trastos a la cabeza. Los padres no juzgan, sencillamente son padres. Y ese es el problema. Y por eso estoy aquí. Para decir que, como todo ha sido una balsa de aceite, ahora la hostia es mucho más fuerte. Saber que todo esto es una mentira, un engaño continuado, sostenido, de cuarenta y cinco años, se me hace insoportable. *Insoportable* es la palabra. Habría sido mejor, mucho mejor, vivir en el infierno y así ya me habría aclimatado a todo esto. Ahora no, de repente, he pasado del todo a la nada. De la felicidad a la mentira. A la traición, al delito, a la mierda más absoluta. —Victòria cerró el piano con el anillo dentro—. ¿Entendéis ahora cómo me siento?

Cuando un silencio dura demasiado se puede llegar a masticar.

Saül lloraba sin hacer ruido. La debilidad de los Estrada, hacia dentro. De vez en cuando, balbuceaba palabras que no se entendían...Complacer, Maria, ningún daño a nadie... Indescifrable. Después, ahogó las palabras en lágrimas.

En el bolsillo de Joel el móvil no dejaba de vibrar. Miró quién estaba llamando. Mal momento para atender a Malabrocca. Aún llamó dos veces más antes de que nadie dijese nada.

El silencio gris se prolongó un poco más.

El padre sacó un pañuelo, se sonó con ganas y, apretujando la tela húmeda, cogió aire e intentó hacer memoria. Trató de explicar un episodio que había borrado completamente, al estilo de los hombres cuando topan con algo que les molesta.

—Vuestra madre, tenéis que saberlo... Vuestra madre estaba enferma —dijo como si fuese un titular que sus hijos debieran entender bien—. Después de nacer Rai... No recuerdo el nombre... Lo siento.

Saül se guardó el pañuelo en el bolsillo e hizo el gesto de levantarse. Descargó todo el peso en un respaldo para hacer el contrapeso de la palanca. Cuando tuvo el bastón en la mano, la señora Lourdes apareció en el salón para detenerlo.

—¿Adónde va?

—El nombre de...

—¿Qué quiere?

—Iba a buscar la carpeta.

—¿La azul?

—Azul, sí.

—Ya sé dónde está. Yo se la traigo. Siéntese.

Joel, de reojo, miró a Vito. En casa había alguien más que estaba al cabo de la calle. Demasiadas revelaciones en un mismo momento.

—No se meta, Lourdes, por favor. —Joel, cortante, intervino con el tono más exquisito que pudo.

La mujer se quedó inmóvil. Ni iba ni venía. Esperaba indicaciones de Saül, que, aún de pie, estaba apoyado en la butaca. Con el bastón señaló la dirección. Hacia su despacho.

—Tráigame la carpeta, por favor... —Y, con cuidado al acomodar el culo al cojín, volvió a sentarse.

—¿Qué significa que estaba enferma? —preguntó Joel.

—Ahora cuando traiga la... No recuerdo el nombre. Quiero decir —le salió un pronto— que... siempre hay una razón, ¿me entendéis?

Del último cajón del escritorio, allí donde la señora Lourdes sabía que el señor Saül guardaba todo el papeleo de la señora Maria, sacó una carpeta con gomas de un color azul escolar. Estaba encajada en el fondo del cajón y tuvo que levantar un fajo de archivadores para poderla recuperar. Se aseguró de que fuera esa y, reverencialmente, llevó la carpeta azul hasta el salón. La sostenía plana con las dos manos, como si fuese una bandeja con las medallas olímpicas. Pasó por delante de Victòria y Joel y se la entregó al señor Saül.

—¿Seguro que es esta?

—¿Pone historial médico?

—Dámela, papá. —Joel cogió la carpeta—. ¿Qué se supone que tenemos que encontrar aquí?

—El nombre. De eso...

—¿La enfermedad?

—Sí.

La carpeta. Las gomas. El chasquido. Los dedos. Los nervios. Del interior salieron los resultados de los análisis de sangre de Maria Vilalta Campabadal. Dos por año. Y un montón de pruebas de los años setenta. Histeroscopias, histerosalpingografías... Todas de principios de esa década. Al fondo de la carpeta, una hoja. Y un diagnóstico, firmado por el especialista, que Joel leyó en voz alta.

—Síndrome de Asherman.

—¿Pone Asherman? —Saül, intentando recordar.

—Síndrome de Asherman. No sé qué es.

—Sufrió una infección uterina después de tener a Rai... —La señora Lourdes hizo el apunte y se calló, prudentemente.

—Dígalo todo y acabemos de una vez... —Saül estaba, como todos, de mal humor—. Yo no me acuerdo de nada...

Victòria, que llevaba un rato en *shock*, pidió a la señora Lourdes que por favor hiciese caso a su padre, que se sentara en la silla que le había puesto delante y que contara de un tirón todo lo que sabía de su madre.

—La señora Maria tuvo una infección posparto. Del nacimiento de Raimon, quiero decir. Una infección en el útero. La trataron con antibióticos y eso provocó lo que los médicos llamaron unas adherencias. Adherencias que impedían otro embarazo. No podría tener más hijos. Eso, no obstante, no fue inmediato. Tardaron en diagnosticárselo. De hecho, superó la infección, se recuperó y se olvidó. Todos nos olvidamos. Lo superó sin darle mayor importancia, parecía que no tendría ninguna secuela. Pero...

Permaneció en silencio, como si no se atreviese a decir nada más.

—Continúe, por favor —dijo Saül, impaciente.

—Pues eso. Que cuando intentó volver a quedarse embarazada, para buscar a la niña, ya no pudo. No hubo manera. Se hizo todas estas pruebas que hay en la carpeta, visitó a no sé cuántas eminencias y la conclusión fue lo que dice aquí... La señora Maria se quedó muerta. Infertilidad secundaria postinfección. —Miró a Saül—. Es así, ¿verdad?

—Exacto.

Volvió a instalarse el silencio más profundo.

—¿Y? —se arrancó Vito, fría, con tanta serenidad como pudo—. Siento que mamá ya no pudiese tener hijos... Como tantísimas mujeres. Pero una cosa no justifica la otra. No poder tener hijos y hacer lo que hicisteis, tú y mamá... No es causa-efecto, no me fastidies. Lo que ahora hemos descubierto de la peor manera es un fraude. Y lo hemos descubierto porque vosotros no nos lo habríais contado nunca...

El padre se aclaró la garganta para interrumpirla. Habló con voz desmayada.

—Nadie es bueno o es malo.

—Ahora nos vas a contar cómo es la vida.

—Esto no es un juicio, Vito.

—No. Es mucho peor, es el engaño de mi vida. ¿Qué te parece?

—Ya te he dicho que tu madre no podía tener hijos... Las cartas son las que te tocan. ¿Estas? Pues voy a jugar con estas.

—¿Qué putas cartas? Robasteis una hija. Yo soy una niña robada, te lo digo con todas las letras. ¿Sabes qué significa eso para mí? No, no te lo puedes ni imaginar.

—Pero...

—Que no puedes. Cállate. —Y entonces, cuando ya no aguantó más, dijo lo que había creído que no iba a decir—. ¿Cuánto valgo? ¿Cuánto valgo yo? ¿Cuánto dinero pagasteis por robarme?

—Vito, ya está bien —intervino Joel, sufriendo por uno y por otra.

—Y ¿sabes qué sois vosotros? —Ella seguía encendiéndose.

—Niña, frena. —Su padre se impuso con la mirada ofendida. No estaba dispuesto a que lo llamaran ladrón—. Nunca fuimos conscientes de ello. Fuimos donde nos dijeron que fuésemos. Hicimos lo que hacía todo el mundo...

—Sí, hombre, todo el mundo... Pero ¿qué dices?

—Deja que se explique... —dijo Joel, moderador del final de una familia.

—En ese momento, viendo cómo estaba tu madre, tan afectada, fuimos donde nos dijeron. Fuimos allí y nos pusieron en la lista de adopciones. ¿Que cuánto pagamos? Lo que nos pidieron. No sabíamos si era mucho o poco. Era el precio de la adopción... No te planteabas si...

—Pedisteis que fuese niña.

—Sí, claro... Niña. Nos preguntaron qué queríamos. Niña.

—Tenía otro precio, supongo... No elegisteis que fuera blanquita del todo. Lástima, ¿verdad? Supongo que sería otra tarifa.

—Vito, hostia, frena un poco...

El extintor funcionó. La llama menguó al instante. Las astillas, sin embargo, seguían encendidas.

—¿Qué debo hacer para que me perdones? Dime... ¿Qué tengo que hacer?

Victòria sacudió la cabeza. Era un no. Era un no has entendido nada. Era un cómo quieres que perdone algo así. Joel tragó saliva antes de dirigirse a su hermana.

—Yo lo diría de otro modo... ¿Qué vamos a hacer a partir de ahora? El pasado ya no se puede cambiar. —La mirada de Joel buscó la de su hermana—. Seguro que lo has pensado.

—No lo sé. Hace días que mi cabeza va a mil por hora. Claro que le he dado vueltas. He pensado millones de cosas...

Joel se acercó a la silla donde se sentaba la señora Lourdes, rígida como una jueza de salto de longitud. Lo había oído todo, con discreción, desde primera fila. La clave para estar tantos años en una misma casa era adivinar su papel en cada momento. Con respeto, Joel posó las manos sobre sus hombros sin saber que hacía un montón de años, décadas quizá, que nadie la tocaba.

—Si no le molesta..., esto es una cosa entre nosotros...

La mujer comprendió el mensaje. Cuando se levantó, Saül intentó salvar a su aliada.

—La señora Lourdes es de la familia, hasta ahí podríamos llegar.

—Qué curioso... —Victòria no pudo más—. Ella es de la familia y resulta que yo no.

Las miradas iban y venían y rebotaban en las estanterías y los espejos y los paisajes de los cuadros figurativos del salón de los Estrada. El sarcasmo los dejó a todos sin palabras. La primera que osó romper la incómoda pausa fue la señora Lourdes. Miró a Victòria con los ojos mustios de siempre —sin compasión, con ternura detrás de las gafas blancas— y dijo algo que necesitaba expresar a toda costa.

—Tu madre era una buena persona.

Si no lo soltaba, no se lo habría perdonado. Recogió los papeles que se habían quedado sobre la mesa, los guardó en la carpeta azul, la cerró con las gomas procurando no hacer ruido y desapareció del salón con la barbilla levantada de la dignidad. Una vez en el despacho, guardó el historial de la señora Maria allí donde había pasado media vida. Desvelado el secreto, continuarían reposando en el mismo sitio. El cajón es el refugio donde duermen las mejores historias.

El móvil de Joel volvía a vibrar en el bolsillo. Malabrocca insistía en hablar con él. Pero no era el momento. Cuando la realidad es feroz, las interferencias se esperan.

En cuanto se quedaron los tres solos, Victòria abrió la puerta corredera y salió a la terraza. Necesitaba que le diera el aire. Caminó de un lado para otro con pasos cortos y después se dejó caer en una hamaca de madera. Los barrotes de la barandilla no le impedían ver Barcelona a sus pies. De lejos, las ciudades no cambian nunca. Sin embargo, detrás de cada ventana las vidas vuelan. Cómo agradecía aquel viento de levante en el rostro encendido.

—Cierra, hijo. —Su padre se aguantaba la cabeza con la mano en la frente—. Haz el favor.

Joel obedeció. Salió, corrió la puerta de cristal y se sentó junto a Vito. Hay días en que las terrazas no son para contemplar la ciudad, sino para llorar.

—Ocurren tantas cosas ahí abajo... —dijo ella, posando la mirada en el horizonte de edificios.

—Lo siento tanto... Todo.

—Ya... —Se cogieron de la mano—. Pero yo no se lo voy a poner tan fácil como Rai. Él se fue de casa y del país para no incomodarlos. Tú entiendes que yo no puedo dejar pasar todo esto, ¿verdad? Me jode mucho no saber quién soy, pero aún me duele más no saber quién es papá.

—Si supiera cómo ayudarte, Vito... —Le estrechó la palma—. Te quiero, ¿me oyes? Haría cualquier cosa por ti.

—Hoy...

—¿Qué? Dime...

—No, nada...

Joel insistió y Vito terminó diciendo lo que no quería.

—Hoy esperaba otro papel por tu parte... No tenías que hacer de árbitro en este encuentro.

—Pero...

—Es el menor de todos mis problemas, pero hoy tenías que hacer de hermano. De una manera más, no sé cómo decirlo... Comprendo que es tu padre.

—No sé ni qué decirte, Vito. Claro que quiero ayudarte, no es fácil, lo he hecho lo mejor que he sabido. No quería interrumpir tus razonamientos, no sabía cómo tenías planteado...

Lo miró con la indulgencia de sus ojos negros.

—Da igual. No sé por qué te lo he dicho... —decidió avanzar—. ¿Te acuerdas de Nico Nicolau?

—¿El vicepresidente del Parlamento Europeo? —preguntó, recuperándose.

—Cuando murió mamá os conté en la cocina de tu casa que me había pedido que nos casáramos para hacer carrera política, que no me faltaría de nada... Hablo de hace muchos años.

—Sí, coño, claro. El día que te levantaste en el restaurante y te largaste.

—Lo que no me pase a mí... —Sonrió sin ganas—. Me pregunto si debería ir a verlo.

—Por...

—No sé. —Vito tenía la vista puesta en el horizonte—. ¿Tú sabías lo del síndrome ese?

—Ni idea. ¿Por qué decías lo de Nicolau?

—Para que Europa haga algo. En España, ni la fiscalía ni la justicia, nadie ha hecho nada con los niños robados...

—Ya. Qué me vas a contar...

—Hay que hacer que los Estados de la Unión se comprometan. Presionarlos, qué sé yo... Algo. Un gesto.

—Es una buena idea.

—¿Servirá de algo?

—Para concienciar, para denunciar... Todo suma. Podría hacer que salga en el documental y que se comprometa a algo... Mientras no quiera casarse contigo...

Logró que su hermana insinuara una sonrisa sin ganas.

—¿Sabes qué? —Por unos instantes no pensó en lo que no podía dejar de pensar—. Quizá ahora le diría que sí...

—No jodas.

—Peor no me habría ido. ¿Qué prefieres un político cretino o un cretino de París?

—Vendrán años mejores.

—No sé.

—Ya verás, 2020 será cojonudo.

Joel se levantó de la hamaca. Siempre le había

sorprendido que una butaca de listones de madera, con el culo casi a ras de suelo y las rodillas a la altura de las orejas, pudiera ser tan cómoda. Entró en casa en el momento en que una lagartija, que había seguido atentamente la conversación entre hermanos, se escondía en una grieta. Dentro hacía calor, el ambiente era febril. Su padre, apagado, encogido, no salía de su asombro.

—¿Cómo está Vito?

—Te lo puedes imaginar... Antes has dicho una gran verdad, papá. Que nadie es bueno o malo. Todo tiene matices...

—Pero tu hermana no lo quiere oír.

—No me extraña, papá. Hazte cargo.

La señora Lourdes, sin hacer ruido, apareció para servir una infusión. Primero dejó la bandeja y luego acercó la mesita.

—Gracias, Lourdes. Nosotros —con los nudillos, Saül comprobó que la taza hervía— no podíamos saber que una madre quería a esa niña... Pensábamos que Vito era huérfana, o que la daban en adopción. De hecho, era una adopción.

La señora Lourdes, con una ceja, pidió permiso a Joel para intervenir.

—Diga, diga...

—Nadie sabía que hacía daño a alguien. La gente actuaba de buena fe, creían incluso que daban una oportunidad y una familia a un recién nacido desvalido. Esa era la idea. ¿Quién no se iba a fiar de unas monjas? ¿O de unos médicos? De todo esto que está saliendo ahora, ni idea. Nadie sabía nada. ¿De quiénes somos hijos? La señora Maria y el señor Saül dieron a Victòria todo su amor. Si Vito es una buena madre para Lisa es porque ha aprendido de sus padres. Tú, Joel, si eres un buen padre para Leo es porque has tenido unos buenos maestros. Un hijo da mucho trabajo, y a ti, a Vito y a Rai os han cuidado toda la vida...

—Solo faltaría... —Joel no estaba por la labor. Ni siquiera se había dado cuenta de que la señora Lourdes, de pronto, lo había tuteado—. Disculpe, pero no se trata de eso.

—Sí es eso. Juzgar el pasado con los ojos de hoy es muy fácil.

—No digo que sea fácil ni difícil. —Joel trató de ser más preciso—. Puede parecer tramposo o injusto, pero es lo que es. No jodamos...

—Ahora sabemos que hay malos que eran muy malos. Se ha descubierto ahora. Ahora. —La señora Lourdes tenía los argumentos preparados. No era la primera vez que pensaba en ello—. Entonces nadie sospechaba. Los médicos que hacían creer a las madres que sus hijas habían muerto en el momento de nacer... esos son los culpables. Ellos, y no vuestros padres. Y de esos no hay ninguno en la cárcel. Lo que no sabemos es si pueden dormir tranquilos.

—Ahora va a ser un tema de conciencia, venga ya...

—Es un tema de conciencia. Y tu padre y tu madre, queDiosseapiadedeella, la pueden tener muy tranquila.

Vieron que Vito, en la terraza, se levantaba de la hamaca. Antes de que entrase, la señora Lourdes prefirió desaparecer. Victòria, sin ánimo, se dejó caer en el sofá. Joel, sin que se lo pidieran, se apresuró a cerrar la puerta. Ella se descalzó y recogió las piernas bajo las nalgas.

—¿Qué tengo que hacer para que me perdones? Eso has dicho antes. —Victòria tomó aire—. Mira... Viniendo hoy hacia aquí, y ayer de camino, todo el día conduciendo, pensaba decirte que ya no había nada que hacer, que no quería verte nunca más... Pero ahora se me ha ocurrido algo.

Saül esperó la sentencia con resignación. Joel frunció el ceño.

—Da la cara.

No reaccionaron. Esperaron a comprender a qué se refería Vito con ese da la cara. Ella habló con mucha calma.

—Quiero que tú y yo salgamos en la película de Joel. Contamos nuestra historia. Damos la cara. Destapamos la realidad. ¿Que es muy brutal? Sí, pero es la nuestra. Salimos juntos, separados... Que lo decida Joel.

—Hay que pensar bien lo que estás diciendo, Vito. No nos precipitemos.

—Es que no sé de qué me hablas —dijo su padre, extrañado—. ¿Qué película?

—Un documental que estoy rodando... Sobre este tema.

—Dile el título, que tiene mucha gracia... —Victòria, partidaria de la ironía por encima del rencor.

—Da igual, Vito... —dijo Joel, tratando de salirse por la tangente.

—Dilo, dilo, que no pasa nada... Da cosa, ¿verdad?, decirlo ahora, en nuestra casa. Es como mencionar la soga en casa del ahorcado.

—*¿Quién ha robado a mi hijo?*

—El título es bueno. El documental será la leche.

—No sabía nada de eso... —Se mojó los labios con la infusión. Demasiado caliente. Volvió a soltar la taza con la mano temblorosa—. Y ¿qué quieres que hagamos, Victòria?

—Que aparezcas, que salgas, que te graben, que lo cuentes todo. Yo también apareceré.

—No puedo salir ahora a... A decir ¿qué? Yo tengo un nombre.

—No vale. Eso es trampa. Por favor, no me vengas con la reputación. Soy tu hija. No me vengas ahora con el buen nombre, con las empresas... No podemos guardarnos para nosotros solos toda esta mierda.

—Déjame morir en paz.

—No, papá, no. Tú hiciste, por la razón que fuese, algo que no estaba bien. Ahora sería delito. Ha prescrito. No irás a la cárcel. Pero cuéntalo. Sal conmigo en la tele, sal, da la cara y cuenta, a tu manera, lo que hicisteis. Tu versión y mi versión, para la película de Joel. Eso sí que será estar en paz, ¿no te parece?

El padre resopló. Saül Estrada nunca se había visto en una situación así. A punto de cumplir ochenta y ocho, tener que alzar la mano y anunciar, ante todo el mundo, fui yo quien... Por unos hechos que, cuando ocurrieron, cuarenta y cinco años atrás, no sabía que suponían estar robando una vida.

—No soy tan valiente, Vito... —Sacudía la cabeza—. Esto que me estás pidiendo es...

—No es valentía, ni cobardía. No te equivoques. —Se levantó y patrulló descalza por el comedor—. Se trata de decir la verdad. Se trata de desenmascarar una historia, una trama, un modo de actuar, una vergüenza de un país que se ha lavado las manos porque le ha convenido, porque vete tú a saber cuántas familias, cuántas buenas familias, hicieron lo mismo que tú. No es valentía.

Es justicia. Es, sobre todo, una cuestión de orgullo. Eso sí es importante para mí. El orgullo.

—El orgullo... —repitió su padre, como si la palabra le sonase de algo.

—Es todo lo que me queda. El orgullo, y buscar a mi madre y a mi padre verdaderos...

Victòria se miró en el espejo de medio cuerpo. Trató de ver a una mujer morena como ella, quizá veinte años mayor, con más arrugas, con menos salud, con la pena en los ojos y con un nombre y dos apellidos que, en los últimos tres días, había tratado de adivinar. A través del reflejo miró a Saül.

—Me has preguntado si te podía perdonar... Eso no se perdona. Es imposible. —Se volvió para mirarlo de frente—. Pero tienes una oportunidad. Una sola, papá.

26

Demasiada casa para un hombre solo

Cara de Mosca solía hacer las cosas a su manera. Decidía la hora de cada misión, analizaba la estrategia para abordar el objetivo, calculaba las vías de escapatoria en caso de complicaciones —entradas y salidas— y no estaba para mandangas. No quería sangre ni conversaciones. En aquella operación no le hacía ninguna gracia tener que llevar a Malabrocca pegada al culo, pero no tenía más remedio que aceptarlo. Eso sí, a callar y a obedecer. Y si ella tenía que grabar a escondidas la casa de la víctima, que él nunca entrase en el plano. Como si no existiese. Sus acciones eran limpias, quirúrgicas, íntimas. Nunca un espectáculo de cara a la galería. De hecho, Rafael Soler, llamado Rafa desde pequeño, líder del clan de los Rafita, alias Cara de Mosca para la policía, el ladrón con un único tatuaje —la cara de Shakespeare estampada en el hombro derecho—, no tuvo ningún interés en saber quién era Enrique Arcarazo. Ya le podían decir que era un monstruo, que había traficado con bebés durante años y años y que había amasado una gran fortuna que le permitía vivir a cuerpo de rey en aquel caserón a cuatro vientos en Sitges que a él, aparte del poco ruido, solo le interesaban dos cosas: sus libros y el encargo concreto que le había hecho Joel Estrada.

El Renault Laguna de Cara de Mosca los condujo hasta Sitges. Aparcaron en una esquina sombría a treinta pasos del objetivo. Él ya había estudiado la casa minuciosamente. Era un palacete señorial a pie de calle, frente al mar, al final del paseo marítimo y con grandes ventanales. Detrás contaba con un jardín austero, que quería ser japonés pero se había quedado a medio camino de ninguna parte, con piedras cenicientas que, en caso de tener que pisarlas, resultarían ruidosas e incómodas. Delante, una glorieta abierta, de piedra, y una hilera de adelfas que habían crecido desacompasadamente y flanqueaban la entrada de un edificio que mantenía la simetría arquitectónica. Las persianas, tanto de la planta baja como del primer piso, solían estar bajadas. Lo interpretó como un indicio de que sobraban metros cuadrados por todas partes y que muchas habitaciones permanecían desocupadas. Demasiada casa para un hombre solo. Allí donde había vida —escasa y sosegada—, las cortinas dejaban las estancias en penumbra como si dentro se ocultasen de la luminosidad, del calor y de unas vistas que podían llegar mucho más allá que los pensamientos. La biblioteca, que también era el despacho de Arcarazo, daba a una de las alas laterales. En el jardín no había ningún perro. Dentro, que él supiese, un gato de Angora. Como mínimo uno. La alarma, en el piso de abajo, solo la conectaban cuando subían a acostarse. A aquella hora, las diez y cuarto de la mañana, ya solo se podía disparar una cosa: la adrenalina.

—¿Preparada, chica?

Malabrocca se aseguró de que la cámara de botón que llevaba en la camisa quedara disimulada. Luego se puso el pasamontañas.

—Por mí, adelante.

—Recuerda: al primer silbido, nos largamos. —Cara de Mosca reparó en un detalle que le chirrió—. Te has dejado la trenza fuera... ¿No te importa que se vea?

Primero trató de recogerla. La ocultó dentro del pasamontañas, pero era demasiado espesa y el bulto, rígido, la hacía imposible de doblar. Luego decidió meterse la trenza por dentro de la camisa de color parduzco y se levantó el cuello. Para comprobar la movilidad, giró los brazos como las aspas de un molino. Antes de que los nervios la consumiesen dijo por mí adelante, Rafa. En tres zancadas se plantaron en el jardín. A Cara de Mosca le sobraba con media protuberancia en la pared para agarrarse y trepar. Las manos eran mosquetones; los dedos, piolets que se aferraban con fe sobre cualquier superficie, por agreste que fuese. Malabrocca, a su espalda, le copiaba los pasos y los gestos con dificultad. Pero no quería ser un lastre, no se quejaba ante ningún obstáculo y, donde la fuerza no daba más de sí, llegaba el orgullo. Un pariente suyo había pasado a la historia por ser el peor ciclista del Giro de Italia, el que siempre quedaba el último. Ella no quería ser la *maglia nera*. Cuando aterrizó con los dos pies en territorio de Arcarazo se sintió como si hubiese llegado la primera a la meta y la hubieran recibido con un ramo de flores.

Durante diez segundos se quedaron petrificados. Debían asegurarse de que nadie los había oído. Luego, agachados y con los pasos mudos, rodearon la casa por detrás. Cara de Mosca abría camino, con las cejas en la vanguardia y la cara descubierta. Ella lo seguía con la respiración agitada bajo el pasamontañas. Rafa sabía, por experiencia en tantas casas, por las docenas y docenas de violaciones de domicilio, cuál sería la primera puerta que se encontraría abierta. La del lavadero. Miró a un lado y a otro y puso un pie dentro. La baldosa estaba seca, sus suelas no dejaban huella y podía comenzar la fiesta.

El lavadero se comunicaba con la cocina y, desde el *office*, se llegaba a un distribuidor que permitía escoger entre tres pasillos.

—El despacho está allí —dijo Cara de Mosca tan bajito como pudo.

Sabían dónde estaba la biblioteca, veían dónde arrancaba la escalera que conducía al primer piso, pero, con tanto silencio, aún no habían descubierto dónde se encontraba Arcarazo, ni el matrimonio que lo cuidaba desde que se había quedado viudo. Para averiguar su ubicación solo había que seguir el rastro de la música. De fondo, más allá del pasillo, sonaba un piano. Una banda sonora que ni Cara de Mosca ni Malabrocca se molestaron en descifrar. Les interesaba saber de dónde venía. Rafa permaneció atento a la música. Fuera quien fuese el que tocaba, era un virtuoso. Con el dedo índice señaló el descubrimiento. No tenía ninguna duda de que aquel vals provenía del salón que daba al mar. Era la ocasión perfecta para pasar al otro lado, hacia la biblioteca, de puntillas, sin que nadie los viera. Cara de Mosca se dirigió hacia allí con sigilo. Malabrocca hizo ademán de ir tras él, pero, al tercer paso, decidió dar la vuelta y seguir las miguitas de la música. Se dirigió al salón para ver qué encontraba allí.

—¡¿Qué haces?! —gritó Rafa sin voz—. Ven aquí.

Malabrocca ni siquiera contestó. Despacio, se acercó hasta el umbral del salón, se escondió detrás de la puerta y miró por la ranura.

No había nadie. Ni siquiera había piano. No era el comedor. Era una sala de estar enorme, con los techos altos y tres grandes arcos mirando al mar. Todo estaba muy bien colocado, pero todo tenía, a la primera ojeada, un aspecto ramplón, de postal de veraneo burgués. Contó seis butacas tapizadas a la antigua usanza, una mesita de té para cada una de ellas, cuadros de paisajes con mucha niebla —obra buena, a juzgar por lo recargado de los marcos— y una chimenea que quizá no habían encendido nunca. La música salía de dos altavoces de tamaño humano situados a lado y lado de una pantalla plana de muchas pulgadas. Delante, Quique Arcarazo estaba oyendo el concierto con los ojos cerrados y un rayo de sol encima de las piernas. Parecía más la siesta reparadora de media mañana que el disfrute del vals de *Amélie*. De pronto acababa de recordar el nombre de la película.

Aquel hombre, repeinado de colonia, con la raya tan recta como para no habérsela podido hacer él, le pareció muy erguido en la silla, rígido, incómodo. Vestía una bata de cuadros generosos —negros y rojos—, cerrada con un cinturón del mismo estampado invernal. Era un batín de viejo de hospital antes de exhalar el último aliento. Y, ahora que se fijaba, Arcarazo estaba sentado en una silla de ruedas.

Cerca de la puerta, un hombre vestido de enfermero se mecía en un balancín, ajeno al concierto, a la pantalla, a las vistas del horizonte, a Arcarazo y al gato que buscaba la calidez de sus pies. Iba deslizando el dedo por la pantalla del móvil como un autómata. Jugaba al solitario. Si no hubiera estado tan distraído bajándose cartas quizá habría reparado en su presencia.

—Perdone, ¿quién es usted?

Una mujer sorprendió a Malabrocca por detrás. Al darse la vuelta y ver el pasamontañas, la mujer del chándal soltó un grito.

Una frente a otra, ninguna de las dos supo continuar la escena. Malabrocca, por un instante, temió que aquella mujer menuda se abalanzase sobre ella y dijo lo primero que se le ocurrió.

—*Ho lasciato le pizze nella cuccina.* —Le salió así, en la lengua paterna. Con el pasamontañas puesto, no coló.

—Jorgito, llama a la policía. ¡Que llames, Jorgito!

Al escuchar la orden a gritos, Jorgito abandonó el solitario, Malabrocca permaneció inmóvil y Arcarazo se desveló. No entendía lo que estaba ocurriendo.

Oía campanas y no sabía dónde, percibió la confusión en la sala y no estaba seguro de si era la realidad o lo estaba soñando. Comenzó a buscar el mando a distancia para bajar el volumen de la música, pero no lo encontraba por ningún bolsillo. Cara de Mosca, que ya había seleccionado tres biblias de coleccionista en la biblioteca, oyó los gritos en la otra ala de la casa y pensó de perdidos al río... No sabía en qué momento, pero estaba seguro de que con Malabrocca se estropearía la operación.

—*Non chiamar a nessuno*, a nadie... —Malabrocca iba recuperando el castellano para hacerse entender. Lo chapurreaba como si no lo hablase bien—. *Tutti* tranquilos. Tranquilos.

—¿Quién eres? ¿Qué quieres? ¿Por dónde ingresaste? —preguntó Jorgito, de pie, tenso, con la amenaza de llamar al 112 en la mano—. Ponte acá, Anabel.

Malabrocca se había quedado plantada en mitad del salón, manteniendo la distancia con Jorgito y Anabel, quien, como si acabase de llegar de hacer la compra de la semana, llevaba puesto un chándal de la selección de fútbol de Ecuador. Malabrocca solo pensaba en una cosa: asegurarse de que el botón de la camisa enfocase a un Arcarazo que, superado el susto, había girado la silla veinte grados y aún no había dicho ni pío.

—No pasará nada. *Negociazione*. Yo hablar con señor...

—Usted quieta, señora, ni un paso más.

—¿Qué quiere del señor Enrique? —preguntó Anabel, conteniendo los nervios, como si mandase.

—Vengo a hacerle una *domanda*. Una pregunta... Solo quiero *sapere* quién es mi madre.

Se hizo el silencio. Arcarazo, con los ojos deshabitados, se puso un dedo en el cuello y habló.

—No sé de qué me habla.

—Llama a la policía, Jorge, por Dios. —Anabel aún no entendía por qué el bobo de su marido se había quedado como un pasmarote ante la presencia de una italiana con pasamontañas que parecía desarmada.

—Usted le dijo a mi madre que había *morto*. Yo muerta en el parto. Y mentira. Usted me vendió a matrimonio rico.

—Eso no es verdad. En absoluto. —Arcarazo poseía una voz grave, soplada—. Eso que dice es imposible.

—¿Cuántas más como yo, señor? —insistía Malabrocca, para que Cara de Mosca tuviese más tiempo de trajinar en el despacho—. ¿Cuántas?

—No llames a nadie, Jorgito —ordenó Arcarazo con el dedo en el cuello y la voz protésica.

—Usted ha sido aquí el *capo* de robos de bebés. El negocio más sucio del mundo.

—Gestionar adopciones... es un trabajo honrado. Adopciones. ¿Qué problema hay?

—Algunas adopciones normales, supongo... Pero la mayoría, robos.

—¿Tiene pruebas?

—No tengo pruebas, pero tampoco tengo dudas.

—Yo trabajé durante años en las mejores clínicas, con los mejores doctores, con todos los protocolos. Imposible hacer trampas. No existe nada de lo que cuentan. Fantasía. No pasó nada de eso. Pura imaginación... Fabulación, ¿entiende? Todo inventado.

Arcarazo hablaba despacio y con tonos poco modulables. Desde que hubieron de extirparle la laringe, la prótesis fonatoria lo obligaba a tapar el agujero cuando necesitaba hablar.

—¿Qué cuentan de usted?

—Patrañas.

—Algunas veces, la *opinione* que tenemos de nosotros mismos no coincide con la *realitá*.

—Diga de una vez, ¿qué quiere?

—Tres cosas —improvisó—: una disculpa, una confesión y el nombre de mi madre.

Arcarazo era ya un hombre sin vigor. El cáncer le había arrebatado la grasa y el nervio. Le quedaban un mínimo de autocompasión y la altivez justa para no dar su brazo a torcer. Si caía en la trampa de los remordimientos, se vendría abajo en un abrir y cerrar de ojos, como un castillo de naipes.

—No tengo por qué confesar ni disculparme por nada. Y menos ante usted, disfrazada de delincuente —dijo con la voz más áspera—. Dé la cara.

—Dela usted primero, señor. Dígame... ¿Y mi madre?

—¿Cómo quiere que sepa quién es su...? Una desgraciada como tantas. A mí qué me cuenta...

—Debe haber un registro de sus adopciones. Si su negocio era tan legal, ¿qué problema hay en acceder al registro?

—Ninguno. Ningún problema. Debe estar en algún sitio. —Se hurgó los bolsillos en busca otra vez del mando de la tele—. Yo, sin duda, no lo tengo.

—El señor está cansado... —Anabel, al verlo intranquilo, acudió en su auxilio—. No lo altere más.

Malabrocca había ido para grabar a un monstruo y lo que tenía delante era una persona consumida y vulnerable, un Arcarazo pálido, apenas existente. Decidió ser cruel.

—¿De qué ha servido *tutta* una vida de delito? ¿Para qué quiere uno dinero a mansalva para terminar así? —La provocación no tuvo ningún efecto y optó por hurgar todavía más—. ¿No es mejor irse de este mundo en paz que ocultando tantos pecados?

Arcarazo la miró con tanto desprecio que no se acordó de ponerse el dedo en el cuello.

—Usted es una hija de puta.

No se le oyó, pero se le entendió todo.

Malabrocca, con la parsimonia de un gato, deambuló por aquel salón recalentado. Era preciso grabar toda la estancia para tener imágenes de ambiente, como recurso. Cara de Mosca, en la biblioteca, había encontrado lo que buscaba. Con el encargo en el zurrón, silbó. Ella entendió la señal. Anabel oyó un sonido que llegaba de la biblioteca y, resuelta, se dispuso a ver qué era.

—Quieta aquí. Mi compañero es *pericoloso*.

Anabel obedeció. Paso a paso, sin dar la espalda a Arcarazo ni al matrimonio que lo cuidaba en ningún momento, comenzó a recular. Al llegar al distribuidor, Rafa ya la estaba esperando.

—Me cago en san Judas. No se puede uno juntar con aprendices...

Juntos se marcharon por donde habían llegado: lavadero, jardín y, en esta ocasión, tomaron un atajo. Salieron por la puerta principal. Ni uno ni otro la cerraron. Tenían mucha prisa por llegar al coche.

—¿Lo tienes?

—¿A ti qué te parece?

Qué manera de ofender a Cara de Mosca.

Anabel y Jorgito corrieron a la biblioteca. En

un principio les dio la impresión de que todo estaba en su sitio. Como si no hubiese entrado nadie. Los estantes no parecían revueltos, tampoco había libros por el suelo. No vieron que faltaban tres biblias, las más antiguas de la colección de Arcarazo. Se apresuraron a abrir cada uno de los cajones de la cómoda inglesa. A simple vista todo parecía en orden. La mesa del despacho, ordenada también.

—Mira acá, Anabel.

Al intentar abrir el cajón del escritorio, se encalló. La piel estaba rasgada y se había quedado enganchada a los lados del mueble. Jorgito, con fuerza, logró abrirla de un tirón. Ciertamente, habían hecho una ele perfecta con un cúter para sacar todo lo que hubiese oculto dentro de aquel secreter. Ni siquiera Anabel, que limpiaba el polvo un día sí y un día no, sabía que aquel cajón tenía un doble fondo. Dentro solo quedaban dos fichas, manuscritas, que el ladrón, con las prisas, debió de dejarse olvidadas.

Había unos nombres y unas fechas escritas con tinta negra y con muy buena caligrafía que ninguno de los dos mostró interés en leer. Cuando Arcarazo —girar y empujar, girar y empujar— llegó haciendo un esfuerzo a la biblioteca, los encontró con la ficha en la mano.

—¿Llamamos a la policía, señor?

—No. A la policía seguro que no...

Él tenía a gente más leal a la que avisar.

Con la poca vida que le quedaba, dedicó una mirada de desprecio a Jorgito y a Anabel. ¿Cómo se les podía haber colado esa gentuza en casa? Estáis despedidos.

Cristina Malabrocca, sin pasamontañas, con el corazón a doscientos, la cabeza empapada en sudor y la trenza húmeda, llamó a su socio desde el Laguna de Cara de Mosca, que iba conduciendo más tranquilo que un dominguero. Lo intentó una vez..., dos, tres. Probó otra vez al cabo de un rato. ¿Qué podía haber tan importante para que Joel no le cogiese el teléfono?

27

Cuando no les funciona el miedo

Joel había distribuido todo el material encima de la mesa de la cocina de la productora. Malabrocca había aprovechado un tablón de formica blanca con cercos de quemaduras de tazas que había encontrado en los restos de una obra, cuando montaron Árbol Producciones. Lo había llevado al despacho, lo había atornillado sobre dos caballetes para que no se levantase por el contrapeso y le había dicho a Joel: mira, ya tenemos mesa para la cocina. Sin embargo, muy pocas veces almorzaban allí, nunca cenaban y la habían acabado convirtiendo en un espacio polivalente para reuniones o para apilar cualquier cosa: cintas, libros, documentación, baterías para las cámaras... Joel, de repente, lo había apartado todo para buscar la aguja en el pajar.

—¿No deberías dormir un poco?

—Ahora ya no puedo parar. ¿Sabes esa sensación de que estás muy cerca...?

—¿Te preparo un café?

—¿Tú quieres uno?

—No... Yo sí que me voy —dijo Malabrocca, apurando un piti que se había liado con no quieras saber qué—. Ha sido un día muy largo.

—Y productivo. Yo no tengo sueño...

—¿Lo sabe Vito?

—¿Qué? —Joel no levantó la vista de la formica.

—Que tenemos esto.

—No. Y no se lo digas... Que no se haga ilusiones.

—¿Yo? ¿A tu hermana? ¿Cómo pretendes que la vea?

Joel ni siquiera prestaba atención. De pie, como el mariscal Rommel asomado sobre un mapa a gran escala para decidir por dónde haría avanzar a las tropas, se había entregado a aquel tenderete de fichas manuscritas. Eran —las había contado— ochenta y dos. Las clasificaba por fechas y, después, las desordenaba y las colocaba por orden inverso antes de volver a comenzar.

—Son las tres y media, Joel. Me piro.

Al menos la letra de Arcarazo, o de quienquiera que hubiese hecho aquellas valiosas anotaciones, era clara. Incluso bonita. En el registro se habían recreado en una caligrafía perfecta, sin prisas, como si no supiesen que podían dejar rastro de algún delito.

—¿Cómo? ¿Perdona?

—Que me voy.

—Ah, ¿ya se ha hecho de noche? —Hecha la broma, levantó la vista—. Buen trabajo, Cris.

—No... Me da pena no haber grabado el despacho, la biblioteca... Teníamos que haber enseñado el documento del que habíamos extraído las fichas... Vaya cagada, tío. Lo siento mucho.

—Tenemos a Arcarazo diciendo cositas... Parecerá culpable. Está muy bien.

—Pero...

—Mañana analizaremos con calma todo lo que has volcado. No te preocupes.

—No tener las imágenes del secreter es una cagada. —Dio una larga calada—. Me da tanta rabia...

—Que no pasa nada, trasto.

—Lo siento mucho, de verdad.

Joel, con la camisa abierta y descalzo, dejó las fichas sobre la mesa, se acercó a Malabrocca y le estiró la trenza con la complicidad de quien dispara contra su propia portería.

—Socia, mírame. —Esperó a que los ojos de Cristina se encontrasen con los suyos—. Lo has hecho muy bien, ¿me oyes? Mucho. Estoy orgulloso de tu trabajo.

—Ya hablaremos de ello mañana, Joel.

—Has sido valiente. Somos un equipo. Yo no habría tenido narices de hacer lo que...

—No te quedes toda la noche despierto, ¿vale?

—Te lo prometo.

Se dieron un beso que no fue de buenas noches, sino para confirmar que habían estado cerca del mal, que habían salido ilesos y que era lógico que notasen el gusanillo del miedo. Pero fue además un beso de confianza. Tenían algunas cartas buenas en la partida y, si lograban jugarlas bien, podrían montar una buena. Por eso se metieron en esto. Por eso habían apostado por un periodismo de riesgo, el que se dedica a tocar las narices al poder con las manos frías. ¿A que sí, chica? Pues buenas noches.

Cuando Joel se quedó solo, separó las cuatro fichas que llevaban la misma fecha y apartó las demás. Se sentó delante y se revolvió el pelo al tiempo que se rascaba con furia. Sabía que aquello, por más que le dijese a Malabrocca y por más teorías que pudiese explicar ante quien hiciese falta, ya no iba de periodismo. El caso era una historia muy distinta. Era piel. La familia. El nombre de su padre. Su hermana, por encima de todo. Su vida. La pesadilla. Tenía en las manos las fichas de febrero de 1974, el mes en que, presuntamente, había nacido Victòria.

Puso música para tratar de esquivar el sueño. De

madrugada agradecía que en las radiofórmulas no hubiese locutor. Solo canciones, la mejor compañía.

Victòria era del día 7, pero ya nadie podía saber con certeza si había nacido el 7 y la entrega del bebé a los Estrada había tenido lugar unos días después... Era difícil imaginar que, a las pocas horas del primer llanto, ya hiciesen el cambio de manos. Tal vez lo más lógico era que hubiese nacido unos días antes y que la entregasen a Saül y Maria el 7 de febrero, día de san Ricardo rey. No podía dar nada por sentado. Debía comprobar cada nombre y cada fecha de aquel material que Arcarazo había escondido en un doble fondo sellado de un cajón que quizá nadie habría encontrado jamás.

Las primeras fichas, más amarillentas, eran de 1969. Y las había hasta 1999, justo cuando se produjo la abolición del parto anónimo en España. No era una casualidad que, después de tres décadas de una misma práctica horrible, el registro privado de Arcarazo finalizase a partir del momento en que el nombre de la madre biológica debía constar, por ley, en el certificado de nacimiento de cualquier bebé. El mercadeo se le acabó de golpe, pero el demonio había trabajado sin parar, durante treinta años documentados, en una inversión perversa de gran rentabilidad. Inmoral y criminal. Pero, como negocio, más que redondo. Había ganado dinero a espuertas. La grabación de Malabrocca en la casa de Sitges revelaba la fortuna que había acumulado aquel hombre cadavérico, de rostro afilado. Solo en los cuadros que aparecían de soslayo en las imágenes —un Miró, un Kandinski y uno con goterones que si no era un Pollock se le parecía mucho— había millones de euros, colgados en la pared.

De las ochenta y dos fichas repletas de nombres —uno por línea—, ¿cuántas habían sido adopciones legales? O al revés, para acabar antes... De todos aquellos nombres que aparecían en las cuatro fichas de febrero de 1974, ¿cuántos eran bebés robados, como la propia Vito? De toda aquella ristra de apellidos que constaban en la lista, ¿cuál en concreto pertenecía a la madre que había tenido a una niña de la que le dijeron que había muerto en el parto y que vendieron a Saül Estrada a cambio de cien mil pesetas? Su padre había admitido lo de las cien mil pesetas con la boca pequeña, pero tampoco nadie podía estar seguro de que no fuese el doble, o más, porque la memoria de Saül, de vez en cuanto, hacía mal contacto. Más por edad que por conveniencia, sí, pero en aquel caso quizá coincidían ambas circunstancias. Para el documental habían grabado el testimonio de un hijo robado que, al cabo de los años, había descubierto que sus padres habían pagado dos millones de pesetas por comprarlo —adoptarlo, dijo él en la grabación— en 1968. Era una cifra exageradamente elevada que escapaba, por mucho, del resto de la información que habían recopilado a la hora de documentarse.

En ningún lugar del material que había birlado Cara de Mosca y que ahora tenía Joel entre manos figuraba, no obstante, cantidad alguna de dinero. Ni una. Solamente fechas y, al lado, una inicial, un punto y un apellido. Más a la derecha, el nombre de una clínica o un hospital. Seis o siete nombres distintos que, en algunos casos, fueron variando con los años. Constaban unos y, de repente, ya no volvían a salir. Como si hubiese dejado de trabajar con unas clínicas concretas. Y nada más. Ningún nombre de médicos que pudiesen estar implicados. Ni monjas ni comadronas. Ningún cómplice necesario. Por deducción, Joel concluyó que lo que estaba escrito era la información mínima del nombre de la parturienta que había ingresado en un centro médico determinado en cualquier punto de España que dominase Arcarazo. Por más que mirase no había ninguna pista que le permitiese saber quién era la auténtica madre de Victòria. Ni un solo indicio, tampoco, de quiénes eran los padres adoptivos de cada bebé. Ni siquiera si era niño o niña. Y si estaba allí, y lo tenía delante de las narices, él no sabía verlo.

Cuando salió el sol, Joel estaba roncando con la frente pegada en la formica de la cocina y los brazos bajo la mesa. Había caído rendido con las luces encendidas y, entre una cosa y otra, había perdido la noción del tiempo.

Con la mente en una nebulosa, se puso los zapatos, se lavó la cara, se metió la camisa por dentro, como si comenzase un nuevo día, y ordenó las cosas que debía hacer esa mañana, cuanto antes mejor. Con la impresora fotocopió las cuatro fichas, escritas por una sola cara, que revelaban las transacciones de Arcarazo correspondientes a febrero de 1974. Hizo dos copias. Una la guardó, doblada, en el fondo del portalápices de los rotuladores fosforitos de la mesa de Malabrocca. Era la taza que había comprado en la NBC, a los pies del Rockefeller Center en su primer viaje a Nueva York, un montón de años atrás. Ahora que lo pensaba, no la había lavado nunca.

Luego buscó el teléfono de Eva Bosch, la intendente de los Mossos, entre sus contactos. Le escribió para preguntarle si podía llamarla. Diez minutos después le respondió con un «ahora» seco. Ella siempre iba al grano.

—¿Qué pasa, Estrada?

—¿Me podrías dedicar una hora de tu tiempo?

—Fuera de comisaría, supongo...

—Estoy en Collbató. Voy donde me digas.

—¿En Collbató? ¿Querías subir a pie a Montserrat y te has perdido?

—Eva... ¿Dónde nos vemos?

—Recógeme en...

—¿Sabes dónde está mi casa, en Sarrià?

—La encontraré.

—Dame media hora. Tres cuartos, máximo.

Joel llegó antes que Eva Bosch. Introdujo la llave en la cerradura, le dio dos vueltas completas y abrió la puerta con ganas de darse una ducha rápida antes de que llegase su visita. Se sorprendió al encontrar la luz del recibidor apagada. Desde que habían intentado intimidarlo, y ya acumulaba unos cuantos episodios —en el funeral de su madre, Marga con la moto, las fotografías de Leo, en la bolera—, había introducido la costumbre de dejar alguna luz de casa encendida para que pensasen que había alguien dentro. Daria le había pedido por favor que lo hiciese, aunque fuese solo por ella. Y Joel, consciente de que cuanto más se acerca a la zona cero del delito, más peligro corre el periodista, le había hecho caso. Estaba seguro. La última vez que había salido de casa había dejado el interruptor hacia arriba. Segurísimo, vamos. Volvió a encender la luz con la certeza de que alguien la había apagado. A primera vista no parecía que hubiese nadie dentro de casa, pero no las tenía todas consigo. El silencio era tan absoluto que le entró miedo. Avanzaba a paso de anciano, la espalda pegada a la pared. Toda cautela era poca. Al encender la lámpara del comedor, vio el desastre. Le habían registrado la casa. En el salón, todos los cajones estaban abiertos. Incluso habían sacado alguno, o se les había salido de la guía, y habían volcado las cosas en el suelo. Y allí se habían quedado. Papeleo de bancos, acreditaciones antiguas, sobres sin abrir... El pasaporte se sostenía, acrobáticamente, con forma de tienda de campaña. Lo recogió para asegurarse de que fuese el suyo. En el dormitorio habían hecho lo mismo. La escena producía escalofríos. Habían llevado a cabo una batida a fondo y sin miramientos. Los calcetines estaban tirados aquí y allá como los palos de un mikado. Los calzoncillos, apilados sobre la cama y un jersey se había quedado atrapado como una peluca sobre la mesilla. Si en el piso seguía alguien, y cruzaba los dedos por que no fuera así y que se hubiesen largado antes de su llegada, solo podía haberse escondido en el baño. La puerta estaba cerrada y se acercó despacio. Antes de abrir, puso el móvil a grabar, enfocando hacia la puerta, y buscó un objeto contundente. Agarró el caballo pegaso de cobre que descansaba en un estante del cabecero de la cama. Jamás había pensado que el premio Ondas tendría una utilidad en la defensa propia. Contó hasta tres, para sí mismo, y se dispuso a entrar. Una, dos y... Abrió la puerta de una patada y saltó hacia delante, decidido, al tiempo que dejaba escapar un grito trufado de vocales. No había nadie. Dentro de la ducha, tampoco. No tuvo tiempo de sentirse ridículo. Justo en ese instante sonó el timbre y Joel pegó un brinco del susto. Era el interfono, inoportuno. Dejó la escultura con alas en su sitio y, con el corazón efervescente, volvió al recibidor para abrir a Eva Bosch, que tardó lo que necesitó el ascensor en llevarla hasta el rellano.

—¿Y esas prisas?

—Adelante, tú misma...

Dejó que Eva Bosch —uniforme impecable, nariz operada, mirada seria— se pasease sin tocar nada y comprobase la visita que le habían hecho.

—¿Te mando a la científica?

—Preferiría una brigada de limpieza. ¿Es posible?

—¿No quieres poner una denuncia?

—No he tenido tiempo de pensarlo. Creo que será mejor que no, ¿verdad?

—¿Me has avisado por esto? —No le cuadraba la historia—. ¿Tú no me has llamado desde Collbató?

—Ha sido un regalo sorpresa... Me lo he encontrado así. No hace ni cinco minutos que he llegado.

—¿Qué están buscando?

Joel había dormido poco, había actuado por impulso, había llamado a la intendente de los Mossos y, de pronto, no sabía si se estaba precipitando al darle unos papeles que Malabrocca y Cara de Mosca habían conseguido de aquel modo tan... Sin embargo, sin la ayuda de Eva Bosch puede que su investigación estuviese a punto de entrar en vía muerta.

—No sé qué están buscando... Puede que esto.

Del bolsillo interior de la chaqueta extrajo la copia de las cuatro fichas.

—¿Qué es?

Joel no respondió. Dejó que la intendente de la policía se sentase en una silla del comedor y examinase el material. Tuvo que ponerse las gafas de cerca para ver todos los datos de febrero de 1974. Unas iniciales y unos apellidos. Y unos hospitales que se iban repitiendo. Miquel Servet. Santa Isabel. Maternidad. Hospital Provincial de Guipúzcoa. Hospital de Figueres. Virgen del Camino...

—¿Sabes de dónde son?

—¿El qué?

—Todos estos hospitales.

—Sí, todos de una misma zona. Del norte de España. El Virgen del Camino es de Pamplona. El Servet, de Zaragoza. La Maternidad...

—De Barcelona, sí, guapo. —Eva Bosch soltó las fichas y tamborileó sobre la mesa—. ¿Te pregunto cómo lo has conseguido?

Él decidió recurrir a su sentido del humor.

—Esa sería quizá una pregunta inapropiada.

Ella optó por no insistir.

—¿Qué quieres que haga con todo esto?

—Arcarazo, Enrique Arcarazo, con todos los casos archivados por la justicia, tenía la red montada con clínicas del noreste peninsular. Dominaba el cotarro de las falsas adopciones de todo ese territorio. Puede que no fuera el único, pero él trabajaba al por mayor. Me refiero a que no era un caso aislado, como dijo la fiscalía en su momento, sino que el entramado es obvio que existía. Estos papeles son una prueba de cómo tenía organizado ese triángulo, desde aquí hasta el País Vasco. Al menos todos los nacimientos corresponden a los hospitales que aparecen aquí. Nunca sale Madrid, ni Andalucía ni Galicia... Esto nos ha hecho acotar la zona donde pudo nacer mi hermana, antes de que la llevasen a Barcelona. —Mientras lo decía, dudaba de si Eva Bosch estaba al tanto de la noticia—. Vito es... Mi hermana pequeña es una niña robada. Ahora ya lo sabe, ya lo sabemos todos en la familia, y no hay nada en el mundo que me interese más que ayudarla a saber la verdad.

—Extraoficialmente.

—Necesitamos saber quién fue su madre. Discretamente, sí.

—¿Tenemos más pistas?

—Qué más quisiéramos. Todo lo que tenemos es esta lista de nacimientos. Y la piel de mi hermana. Olivácea. Como si su madre o su padre, o ambos, no fuesen lo que ahora llamamos caucásicos, precisamente.

Eva Bosch pensaba rápido.

—¿Tienes un papel?

Joel buscó la libreta donde apuntaba las ideas que se le ocurrían mientras veía la tele y arrancó una hoja.

—¿Te sirve este?

—Escríbeme el nombre completo de tu hermana y la fecha en que pensáis que nació. Envíame una foto, una foto suya, por e-mail al mío personal. Nada de móviles, ¿entendido? ¿Lo tienes? Buscad vosotros a Orígenes, del departamento de Familia. Son buenos investigando.

—Ya lo hemos hecho.

—Saben encontrar madres, estén vivas o muertas...

—Nos lo están analizando...

Con el papel en el bolsillo, se guardó las gafitas, se levantó y observó todo aquel estropicio.

—¿Qué piensas hacer?

—Recogerlo, qué remedio.

—Me refiero a Arcarazo. No puedes quedarte aquí. Saben dónde estás...

—Ya. Tienes razón. Puedo instalarme en la productora... En Collbató nadie me encontrará, ¿no? O en casa de mi pareja, que seguramente es lo que haré... A casa de mi padre, la verdad, no me apetece ir.

—Ten cuidado, Estrada. Esta gente no se anda con chiquitas. Los esbirros en nómina son los peores. Cuando no les funciona el miedo, les funciona la venganza.

—¿Cómo era el...?

—Volverán. Te aviso. Les va el sueldo en ello.

—Ojo por ojo y el mundo se quedará ciego.

—Ojo por ojo y a la bofia nunca nos va a faltar trabajo. —Con la puerta del piso abierta, Eva Bosch hizo una última pregunta—. ¿Estás asustado?

Llegados a ese punto, Joel solo podía decir que no.

Antes de ponerse a recoger todo aquel destrozo se sentó en la cama, cogió el móvil y escribió dos mensajes.

Marga, me ha dicho Leo que hoy no has ido a la radio por un dolor de muelas. Espero que mañana ya

puedas hacer el programa.
Toma sopita.

Con Daria tenía suerte. No necesitaba medir tanto las palabras como con su exmujer.

Eh, no te he podido escribir antes, lo siento. Tengo trabajo para dar y vender, estoy reventado, pero ahora mismo solo me apetece una cosa: hacer la excursión que tenemos pendiente. Caminar y charlar. Tú y yo. Y Frida, si quieres. Sin prisas. ¿Nos reservamos el sábado? Besitos en el cuello.

Después de deslizar el dedo por Twitter, se metió en la ducha. Con la frente hacia atrás, dejó que el agua cayera en cascada durante un buen rato.

28

¿Cuánto pesan los secretos?

Llegó mi hija y me dijo una cosa: el silencio ya no te salvará. Y por eso estoy aquí. Para decir la verdad. Me llamo Saül Estrada, nací en 1932, soy viudo y a ratos empiezo a tener la mente confusa. Disculpadme, por tanto, si hay algo que no digo con claridad... Me llamo Saül y he estado casado durante cincuenta y cinco años con Maria Vilalta Campabadal, la mejor esposa del mundo.

Me llamo Saül, he sido empresario desde los veintiocho, he dado trabajo a mucha gente y, antes de jubilarse, a todo el mundo le gusta pensar que ha hecho algo en la vida. Nada da tanta paz como retirarse después de haberlas pasado canutas, de tener ideas y coraje, de superar crisis, de suplicar a los bancos, de coger aviones, ferias, reuniones... Nada da tanta paz como retirarse después de haber trabajado toda la vida y saber que más de cuatrocientas familias han vivido gracias a tu empresa.

Cualquier persona necesita pensar que ha hecho algo en este mundo. Y pensaba que lo mío era eso, dar trabajo a tantas familias durante tantos años. Pero me equivocaba. De todo lo que habré hecho en este mundo quizá solo quede esta grabación. Mi confesión. La hago porque hay dos mujeres que se la merecen. Merecen su verdad y mi disculpa. Me refiero a mi hija, mi querida Victòria, y a quienquiera que fuese su madre.

Me llamo Saül Estrada y mi mujer y yo pagamos por tener una hija. La niña que no podíamos tener la conseguimos. Es así. En 1974, en febrero. Pagamos por tenerla y nos la dieron. Pagamos lo que nos pidieron. Pagamos... ¿Cuánto fue?

—Eso no hace falta que lo diga.

—Tiene el papel ahí delante, Lourdes. Mírelo y dígamelo.

—Cien mil pesetas —dijo sin tener que mirar los apuntes.

—¿Todavía graba?

—Sí. No he dejado de... —La señora Lourdes sujetaba el móvil con las dos manos, en posición horizontal. A falta de trípode, tenía los codos bien apoyados en la mesa, para que no temblara la imagen.

—En febrero de 1974 pagamos... cien mil pesetas

por tener una niña. Nos la dieron en la calle, en un bar, a los pocos días de nacer. Estábamos convencidos de que era una adopción, habíamos hecho todo lo que nos pidieron y fuimos a parar a la asociación que nos recomendaron. La mejor para estas cosas, nos dijeron. Y fuimos de buena fe. Al doctor...

—Arcarazo.

—Acudimos al doctor Arcarazo...

—No era doctor.

—Señora Lourdes, por favor... Si usted me interrumpe... Pare la máquina. Yo no sé hacer esto... Bastante me cuesta ya.

—Me ha pedido el nombre.

—Pero después... Tengo que estar muy concentrado y si usted no me ayuda... Coño.

Con un gesto de la mano, como si apartara el objetivo con displicencia, Saül dio a entender el déjémoslo estar. Se había afeitado, se había puesto la loción azulada, había elegido una camisa blanca, una americana gris y una corbata neutra, y le había dicho a la señora Lourdes que se preparara, que lo tenía que ayudar a grabar una cosa y que lo harían por la tarde, porque él, en cuanto el sol empezara a declinar, quizá tendría los ojos menos hinchados.

—No sé si sabré yo grabar con ese móvil suyo. Yo soy poco tecnológica...

Saül no hizo caso de la entrenada modestia de la señora Lourdes. Era una parte que siempre iba con ella, como la montura blanca de las gafas o el Certina de esfera de botón que no se había quitado ni para fregar platos desde que entró a trabajar en casa de los Estrada. La señora Lourdes insistió.

—Lo grabaré con el mío, que lo domino mejor. Y si no queda bien, lo repetimos.

—Esto solo lo haré una vez. Salga como salga.

—Pero...

—Que Joel lo monte después... O que lo echen al fuego, vaya. Que hagan lo que quieran.

Durante la mañana, Saül Estrada no había apartado la vista de un papel con anotaciones. Su letra era diminuta, trémula como una hilera de exoesqueletos de hormiga. Había escrito unas notas para que no se le escapara nada que no quisiera decir, y con un esfuerzo antiguo trataba de aprenderse el guion. Mientras almorzaba, también con la hoja al lado del plato, la señora Lourdes le había hecho una pregunta que lo había importunado:

—¿Qué necesidad hay de suicidarse?

Saül se quedó sin palabras, rígido en la silla. Terminó de masticar el bacalao al vapor. Sabrosísimo.

—Lo hago por Vito... —respondió, huyendo del chantaje emocional—. En la vida, todo vuelve.

—Disculpe pero... ¿puedo decir algo? —Ni esperó la respuesta—. La señora Maria no lo habría hecho...

—¿El qué?

—Romper una promesa. Contarlo en la tele.

—Maria ha muerto... Y yo también.

—Ave María. —La señora Lourdes se santiguó.

—Lo que yo diga, o lo que haga, ya da igual.

—Pero ¿qué dice ahora? No se mortifique más, por el amor de Dios.

Saül se miró las uñas para saber si estaban lo bastante pulcras para salir en televisión. Después, temió que su esponjoso cerebro le estuviera jugando una mala pasada y no recordase el secreto al que se había referido la señora Lourdes. Le pidió que, por favor, lo ayudase a recordar. Que ella contara lo que sabía y así él quizá podría agarrarse al hilo y, a poco que las neuronas colaborasen, podría ir desenredando el ovillo.

¿Cuánto pesan los secretos, señor Estrada?

Le habló del viaje por Alsacia, cuando la niña se había instalado en Francia para estudiar medicina. O quizá era cuando ya estaba haciendo las prácticas en el hospital, la precisión del año no era significativa. En uno de los viajes que habían hecho Maria y Saül en coche para ir a verla, habían decidido recorrer la ruta del vino. Habían ido hasta Estrasburgo para estrenar su primer coche automático —un Ford Granada de color azul ministerial— y, una vez allí, habían recogido a Victòria; los tres juntos habían dedicado dos días a conocer la ruta del vino. Kilómetros y kilómetros de carreteritas que, zigzagueando en paralelo al Rin, descubrían viñas y más viñas que se extendían por llanuras y suaves colinas. Cada curva dibujaba un nuevo mosaico de hileras de cepas riesling, una especie de Arlington que había cambiado las cruces clavadas en el suelo por troncos y sarmientos llenos de vida. Las pámpanas de aquellos millones de vides parecían orgullosas de procurar cierta sombra a los racimos aún verdes, lejos todavía de la vendimia. Era el presagio de un vino blanco, tranquilo como el paisaje, que después la gente bebía fresquito, en copa de cuello de tortuga —verde y arrugado— en cualquier *winstub* de las localidades señaladas en la ruta.

Maria conducía y cantaba *Gira, il mondo gira*, y Victòria, mirándole los ojos azules por el retrovisor, se sumaba desde atrás. Mientras tanto, Saül, siempre de copiloto con la guía Michelin en las manos —la verde, la de los rincones que no te puedes perder—, decía ahora hacia Obernai, ahora hacia Dambach-la-Ville, ahora podríamos torcer hacia el castillo de Haut-Kœnigsbourg, que dice que tiene unas vistas de tres estrellas. Pero quizá nos desviemos demasiado...

Quisieron hacer a pie la escasa distancia que había entre Riquewihr y Ribeauvillé. Siguieron el camino real indicado, al margen de la carretera.

Victòria se situó entre su padre y su madre y los cogió por el brazo. Los tres juntos. Los tres solos.

—¿Os dais cuenta de que es la primera excursión que hacemos juntos?

—¿Seguro?

—Siempre íbamos los cinco a todas partes... De vacaciones, de viaje... Sí que habíamos hecho alguna escapada de dos días... No sé. A veces no venía Joel, a veces no estaba Rai... Pero yo diría que así, los tres, nunca.

Aquel paseo sin preocupaciones le provocó ganas de charlar.

—¿Os he contado alguna vez qué hice cuando tenía quince años? —preguntó Victòria sin ninguna intención de soltarse de su padre y su madre—. Escribí una carta a mi madre imaginaria, a la biológica, a la madre que me parió, vaya.

—Ah... —fue todo lo que pudo decir Maria.

—Y ¿qué le decías? —preguntó Saül, sin querer darle trascendencia.

—Uf, no sé. Era adolescente, han pasado muchos años...

—Tampoco tantos.

—Supongo que le decía... No sé. Cómo me la imaginaba, qué cosas creía que quizá había heredado de ella, que debía ser una mujer que iba a la suya, fuerte. Cómo me imaginaba que tenía los ojos, la nariz... los pechos. Supongo que le decía que algún día me gustaría conocerla, pero que ya empezaba a tener asumido que sería imposible.

—No tiene por qué... —apostilló su padre.

—No sé si incluso me imaginé un nombre. Le puse un nombre así como exótico... Si pensase un poco lo recordaría.

—Filomena... —Saül seguía con su necesidad constante de aligerar la conversación.

Los hombres Estrada eran así. Cuanto más delicada era la situación, más frívolo el comentario.

—¿Tú crees que Filomena es muy exótico, papá? Tienes unas cosas... También le hablé de vosotros, claro. Que tenía mucha suerte de que me hubierais adoptado, que no podía tener queja alguna, que erais unos padres espléndidos, que no os cambiaría por ningunos otros, que tenía dos hermanos mayores que me cuidaban mucho y que eran muy guapos, eso también se lo decía, porque lo son... Que quería ser médico... Con quince años ya lo tenía claro.

—Eso siempre lo dijiste, desde muy pequeña

—No sé por qué tuve la necesidad de escribirle...

Victòria lo contaba con naturalidad, sin drama, con su tono vital, positivo, que, de quienquiera que lo hubiese heredado, sería una virtud que la ayudaría a ir por el mundo. Maria, que no había abierto la boca en todo el rato, se lo pensó mucho antes de hacer una única pregunta.

—¿Qué hiciste con esa carta?

—¿La carta? Huy... Dudé mucho, así que no lo recuerdo bien... Dudaba entre si guardarla o romperla. Al final, juraría que la guardé en algún sitio. Si me pongo a buscarla en la habitación de Vallvidrera, seguro que todavía... —Le cambió la cara de repente—. No habréis tirado nada, ¿verdad?

—No, no...

Al llegar a Ribeauvillé, tuvo una idea.

—Voy a ver postales. Podríamos enviar una a Joel y otra a Rai. Les hará gracia...

Fuera de la tienda se amontonaban cajas de vino, copas para el riesling, delantales de cocina y manteles alsacianos para que picaran los turistas de paso. Maria y Saül se quedaron un poco alejados para que no los engatusaran. Ella, con la emoción en los ojos por todo lo que había dicho su hija. Él, con la necesidad de calmarla. La niña de sus ojos. La mujer de su vida.

—Tal vez sea normal, Maria. ¿No es lógico que toda niña adoptada haya pensado en cómo son sus padres? Yo, si fuera ella, también querría saber quiénes son, qué hacen, a qué...

—Saül —lo cortó en seco Maria—, prométeme que, pase lo que pase, no se lo dirás nunca. La niña no es un regalo de Dios y tú sabes muy bien cómo llegó.

—Maria, yo...

—Prométemelo.

Victòria salió de la tienda con tres postales y tres sellos.

—He comprado la misma para Rai y Joel. Esta del canal de Colmar. Y he visto esta con el campanario de aquí, con las cigüeñas en su nido, y he pensado que a la señora Lourdes le va a gustar. ¿Qué os parecen?

Me llamo Saül Estrada y mi mujer y yo pagamos por tener una hija. La hija que no podíamos tener, la compramos. Es así. En 1974, en el mes de febrero. Pagamos por tenerla y nos la dieron. Pagamos lo que nos pidieron. Pagamos cien mil pesetas de la época, que era mucho dinero. ¿Por qué lo hicimos? Porque no éramos conscientes de estar haciendo nada malo. No sabíamos que estábamos robando una criatura a una madre que sí la quería. No podíamos saberlo. No me excuso, deberíamos haberlo intuido, es verdad... Nos engañamos. Nos dejamos engañar. Somos cómplices del peor delito. Soy, después de todo, un padre que secuestró a una niña hace cuarenta y cinco años.

Lo siento mucho, Victòria. Lo lamento mucho, amor mío. Puedes pensar lo que quieras de mí... Pero tus padres hemos dado nuestra vida por ti.

Y tú nos la has dado a nosotros. La alegría y la vida.

Corte, Lourdes, por favor. Apague el móvil.

Apáguelo, ¡coño!

29

El viento se llevó las brumas

Frida saltó del coche agitando el rubio plumero de la cola. Aunque no sabía el nombre, reconocía el lugar. Collbató. Se olía que repetirían el camino que, con Daria, había hecho unas cuantas veces. No sabía con qué frecuencia, pero su dueña solía ir una vez al año. No tenía noción del tiempo, pero si Joel y Daria no se paraban mucho para tomar aire, beber un trago de agua o atarse mejor los cordones de las botas, al cabo de dos horas estarían, con la lengua fuera, en los escalones que conducían al monasterio de Montserrat. Sabía por experiencia que, una vez allí, en la meta, en la explanada de la plaza de la Cruz, la atarían con la correa para que no molestase a la multitud de excursionistas, fieles, turistas y creyentes que subían a restañar su fe. Y también los no creyentes, que quizá eran mayoría, pero que iban a ver a la Moreneta por si acaso.

—Deberás tener paciencia conmigo... —Joel se

disculpó por adelantado—. Yo no soy alpinista. No soy Koldo...

—Lo de hoy no es alpinismo. No es ni senderismo. Un paseo para aficionados...

—Pero ¿tenemos que subir hasta allí arriba?

El viento barrió las brumas de primera hora. El conglomerado de Montserrat, pared seca y sotobosque de arbustos, los esperaba para la aventura del sábado por la mañana. Daria había insistido en que no olvidasen las gafas de sol, que las camisetas fueran transpirables, los pantalones cortos y, sobre todo, unos buenos calcetines. Ella se había puesto un pañuelo rojo en la nuca, para no sufrir rozaduras.

—Yo llevo la mochila... —dijo Joel, colgándosela a la espalda.

—Un rato cada uno.

—Si no pesa nada. ¿Qué llevamos? ¿Las cantimploras?

—He cogido tiritas. Por si acaso...

—Por si acaso ¿qué? —se defendió, preventivamente.

—Te sale alguna ampolla —rio Daria.

—Qué ánimos me das para empezar, guapa...

Se untaron la nariz y la frente con protector solar y partieron desde Árbol Producciones, el despacho de Joel, hasta las cuevas del Salnitre. Allí mismo comenzaba el sendero que los llevaría montaña arriba. Solo había que seguir el rótulo de madera que indicaba la dirección: «Al monasterio por la Santa Cova».

Frida, en plan *sherpa*, abría camino llaneando al pie de los riscos. Con la energía de una perra todavía joven, de vez en cuando le bastaban unas pocas zancadas para escaparse y avanzar sola montaña arriba, como si supiera lo que se hacía. Según cómo cayeran las sombras, su pelaje dorado se confundía con el roquedal de la montaña. Al cabo de un rato, se volvía con la mirada simpática para asegurarse de que la seguían. Después regresaba galopando hasta los tobillos de Daria o se rascaba y se entretenía con cualquier insecto para esperar a la parejita, que justo entonces pasaba por la tierra más seca del camino de las Feixades.

—Antes todo esto eran cultivos.

—Duele verlo así, abandonado...

—¿Cómo está Vito?

En la montaña no se va al lado del otro. El primero abre camino y el de atrás se deja llevar. A Joel le interesaba que Daria marcara el paso y no pudiera verle la cara.

—Bien... No sé... ¿Cómo quieres que esté?

—Es que no me la quito de la cabeza. El otro día pensaba...

—Aquí dice que esto es un parque natural...

—Joel señaló el rótulo que colgaba de una encina—. Pone que los perros deben ir atados.

—Bah... Si hoy no hay nadie. Frida no hace nada...

—¿Pensabas?

—Sí, eso, que para mucha gente una desgracia es un capítulo de la vida. Pero lo de Vito es el libro de su vida. El libro entero...

—Sí... Una putada... Inmensa.

—Si es un capítulo, vives el episodio, lo pasas como puedes y sigues adelante. Pero esto...

—Tienes razón.

—Una familia hecha añicos...

A medida que subían, cada vez resoplaban más para decir algo. Los pliegues de la montaña se encaramaban hacia la sierra de las Garrigoses. Quien los observaba con prismáticos desde más arriba, a media hora de distancia, no escuchaba la conversación.

—¿Tú crees que encontrará a su madre?

—Difícil... Mucho...

—Primero saber quién era... Después...

—Quizá sí podamos saber, más o menos, de dónde era.

—¿Sabes a qué me recuerda todo esto? Ahora te lo muestro... —Daria tuvo que detenerse para coger aire. Se dio la vuelta y, sobre una roca, se quedó un palmo por encima de Joel—. ¿Te lo digo o no?

—A ver... —Joel se puso de puntillas, le dio un beso rápido en los labios y dejó que Daria, con una mano, se apoyase en su hombro.

—Ahora comprobarás que soy una buena profesora de literatura. —Alzó la voz como si estuviese en clase—. Chicos, ¿sabéis quién es Truman Capote?

—Sí, seño, el de *A sangre fría*.

—Un diez, Estrada. Pues Truman Capote tiene otro libro que es, de hecho, una novela inacabada que se llama *Plegarias atendidas*. El título lo toma de Oscar Wilde, de una frase que dice, más o menos, que, cuando los dioses quieren castigarnos, atienden nuestras plegarias. Y eso, esa frase —Daria abandonó la parodia de sí misma y recuperó su voz normal—, me hace pensar en ti y en tu hermana. Tú, con tu documental, con tu investigación, has buscado la verdad. Y cuando la has encontrado, ha sido un castigo. Tal cual, un castigo para todos. Para Victòria, para ti y para todos los Estrada.

—No lo había pensado...

—¿No querías la verdad? Pues ya la tienes.

—Ni se me había pasado por la cabeza, vamos. Estoy tan metido en la historia que...

—Es como si alguien nos dijera, constantemente, desde dentro, ten cuidado con lo que deseas porque lo puedes conseguir.

Joel se distrajo, colgado de las pupilas de Daria.

En aquellos ojos veía bondad. Veía calma. La serenidad de quien quieres que pilote tus días. Veía hogar.

—Tienes razón... —Asentía con la barbilla—. Ahora me has sorprendido. Te quiero también por eso. Porque sabes muchas más cosas que yo...

—Qué tonto eres...

—Venga... Tira para arriba —le dio una palmada en el culo para que se pusiera en marcha— que Frida ya debe de estar cantando el *Virolai*.

Siguieron ascendiendo en silencio, hacia Montserrat, escala de la gloria. Se hicieron una foto de recuerdo con el Torrent Fondo a la espalda, sobre el desfiladero que les quedaba a la izquierda del camino. Decidieron que Frida también debía salir, y hacerse un selfi con perra siempre es más complicado. Pero más divertido, dijo Daria. De las cinco veces que disparó Joel con el brazo estirado, solo en una consiguieron mirar los tres a cámara. Frida, tan pronto como accedió a ese capricho absurdo, se lanzó a acometer los zigzags de las Girades, el tramo más empinado del recorrido. Con tantos giros, la perdían de vista. Los ribazos y las simas animaban a ceñirse más al camino y a concentrarse en cada paso. El hombre de los prismáticos, escondido tras un espolón de piedra, los tenía en el punto de mira en todo momento.

Una vez pasado el tramo más escarpado, Joel

se animó a contar las últimas pesquisas de Eva Bosch y por qué había dicho lo que había dicho de la madre de Vito, que quizá sí llegarían a saber dónde había nacido en realidad. La policía, como un favor personal, había hecho analizar del derecho y del revés las fichas que habían encontrado en casa de Arcarazo, ocultas en el doble fondo de la mesa de su despacho. Para empezar, los había sorprendido que en aquella lista de presuntas parturientas, ordenadas por fecha, solo constase el apellido. El nombre era siempre una sola inicial. Inicial. Apellido. F. Puértolas. P. Barbero. Z. García. B. Ramos. Siempre el mismo patrón. Solo el apellido entero y, en cambio, del nombre de pila, solo la inicial. Y entonces se dieron cuenta de que, por ejemplo, había muchas mujeres con un nombre que empezaba por zeta. Y ¿cuántos nombres hay en España que comiencen por zeta? ¿Y que sean nombres de mujer? Zaida, Zedoya, Zahara, Zafira... ¿Quién se llama así? Entonces, ¿por qué en las fichas, en el listado entero del cabrón de Arcarazo, había tantísimas mujeres con un nombre tan poco habitual?

Eva Bosch, que ya tenía la mosca tras la oreja, llamó a Joel. Necesitaba compartir con él que la pista que había hallado podía ser la buena.

—Cuando tú revisaste con lupa las fichas, ¿te fijaste en los nombres de las mujeres?

—Toda una noche. Ni dormí.

—¿No caíste en que no había ninguna que llevara la a de Ana ni la e de Eva, por ejemplo? O la ce de Cristina o la eme de Maria, que es el nombre más común en España desde hace décadas...

—Pues qué raro. No sé... No me fijé, la verdad.

—De todos los nombres, de todas las fichas, es extraño que solo los haya que empiecen por cinco letras. Solo cinco. Cinco y nada más. ¿Me sigues?

—Sí, pero no sé dónde...

—Esto me ha hecho pensar en que no son nombres de personas, sino otra cosa. Esa es la clave.

—Dime las cinco letras. —Joel, entusiasmado, tenía el corazón a cien.

—No... Dime tú en qué hospitales actuaba la red de Arcarazo.

—La Maternitat.

—En Barcelona ciudad. Tenemos la be... Una. ¿Y la efe?

—El hospital de Figueres. Claro.

—No era Federica Puértolas, ni Francisca ni nada parecido. La señora Puértolas, se llamara como se llamase, parió en Figueres. Joel, ¿te cuadra todo esto?

—¿Qué otras letras hay? —dijo impaciente, excitado.

—La pe y la zeta, por ejemplo.

—Zaragoza. Allí gestionaba las adopciones a

través del hospital Miquel Servet y luego repartía los bebés por las demás ciudades...

—El triángulo del norte de la Península, me dijiste.

—Y la pe, claro. La pe de Pamplona. El Virgen del Camino, en Navarra. Ahora es un hospital público, pero en aquellos años lo llevaban las monjas...

Joel escribía sin cesar notas en su libreta. Respiró hondo ante el descubrimiento.

—¿Puedo preguntar cómo has atado cabos?

—No. Pero yo te puedo preguntar si no te chirrió que una de cada ocho o nueve mujeres que salían en las listas de Arcarazo se llamara SS.

—Por Sonsoles, pensé, qué sé yo...

Eva Bosch prefirió no decir nada y que Joel llegara por sí mismo a la conclusión que a ella le había abierto los ojos unas horas atrás.

—San Sebastián. El Hospital Provincial de Guipúzcoa.

—San Sebastián. No eran nombres, eran lugares. Y todo cuadra.

—Barcelona, Figueres, Pamplona, Zaragoza y San Sebastián. Las cinco ciudades del triángulo de Arcarazo. —A Joel le llegó como un latigazo—. ¿Y Bilbao? Falta Bilbao... En Bilbao también actuaba...

La intendente de los Mossos estaba orgullosa de su deducción.

—Ahí está la gracia. Me he devanado los sesos, lo he mirado y vuelto a mirar con lupa... Todas las fichas están escritas con tinta negra.

—Con tinta negra, sí.

—Pero, si te fijas bien, verás que algunas de las be de las iniciales de los nombres, de lo que pensábamos que eran iniciales, en realidad están escritas con un azul oscuro: Arcarazo distinguía las que parían en Bilbao y en Barcelona con el color de la tinta.

—Eva, *chapeau*.

—¿Cuál es cuál? No lo sabemos... Todavía.

Después de cruzar el torrente de Bellasona, Daria atendía al hallazgo de Eva Bosch sin dejar de caminar hacia la Santa Cova. Frida, con una ansiedad perversa, estaba oliendo el culo de un chucho que no parecía tener amo. Joel, poco a poco, después de tanta cháchara, había recuperado el ritmo de la respiración tan pronto como la montaña les regaló un poco de terreno llano. El hombre del binóculo ya había apartado los prismáticos y podía seguirlos con el visor de la escopeta.

—Está muy bien —dijo Daria—, pero es un poco absurdo... La manera de actuar de Arcarazo, me refiero. ¿Qué utilidad tenía ser tan meticuloso si estos papeles solo eran para él? Podía escribir Ba o Bi o Bcn o el acrónimo que se le pasara por la cabeza y no tener que recurrir a otra tinta cada vez que nacía una criatura aquí o allá. Al fin y al cabo, SS era San Sebastián... No hacía falta tanta parafernalia.

—Sí, yo también lo he pensado.

—Vaya cínico, jugando a ser Dios: este bebé aquí, este para allá, a dos tintas, y el tío llenándose los bolsillos.

De repente, Frida ladró como no lo había hecho en toda la mañana. Estaba unas curvas más arriba, la oían rabiosa pero no la veían.

—¡Tú, Frida, ven...! —gritó Daria.

En un instante, un disparo seco retumbó en la montaña. Los ladridos de la perra se convirtieron en aullidos. Antes de que les llegara el olor de la pólvora, se oyó una segunda detonación, cercana.

—Hostia.

—¿Se puede cazar aquí? —preguntó Joel.

—Qué va... —Daria se lanzó al trote, temiendo el repentino silencio de Frida.

—No te acerques —gritó Joel—, por favor... No te...

Armada de valor —la dosis justa de inconsciencia y de coraje—, Daria no pensó en que pudiera estar corriendo peligro. La escopeta ya había dejado caer dos cartuchos vacíos y el cazador oculto había cargado dos más.

—Escóndete, Daria... Deja al perro.

Un disparo estalló en la roca que protegía a Joel, encogido como una bola. El impacto de la bala tronó en su cabeza.

—¿Estás bien?

—Sí...

—¡Tú escóndete, por favor!

Esas palabras fueron una pista para saber dónde estaba cada uno. Daria se había dejado deslizar montaña abajo, donde le pareció que una zanja le serviría de trinchera. Parapetada en la cavidad cubierta de zarzas, con las piernas temblorosas, no había tenido ni tiempo de mirar dónde se metía. El siguiente tiro fue para ella. El cuarto.

—¿Daria?

—¿Sí?

—¿Estás bien?

—¡Sí!

Durante un rato no se oyó nada más. Solo a otros perros, de lejos, que ladraban asustados por los disparos. Acurrucado, procurando que la roca lo protegiera completamente, Joel asomaba la cabeza por encima del risco para tratar de ver quién les estaba disparando. Ni rastro. Se sentó en el suelo, al amparo de la piedra que le había salvado la vida, sacó el móvil de la mochila y, antes de que el hombre de la escopeta se le plantara delante y le reventara la cabeza, escribió un mensaje a Eva Bosch.

Me están disparando. SOS. De
Collbató a Montserrat, a pie.
Camino Santa Cova. SOS.

No se oyó un quinto disparo. Durante un buen rato, que se hizo eterno, Daria y Joel, a distancia, solo se comunicaron con monosílabos para asegurarse de que seguían allí. Vivos, al menos.

Doce minutos después de enviar el wasap, que parecieron tres siglos, el helicóptero de la policía sobrevoló la zona donde estaban. Poco a poco, Joel asomó la cabeza de su escondrijo sin sentirse totalmente seguro. No parecía que el cazador estuviera por los alrededores y, ya de pie, se atrevió a hacer señales con los dos brazos levantados para que lo localizasen. Tan pronto como se percató de que el helicóptero se detenía en el cielo, como una libélula, fue a socorrer a Daria.

—Sujétate a mi brazo, con las dos manos.

—Hostia, qué daño...

A medida que iba subiendo, clavando un pie inestable aquí y un pie como podía allá, se iba desenganchando de los pinchos de las zarzas. Tenía los brazos y las piernas llenos de cortes y arañazos. A causa de los nervios, ni sentía el escozor. La ropa, hecha añicos. La cara, pálida por haber visto la muerte.

—Joel...

El abrazo. Cada vida tiene derecho a uno que no se olvida.

Más arriba, Frida, tan rubia, había quedado manchada por un hilo de sangre. Estaba tumbada de lado, con las patas relajadas, como si estuviese durmiendo. Una de las balas, de trayectoria oblicua, le había perforado el musculoso cuello. Daria, sollozando, se sentó a su lado.

—Pobrecilla, pobrecilla, pobrecilla... —Y no podía parar de repetirlo mientras le acariciaba la cabeza, con su pelo tan suave, como había hecho tantas veces. Del cráneo hacia la nuca y hasta la cruz. Ya nunca sabrían si era más placentero para Daria o para Frida, que en el cielo esté—. Pobrecilla.

30
La tristeza negra

Aquel jueves Lisa le había hecho una petición a su madre. Le había pedido no ir a clase de ballet. Era el día de su aniversario y quería saltársela. Cumplía siete, consideraba que ya era mayor y empezaba a descubrir que la vida no solo era comer, dormir y obedecer esto sí y esto no sin matices. De repente, podía reivindicar unos derechos que, hasta hacía solo cuatro días, no sabía que tenía. Se imaginaba su cumpleaños como un día feliz, lo que no era compatible con la tarde que le esperaba. Si no protestaba, sería un jueves cualquiera. Iría al colegio, asistiría a todas las horas de clase de siempre y, reventada y deprisa y corriendo, hale, a hacer pliés, piqués y pasos de gato, a casa en bicicleta, ducharse, cenar muerta de hambre y, cuando pudiese comenzar a celebrar su cumpleaños y a desenvolver paquetes, ya sería la hora de irse a dormir.

—¿Sí o no, mamá? —gruñó Lisa mientras se vestía.

Desde muy pequeña, la Victòria madre había insistido en convertirla en una mujer valiente, independiente, espabilada, que fuera cual fuese el problema que se le presentara, dispusiese de herramientas para solucionarlo por sí misma. Y, de pronto, los argumentos de su hija, a pocas horas de cumplir siete, se volvían en su contra. La dialéctica había convertido las herramientas en armas en un abrir y cerrar de ojos.

—Un día es un día, mami —dijo la Lisa de ojos redondos, colgando el labio de solicitar clemencia—. No va a pasar nada si hoy no voy a ballet.

Victòria dijo que sí que pasaba, que era su obligación, que las horas de danza clásica valían mucho dinero y que ya celebrarían su cumpleaños el fin de semana. Sin embargo, en cuanto dejó a Lisa en el colegio, telefoneó a la academia de ballet para avisar de que Lisa Giresse se había levantado con febrícula y que esa tarde, sintiéndolo mucho, no podría asistir a clase.

La sorpresa —las sorpresas— la tenía preparada desde hacía varios días. Consistía, para empezar, en una tarta sacher, con la banda de mascarpone y la capa de confitura de arándanos, como le gustaba a Lisa. Y siete velas rojas. Y sus tres mejores amigas en casa, invitadas a una merienda-cena.

Y su padre, Gegi, que también podía asistir si le aseguraba que no montaría ningún numerito en una celebración tan especial. Pobre de ti si le estropeas el día a nuestra hija, lo había amenazado explícitamente Victòria, y él, escarmentado, se había hecho el ofendido y se había arreglado el flequillo como diciendo no me toques los huevos, pero había prometido que haría de padre y nada más.

En la puerta del colegio, a primera hora de la tarde, Lisa cambió de cara. Salía enfadada, con la mochila a la espalda y la bolsa de ballet en la mano, y al ver que su madre también recogía a Valentine, Juliette y Anouk, comprendió que en casa la estaba esperando una fiesta como la que había suplicado.

Los *brioches* eran de jamón york y queso. Los globos, de tres colores. Su madre le regaló la guitarra que llevaba meses pidiendo, dos cuentos de la Bruja Brunilda y un pijama de corazones que ni siquiera acabó de desenvolver. Tenía prisa por jugar con Operación, el juego para futuros médicos que le había regalado Juliette. O curabas bien al paciente o sonaba la alarma y perdías el turno y la partida. Estuvieron enfrascadas más de una hora. Lisa solo se levantó del suelo cuando llegó su padre. Le saltó al cuello, le dio dos besos y enseguida volvió a agarrar las pinzas para extraer un riñón sin que se encendiese el chivato rojo.

A las ocho en punto se apagaron las luces del salón y las tres amigas de Lisa comenzaron a cantar, compinchadas, el cumpleaños feliz. Gegi, con la cámara de vídeo, grababa a Victòria saliendo de la cocina con la sacher en las manos. Llevaba el paso reverencial de quien sostiene la tarta de una hija, con cuidado, como si le fuese la vida en ello. Con una mano hacía de parapeto para que un golpe de viento no apagase ninguna vela; con la otra sujetaba la bandeja con las blondas de color blanco, de pastelería. A medio camino notó que el móvil le vibraba en el bolsillo trasero de los vaqueros. No podía cogerlo. Tampoco era el momento de mirarlo. Una felicitación más, supuso. Desde primera hora de la mañana le habían escrito un montón de amigos para que felicitase a Lisa de su parte. Cuando tuviese un momento debería decirle a su hija quiénes eran todos los que la habían llamado.

La niña, rodeada por Anouk, Juliette y Valentine, que la abrazaban de lado, sopló las velas. Gegi, sin dejar de grabar, le pidió a Vito que se colocase más cerca, para entrar en el plano.

—Un deseo, Lisa, piensa un deseo.

Después de los aplausos, Victòria cortó seis porciones de la sacher y repartió platos y tenedores para todos. A Lisa le tocó el pedazo más grande.

—Buenísima, mami.

—¿La has hecho tú? —preguntó Juliette, ilusionada.

—No, no, qué va... Ya me gustaría a mí saber hacer estas tartas —respondió Victòria, cogiendo el móvil del bolsillo—. Mira, Lisa, es un vídeo del abuelo, que querrá felicitarte. Qué gracia.

—A ver...

Victòria se agachó y le acercó el teléfono. Con una mano en el plato y la otra en el tenedorcito, Lisa necesitaba ayuda. Su madre le dio al *play*.

«Me llamo Saül Estrada y mi mujer y yo pagamos por tener una hija...»

—No entiendo lo que dice... Callaos, que no lo oigo...

Las amigas, a la suya, como si oyeran llover. Victòria detuvo el vídeo. Bajó el volumen y, alterada, se lo puso en la oreja, desde el principio...

—¿Qué pasa?

—Nada... El abuelo ha enviado... Se ha equivocado. —El corazón de Victòria se había acelerado—. Una broma muy antigua, que no es para ti... La tecnología y el abuelo, ya sabes que...

—¿No es para mí?

—Lo llamaremos esta noche, ¿vale? —Le costaba disimular. El sudor de la frente la delataba—. Dice que te quiere felicitar...

—Perfecto —dijo con la boca llena de tarta.

Gerard se había dado cuenta de que los ojos de Victòria se habían quedado, de repente, con el blanco inyectado en sangre.

—¿Estás bien?

—No, sí, no sé... No me encuentro muy bien...

—¿Qué te pasa? Te has puesto... ¿Te duele algo?

—No, no, ya se me pasará...

Se dirigió al baño a toda prisa, cerró la puerta y corrió el pestillo.

Se lavó la cara y se refrescó la nuca. El espejo decía la verdad. Con el semblante de haber visto al lobo, era lógico que Gegi se hubiese asustado. Abrió el grifo y subió el volumen para escuchar el mensaje de su padre con la máxima atención.

Victòria —Estrada Vilalta al fin y al cabo y a pesar de los pesares— no daba crédito a lo que estaba viendo en la pantalla.

Cuando la madre de Anouk llamó al timbre para recoger a las tres niñas, Gegi acudió a abrir la puerta. Victòria, arrodillada y aferrándose con ambas manos a la taza del váter, vomitaba la rabia y el chocolate, el mascarpone y los grumos de arándanos de la maltrecha confitura. Una vez arrojada la debilidad, se lavó los dientes sin poder creerse que todo aquello estuviese pasando de verdad. Su pesadilla siempre tenía un capítulo más.

La fiesta de Lisa acabó por inercia. Gerard metió los platos sucios en el fregadero, sin pensar en dejarlos en remojo, y guardó en la nevera el trozo de sacher para que al día siguiente su hija lo rescatase para desayunar, que un día es un día. Victòria, que no podía gritar para desfogarse, echó a su marido y envió a la niña a la cama, que mañana será como todos los días y a las siete y pico sonará el despertador. Ella también se encerró pronto en su habitación.

A las diez, todas las luces estaban apagadas.

A las once, sin embargo, Lisa estaba angustiada. Al otro lado de la pared acababa de descubrir un nuevo sonido. A medida que prestaba más atención, le parecía que era su madre llorando. Cuando estuvo segura, se preocupó. Nunca la había oído así. No pudo más. Saltó de la cama y, de puntillas, se dirigió, alarmada, a su habitación. Victòria no reparó en que había entrado Lisa hasta que la tuvo de pie a su lado, con el pijama nuevo.

—¿Por qué lloras, mamá?

La tristeza negra.

—Porque te quiero mucho, mi amor. —Le cogió la mano—. Me emociona... Me emociona ver que ya eres tan mayor.

Los hijos se huelen las mentiras de sus padres antes que los padres las de sus hijos.

—¿Quieres que hablemos, mami?

—¡Claro!

La pregunta de una señora mayor de siete años le hizo esbozar una sonrisa cuando menos ganas tenía. Victòria se secó los ojos con la funda de la almohada y dio unas palmaditas en el colchón. Su hija entendió que era el salvoconducto para pegar ahí el culo y no se lo pensó dos veces. Se subió de un salto.

—He acertado con la talla, ¿verdad?

—Sí, es muy suavito... —Pero Lisa no estaba allí para hablar de pijamas con corazones—. Al final no hemos telefoneado al abuelo...

—Es verdad. Qué despiste. Seguramente él no se ha acordado tampoco de que era tu cumpleaños. El abuelo se ha hecho mayor...

—¿Qué decía en ese vídeo, mami?

—Nada. Una broma, ya te lo he dicho... Una cosa de una obra de teatro en la que actuó de joven... —Con dos dedos, le hizo cosquillas en la barriga—. Sí que es suave este pijama, sí. Muy finito. Y lo que hay aquí debajo, todavía más.

Lisa, viendo que su madre volvía a ser su madre, se relajó.

—¿Tú también soplabas las velas de una vez, como he hecho yo?

—Por supuesto... Lo intentaba.

—¿Y pedías un deseo?

—Claro, con Joel y Rai incordiándome para

apagarlas ellos antes que yo... Y la abuela Maria, tu abuela, riñéndolos. Todos los años lo mismo.

—¿Quieres saber qué he pedido?

—¿Te apetece contármelo?

—Pero es un secreto entre tú y yo, ¿vale?

Después de susurrárselo al oído, le preguntó si aquella noche podía dormir con ella. Sin que hiciese falta responder, su madre le abrió las sábanas.

—Pero solo hoy, ¿entendido? —dijo, advirtiendo que quizá lo necesitaba más ella que Lisa.

—Como regalo final de cumpleaños...

—Muy bien. Eso mismo.

—Qué bien que estemos juntas, ¿verdad, mamá? No nos hace falta nadie más.

Su madre apagó la luz, contuvo las ganas de llorar y le dijo a dormir se ha dicho, que mañana hay colegio. Lisa se volvió sobre el brazo izquierdo y se quedó de cara a los armarios, que se insinuaban en penumbra por el resquicio de luz que se colaba desde el pasillo. Contó los pomos una vez, dos. A la tercera se durmió como un tronco.

Cuando la respiración confirmó que Lisa estaba dormida, Victòria recuperó el móvil de la mesilla, tratando de no hacer ruido. Volvió a colocarse la almohada en posición de lectura y empujó el culo hacia arriba. Tenía el teléfono con el volumen al mínimo. Se aseguró de que no se le dispararía la voz y buscó el mensaje que le había enviado su padre tres minutos después del vídeo. Lo releyó. El texto era conciso. El mensaje, directo.

Aquí lo tienes. Mándaselo a tu hermano para la película.

No quería volver a verlo. Le había dejado el miedo en el cuerpo. Solo lo había visto una vez y la sacudida la había descolocado. «Me llamo Saül Estrada y mi mujer y yo pagamos por tener una hija.» Había retenido frases enteras, los pómulos hundidos de su padre, la voz espasmódica, la valentía de hacerlo, la confesión a medias —«Nos engañaron, nos dejamos engañar»—, unas disculpas que lo eran pero que no acababan de serlo, un hombre que sufría y que amaba, pero que se había equivocado mucho. El pecado, de unos padres buenos, estaba en el origen de todo. «Hemos dado nuestra vida por ti.» Recordaba palabras concretas del vídeo, expresiones de su padre, impactos de los que no se borran. Otras palabras, en cambio, las había pasado por alto, como si no las hubiese escuchado por todo el carrusel de emociones que no la dejaba ni pensar. Quizá al día siguiente, con calma, sola, cuando Lisa estuviese en el colegio, debería volver a... Quería y le dolía. Aquel visionado significaba flagelarse y castigarse.

Ella misma había pedido aquella explicación

—sí, para purgar las culpas— porque creía que la necesitaba, buscando la venganza, el perdón o no sabía bien qué en días de tanta ofuscación. Pero ahora, una vez visto, le parecía espantoso, por excesivo y por cruel. No solo por su padre, de quien jamás habría pensado que se atrevería a grabar algo así. Sobre todo por ella. Solo faltaría un suicidio televisado de su padre y tener que cargar ella con otra culpa.

Vio el culín de agua que había quedado en el vaso de la noche anterior y se quedó mirando un buen rato la pared oscura. El gusto por el vacío. De reojo le pareció que la niña se movía y esperó a que encontrase la postura. Lisa, a su lado, respiraba profundamente. Al menos había alguien que dormía tranquilo en aquella familia.

Victòria miró el teléfono y puso el dedo en la pantalla. Se llenó los pulmones y los vació muy despacio. Cuando creyó tenerlo claro y que no se trataba de un impulso, suprimió el mensaje de texto de su padre.

Luego contó hasta cinco y borró el vídeo de la confesión.

Aire.

31
No sé de qué me habla

Nico Nicolau, vicepresidente del Parlamento Europeo, llegó puntual al rodaje. Había estudiado la documentación en el coche oficial de camino a la entrevista. Seguro de sí mismo, dejó la carpeta en el asiento de atrás, convencido de que, preguntara lo que preguntase el periodista, él tendría respuestas para todo. *¿Quién me ha robado a mi hijo?* le parecía un título con gancho para la película.

El jefe de prensa de Bruselas le había dicho al vicepresidente que le convenía conceder esa entrevista —porque no tenía nada que perder—, la jefa de prensa de Estrasburgo le había preparado el dosier con el argumentario —para que en ningún caso lo pillasen con el pie cambiado— y el jefe de prensa de Barcelona lo estaba esperando en la puerta de las oficinas de la Comisión Europea, en el paseo de Gràcia, enfrente de los balcones de la Pedrera, la locura más sofisticada de Gaudí. Nico

Nicolau, que a medida que había ido perdiendo pelo se había dejado crecer la barba, quería controlarlo todo.

—¿Cómo se llama?

—Joel. Joel Estrada.

El vicepresidente miró el reloj antes de poner un pie en el despacho.

—Habíamos quedado a las diez, ¿verdad?

—Sí, pero el equipo ha venido antes para montar el plató, iluminar... —Ni queriendo habría podido el jefe de prensa abrocharse la americana...—. He tenido un encontronazo con la realizadora, pero ya está resuelto...

Nico Nicolau aguardó la explicación. A su equipo le exigía soluciones, no problemas.

—Nada, hemos discutido por la bandera. —Los botones de la camisa estaban a punto de estallar—. Pero ya está todo en orden.

Cristina Malabrocca había dicho que allí el mástil, el azul y las estrellas doradas no pintaban nada, y el jefe de prensa había dicho que detrás del vicepresidente del Parlamento estaría la bandera de Europa sí o sí o no habría entrevista. Y Joel había desempatado encogiéndose de hombros para decirle a su socia que no se pusiese farruca. En realidad, le iba bien que el testimonio no hablase a título personal, sino que fuese la voz de la institución.

Nico Nicolau, de buena mañana, tenía el aspecto de un político a primera hora, enjabonado aún de modestia. La sonrisa delataba que se había hecho blanquear la dentadura. Daba la mano con firmeza, acostumbrado a cerrar acuerdos de los que salen en los periódicos. Frente a la cámara, hablaba sin dudar.

—La primera denuncia de bebés robados en España que llegó al Parlamento Europeo fue en 2012, tampoco hace tanto tiempo.

—Y ¿qué ha hecho la Unión Europea, guardarla en un cajón?

—Las competencias europeas son limitadas en este tema. Eso depende de cada Estado. Cada uno lo ha regulado como ha querido. ¿Que sería conveniente una respuesta común? Probablemente. No le digo que no, como en muchos otros ámbitos, en el fiscal, el policial... Pero cuesta mucho coordinar a los Estados miembros, y aún más para un tema sensible como este...

—O sea, que no han hecho nada... —dijo Joel Estrada sin alterarse.

—No es eso, en absoluto. —Con un dedo se limpió la comisura de los labios. No soportaría salir en televisión con una boquera blanca—. La Unión ha hecho cosas muy importantes. Para empezar, la Comisión de Peticiones del Parlamento Europeo, después de hablar con diversas organizaciones y asociaciones de afectados, aprobó quince recomendaciones que trasladó a España. Quince. Voy a decirle dos. Dos iniciativas que debían ayudar a las posibles víctimas. Una: se instó al gobierno español a crear una fiscalía especializada para el tema de los bebés robados. Esto fue en 2017. ¿Ha hecho algo el gobierno de Rajoy o el de Pedro Sánchez? ¿Ha visto usted esa fiscalía especializada? ¿Cuántos casos ha investigado? ¿Cuántos se han resuelto? Tenga en cuenta que más allá de los bebés robados, propiamente, en el Parlamento Europeo se estimó que hay unos seis mil ciudadanos españoles, entre veinte y setenta años, que aún desconocen que poseen una identidad falsa. Y la segunda cosa que hemos hecho desde Bruselas... Dos de quince, insisto, pero esta es una propuesta primordial: se ha solicitado la creación de un banco de ADN, un banco público nacional y gratuito, que facilite la identificación de posibles víctimas y permita cruzar datos. Como se ha visto en Estados Unidos, un banco de ADN es la herramienta que debe permitir que una madre encuentre a su hijo robado o que un hijo secuestrado pueda reencontrarse con su madre... Y su padre. Este es un paso significativo y estamos satisfechos por ello.

Nico Nicolau tomó un sorbo de agua y aprovechó para mirar a su jefe de prensa, que le hizo la señal de siempre. El pulgar hacia arriba. Joel, sentado en la penumbra, bajo el objetivo de la cámara, trató de atacar por otro flanco.

—Algunos países, como Australia, han pedido perdón a las víctimas. ¿Debería España hacer lo mismo?

—Esta fue otra petición del Parlamento Europeo... —Se acarició la barba, dudando si expresar lo que pensaba. El hecho de rascarse evidenciaba el dilema—. Mire, personalmente, voy a decirle una cosa...

El jefe de prensa comenzó a sudar. Cuando alguien se salta el guion, los mediocres tiemblan.

—Diga... Hablaba del perdón... —Joel decidió aprovecharse de que Nico Nicolau estaba a punto de descarrilar.

—Nosotros, desde el Parlamento Europeo, inspitamos, entre otras cosas, a que la Iglesia católica pidiese perdón por su posible implicación en casos de sustracción de recién nacidos y adopciones ilegales. Una implicación, en muchos casos, más que posible pero casi nunca probada. Si en Australia han pedido perdón, también lo pueden hacer aquí, es verdad. Está bien... Habría estado bien. Pero el perdón no es más que palabras. Si yo soy un hombre que descubro que me arrancaron de los brazos de mi madre cuando era un bebé, ¿de qué me sirve que no sé quién me pida perdón? Yo lo que quiero es encontrar a mi madre. Tengo derecho a saber la verdad. No quiero palabras. No quiero hipocresía. Quiero justicia. Verdad y justicia. Soluciones. Es decir... —abrió las manos para encontrar una idea—, que la motivación del robo de un bebé sea religiosa, económica o política, en el fondo, me da igual. Lo que quiero es que los culpables paguen su pena. Y que se sepa qué ocurrió en cada caso. Descubrir si eran casos aislados, de un robo concreto, o si detrás existía una trama, una red organizada que convirtió un delito en un negocio redondo durante años y años. Eso es lo que se debe aclarar.

—¿Y es eso lo que hace España?

—Eso es exactamente lo que España no ha hecho, ni hace... No se ha aclarado nada. Y me temo que ya no se aclarará. No ha habido respuestas. Se han ocultado los casos hasta donde se ha podido. No ha existido una investigación. Ha habido décadas de silencio consciente. Se ha jugado con la confusión y con la vía muerta. Este menosprecio hacia las víctimas convierte en cómplice a todo un Estado.

Joel ya tenía lo que quería. Todo lo que llegase después sería de propina.

—Antes ha hablado de niños secuestrados... ¿Podría desarrollarlo?

Asintió.

—¿Qué es un bebé robado? Un niño secuestrado. Un secuestro que puede llegar a prolongarse toda la vida. Estamos hablando, por tanto, de secuestros de menores. Niños y niñas que se raptan para darlos en adopción. Y eso es un crimen contra la humanidad. ¿Puede existir algo peor?

—Si es un crimen de lesa humanidad, vicepresidente, ¿deberían prescribir los casos?

—Nunca.

Joel intentó que Nico Nicolau, ahora que se había dejado llevar, le regalase un último titular útil.

—Perdone, ¿podría repetirme la frase entera, por favor? Ese «nunca» me queda fuera de contexto y...

—Sí, sí, por supuesto...

—No hemos dejado de grabar. Cuando quiera.

Nico Nicolau se aclaró la garganta.

—A mi modo de ver, los crímenes contra la humanidad no deberían prescribir nunca. En ninguna parte.

Joel dejó respirar al silencio durante cinco segundos. Tenía la frase que buscaba, conclusiva, para cerrar el documental. Se imaginaba a Arcarazo, sentado en su silla, en el salón de su casa de Sitges, y las palabras de Nico Nicolau de fondo. El hombre señalado. Un culpable televisivo, la nueva justicia. Fundido en negro.

—Muchas gracias. Hemos terminado.

Malabrocca apagó el foco del interrogatorio y

se acercó al vicepresidente para quitarle el micrófono. Mientras el cable se deslizaba por encima del pecho y de un estómago sin grasa, el político miró a su jefe de prensa, que ya tenía la camisa, empapada, por encima del cinturón. El asesor volvió a levantar el pulgar y redobló la aprobación con un movimiento de cabeza que pretendía ser convincente.

Joel dobló el papel de las preguntas y se lo guardó en el bolsillo de los billetes.

—Hay una persona que me ha dado recuerdos para usted.

—Ah, ¿sí? —contestó Nico Nicolau con escaso interés.

—Victòria Estrada.

—¿Victòria Estrada? —Ni siquiera parpadeó—. No la recuerdo. Conozco a tanta gente...

—Hace un montón de años, en Estrasburgo...

—Victòria... No me suena. ¿De Barcelona? —El vicepresidente era de ese tipo de hombres que, para forzar la memoria, fruncen el ceño—. Una estudiante de medicina, ¿puede ser?

—Usted le pidió matrimonio, sin conocerla de nada... ¿Puede ser?

—No sé de qué me habla.

—De mi hermana.

—No recuerdo los detalles, pero no fue exactamente así... —Ni se inmutó—. Seguro que no, vamos.

—Ella lo tiene muy claro.

—Mire, las historias son como la próstata: con el tiempo se deforman.

—También ha prescrito, ¿no? —Sonrió para tener la fiesta en paz.

—Es una manera sabia de decirlo, sí. —Sonrió para firmar el armisticio.

—Le daré recuerdos de su parte, entonces.

—Por supuesto, muchas gracias... Ahora que le veo la cara, que antes con los focos en los ojos la intuía más que verla... Su hermana y usted guardan cierto parecido.

—Somos clavados. —Joel, irónico a más no poder—. Nos lo dice todo el mundo.

—¿Ha quedado bien?

—¿El qué?

—La entrevista. Si le será útil, quiero decir...

El jefe de prensa de Barcelona y su botón decidieron intervenir antes de saltarle el ojo a alguien.

—¿Cuándo se emite el programa?

—Este ha sido el último rodaje. Finalizaremos el montaje y... Luego, la fecha de estreno dependerá de la plataforma.

—¿HBO?

—En un principio, sí. Y no quieren demorarse

en emitirlo. En diez días, promoción y en antena, nos han dicho. Es un tema muy candente.

—Es un buen momento, claro, claro, claro. Y ahora con este *boom* de los documentales... Como el cine ya no es lo que era, documentales.

Para entonces ya no le prestaban atención. Joel y el vicepresidente se estrecharon la mano y, con el ritual de aquellos que ya no tienen nada que decirse, se desearon suerte. Pasadas las once, cuando Nico Nicolau se montó en el coche oficial, ya iba dejando un rastro de político a mediodía, perfumado de arrogancia.

Malabrocca y Joel recogieron las cámaras, los focos y los trípodes. Nadie les había pedido que se apresurasen, pero tenían la sensación de que allí, en mitad de la oficina de murmullos encorbatados, molestaban. En el tiempo que un eurofuncionario tardó en leer *La Vanguardia*, ya habían terminado. Mientras cargaban la furgoneta, Joel quitó el modo avión del móvil. De golpe le entraron un montón de llamadas perdidas y los mensajes de la última hora y media. En medio de todos ellos, una nota de voz de Eva Bosch:

Veámonos diez minutos. Tengo novedades. No por teléfono.

Decidieron reunirse en el bar del Sir Victor, que antes era el hotel Omm y antiguamente el Mordisco, el restaurante con mesas altas y taburetes donde podías toparte con un jugador del Barça y sus amigotes o con una actriz comiéndose una tapa de ensaladilla rusa después de la función nocturna. En el Sir Victor. Joel precisó para que no hubiese confusión posible. El vestíbulo del hotel olía a Nueva York y a aroma de Buda feliz. Eva Bosch —uniforme azul y coleta de ardilla— iba al grano. La intendente de los Mossos llevaba un lema escrito en la frente: «Abrevia, el tiempo es oro».

—Si os hubiesen querido matar, lo habrían hecho.

—¿Qué quieres decir?

—Que no es que tuvieses suerte. Solo fue un aviso. Ya llevas unos cuantos... Tú sabrás. De momento esto ya ha costado una vida.

—¿Una muerte? —Joel se estremeció.

—El perro de tu amiga.

—Era una perra.

—Y habrá más...

—¿Muertos?

—Avisos. Amenazas. Eso es lo que te están diciendo. —Eva Bosch miró el reloj por donde leía los mensajes—. Una cosa está clarísima: no quisieron matarte. Se la habrían jugado demasiado. O mejor dicho: no te rematan porque no quieren. Eres un blanco muy fácil. Ya me dirás qué le costaba allí en Montserrat, oculto en la montaña, como quien espera a que aparezca un jabalí, apuntarte a ti desde muy cerca...

—Que me indultó, vamos.

—No tengo ninguna duda. Si te hubiese saltado la tapa de los sesos y lo hubiésemos atrapado habría dicho que, entre matorrales y zarzas, te había confundido con un animal. Cuántos cazadores no se han cargado gente diciendo que se pensaban que... Ese sí que es un tema para hacer un documental. —Se rascó la corva como si tuviese una picadura—. Pero me da la sensación de que no me lo cuentas todo.

—No te oculto nada, Eva. Al contrario, si te agradezco mucho lo que haces por mí...

El hecho de que ni Daria ni Joel le viesen la cara al hombre que disparó —supusieron que era un hombre, pero ni siquiera eso habían podido confirmarlo en comisaría— no ayudaba precisamente. Las pocas pistas que tenía la policía y nada eran lo mismo. Ni las huellas de zapatos, ni los cartuchos en el lomo de Frida, ni las matrículas de los coches que entraron en el aparcamiento de Montserrat ni las imágenes de las cámaras de seguridad del cremallera aclaraban nada. Ni un testimonio que pudiese insinuar quién disparó aquellos cuatro tiros. Ni un solo sospechoso. Las líneas pinchadas tampoco habían dado ningún resultado. No se había registrado ninguna llamada al móvil de Arcarazo. Tampoco en su domicilio. O aquel desecho humano postrado en una silla no tenía nada que ver con la persecución de Joel Estrada, o bien había a su servicio una cuadrilla de soldados discretos y efectivos. Profesionales de los que trabajan fino, de los que ya no quedan, remachó Eva Bosch.

—Me has dicho que tenías una novedad... —dijo Joel, viendo que a la conversación le quedaban, como mucho, dos minutos—. Y, de momento, la única novedad es que no tienes ninguna novedad sobre mi intento de asesinato.

—Llamémoslo intento de acojonarte...

—A ver... —respondió, ofendido pero no mucho—. Sin la piedra que me sirvió de escudo...

—Joel... —Ella lo frenó en seco—. Tengo algo de tu hermana.

El mundo se detuvo.

Joel no le quitaba los ojos de encima. Esperaba el veredicto y, de pronto, Eva Bosch volvía a rascarse la picadura por encima de los pantalones. Él no pudo más.

—¿Qué has descubierto?

—No nos hagamos ilusiones. Las conclusiones pueden ser equivocadas... Pero después de cruzar todos los datos de nacimientos en todas las clínicas y hospitales, y los datos de los registros civiles de las ciudades que nos dijiste... Hemos ido estrechando el círculo. Hemos descartado unos bebés y unas madres, por fechas y lugares que no cuadraban, y casi pondría la mano en el fuego a que la niña que aquí se inscribió como Victòria Estrada Vilalta, y que consta que es de Barcelona, en realidad nació la madrugada del 2 al 3 de febrero de 1974.

—¿Dónde?

—En Pamplona.

—¿En el Virgen del Camino?

—En el hospital, sí. —Eva Bosch volvió a mirar el reloj y, de golpe y porrazo, se puso en pie—. No sabemos el nombre de la madre. Solo el apellido.

—Eh...

Antes de que se abriese la puerta corredera de cristal del Sir Victor, la intendente Eva Bosch solo dijo una palabra.

—Heredia.

32

¿Quién ha robado a mi hijo?

La señora Lourdes se encerró en su habitación. El señor Saül le dijo que no, que de ninguna manera, que solo faltaría. Sin alterar la voz, concretó que la última cosa que haría sería ver cómo se autoinculpaba en la película de su hijo. Si la señora Lourdes tenía tanto interés, que se pusiese ella sola el maldito documental, pero no en la tele del salón. Él pasaría solo su pena. No quería ver a nadie. Nunca más. Los hijos de puta siempre se salen con la suya. Arcarazo era uno de ellos, y de los gordos, y la justicia no había encontrado pruebas, o no había querido encontrarlas, y, cuando finalmente podía tener el listado de las evidencias, los hechos ya habían prescrito o los documentos —decían los abogados— se habían conseguido de un modo fraudulento. Siempre se salen con la suya. En cambio él, que no era un hijo de puta, iba a quedar como que...

La señora Lourdes, sentada en la silla de madera del tocador y con un pañuelo arrugado en las manos por si acaso, acabó de ver *¿Quién ha robado a mi hijo?* y no entendió nada. Nada de nada. Saül no aparecía por ninguna parte, no se lo mencionaba. Tampoco a la señora Maria. La película era interesante. Conmovedora. Salían testimonios que ponían los pelos de punta. Una mujer contaba que, al cabo de muchos años, abrieron el ataúd para identificar los restos de su hermanita muerta y apareció el cadáver de un niño. La señora Carmen leyó una carta, muy sentida, para contar cómo le habían robado a su hijo y cómo lo había buscado, en vano, toda la vida. Un hombre hecho y derecho —con el aspecto de ser un hombre cualquiera— había descubierto sin querer que era un niño robado y se le había caído el alma a los pies cuando sus padres no habían tenido más remedio que admitir la verdad. A media película aparecía una imagen impactante: la fotografía de un bebé congelado que un doctor de Madrid mostraba a los padres como prueba de que su hijo había muerto. Luego, madredemividaydelamorhermoso, lo devolvían a la nevera hasta que lo necesitaban de nuevo. Finalmente, aparecía el tal Arcarazo de los cojones, indefenso, cadavérico, sorprendido en su casa, sin poder dar explicaciones de su red de secuestros y robos. Su negocio de bebés al descubierto. Todo lo que se contaba te helaba la sangre. Pero del vídeo que ella le había grabado a regañadientes al señor Saül, con su confesión, no se emitía ni una frase. Ni una sola imagen. Esperó hasta las letras finales, para asegurarse. A veces hacen eso, se guardan un anzuelo para que la gente se tenga que esperar hasta... Nada de nada. Se perpetuaba el secreto. El nombre de Joel Estrada Vilalta sí que salía, bien grande, como director, con los dos apellidos. Hijo de su padre y de su madre. Tal vez a la señora Maria le habría hecho ilusión ver el Vilalta en pantalla. O quizá no. De hecho, no habría soportado la película. Puede que ni siquiera hubiese querido verla. Para no sentirse incómoda, se habría puesto a tocar el piano, una hora, una hora larga, lo que fuese. Lo que le durasen los *Nocturnos* de Chopin.

La señora Lourdes sacó el móvil del bolsillo de la bata. Buscó el número de Joel y, primero, pensó en llamarlo. Luego creyó que con un mensaje era suficiente, que quién era ella para importunarlo cuando un montón de gente importante debía de estar felicitándolo y haciéndole elogios por su estreno.

Escribía cinco letras y, automáticamente, las borraba. Tocaba las teclas con el índice, fijándose mucho, y se arrepentía hasta volver a tener la pantalla en blanco.

Muy bien todo. Gracias por no
sacar el vídeo de su padre.

Al cabo de diez minutos con el mundo detenido, recibió el mensaje de respuesta.

Muchas gracias, Lourdes.
¿A qué vídeo se refiere?

De pronto quería morirse. Toda una carrera profesional de fidelidad a la familia, un ejemplo de discreción y de saber estar siempre en segundo plano y, de golpe, había metido la pata hasta el fondo. Tantos años de abnegación invisible, de observar y de callar, ¿quién era ella para meterse donde no la llamaban en los revueltos capítulos finales de Saül Estrada? Pensó en no responder. Fingiría no haber visto la pregunta del chico.

El mutismo, sin embargo, no era propio de ella. Habría un día en que Joel iría de visita a Vallvidrera para ver a su padre y, cuando se la tropezase, le volvería a hacer la pregunta. ¿De qué vídeo me hablaba el otro día por teléfono? Y ante su interrogatorio ella no tendría escapatoria posible. Y para no pasar la vergüenza en diferido, prefirió decirlo sin ambages y arreglarlo, o estropearlo definitivamente, en ese mismo momento. En realidad, ella no estaba haciendo nada malo. Solo iba a contar una cosa que había pasado, y Joel, de una manera o de otra, se habría enterado igualmente. Más tarde o más temprano lo habría sabido. Seguro.

Para el nuevo mensaje tardó más en escoger las palabras. Calculó de qué modo perjudicaría lo mínimo posible a Victòria, con qué expresión le dolería menos a Joel, y, en cualquiera de los casos, cómo podría salvar al señor Saül de salir dañado.

Cuando tuvo la frase, se la envió a Joel.

Solo un segundo después, de haber sabido cómo se podía suprimir un texto que había volado —nunca había entendido cómo— hasta otro móvil, habría dado marcha atrás.

Joel dejó pasar aquella noche de emociones contradictorias. Todos habían visto su trabajo. Unos lo llamaban valiente, otros destacaban la brutalidad de la historia o el crescendo narrativo de un documental que te dejaba con el culo pegado a la butaca. Quien más quien menos se echaba las manos a la cabeza. Entre todos los que le escribieron y llamaron por teléfono, nadie podía creerse que, con todo aquello tan estremecedor que denunciaba, la justicia hubiese mirado hacia otro lado. ¿Qué iban a decirle sus amigos? A todo el mundo le pareció preciso, cuidado, genial... Los encuadres, bonitos. El montaje, trepidante. La iluminación, atmosférica.

Esperaría a la crítica del periódico para saber la verdad. Por otro lado, los Estrada se hallaban en medio de aquella historia oscura y no se quitaba a su hermana de la cabeza. Era él hablando de ella. Era él hablando de ellos y sin decir todo lo que sabía. Qué regusto, qué peste en la boca. Y para rematarlo, el mensaje de la señora Lourdes, que, como si nada, le había dicho que su padre había grabado un vídeo con una confesión y él no sabía nada. Tal vez fuese lo mejor. O tal vez era para cagarse en todo, en su padre y en la señora Lourdes, por haberle enviado el mensaje a buenas horas.

Al día siguiente, a media mañana, telefoneó a Victòria. Dieron vueltas y más vueltas y hablaron prácticamente de todo. De la posibilidad de seguir el rastro de los Heredia, de la aguja y el pajar, del viaje que estaban organizando para ir a Pamplona, de si alquilarían un coche allí o ya salían desde aquí, de si Rai se apuntaba o no se podía escapar del trabajo, de lo bien que se había portado Eva Bosch en todo el caso, de si... Tocaron todos los asuntos hasta que Joel reparó en que no podía colgar sin sacar el tema. Se sentó en una silla de su cocina italiana e hizo la pregunta.

—¿Tú sabías que papá grabó un vídeo?

—Sí.

—¿Y?

—Me lo envió. —Vito apenas sabía continuar. La respiración de Joel al otro lado la obligaba a hacerlo—. Papá hizo lo que le pedí. Nunca pensé que llegase a grabarlo. Y menos aún que me lo enviaría.

—Dijiste que lo hiciese y que nos lo enviase para el documental.

—Lo dije, sí.

—Yo estaba presente, Vito. Estaba delante cuando tuvisteis la conversación.

—¿Te lo ha dicho él?

—No. Él conmigo, de todo este tema, guarda silencio como una puta. —Apuró el culín de café con leche. Frío no valía nada—. Peor aún... Se le ha escapado a la señora Lourdes.

—¿Crees que te lo tendría que haber dicho yo?

Quien calla, otorga.

—Ahora ya... Da igual, Vito. No podemos dar marcha atrás, no nos hagamos mala sangre. ¿Qué te decía?

La enfermera entró en la consulta para indicarle que tenía la sala de espera llena. La doctora Estrada, concentrada en la llamada, ni la vio.

—Lo borré. Lo vi y lo borré, lo siento. No lo pude resistir. Cuando lo vi ahí, diciendo esas cosas, no sé... Es mi padre, después de todo. Me pareció..., no sé ni qué decirte. ¿Una tortura?

—Por él. No querías que saliese por la tele.

—No.

—¿No querías que lo viese yo?

—No. ¿Por qué? ¿Qué habrías ganado con verlo humillándose? Te ahorré el debate. Tu padre sí que es tu padre. Y ¿qué habrías hecho? ¿Matarlo? ¿Exponerlo? ¿Por qué? ¿Porque yo te lo pido? ¿Qué iba a ganar yo con ello? ¿Qué ganaría él, la familia? Si te lo hubiese enviado, ¿qué? ¿Lo habrías puesto en la película? ¿Tú habrías puesto el vídeo de tu padre? Ya tenemos bastantes muertos. Tendrías unas imágenes cojonudas, un testimonio insólito, la confesión que no tiene nadie. Pero... ¿te atreverías a hacerlo público?

—No lo sé.

—¿No confiesa Arcarazo y va a salir papá diciendo que pagó por tener una niña, que no sabía que...? La verdad nos habría salpicado hasta vete tú a saber, y de este rompecabezas somos la pieza más pequeña. El drama es grande, pero somos la pieza más pequeña. ¿Qué sentido tendría un harakiri familiar?

—El dilema es interesante. No sé qué decirte... Para variar, todo lo que queremos está al otro lado de nuestros miedos.

—El dilema es interesante, desde luego, Joel. Apasionante. Mucho. Habría causado un gran impacto poner ese fragmento, dos minutos de imágenes, un testimonio buenísimo, la grabación que todo periodista habría querido, pero resulta que son de tu padre, hablando de lo que hizo, y tú eres el director del documental. ¿Qué, lo pones o no lo pones? ¿No te parece muy bestia? ¿Lo matamos en vida?

—Vito, yo respeto todo lo que decidas hacer con este tema. Pero...

—Solo faltaría.

—No estoy enfadado, supongo que se nota por el tono...

—Sí, y te lo agradezco.

—Pero quizá... —Joel barrió tres migas de pan de encima de la mesa—. Yo también tenía derecho a hacerme todas esas reflexiones. El debate, como tú dices. O que nos las hiciésemos tú y yo. O tú, yo y Rai. Saber al menos que papá había contado la historia. Su versión...

En la pantalla del ordenador que tenía delante le habían puesto el historial del próximo paciente.

—Joel... Primero, tomé la decisión por todos; me parece que tenía derecho a hacerlo. Segundo, los debates éticos que los hagan en la universidad, donde tienen tiempo que perder. Y tercero... Yo tengo una vida por vivir y la sala de espera a reventar.

La crítica especializada los dejó por las nubes. *¿Quién me ha robado a mi hijo?* es «un reportaje de investigación de una solidez y de una contundencia emocional que te dejan devastado. Contiene los elementos de denuncia social, impacto humano, firmeza argumental, dureza narrativa, rigor documental y pulcritud periodística que avalan la trayectoria de Joel Estrada y Cristina Malabrocca».

Antes de seguir leyendo, cogió las tijeras y recortó la página del *Ara*. El artículo, de los que se deben guardar, se titulaba «Jugando a ser Dios».

«Pese al uso siempre delicado y discutible de la cámara oculta, que aquí sirve para desenmascarar las prácticas de Enrique Arcarazo y para descubrir su lista de transacciones, estamos frente a un trabajo revelador, sensato, que ha sabido transmitir la angustia al espectador. Las mujeres a las que les robaron los hijos tienen tan presente su parto y el dolor que arrastran es tan grande que, una vez finalizado, te pasas horas dando vueltas al horror de su testimonio. Y te preguntas cómo fue posible que no se descubriese aquel engranaje tan bien organizado de médicos, monjas, enfermeras y malas personas, que decidían quién no merecía ser madre y otorgaban ese derecho a otra familia dispuesta a pagar, al precio que fuese, por un bebé. Más allá de poner en evidencia la necesidad de resarcir a aquellas víctimas, Joel Estrada también subraya, entre líneas, cómo era una sociedad que castraba la educación de las mujeres. Solo así se entiende que aquella enorme estructura delictiva se mantuviese impune durante tanto tiempo. El documental, conmovedor, es servicio público de primer nivel y ojalá suponga un punto de inflexión para reparar injusticias. Cuando la justicia hace aguas, queda el periodismo.»

33
El bosque de los bosques

Rai bajó el volumen de la música porque quería decirles algo. Con Elton John desgañitándose dentro del coche no lo habrían oído.

—Si no viviéramos cada uno en una punta del mundo, no haríamos este viaje.

El mediano de los Estrada, sentado de copiloto, viendo que nadie compraba su argumento, siguió desgranando una teoría que armaba a medida que se le iba ocurriendo.

—Cuando se hacen mayores, los hermanos ya no viajan juntos. ¿Os habéis dado cuenta? Por bien avenidos que estén... Cada uno viaja con su pareja, o va de excursión con su nueva familia. O sale con amigos, eso también. Pero con los hermanos, de viaje... Nunca ¿Es o no es?

—Es. Es. —Joel y Vito respondieron simultáneamente.

¿Quién podía llevarle la contraria a Rai?

—Deberíamos hacer estas cosas más a menudo.

Desde que habían alquilado el coche en el aeropuerto de Pamplona, le había dado por la cháchara. Como si le hubiesen dado cuerda.

—Tampoco es que este sea un viaje cualquiera —dijo Victòria, sentada detrás, en el centro, con una nalga a cada lado del asiento—. Os habéis visto obligados a acompañarme y...

—De obligados nada, Vito.

—Bueno... No habéis querido dejarme sola, es lo mismo. Habéis querido estar conmigo. Oye, que os lo agradezco.

—Solo faltaría...

—Qué queréis que os diga... Aquí no me siento como en casa. Es muy bonita la ciudad y los alrededores, pero... pensaba que... Ni rastro. No hemos encontrado ni la lápida.

—Lo has intentado. —Rai se volvió para cogerle la mano.

—Nos vamos como hemos llegado... —Vito miró por la ventanilla lateral—. Y quizá sea mejor.

—Nunca había conducido un Cupra de estos y, oye, va como una seda, la tracción... Se agarra la mar de bien —dijo Joel, tan Estrada, con la necesidad de cambiar de tema cuando las palabras se vuelven demasiado auténticas.

Habían buscado a la madre de Victòria en Pamplona y no la habían encontrado. Después de dos días de nervios, de puertas que no se abrían, de aquí para allá y de pistas que siempre conducían a callejones sin salida, ella decidió tirar la toalla. Está muerta, pues ya está.

Pocas personas habían tenido la perseverancia y la suerte de Inés, la mujer que llevó al doctor Vela al banquillo de los acusados. La noche antes, Rai, repantigado en la cama de la habitación donde dormían los dos hombres, cogió su tableta, les dijo mirad esto y leyó la noticia en voz alta. Después de nueve años moviendo cielo y tierra, el ADN de Inés Madrigal había coincidido con el de un hombre que había dado una muestra de sus células a un banco de ADN de Estados Unidos. Resultó ser su hermano. Uno de los cuatro que tenía. Había encontrado una aguja en un pajar.

Victòria, en cambio, se plantó y dijo yo no me voy a pasar diez años, ni veinte, para tener el puzle completo de mi vida.

—Después de todo, las dos madres han muerto.

Los hermanos dejaron que Vito se desfogara. Tumbada sobre la cama, con el pijama verde Tiffany y los pies desnudos, transmitía serenidad. Hablaba sin rabia, con la dulce voz de las confidencias nocturnas. Solo pretendía clasificar el desorden.

—¿Qué tengo que hacer, hurgar hasta el infinito? No me veo, francamente. ¿Qué haremos si descubro, ahora, que tengo un hermano aquí, en Navarra? Más allá de la curiosidad, ¿qué? Los Heredia, ¿y? Compartes la sangre, pero solo tienes la sangre. No sé si existe esta familia, estos hermanos... Y si existen, no tienen ni nombre. Y las cosas sin nombre no se pueden querer tanto. —Bostezó—. Hay un punto de necesidad, de querer saber, ¿me entendéis? Pero hay un punto más grande, y más redondo, de no querer saberlo todo, de decir... basta. Por supervivencia, quizá.

Se levantaron pronto. Hacía muchos años, muchísimos, que Joel y Rai no dormían en la misma cama y, tirando de la funda nórdica cada uno para su lado, se habían desvelado con la primera luz del sol. Cuando fueron a despertar a Vito se la encontraron en la terraza, con un café caliente, respondiendo a los correos electrónicos de las madres de los pacientes de Estrasburgo. El ritual de cada mañana.

Después de desayunar, cogieron el Cupra y se fueron de excursión con la luz oblicua de primera hora. Raimon había preparado el itinerario con la ayuda de la recepcionista del hotel de Pamplona, que, a pesar del lumbago, le indicó dónde podrían ir para pasar el día en un lugar que no olvidarían. Es el bosque de los bosques, les dijo.

A partir de Orbaizeta, allí donde los Pirineos buscan a Francia y no tienen prisa por encontrarla, se fueron adentrando en un valle frondoso. El denso verdor se percibía desde el coche y se adivinaba un trozo de cielo cada vez menor en aquella hora limpia.

De repente, la humedad lo impregnaba todo, desde el follaje a los troncos, y desde las copas hasta el sotobosque más frondoso, tan enmarañado como imparable. La carretera rasgaba el bosque a lado y lado. Los engullía una tranquilidad confusa, otoñal. Vito pidió que bajasen las ventanillas de delante para respirar aquellos misterios. Joel redujo la marcha. Poco a poco, contemplaban los abetos convertidos en vigilantes silenciosos del paso del tiempo.

Un guarda forestal disfrazado de paisaje les indicó dónde debían aparcar, a orillas del embalse de Irabia.

—Qué lugar tan mágico.

El reflejo era reversible. El agua tenía el verde de los árboles, y los abetos recibían el azul del río.

—¿Dejas el coche abierto?

—Aquí nadie va a tocar nada...

—Pero, hombre...

—Si os preocupan las maletas, cierro... —Apretó el mando a distancia y el clic de las cuatro puertas fue instantáneo.

—La cesta del pícnic va a ser un incordio.

—¿Y si nos lo comemos todo ahora y así no hay que cargar con ella?

—Pero si acabamos de desayunar, Joel, por favor...

—También creo que los del hotel nos podrían haber dado una mochila y no esta cestita del año de la Tana.

—Parecemos de ciudad, hostia. Callaos un poco y mirad todo esto.

En la selva de Irati se reencontraron con la naturaleza. El camino era el espectáculo. A una sucesión de hayas de troncos claros seguía otra de troncos más oscuros, envejecidos por la rotundidad de los años. No había hierbas moribundas en aquellos parajes vírgenes. Cada cien pasos, una sorpresa. Un sendero, un torrente, el tintineo del agua, el temblor de las hojas, el fraseo de un alimoche despeluchado. El bosque de los bosques.

—¿Sabéis qué me dijo un día Leo? Papá, esto de la naturaleza es para viejos, a mí dame los rascacielos de Manhattan.

—Está en esa edad...

—Espera, espera, que aún lo estropeó más. Lo tengo comprobado, los paisajes son para los que os queda poca vida y necesitáis el verde, el mar, el azul, las montañas para oxigenaros...

—Joder con tu hijo.

—Estamos en los cincuenta y nos ve en las últimas, vamos.

—¿Cómo lleva que estés con Daria?

—¿Leo? —A Joel le extrañó la pregunta—. Bien, supongo. Lo cierto es que la ve poco. Delante de él no hacemos alarde de nada. Como mínimo, su madre no lo ha puesto en contra de Daria, que ya es mucho. Y Daria...

Caminaban los tres uno al lado del otro. La senda de Contrasario lo permitía.

—¿Qué? No te cortes... —Rai lo pinchó.

—Nada, que Daria... Vito lo entenderá... ¿Sabes esas notas del piano, a la derecha del todo, que siempre suenan divertidas, agudas, traviesas? Estar con ella es así, pellizcos de... No sé, un encanto. Ganas de estar juntos tantas horas como podemos, que no son muchas. Ella en el colegio, tutorías, corrigiendo exámenes, yo con mis historias.

—Ya veo que te volverás a casar.

Joel se detuvo en seco. Rai y Vito frenaron dos pasos más tarde.

—¿Queréis saber una cosa? —Abrió las manos—. Ni siquiera lo había pensado. Nunca hemos hablado de ello.

—Pues mejor, Joel. No lo hagas —dijo Vito sin que pareciera un imperativo.

—Mujer...

—Ni se te ocurra... ¿Sabes eso que decías del piano? Pues vete ahora a las notas de la izquierda. Las graves. Las que suenan cargantes. La vida de pareja es eso. Comienzas aquí en las notas juguetonas y acabas allí, con las más pesadas, las trágicas... El réquiem.

Se rieron.

—Tú lo dices ahora porque te has separado.

—Vaya año el tuyo, nena...

—Decidme que ya no me puede pasar nada más. Por favor...

—Tampoco es para tanto. —Rai, sarcástico—. Se te ha muerto tu madre, le has dado la patada a tu marido, has descubierto que... Con un argumento así, cualquiera escribiría una novela.

—Mira... ¿Queréis saber cómo me siento?

—Claro —saltó Rai, consciente de que no podía decir nada más.

Finalmente, a la una y cuarto del mediodía, en una umbría del bosque de los árboles sinceros, Victòria se soltó.

—¿Sabéis cuando caen esas lluvias torrenciales de otoño que se lo llevan todo por delante? Lo hemos visto mil veces en las noticias. Sale un edificio que se ha quedado solo, desnudo, porque el corrimiento de tierras se lo ha llevado todo río abajo. Pues justo allí, en medio de la avalancha, estoy yo. Toda la vida, los padres, el refugio de la infancia, todo lo ha arrastrado el chaparrón y se lo ha llevado, cuesta abajo y sin frenos. De un día para otro, no ha quedado nada. Pero quedo yo, que no es poco. —Se secó los ojos con la manga del anorak—. Y tengo a Lisa, que lo compensa todo... Me gusta tanto cómo es mi hija... ¿Os lo había dicho? Tengo tanta suerte con ella...

Helados por la humedad, salieron en busca de una mancha de sol. La encontraron en la ribera del Irati, que en aquel rincón bajaba con poca fuerza. Decidieron que la orilla de aquel recodo con vocación de meandro sería un buen lugar para comer. Se sentaron en el suelo y se dispusieron a descubrir la sorpresa que les depararía el pícnic del hotel. Sacaron de la cesta tres bocadillos de albañil —a dos huevos, como mínimo, por tortilla—, unos dados de Idiazábal y tres botellitas de rioja, con tapón de rosca. De postre, un puñado de mandarinas que pelaron con dedos de ciudad. Después, se lavaron las manos en el río y jugaron a ver quién lanzaba más lejos los cantos rodados. Rai, sin ganas de hacerse el sabio, les contó por qué las piedras saltan como ranas cuando rebotan en el agua. En el Experimentarium de Copenhague habían hecho un montaje sobre el epostracismo y lo tenía muy fresco. La curiosidad no era nueva. Homero, en la Grecia de muchos miles de años atrás, ya se había planteado por qué clase de fenómeno físico las piedras planas dibujaban esa trayectoria saltarina sobre un río. Rai le puso suspense. Les contó que no era la forma de la piedra la que permitía conseguir un buen rebote. Tampoco la velocidad con que se lanza. El secreto —les dijo con aire misterioso— está en el ángulo de choque respecto a la superficie del agua y, por tanto, en la posición de la piedra en el momento del impacto. El ángulo mágico para lograr el mejor rebote es de veinte grados. Esa es la clave. Lo estuvieron probando con poca destreza. La teoría derrotó a la práctica. Lanzaron cantos hasta que se cansaron. Rai fue, de todos los participantes en el concurso familiar, quien logró la mejor marca. Hizo rebotar un guijarro hasta tres veces. Cuando constataron que ni la fuerza del lanzamiento ni la velocidad del giro tenían nada que ver con el éxito del tiro, recogieron las copas, el mantel y la cesta y emprendieron de nuevo el camino circular.

Por la tarde, los murmullos del bosque eran más densos. Los olores de los silencios tendían al gris.

—Siete de ida y siete de vuelta. Nos hemos cascado catorce kilómetros. No está mal.

Cuando llegaron donde habían aparcado el coche, no quedaba ni el guarda forestal. El sol se batía en retirada y aún tenían por delante un buen trecho para abandonar la selva de Irati. El motor y los éxitos de Elton John arrancaron sincronizados.

—A media hora de casa tengo un paisaje así. Incluso más frondoso —dijo Vito mientras esbozaba una carita de vaho en el cristal—. ¿No os recuerda todo esto a la Selva Negra?

—Creía que ibas a decir... al hayedo de Jordà.

—Hostia, el hayedo... El día que te escapaste con aquella vecina de Olot... —dijo Rai, sorprendido—. ¿Cómo se llamaba aquella niña?

—¿La vecina? Tona.

—Mira que era diabólica.

—Ya debe de estar muerta.

—Ay, Joel, por favor...

—¿Está viva? —saltó, extrañado.

—¿A mí qué me cuentas? De todos modos... —Vito corrigió a Rai— aquello no era el hayedo. Era más hacia las marismas. Allí donde la fuente de la Deu.

—Esa noche todos nos asustamos creyendo que habías desaparecido. Y mamá, ni te cuento.

—Claro, si yo hubiera sido más aventurera... —Vito recordó la sensación de ser la mala por un día—. Pero como era la niña, la santita, como nunca había roto un plato, os pillé a todos desprevenidos.

—Ya que lo haces, hazlo a lo grande. Es la máxima de los adolescentes.

Joel subió el volumen de la música. *Crocodile Rock*. Cantaron los tres, con ganas, como habían hecho tantas veces. A pleno pulmón, embriagados por el momento, por el ritmo de Elton y por la explosión cromática de las vistas. La cantaron entera, risueños, como si fuera su himno. Como si tuvieran dieciocho años y el zurrón de los sueños todavía estuviera lleno. Vito, virtuosa, tocaba un piano invisible. En medio de aquel bosque mágico, los dedos suspendidos en el aire tenían, agitados a tanta velocidad, algo de brujería, de hechizo, de exorcismo. Cantaba y reía. Tocaba y lloraba.

Cuando se terminó la canción, Rai tenía aún algo que decir.

—Un hermano es un trozo de infancia —improvisó, inspirado en la nostalgia del paisaje.

—Un hermano es el trozo de la infancia que nunca perderás.

Estuvieron de acuerdo, por unanimidad, con la precisión de Vito. Al instante, adelantó el cuerpo, tanto como dio de sí el cinturón de seguridad, para alcanzar a poner una mano en el cogote de Joel. Con la otra, trazando la simetría, acarició la nuca rapada de Raimon. Necesitaba acercarse porque lo que tenía que decirles eran cinco palabras que quería que constaran en el álbum del viaje.

—La familia somos nosotros tres.

Joel y Rai miraron a su hermana por el retrovisor. Victòria, de ojos negros, cabello oscurísimo y piel olivácea. La doctora Estrada, pediatra de unos niños que, en un abrir y cerrar de ojos, dejarían de serlo.

La historia solo tiene un defecto: no se acaba nunca.

Otros títulos del autor en Booket:

booket